亡命抉择

[美]丽莎·嘉德纳/著　吴妍仪/译

书刊检验
合格证
（1）

重庆出版集团　重庆出版社

Copyright: © 2011 BY LISA GARDNER, Inc.
This edition arranged with JANE ROTROSEN AGENCY LLC
through BIG APPLE AGENCY, INC., LABUAN, MALAYSIA.
Simplified Chinese edition copyright:
2014 Changsha Senxin Culture Dissemination Limited Company.
All rights reserved.

版贸核渝字（2014）第 129 号

图书在版编目（CIP）数据

亡命抉择 /（美）嘉德纳著；吴妍仪译. —重庆：重庆出版社，2015.1
ISBN 978-7-229-08580-3

Ⅰ．①亡… Ⅱ．①嘉… ②吴… Ⅲ．①长篇小说—美国—现代 Ⅳ．① I712.45

中国版本图书馆 CIP 数据核字（2014）第 183312 号

亡命抉择
WANGMING JUEZE
［美］丽莎·嘉德纳 著 吴妍仪 译

出 版 人：罗小卫
责任编辑：钟丽娟
责任校对：何建云
装帧设计：张金花

重庆出版集团 出版
重庆出版社

重庆长江二路 205 号 邮政编码：400016 http://www.cqph.com
北京市玖仁伟业印刷有限公司
重庆出版集团图书发行有限公司发行
E-MAIL: fxchu@cqph.com 邮购电话：023-68809452
全国新华书店经销

开本：880×1230 1/32 印张：12 字数：315 千
2015 年 1 月第 1 版 2015 年 1 月第 1 次印刷
ISBN 978-7-229-08580-3

定价：36.00 元

如有印装质量问题，请向本集团图书发行公司调换：023-68706683

版权所有　侵权必究

序幕

你爱的是谁？

这个问题应该是谁都答得出来的。这个问题定义人生，创造未来，引导个人生命中大多数的时刻。简洁、优雅、涵盖一切。

你爱的是谁？

他问了这个问题，而我从勤务腰带的重量、防弹背心的束边，还有紧贴着额头的警帽边缘感觉到了答案。我慢慢地把手往下伸，手指刚好扫到挂在我臀边枪套上的那把Sig Sauer（西格－绍尔）手枪。

"你爱的是谁？"他又喊了一次，这次更大声，也更坚持。

我的手指从麻州发给我的武器旁边掠过，找到把我的勤务腰带扣在腰际的黑色皮扣带。我松开第一条带子，然后是第二条、第三条、第四条。随着我的动作，魔鬼连发出巨大刺耳的杂音。我拆开金属搭扣，然后从我的腰际解下重达二十磅的勤务腰带，我的随身武器、电击枪跟伸缩警棍都在上面，勤务腰带在我们之间晃荡着。

"别这样。"我悄声说道，这是诉诸理性的最后一试。

他只是露出微笑。"这番努力来得太少，也太晚了。"

"苏菲在哪里？你做了什么？"

"腰带摆到桌上去，现在。"

"不要。"

"枪摆到桌上去，现在就放！"

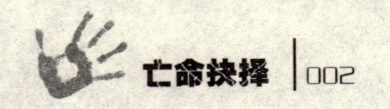

我的反应是拉开架势，在厨房中央准备反击，勤务腰带仍然悬在我左手边。我花了人生中的四年时光，在麻萨诸塞州的高速公路上巡逻，发誓要捍卫安全。我有训练跟经验作后盾。

我可以去拿我的枪。采取行动，抓住那把 Sig Sauer 手枪，然后开始射击。

Sig Sauer 手枪塞在皮套里的角度不好，会浪费我宝贵的几秒钟。他正在留神观察，等待着任何突如其来的动作。失败将会招致毫不手软的可怕惩罚。

你爱的是谁？

他是对的。到头来问题就在这里。你爱的是什么人，你愿意为他们冒多大的险？

"枪！"他轰然怒吼，"该死的，现在交出来！"

我想到我六岁大的女儿，她的发香，她瘦巴巴的手臂紧抱住我脖子的感觉，每天晚上我把她送上床时她说话的声音。

她总是悄声说道："爱你哟，妈咪。"

宝贝，我也爱你！我爱你！

他的手臂动了，首先试探性地伸手抓悬在半空的勤务腰带，我装在枪套里的武器。

最后一次机会……

我望着我丈夫的眼睛。只有一次心跳的时间。

你爱的是谁？

我做了我的决定。我把我的州警勤务腰带放到桌上。

然后他抓住我的 Sig Sauer 手枪开火。

第一章

　　D.D. 华伦警长对她优越的侦查技巧感到骄傲。在波士顿市警局服务超过十二年后，她相信在谋杀现场工作并不只是说到做到、身体力行就好，反而比较像是让感官彻底沉浸于其中。她触摸一记螺旋前进的炙热点二二子弹在石膏板上钻出的平滑洞口，她聆听邻居在薄墙另一头八卦的声音，因为要是她能听见他们，他们也一定能听到这里刚刚发生的罪大恶极之事。

　　华伦总是会注意到身体如何倒下，是往前、往后，还是微微歪向一边。她品尝空气，感受火药辛辣的味道，这股味道在最后一枪发射之后还能维持二三十分钟。而且她不止一次靠着血腥味估计出死亡时间。

　　然而在今天，她不打算做上述的任何一件事。今天她穿着灰色运动裤跟艾利克斯那件尺寸过大的红色法兰绒上衣，消磨整个懒洋洋的星期日早晨。她靠在她的厨房餐桌旁，抓着厚重的陶土咖啡杯，同时慢慢地数到二十。

　　她数到十三了。艾利克斯终于走到前门口。现在他停下来，把一条深蓝色的围巾围到脖子上。

　　她数到十五。

　　他围好了围巾。下一步是黑色羊毛帽跟有衬里的皮手套。外面的温度刚刚爬到零下六摄氏度以上。地上有八寸积雪，而且根据气象预

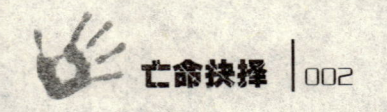

报，这星期过完时还会再多六寸（20厘米）。在新英格兰，三月不等于春天。

艾利克斯在警察学院里教犯罪现场分析课程，还有一些别的玩意儿。今天整天满堂，明天他们两个都休假，这种事不常有，而且保证会有某种目前未定的愉快活动。也许是去波士顿公园溜冰，或者到伊莎贝拉·史都华·嘉德纳博物馆一游，还是就这样懒散过一天。他们会依偎在沙发上，拿着一大碗奶油爆米花看老电影。

华伦围在咖啡杯旁的双手抽搐了一下。好吧，不吃爆米花。

华伦数到十八，十九，二十——

艾利克斯戴好了他的手套，拿起他破破烂烂的黑色皮革托特包，然后跨到她身边来。

"别太想我。"他说。

他吻了一下她的前额。华伦闭上双眼，在心里念出二十这个数字，然后开始往回倒数至零。

"我会花整天时间写情书给你，字母 i 上面都会画上小小的心形喔。"

"画在你高中时代的资料夹里吗？"

"差不多啦！"

艾利克斯退出去，华伦倒数到十四。她的咖啡杯战抖着，可是艾利克斯似乎没注意到。她深吸一口气，然后坚持下去。

十三，十二，十一……

她跟艾利克斯已经约会六个多月了。现在，他的小小农舍里有一整个属于她的抽屉，而他在她那间北角区公寓的衣柜里占了一小块空间。在他要教书的时候，他们待在这里比较方便；在她要值勤的时候，待在波士顿比较方便。他们没有一套固定时间表，固定时间表暗示着计划巩固这段他们俩都小心翼翼、不要定义得过分清楚的关系。

他们很享受彼此的陪伴。艾利克斯尊重她身为重案组警探的疯狂时间表，她也尊重他身为意裔第三代的烹调技术。据她所知，他们都期待着他们能共度的夜晚，却也能撑过无法相聚的日子。他们是两个心性独立的成年人。她才刚满四十岁，艾利克斯则在几年前跨过那条线，两人都已经不是每个清醒时刻都想着对方的羞赧少年。艾利克斯以前结过婚，华伦则比较明智，没这么做。

她为工作而活，其他人觉得这样很不健康，可是管他呢，这样做让她活到现在。

九，八，七……

艾利克斯打开前门，挺起肩膀对抗冷得刺骨的早晨。一阵寒气迅速穿过小小的门厅，打在华伦的脸颊上。她打了个冷颤，把咖啡杯握得更紧。

"爱你哟。"艾利克斯说着踏过门坎。

"我也爱你。"

艾利克斯关上门，华伦冲过走廊，刚好来得及呕吐。

十分钟后，她仍然趴在浴室的地板上。装饰用的地砖是米色、棕色跟金黄色的小方块，已经是20世纪70年代的东西了。看着这些小方块，让她又一次想吐，然而数这些方块倒是个相当不错的冥想练习。

在她等待发热的脸颊变凉，拧作一团的胃松开时，她就盘点那些地砖。

她的手机响了。她瞥见手机就在地板上，碍于现状，她对铃声兴趣不大。但接着她注意到来电号码，决定同情他一下。

"干吗？"她质问道，这是她对前任情人，现在已婚的麻州刑警巴比·道奇的常用问候语。

"我没多少时间，仔细听着。"

"我现在没当班，"她自动说出口，"新进案件归吉姆·邓维尔管，去烦他吧。"接着她皱起眉头，巴比不可能为了案件打电话给她。身为市警，她接到的命令会是来自波士顿警察局总部，而不是来自州警。

巴比继续讲下去，好像她从没开过口似的。"这真是一团乱，不过我相当确定是我们搞得一团乱，所以我要你好好听着。学校就在隔壁，媒体则在对街，你从后面的街道进来。不要急，注意每一件事。我已经失去先机，而且华伦，相信我，在这个案子上，你我都经不起任何闪失。"

华伦的眉头皱得更厉害。"巴比，你搞啥鬼啊？我根本不知道你在讲什么，更别说今天是我的休假日了。"

"再也不是了。波士顿警方会想找个女人带头办这个案子，麻州警方也会想要投入自己的人马，而且最好以前也做过巡警。高官一通电话，我们的脑袋就晾在路上了。"

她现在听到刚冒出的噪声了，这回来自卧室。她的呼叫器在远方响着。该死！她被召回了，这表示不管巴比在胡说些什么都是真的。虽然她两腿战抖，觉得可能会再吐一次，但还是硬拖着自己站起身。她全凭意志力踏出了第一步，剩下的部分就容易多了。她朝着卧房走去；这位警探以前就曾经失去放假机会，以后也还会如此。

"我需要知道什么？"她问道，现在她声音更利落了，电话就夹在她肩上。

"雪，"巴比低声嘟囔，"下在地面、树上、窗口……该死！有一大堆警察到处乱踩——"

"叫他们滚！妈的，如果这是我的现场，就叫他们全滚蛋。"

她在床边桌上找到她的呼叫器——没错，从波士顿指挥中心打来的——同时开始脱掉她的灰色运动裤。

"他们现在离开房子了。相信我，就连那些长官都知道要维持案发现场的完整性。可是我们原先不晓得那女孩失踪了。制服警察把房子封起来，留下院子让大家公平竞争。现在地面被践踏过了，我又没办法抢得先机，我们必须取得制高点。"

华伦脱掉了运动裤，接着继续脱艾利克斯的法兰绒上衣。

"谁死了？"

"四十二岁的白人男性。"

"谁失踪了？"

"六岁白人女孩。"

"有嫌犯吗？"

出现了好长好长的停顿。

"来这里，"巴比简洁地说道，"华伦，就你跟我，这是我们的案子。我们的烫手山芋。我们必须迅速解决这个案子。"

他挂断了。华伦火大地瞪着手机，然后把它扔上床，以便套上她那件白衬衫。

好，谋杀案加上一个失踪儿童。州警已经到达现场，案件却归波士顿管辖。见鬼了，州警为什么要……

然后，身为一名厉害的警探，华伦终于把线索连起来了。

"妈的！"

华伦再也不觉得想吐了。她气炸了！

她抓起她的呼叫器、证件和冬季夹克。接着，巴比的指示在她脑袋里叮当作响，她准备好要突袭属于她的犯罪现场了。

第二章

你爱的是谁?

我在国庆节野炊聚会中遇见布莱安,那是在谢恩家举办的。这种社交活动的邀请我通常会拒绝,但那一阵子我领悟到我必须重新考虑。就算不为我自己,也要为苏菲着想。

派对规模不是很大,三十人左右,都是谢恩家附近的州警跟家庭成员。警督来晃了一下,对谢恩来说是个小规模的成就。然而户外野炊吸引来的人大半是制服警员。我看到来自营区的四个人站在烤肉架旁边,一边啜饮啤酒一边骚扰谢恩,他正在小题大做地抱怨最新招进的这批顽劣小鬼。他们面前有两张野餐桌,一群笑嘻嘻的警员妻子已经占据了那些位置,她们正在混合一壶又一壶的玛格利特鸡尾酒,间或抽空照顾不同的孩子。

其他人在屋子里流连,一边准备凉拌通心粉色拉,一边补看比赛的最后几分钟。他们这里吃一小口,那里喝一小杯,同时闲话家常。大家在做的,就是大家在一个晴朗星期六午后会做的事情。

我站在一棵老橡树的树荫下。在苏菲的要求下,我穿着一件有橘色印花的无袖夏季洋装,还有我唯一一双时髦的金色亮片夹脚拖。我站着的时候两脚还是微微分开,两肘紧贴着我没带武器的腰际,背靠着树。你可以让一个女孩离开工作,却不能让工作离开女孩。

我应该跟人交际,却不知从何开始。要去跟我全部不认识的女士们同坐,还是走向让我比较自在的地方,跟男士们混在一起?我几乎无法跟这些警员妻子打成一片,也经不起被认为跟有妇之夫玩得很乐的风险——那样的话,这群警员之妻不但笑不出来,还会对我放冷箭。

所以我站到一边去,握着一瓶我从来不喝的啤酒,等待这个活动慢慢进展到某个程度,让我可以合乎礼节地告辞。

大多时候,我都在凝望我的女儿。

在一百码外,她跟着另外五六个小孩滚下草坡的时候,乐淘淘地"咯咯"傻笑。她的桃红色无袖洋装已经沾满了草汁,而且她的脸颊糊着一片碎巧克力饼干的污痕。在她从小山丘底下冒出来的时候,她抓着她旁边那个小女孩的手,用她们那双三岁小腿所能达到的最快速度爬回山坡上。

苏菲总是能够立刻交上朋友。就身体特征来说,她看起来像我。但在人格特质方面,她是完全自成一格的孩子:外向、大胆、有冒险精神。要是让她为所欲为,苏菲会让自己醒着的每一刻都被人群包围。这种魅力也许是她从父亲身上继承来的显性基因,因为这肯定不是得自我的遗传。

她跟另一个幼童到达了山丘顶端。苏菲先躺下来,她短短的深色头发跟一小片黄色蒲公英形成强烈的对比。接着,在她开始滚动的时候,胖胖的手臂跟挥舞的双腿一闪而过,她的"咯咯"笑声在宽阔的蓝天下嘹亮地响起。

她晕头转向地在山坡底下起身,然后发现我注视着她。

"妈咪,爱你哟!"她大声喊道,接着冲回山坡上。

我看着她跑开,心里真希望我不必知道,像我这种女人必须知道的一切,而且我已经不是第一次这样想了。

"哈啰!"

有个男人从人群中脱身,朝我这里走来。三十五到四十岁之间,五尺十寸（1.77米），一百八十磅（约82公斤），金发平头，肩膀肌肉很大块。从地点来分析，也许是另一个警察，但是我不认得他。

他伸出手。我慢了一步才伸出自己的手。

"我是布莱安，"他说，"布莱安·达比。"他把头朝着屋子的方向一点。"我住在这条街上。你呢？"

"嗯，我叫泰莎。泰莎·李欧妮。我是在州警营区认识谢恩的。"

我等着听男人遇见一位女性警官时免不了会说的那些话。你是警察啊？那我最好乖一点哟。或者，哇喔，你的枪在哪儿呀？

而且，会那样反应的人还算是好的。

但布莱安只是点点头。他一只手拿着一瓶百威啤酒，另一只手插进他的棕色短裤口袋里。他穿着一件蓝色衬衫，口袋上还有个金色徽章，但是我从这个角度看不出是什么。

"我得坦白一件事。"他说。

我做好准备。

"谢恩跟我说过你是谁了。不过，为了给我增加一点分数，我要说是我自己先问起的。一位美女，却一个人站着，先探一下底细似乎是聪明的做法。"

"谢恩说了什么？"

"他向我保证我绝对配不上你。当然，我立刻就上钩了。"

"谢恩真是满嘴胡说八道。"我说。

"大多时候他的确如此。你没在喝你的啤酒。"

我低头去看，就像是第一次注意到那个瓶子似的。

"这是我侦查过程的一部分，"布莱安很轻松地接下去，"你手上握着一瓶啤酒，却没在喝。你比较喜欢喝玛格利特吗？我可以替你拿一杯。不过呢，"他看着那一群太太，她们已经进行到第三大壶了，因此正在大笑，"我有点不敢靠过去。"

"没关系，"我放松姿势，手臂一挥。"我其实不喝酒。"

"在待命状态？"

"今天没有。"

"我不是警察，所以我不会假装我懂那种生活。不过到目前为止，我跟谢恩已经往来了五年，所以我倾向于认为我了解基本状况。当一个公路巡警远远在公路上巡逻，而不只是开罚单。谢恩，我说得对吗？"布莱安放大了他的音量，让任何公路巡警都会有的共通抱怨传到院子另一头。在烤肉架旁，谢恩扬起他的右手，对他的邻居比了个中指作为响应。

"谢恩超爱发牢骚。"我说道，也让我的声音传出去。

谢恩也给我一根中指，好几个男人都笑了。

"你跟他一起工作多久了？"布莱安问我。

"一年，我是新手。"

"真的？是什么让你想当一个警察？"

我耸耸肩，再度觉得不自在了起来。这是每个人都会问，我却永远不知该如何回答的问题之一。

"当时看起来像是个好主意。"

"我是个商船船员，"布莱安主动说出，"我在油轮上工作。我们一次出航几个月，然后待在家里几个月，接着又出航几个月。这样会搞砸私生活，不过我喜欢这个工作，永远没有无聊的时候。"

"一艘商船？你的工作是……保护商船抵御海盗之类的吗？"

"没有啦。我们从普捷峡湾往北开到阿拉斯加再回来。没有太多索马里海盗在那条航道上巡逻，而且我是个工程师，我的工作是维持这艘船的运作。我喜欢缆线、齿轮和叶轮。另一方面呢，枪支让我怕得要命。"

"我自己也不太喜欢那种东西。"

"一位警官说出这种话很有趣。"

"并不尽然。"

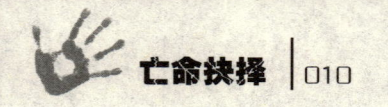

我凝视的目光自动回到苏菲身上，我在察看她的状况。布莱安顺着我的视线望去。"谢恩说你有个三岁的孩子。老天，她长得跟你超像。从派对回家的时候绝对不会领错小孩。"

"谢恩告诉你我有个小孩，你还是上钩了？"

他耸耸肩。"小孩很棒啊。我一个都没有，但这不表示我对这个有什么道德上的反感。小孩的父亲呢？"他随口补上一问。

"没有父亲。"

对于这个消息，他没有露出一脸自以为是的喜色，反而像是在沉思。"那样想必很辛苦。要当个全职警察，又要养小孩。"

"我们撑过去了。"

"我不是在怀疑你。我爸爸在我小时候就过世了，留下我妈一个人带大五个孩子。我们也撑过去了，所以我对她尊敬得不得了。"

"你爸爸怎么了？"

"心脏病。她爸爸怎么了？"他的头朝苏菲一点，她现在看起来像在玩捉人游戏。

"有更好的去处。"

"男人都很愚蠢，"他低声嘟囔，语气诚恳得让我笑了出来。他一阵脸红。"我有没有提到我有四个姐妹？你有四个姐妹的时候，就会发生这些状况。再补充一点，我必须加倍尊敬我妈，因为她不只是熬过逆境的单亲妈妈，还是带着四个女儿熬过逆境的单亲妈妈。而我从来没有看她喝过比花草茶更刺激的东西。你觉得这听来如何？"

"她听起来坚若磐石。"我表示同意。

"既然你不喝酒，或许你也是喝花草茶的那种女生？"

"我喝咖啡。"

"喔，这是我个人偏爱的毒品，"他望着我的眼睛，"所以呢，泰莎，也许哪天下午我可以请你喝杯咖啡。要在你家附近还是我家附近，告诉我一声就好。"

我又一次细细打量布莱安·达比。温暖的棕色眼睛，随和的微笑，形状结实的肩膀。

"好，"我听到自己这么说，"我很乐意。"

你相信一见钟情吗？我不信。我太深思熟虑，太小心翼翼，不信这种鬼话。也许我只是知道最好别这样。

我跟布莱安碰面喝咖啡。我得知他在家的时候，时间都是自己的。这让我们很容易在下午相约去漫步——在我值完大夜班恢复过来之后，在五点去日间托儿所接苏菲之前。然后我们在晚上休假的时候去看了一场红袜队比赛。在我意识到之前，他已经跟我和苏菲一起去野餐了。

苏菲确实会一见钟情。在几秒之内，她就爬到布莱安背上，吆喝他快跑。布莱安听话地一路飞奔穿过公园，同时有个尖叫的三岁小孩抓住他的头发，用全副力气大喊："再快一点！"在他们跑完以后，布莱安在野餐垫子上瘫倒了，苏菲则摇摇晃晃地走到旁边去摘蒲公英。我本来认定那些花是摘给我的，可是她反而送给布莱安。

布莱安起初接受得有点犹豫，等他明白这整把凋零的花束都是为他一个人摘下的时候，他显然眉开眼笑。

在那之后的周末，我们很容易待在他那间有真正后院的房子，而不是住在我那间拥挤的单卧房公寓里。我们一起煮晚餐的时候，苏菲就跟他的狗到处乱跑，那是一只名叫公爵的老迈德国牧羊犬。布莱安买了一个塑料制儿童游泳池放在露台上，还在老橡树上挂了一个儿童尺寸的秋千。

有一个周末我分身乏术，他来我这边，把我的冰箱填满，好让苏菲跟我可以顺利度过这个星期。

还有一个下午，我处理完一宗害死三个孩子的车祸意外之后，他念故事给苏菲听。当时我正盯着卧房的墙壁，努力让自己的脑袋恢复条理。

稍晚的时候，我蜷曲着身子，靠在他旁边坐着，这时他跟我说起他那四个姐妹的故事，包括有一次她们发现他在沙发上打瞌睡，便在他脸上化妆。他脸上顶着闪亮的蓝色眼影跟桃红色的唇膏，花了两小时骑着脚踏车在小区里到处逛，直到他偶然从一扇窗户上看到自己的影子才停下来。我笑出声来，接着痛哭流涕。然后他紧紧抱着我，两个人都没说一句话。

夏天溜走了，秋天降临，就这样到了他要出海的日子。他会离开八个星期，他向我保证，可以及时回来过感恩节，有个好朋友会帮忙照顾公爵，但若是我们有意愿……他把他家的钥匙交给我。我们可以留在他家。如果我们有这个意思，甚至可以让这地方变得女性化一点。在给苏菲用的卧室里，也许可以涂点粉红色的油漆，在墙上贴几张画，在浴室里放几只公主小鸭。为了让我们自在，做什么都可以。

我吻了他的脸颊，然后把钥匙放回他手心。

苏菲跟我过得很好。过去一直如此，以后也会一直如此。八星期之后再见面。

另一方面，苏菲一直哭……哭个没完。

就两个月，我试着跟她说明，根本没有多久，只是几个星期而已。

布莱安不在的时候，日子过得比较乏味。这是无休止的单调和折磨，在下午一点起床，五点把苏菲从托儿所接回家，逗她开心直到她九点上床睡觉，爱尼斯太太会在十点抵达，好让我可以从十一点巡逻到七点。这就是一个单亲妈妈兼职业妇女的生活，我挣扎着把一角钱当成一块钱用，把做不完的差事硬塞到已经超载的一天里，拼命要让我的众多老板开心，同时又要照顾到年幼女儿的生活。

我提醒自己，我可以应付这些。我很强悍！我一个人度过怀孕期，也一个人生产。我住在警察学院里，煎熬着度过漫长又寂寞的二十五个星期。我每次呼吸都在想念苏菲，却决心不要半途而废，因为我能给女儿未来保障的最佳选择，就是让自己成为州警。我获准在每个星期五晚上回家看苏菲，但又得在每个星期一早上把号啕大哭的她留给爱尼斯太太。日复一日，周复一周，到最后我以为我会在压力下失控尖叫，可是我做到了。一切都是为了苏菲，一直都是为了苏菲。

但我还是开始更常收电子邮件，因为布莱安要是进港了，就会迅速发一封短笺给我们，或附上一张麋鹿在某条阿拉斯加大街中央的傻气照片。到了第六个星期我弄明白了，他寄电子邮件的时候我比较快乐，他没寄的时候我比较紧张，苏菲也一样。每天晚上，我们一起挤在计算机前面，两个漂亮女生等着她们的男人传来消息。

到了最后，电话来了。布莱安的船在华盛顿州的芬戴尔靠岸，他会在后天卸下职务，然后搭夜间班机回到波士顿。

他可以带我们去吃晚餐吗？

苏菲选择穿她最喜欢的深蓝色洋装。我穿上国庆节野炊当天穿的那件橘色夏季洋装，上半身加了一件毛线衣，抵御十一月的寒意。

一直在前面窗口盯哨的苏菲先瞥见他。她高兴地尖叫出声，然后冲下公寓台阶，速度快到我以为她会跌倒。布莱安好不容易在人行道尾端拦住她。他把她一把抱起来，让她转了一圈。她一直笑，笑个不停。

我比较安静地靠过去，慢慢利用最后一分钟塞好我的头发，扣好我那件轻飘飘的毛线衣。我踏出公寓大楼的前门，把门在我背后牢牢关好。

然后我转身端详他，在八尺距离外把他收进眼底，恨不得吃了他。

布莱安不再抱着苏菲转圈圈了。现在他站在人行道尾端，我的孩子还在他臂弯里，他也在仔细端详我。

我们没有碰触，我们什么话都没说，我们什么都不必说。

后来，在吃过晚餐之后，在他把我们带回他家之后，在我把苏菲送上走廊另一头的床上之后，我走进他的卧房里。我站在他面前，让

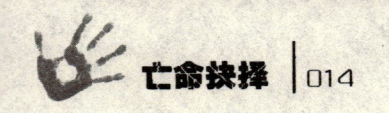

他把毛线衣从我手臂上剥下，把我的无袖洋装从我身上脱掉。我把双手摆到他坦露的胸膛上，我尝到他喉咙皮肤上的盐。

"八个星期太长了，"他声音粗哑地低喃，"泰莎，我想要你待在这里。真要命，我想知道我回家时总是有你在。"

我把他的双手放到我的脸上，切身感受他手指的触感。

"嫁给我，"他悄悄说道，"泰莎，我是认真的。我想要你做我的妻子，我希望苏菲当我的女儿。你跟她应该在这里，跟我还有公爵住在一起，我们应该是一家人。"

"嫁给我，"他又重复了一次，"泰莎，我会做个好丈夫。我会照顾你跟苏菲。"

我用双手捧着他的脸说："好。"

第三章

布莱安·达比死在他家厨房里，挨了三枪，紧密集中在躯干中央。华伦的第一个念头是，李欧妮巡警一定很认真看待她的枪支训练，因为弹痕的集中位置完美符合教科书标准。就像刚被招募的菜鸟在警察学院里学到的一样——绝对别射脑袋，也绝对别只是为了伤人而开枪。躯干的击中概率高，而且你要是使用武器，最好是因为你担心自己或别人的生命安全，也就是说，你得是为了杀人而开枪。

李欧妮做好了她的工作。现在的问题是，到底出了什么要命的事，逼得一个巡警开枪射杀她丈夫？还有，孩子去哪儿了？

目前李欧妮巡警被隔离在前面的日光室里，急救人员在照料她额头上一处难看的割伤，还有更难看的黑眼圈。她的工会代表已经陪在她身旁，还有一个律师在路上。

有一打其他的州巡警在外面排成紧密的队形，僵着腿站在人行道上，在这里他们可以用毫无情绪的死鱼般的眼神瞪着在现场工作的波士顿同事，还有在现场报导、过度兴奋的媒体。

这让目前停在隔壁小学白色指挥车里的大多数波士顿警方高层，与州警高层自己吵成一团。据推测，沙福克郡地方检察署派来的重案组督察扮演了仲裁者的角色，这无疑是在提醒麻州总警监，州警真的不能监督牵涉到州管辖下的警员案件调查，同时也提醒了波士顿警局局长，州警方面要求有一位州警联络官是完全合理的做法。

在一回又一回的抢地盘纷争之间，带头的老大们想办法发布了安珀警戒，寻找六岁的苏菲·李欧妮。深棕发，蓝眼，接近四十六寸高，体重四十五磅，掉了两颗门牙。最有可能的穿着是粉红色长袖睡衣裤，上面点缀着黄色马匹图案。最后一次有人看到她是在前一天晚上的十点三十分，据说当时李欧妮巡警察看了女儿的状况，然后才去报到，进行晚间十一点的巡逻。

华伦有很多问题要问李欧妮巡警，但不幸的是，她却没有切入点：工会代表大声抗议，声称李欧妮巡警还在震惊状态。李欧妮巡警需要立即进行医疗照护。李欧妮巡警有权得到适当的法律建议。她已经向第一个接获通报者提供了初步的说明，所有其他的问题，都必须等到她的律师认为妥当时才能问答。

华伦心想，李欧妮巡警要求真多。在那些要求里，不是应该包括跟波士顿警方合作，找回她的孩子吗？

华伦暂时先退一步。在这么忙碌的犯罪现场里，还有一大堆别的事情需要她立刻处理。她的现场挤满了波士顿辖区的警探，波士顿重案组的警探在收集证据，好几个制服警察则去访查邻近地区了。

除此之外，因为李欧妮巡警是用她的勤务用枪 Sig Sauer 射杀了她的丈夫，枪击调查小组已经自动被派遣过来，让这小小的房子涌入更多各式各样的警方人员。

巴比先前说得对——用官方的暗语来说，这个案子真是一团糟。

而且这团糟全都归她管。

华伦是在三十分钟前抵达的。她把车停在六个街区之外，在熙来攘往的华盛顿街上，正对着一条比较宁静的小巷。阿尔斯顿—布莱顿是波士顿人口最为稠密的区域之一。这里满是波士顿学院、波士顿大学和哈佛商学院的学生，整个区域都被学界人士或年轻人组成的家庭和学校职员给占满了。此地生活物价高昂，这点实在很讽刺，因为大学生跟学界人士很少有有钱人。结果就是一条条的街道上都是破旧的三层楼公寓建筑,每一栋都分隔成比上一栋更多的单位。一个个家庭挤了进去,还有二十四小时便利商店跟自助洗衣店如雨后春笋般冒出,以便满足持续不断的需求。

在华伦心里,这里就是都市丛林。没有像后湾或灯塔丘地区那种铁栏杆,或装饰美观的砖造建筑。在这里,你得付出一大笔钱,才有幸在一栋严守效益主义规范的盒子状建筑里,租到一间严守效益主义规范的盒子状公寓套房。停车位是先到先赢,这就表示大多数人耗掉生活中一半的时间在找停车空间。你一路搏斗着去上班,又一路搏斗着下班,接着在小到只能站着的迷你厨房里,用微波餐结束一天,然后在全世界最小的床垫上入睡。

然而对一个巡警来说,这个地区还不错。这里很容易开上麻州收费公路——把麻州一切为二的主要动脉。公路东边接到九十三号州际公路,往西则会把你带到一二八号公路。基本上,只要几分钟时间,李欧妮就可以通往公路巡警的三大猎场。真棒!

华伦也喜欢这栋房子,一栋坐落在阿尔斯顿—布莱顿精华区的地道单一家庭住宅,一边是整整齐齐的成排三层楼公寓建筑,另一边则是往四面八方伸展的砖造小学校舍。值得感谢的是今天是星期日,学校没开门,让现在这一大批警力可以接管停车场,也让他们避过了更戏剧化的场面:惊慌的学生家长在现场到处乱窜。

这是小区中宁静的一日。至少本来是这样。

李欧妮巡警的典型双卧室平房盖在一处山腰上,是一栋有白色屋顶窗的主屋再加上一间双车位的红砖车库。在和街道齐高的步道上,有一段水泥台阶通往前门,还有一个几乎是华伦在波士顿市区见过的最大的院子。

很棒的家庭住宅。屋里有刚好可以抚养一个孩子的空间,一片给狗儿的完美草地,外面还有一个秋千。就算是现在,在冬天最冷的时候漫步在这片土地上,华伦还是可以在脑中想象种种画面:户外野炊,

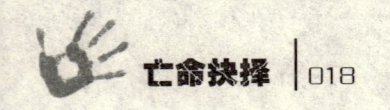

孩子们一起玩耍的日子，还有在后院露台上闲坐的慵懒夜晚。

在像这样的房子里，有许多事情可以进展得很顺利。所以到底是哪里出错了？

她认为关键可能在于庭院。宽大，形状不规则，在过度稠密的人口之中完全缺乏保护。

切过学校的停车场，走向这栋房子；或从后面那四栋不同的公寓建筑冒出来，走向这栋房子。

你可以像华伦一样，从后街通往李欧妮家，或从前街踏上水泥台阶，大多数麻州州警似乎就是这么做的。从后方、前方、右方跟左方，这栋房子都很容易进入，也很容易离开。

每位制服警官一定都知道这件事，因为华伦现在不是在研究一片纯净的白色雪堆，而是在看一堆靴子印，在1000平方米内累积出有史以来的最高数量。

她驼着背，往她的冬季户外夹克里缩得更深，然后充满挫折地呼出冰冷的一口气。

他妈的，一群白痴！

巴比·道奇出现在后院露台上，可能还在找他的制高点吧。照着他对那堆脏雪低头皱眉的样子来判断，他的思绪跟她的一模一样。他瞥见她，调整了一下他那顶黑色边缘的帽子以便抵御三月初的寒意，然后走下露台台阶到院子里来。

"你的州巡警糟蹋了我的犯罪现场，"华伦一路喊过去，"我不会忘记这件事。"

他耸耸肩，在走过来的时候把双手埋进他的黑色羊毛外套里。身为前任狙击手，巴比行动时仍然动作精简，这是因为过去他要花长时间保持完全不动的状态。跟很多狙击手一样，他个子较小，却有个肌肉发达的强壮身体，正配他那张很难刨平的脸。永远不会有人说他帅，但有很多女人觉得他很吸引人。

以前华伦也是那些女人之一。起初他们是恋人，但后来发现他们当朋友比较好。然后在两年前，巴比遇见安娜贝尔·格兰杰，跟她结了婚。华伦对那场婚礼的反应不佳，他们的女儿出世更像是额外的一击。

可是现在华伦有艾利克斯了。人生朝正面发展，对吧？

巴比在她面前停下脚步。"巡警保护人命，"他这样告诉她，"警探保护证据。"

"你的巡警搞砸了我的现场。我不会原谅，也不会忘记。"

最后巴比露出微笑。"华伦，我也很想念你。"

"安娜贝尔怎么样？"

"很好，多谢你。"

"那宝宝怎么样？"

"卡琳娜已经在爬了，我几乎不敢相信。"

华伦也不敢相信。该死，他们开始变老了！

"艾利克斯呢？"巴比问道。

"很好，很好。"她挥挥带着手套的手，寒暄够了，她接着问道，"所以你觉得出了什么事？"

巴比又耸耸肩膀，不急于回答。有些调查人员觉得有必要处理他们的谋杀现场，但巴比喜欢研究他的现场。还有许多警探有闲扯的倾向，巴比却很少开口，除非他有什么有用的话要说。

华伦对他敬重无比，却小心翼翼绝不让他知道。

"乍看像是家暴的状况，"他终于开口，"丈夫用啤酒瓶进攻，李欧妮巡警则用她的配枪自卫。"

"之前有过家暴通报的电话记录吗？"华伦问。

巴比摇摇头；她点头表示赞同。没电话记录不代表什么。警察痛恨求人帮忙，特别是要求其他警察帮忙。如果布莱安·达比曾经打过他老婆，她最可能的做法就是默默隐忍。

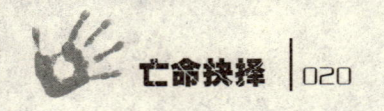

"你认识她吗？"华伦问道。

"不认识。我在她开始巡逻之后不久就不值巡逻班了，她加入州警才四年。"

"别人的评价如何？"

"可靠的警察，年纪很轻，驻守在佛莱明汉营区，做大夜班，然后再冲回家照顾她的孩子，所以很难跟人打成一片。"

"只做大夜班？"

他挑起一边眉毛，看来觉得很有趣。"巡警的排班表竞争很激烈。新手要先花整整一年值大夜班，然后才能争取另一个时段。就算是这样，排班表也是以年资为基础来判定的。才加入四年的新成员？我的猜测是，她还要再过一年才见得到阳光。"

"而我竟然以为，当一个调查警长已经是个烂透了的工作。"

"波士顿警察真是一群软脚虾。"巴比这样告诉她。

"拜托，至少我们知道不能弄乱犯罪现场的积雪。"

他苦着一张脸。他们重新开始审视被践踏过的院子。

"他们结婚多久了？"华伦开始问。

"所以她认识他的时候已经加入警方，也已经有那个孩子了。"

巴比没回答，因为那并不是个问句。

"理论上，他已经知道他扯进什么样的状况，"华伦继续大声说下去，试着对这一家人的互动关系有个初步的理解，"一个整晚不在家的妻子，一个需要夜间与晨间照顾的小女孩。"

"他在的时候是这样。"

"什么意思？"

"他的工作是商船船员，"巴比抽出一本笔记本，瞄了一眼他刚才草草写下的一行字，"一次出海六十天。出门六十天，在家六十天。有某位弟兄从李欧妮巡警，在营区里讲过的话里知道了这个惯例。"

华伦挑眉，"所以妻子有个疯狂的值班表，丈夫的值班表更夸张。

真有意思，他是个大个子吗？"

考虑到她脆弱敏感的胃，华伦没有在尸体旁边流连。

"五尺十寸（2米），二百一十或二百二十磅（95～100公斤）重，"巴比报告道，"有肌肉，没赘肉。我猜他在练举重。"

"一个能够挥出有力拳头的男人。"

"相对来说，李欧妮巡警大约五尺四寸（1.62米）高，一百二十磅（54公斤）重。这让丈夫有明显的优势。"

华伦点头。当然，州警受过徒手战斗训练，可是块头较小的女性对抗块头较大的男性，仍然处境不利，再加上那是她丈夫。有一大堆女性警官学会了工作技巧，在家却派不上用场；华伦不是第一次在女性同事身上看到像李欧妮巡警这样的黑眼圈。

"意外发生在李欧妮巡警刚下班回家的时候，"巴比说道，"她还穿着制服。"

华伦扬起一边眉毛，让这件事渗入心中。"她穿着她的防弹背心吗？"

"按照标准程序，穿在她的衬衫下面。"

"她的勤务腰带呢？"

"她从枪套里直接抽出Sig Sauer手枪。"

"靠，"华伦摇摇头，"这真是一团糟。"

这不是个问句，所以巴比再度未予回答。

那一身制服改变了一切，更不要说还有巡警勤务腰带了。首先，这就表示李欧妮巡警在攻击发生的时候穿着她的防弹背心。就算是个二百二十磅重的男性，要对一位警官的防弹衣造成影响也蛮困难的。其次，巡警的勤务腰带上有一大堆Sig Sauer以外的工具，适合在当时用来自保，例如伸缩警棍，或警方发给的电击枪、胡椒喷雾，甚至是金属手铐。

每位警官的基本训练，就是有能力迅速地评估威胁程度，然后以

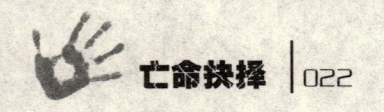

适当程度的武力反制。有人对着你大吼,你不必为此拔枪。有人打你,还是不见得要抽出武器。

可是李欧妮巡警这么做了。

华伦开始了解到,为什么州警工会代表,这么拼命要为泰莎·李欧妮找到适当的法律咨询顾问,还这么坚持她不跟警察讲话。

华伦叹了口气,揉了揉她的前额。"我搞不懂。所以是被殴妇女症候群。他揍她太多次了,最后她崩溃了,想了个办法解决。这样可以解释厨房里的尸体,急救人员则去日光室照顾她。不过那孩子呢?那女孩在哪里?"

"也许今天早上的争执是从昨天晚上开始的,继父开始大打出手,女孩逃离现场。"

他们望着雪地,小脚印留下的任何一丝痕迹都已经被彻底铲除了。

"有打过电话到当地的医院吗?"华伦问道,"制服警察在访查邻居吗?"

"这是全套的安珀警戒状态,而且我们并不笨。"

她别有用意地瞪着雪地,巴比闭嘴了。

"那生父呢?"华伦试试看别的,"如果布莱安·达比是继父,那么苏菲的生父在哪,他对这一切有什么说法?"

"没有生父。"巴比这么回答。

"我相信这在生物学上是不可能的。"

"出生证件上就没列名,在营区里她也没提及过任何人,也没有某位模范男性在隔周周末来访。"

巴比耸耸肩,"所以没有生父。"

华伦皱起眉头。"是因为泰莎·李欧妮不希望他出现在这里,还是因为他不想出现在这里?喔对了,在最近几个晚上,这些互动状态有没有突然改变?"

巴比再度耸耸肩。

华伦噘起嘴唇,开始看到好几种可能性。一位有意重新夺回亲权的生父;或是一个太过勉强的家庭,试着兼顾两种紧绷的职业生涯跟一个幼童。选项 A 表示生父可能绑架了自己的小孩,选项 B 则表示继父——或生母——把那孩子打死了。

"你觉得那女孩死了吗?"这时巴比问道。

"鬼才知道。"华伦不愿去想那个女孩。妻子射杀丈夫,这还好。失踪的孩子……这个案子会很糟糕。

"地面上藏不了一具尸体,"她大声说出她的想法,"冻过头了挖不动。所以如果这女孩确实死了……她的遗体最有可能被塞在屋内的某个角落。车库,阁楼,地板下的空间,还是旧冰箱里?"

巴比摇摇头。

华伦把她的话当成结论,她还没冒险走进屋内厨房与日光室之后的空间。但从现在搜查这一千一百平方尺(122 平方米)空间的制服警察数量来判断,他们应该能够把这栋房子一块块拆开来看。

"我不认为这跟生父有关,"巴比说道,"如果生父回到这里惹事,泰莎·李欧妮的嘴里应该会先冒出这些话,去联络我那个卑鄙的混蛋前男友,他威胁要把女儿从我身边带走。李欧妮没这样说——"

"因为工会代表叫她别说话。"

"因为工会代表不想让她说出自己犯罪的话。然而说出别人犯罪的话,是完全合理的目标。"

华伦心想,这个逻辑还真是无懈可击。"好吧,暂时忘记生父。听起来现在的家庭状况已经够失调了。从李欧妮巡警的脸来判断,布莱安·达比是个打老婆的人,说不定也揍他的继女。她死掉了,李欧妮巡警回家看到尸体,他们两个人都惊慌失措。继父做了一件恐怖的事,但李欧妮巡警放任他,让自己成了共犯。他们带着尸体去兜风,然后弃尸。接着回到家里,他们吵了一架,整体状况造成的压力让泰

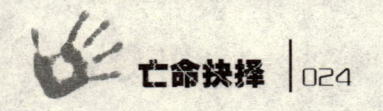

莎抓狂了。"

"李欧妮巡警先帮忙丢弃她亲生女儿的尸体,"巴比说,"然后才回家射杀她丈夫?"

华伦坚定地注视着他。"巴比,别做任何预设。在所有人之中,你应该最明白这一点。"

他什么话都没说,却迎向她凝视的目光。

"我要查扣李欧妮巡警的巡逻车。"华伦说。

"我相信上级正在解决这个问题。"

"男方的车也要。"

"二〇〇七年的通用 Denali,你的小队已经扣住那辆车了。"

华伦扬起一边眉毛:"好车,商船船员赚得到那么多钱?"

"他是工程师,工程师总是赚得到那么多钱。我不认为李欧妮巡警伤害了她自己的孩子。"巴比说道。

"你不认为?"

"我和她的几位巡警同事谈过,他们对她只有好话:慈爱的妈妈,全心奉献给女儿,诸如此类。"

"是喔?他们也知道她丈夫把她当成沙包吗?"

一时之间巴比什么都没说,这样的回答就够了。他转回去谈现场:"可能是诱拐案件。"他顽固地坚持己见。

"没有围墙的土地,周围有几百个陌生人……"华伦耸耸肩,"是啦,如果只是六岁大的小孩失踪了,我绝对会把变态狂列入考虑。可是在某个陌生人溜进家里的同一天晚上或早上,丈夫跟妻子也起了致命的争执,这种概率有多高?"

"别做任何预设。"巴比重复一遍这句话,不过听起来说服力不比她高。

华伦重新审视这个被翻得乱七八糟的院子,可能有一些跟他们目前的讨论相关的脚印曾经留在这里,现在却没有了。她叹了口气,好好的证据被弄烂最讨厌了。

"我们当时不知道,"巴比在她身边喃喃说道,"电话打进来的时候,像是某位警官陷入困境。

那些巡警回应的是那种状况,而不是谋杀案现场。"

"电话是谁打的?"

"我猜第一通电话是她打的——"

"泰莎·李欧妮打的。"

"李欧妮巡警打的。可能是打给营区里的某位弟兄。那位弟兄去请求支持,指挥中心把电话接起来。那时大多数的巡警都有反应了,警督押队,然后汉米尔顿警督一到此地——"

"就明白这不像是一场危机,反而比较像是善后工作。"华伦低声嘟囔。

"汉米尔顿采取了明智的做法,考虑过管辖权问题后,他通知了波士顿警方。"

"同时也把他自己旗下的警探叫来了。"

"宝贝,这就是挺自己人,我能说什么呢?"

"我要电话录音记录。"

"身为正式的州警联络官,不知怎么的我有种感觉,在我即将替你弄到的一大堆东西里,那只是第一件。"

"没错,州警联络官,让我们来谈谈这个。你是联络官,我是主要调查员,我认为这就代表我下令,你跑腿。"

"你还用过别种办案方式吗?"

"既然你问了我就告诉你,从来没有。所以,任务一,把那女孩找来给我。"

"你以为我不想啊。"

"很好。任务二——让我接触李欧妮巡警。"

"你以为我不想啊。"巴比重复一遍。

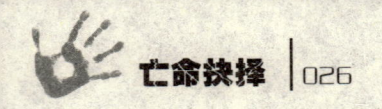

"拜托，你是州警联络官耶，她一定会跟州警联络官说话的。"

"工会代表叫她封口。她的律师呢，只要他一到场，最有可能的做法就是再度重复这道命令。华伦，欢迎面对警界的铜墙铁壁。"

"可是我他妈的也穿同一套制服啊！"

巴比意有所指地看着她厚重的户外夹克，上面的纹章写着 BPD（波士顿警局）。"在李欧妮巡警的世界里可不算。"

第四章

我接到我的第一通家暴通报电话时，我才第一次单独巡逻了两小时。调度员传来的事件讯息说是家庭语言暴力——基本上就是25B公寓的住户吵架吵得太大声，害他们的邻居睡不着觉。邻居气疯了，打电话叫警察。

乍看之下，没什么好激动的。巡警现身，25B公寓的住户闭嘴，然后在第二天早上，可能会有人把一袋热腾腾的狗粪扔在邻居家门前的平台上。

不过在警察学院里，他们对我们灌输这个想法——没有"典型的电话通报"这种东西——要提高警觉，要有所准备，要确保安全。

在前往25B公寓的路上，汗水把我的深蓝色制服泡得湿透。

新进巡警在刚开始的十二个星期里，在一位资深警官的督导下工作。在那之后，我们就单独巡逻了。没有同事陪伴，没有伙伴替你小心后方，取而代之的伙伴是调度员。你坐进巡逻车的那一秒，下车的那一秒，停下来喝杯咖啡的那一秒，停车去撒尿的那一秒，你都要跟调度员说。指挥中心是你的生命线，出事的时候，是指挥中心派援军——你的巡警同事——来拯救你。

这种安排在教室里听起来很像回事，但是在凌晨一点钟，在一个我不认识的小区里走出我的巡逻车，靠近一栋我从没见过的建筑物，面对两个我从不认识的人，要想到别的事实也很容易。举例来说，虽然巡警大约有一千七百名，但在同一时间巡逻的大概只有六百人，而且这六百名巡警要涵盖的范围是整个麻萨诸塞州。也就是说，我们散布在各地。也就是说，如果稍有差错，困境不会只维持五分钟。

我们全都是一个大家庭，但我们还是非常孤独。

我照着过去所受的训练靠近那栋建筑，我的两肘紧贴在腰际，以便保护配枪，我的身体微微转向侧面，构成一个比较小的攻击目标。我偏离窗口，同时靠近门的一侧，这样就不会直接站在火线上。

制服警察最常接到的电话是"状况不明"。在学院里，我们得到的建议是把所有电话都当成这一种。处处都有危险，人人都是嫌犯，而所有嫌犯都是骗子。

这就是你的工作方式，对于某些警察来说，这也变成他们的生存方式。

我爬上三个台阶，到达一块小小的前门平台，然后暂停一下，深吸一口气，保持平常心。我二十三岁，高度一般，而且不幸长得漂亮。不管是谁开的门，都很有可能年纪比我老，块头比我大，脾气也比我凶。但控制住场面仍然是我的工作。两脚张开，肩膀往后收，抬起下巴，就像其他菜鸟爱开的玩笑：千万别让他们看出你在流汗。

我站在门边，敲了敲门。然后迅速地让两手的拇指穿过我那件深蓝色长裤的腰带里。这样我的双手就不会战抖了。

没有骚动声，没有脚步声。然而灯火通明，25B 公寓的住户还没入睡。

我又敲了一次门，这次敲得比较重。

没有移动的声响，也没有住户在内的迹象。

我心神不宁地摸着我的勤务腰带，盘算着我有哪些选择。我接到一则通报，一则通报需要一份报告，写一份报告则必须有过接触。所以我挺直身体，让自己看起来高一点，然后很用力地敲门。"砰砰砰"，我的指关节猛撞在这一扇廉价的木造门上。该死的，我是州巡警，我可不容许被忽视。

这回有脚步声了。

三十秒后，门静静打开。

25B公寓单位的女性居民没有注视我。她瞪着地板，同时有血从她脸上滚滚流下。

如同我在那一晚，还有从此之后的许多晚上所学到的，处理家暴的基本步骤都一样。

首先，警察要保护现场，以迅速的初步检视找出任何潜在威胁，并加以排除。

警官，还有谁在家里？我可以在屋子里巡视一遍吗？巡警，那是你的武器吗？巡警，我必须要拿走你的武器。在这间房子里还有其他枪械吗？我也必须拿走你的勤务腰带。解开腰带，动作慢一点……谢谢你。接下来我要请你脱掉你的防弹背心。你需要协助吗？谢谢你。现在我会拿走这件背心。

我要你移到日光室里。就在这里坐下来，留在这里，我会再回来！

现场安全以后，警察现在要检查女方有没有受伤迹象。在这个阶段，警察不会做任何预设。个人既非嫌犯亦非受害人，她只是一名负伤者，也会如此被处理。

这名女性嘴唇流血，眼睛瘀青，喉咙处有红色痕迹，右前额偏高的地方有流血的撕裂伤。

许多被打的女人会辩称她们没事，不需要叫救护车，只要滚出去别烦她们就好。到早上一切都会好转。

受过良好训练的警察会忽略这些说词。只要有犯罪证据，就会触动刑法体系这个更巨大的齿轮。

也许这个被打伤的女人如她所说是受害者，而且最后会拒绝提告，但她也有可能是肇事者——也许这些伤势，是这名女性把未知的另一方打得遍体鳞伤的时候弄出来的，也就是说，她是一项罪行的加害者；

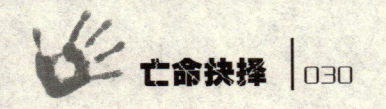

为了面对未知另一方很快就会提出的指控，她的伤势跟说词必须留下记录。再强调一次，不做预设。巡警会通报调度员目前的状况，要求支持，并召来急救人员。

现在开始会有其他人抵达现场，如制服警察、医疗人员。警笛会从地平线上响起，警方的车辆会涌入城市街头的狭窄通道里，同时邻居会聚集在外看热闹。

犯罪现场会变成一个非常繁忙的地方，这让第一位响应者的记录变得益发重要，一定要做记录，做记录，做记录。巡警现在会针对现场做一次更详细的视觉检阅，做笔记，并拍下第一批照片。

男性死者，三十五到四十岁之间，目测有五尺十寸（约2米）高，两百一十到两百二十磅（95～100公斤）重。躯干部位有三处枪伤。发现时面部朝上，距离厨房内的桌子左边两尺（约66厘米）。

厨房里的两张木造椅子翻倒了，椅子底下有破碎的绿色玻璃残片。一个破掉的绿色瓶子——上面的标签是海尼根——距离厨房桌子左边六寸（20厘米）远。

Sig Sauer 半自动手枪在四十二寸木造圆桌上方被发现。警察移除子弹，清空枪膛。已装进证物袋并贴上标签。

客厅无人。

楼上的两间卧室与浴室无人。

会有更多制服警察来帮忙，盘问邻居，保护现场周围。女方跟调查动作进行的地方会保持隔离状态，现在她会在一旁接受医疗人员的照护。

这是个女性急救人员，她帮我量脉搏，轻柔地探一探我的眼窝跟颧骨，看看有没有骨折迹象。要求我拆掉我的马尾，这样她才能更仔细地照护我前额的伤势。她用镊子夹出第一块绿色玻璃碎片，随后会用来跟破啤酒瓶比对。

"女士，你觉得如何？"

"头痛。"

"你有没有眼前发黑或失去意识的记忆?"

"就是头痛。"

"你觉得恶心想吐吗?"

"对。"胃在搅动。我试着集中精神,抗拒着疼痛、混乱和越来越强烈的迷惘:这件事不可能发生,不应该发生……

急救人员进一步检查我的头,找到我头骨后方慢慢变大的肿块。

"女士,你的头怎么了?"

"什么?"

"女士,你的头部后方。你确定你没有跌倒,然后失去意识?"

我表情茫然地望着急救员。"你爱的是谁?"我悄声说道。

急救人员没回答。

下一步,记录初步证词。一个好巡警会同时注意受访对象说了什么,还有她是怎么说的。真正处于惊吓状态的人有词不达意的倾向,会提供片段的信息,却没办法把片段串成融贯的整体。某些受害者会陷入解离状态,他们会用平板简短的语调讲述,在他们心目中并未发生在他们身上的事。然后还有一些专业的骗子——他们假装语无伦次或陷入解离状态。

每个骗子迟早都会扯过头,补充的细节稍微多了一点,听起来有些太过镇定,然后受过充分训练的调查员就可以一举逮个正着。

"李欧妮巡警,你可以告诉我这里出了什么事吗?"一位波士顿辖区的警探先拔得头筹。他年纪比较大,两鬓头发灰白。他看起来很仁慈,走的是亲善路线。

我不想回答。我必须回答。这位辖区警探会比接着来到的谋杀案调查员好应付。我的头阵阵抽痛,我的太阳穴和脸颊也都在痛,我的脸热得像着火。

我想吐,我憋住那种感觉。

"我丈夫……"我悄声说道。我凝视的目光自动落到地板上。我逮着自己的错误，逼自己抬头看，迎向那位辖区警探的目光。"有时候……我工作到很晚，我丈夫会很生气。"停顿，我的语气变得比较强劲，也比较明确："他打我。"

"警官，他打你哪里？"

"眼皮，眼睛，脸颊。"我的手指摸索着每个地方，重新感受那股痛。在我的脑海中，我仍然卡在某段时间里。他，居高临下地逼近。我，瑟缩在油毡地板上，真心感到害怕。

"我跌倒了，"我对辖区警探说道，"我丈夫拿起一把椅子。"

一阵静默。辖区警探等着我说出更多事情。编一句谎话，或者说实话。

"我没打他。"我悄声说道。我已经听过够多这样的供述了，我知道这个故事会往哪儿发展，我们全都知道。"如果我不反击，"我机械化地继续，"他就会发泄完毕，然后走人。如果我反击……结果总是会更惨。"

"李欧妮巡警，你丈夫拿起一把椅子是吗？他这么做的时候，你在哪里？"

"在地板上。"

"在屋子的哪里？"

"厨房。"

"你丈夫拿起椅子的时候，你做了什么？"

"什么都没做。"

"他做了什么？"

"丢出椅子。"

"丢到哪？"

"丢向我。"

"椅子有砸到你吗？"

"我……我不记得。"

"接下来发生了什么事,李欧妮巡警?"这位辖区警探弯下腰,更仔细地凝视我。他的端详混合着忧虑。我视线接触的方式不对劲吗?我讲的故事太详细了吗,还是不够详细?

我想要的圣诞礼物就只有我的两颗门牙,我的两颗门牙,我的两颗门牙。

这首歌在我脑袋里响起,我想"咯咯"笑出声,我没笑。

爱你哟,妈咪!爱你哟!

"我把椅子往回扔向他。"我这样告诉辖区警探。

"你把椅子往回扔向他?"

"他变得……更火大。所以我必须做点什么,对吧?因为他变得更生气了。"

"李欧妮巡警,这时候你穿着全套制服吗?"

我迎向他的双眼,"对。"

"戴着你的勤务腰带?还穿着你的防弹衣?"

"对。"

"你有伸手拿你勤务腰带上的任何东西吗?有没有采取什么举措来保护你自己?"

我还是望着他的眼睛,"没有。"

警探好奇地望着我。"李欧妮巡警,接下来发生了什么事?"

"他抓起啤酒瓶,砸到我前额上。我……我想办法把他挡开了。他绊了一下,倒向桌子。我跌倒了,然后靠着墙壁。我的背靠着墙壁,我必须找到出口,我必须脱身。"

一片静默。

"李欧妮巡警?"

"他有破酒瓶,"我低喃,"我必须脱身。可是……我被困住了。困在地板上,靠着墙壁,望着他。"

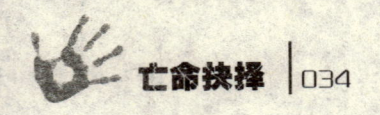

"李欧妮巡警?"

"我怕我有生命危险。"我低声说,"我摸到我的武器。他冲过来……我怕我会死。"

"李欧妮巡警,发生了什么事?"

"我射杀了我丈夫。"

"李欧妮巡警——"

我最后一次迎向他凝视的目光,"然后我就去找我女儿了。"

第五章

等到华伦跟巴比停止在屋子前面打转的时候,急救人员正从救护车后面拿出一个担架。华伦往他们那里望去,然后认出了站在犯罪现场封锁线外,拿着命案现场日志的波士顿警官。

她先走向他。

"嘿,费斯克警官,你把进入这里的每位制服警察都登记下来吗?"她指了一下他手中的笔记本,他在那里收集所有跨过犯罪现场封锁线的人员姓名。

"有四十二名警察。"他连睫毛都没眨一下。

"天哪!有没有留一个警察巡逻整个大波士顿区啊?"

"恐怕没有。"费斯克警官回答。这孩子年轻又严肃,是只有华伦这么想,还是他们每过一年就变得更年轻、更严肃?

"呃,这里有个问题,费斯克警官。当你在这里收集名字的时候,还有其他警察从这栋房子的后面进出,这真的气坏我了。"

费斯克警官瞪大了眼睛。

"你有搭档吗?"华伦继续,"用无线电呼叫他拿个笔记本,然后到屋子后面找个位置站好。我要名字、阶衔和警察编号,全部列入记录。而且你们两个做这件事的时候,顺便把话放出去:每个出现在这个地址的州巡警,在今天结束之前,全都要向波士顿警察总部报到,留下他或她的鞋印。抗命的结果是立刻被调去坐办公桌。

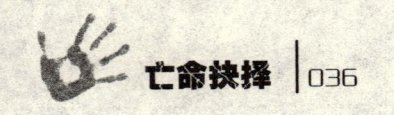

你就说你是直接从州警联络官那里得到的指示。"她的拇指往巴比那里一指，他站在她旁边翻了个白眼。

"华伦——"他开口要说话。

"他们践踏了我的现场。我不会原谅，也不会忘记。"

巴比闭嘴了，她喜欢他这一点。

既保护了她的现场，又制造出紧张气氛之后，华伦的下一步是走向急救人员，他们现在把担架放在他们之间，准备好要爬上通往前门的陡峭楼梯。

"等一下。"华伦喊道。

急救人员是一男一女，他们在她走近时停下来。

"我是华伦警长，"华伦做了自我介绍，"我负责指挥，你们准备好运走李欧妮巡警了？"

站在担架前端，体格雄壮的女人点点头，她已经转身背对着楼梯了。

"哇哇哇，慢着，"华伦很快地说道，"我需要五分钟。在李欧妮巡警开心上路之前，我有几个问题要问她。"

"李欧妮巡警的头部有个严重的伤口，"那位女士语气坚定地回答，"我们要送她去医院做计算机断层扫描。你有你的工作，我们也有我们的。"

急救人员更靠近台阶了，华伦上前拦截。

"李欧妮巡警有失血过多的危险吗？"华伦逼问。她瞥了一眼那女人的名牌，慢半拍补上一句，"玛拉？"

看来玛拉并未因此大受感动，"没有。"

"她在生理上，有任何紧急的危险吗？"

"脑水肿，"那位急救人员唠唠叨叨地念下去，"脑出血……"

"那么我们会让她醒着，要她复述她的名字跟今天的日期。你们这些人碰到脑震荡病患不就是这样处理的吗？数到五，往前数再倒数，说出姓名、阶衔、编号，等等。"

巴比在她旁边叹了口气。华伦说的绝对是标准做法。她把注意力集中在玛拉身上，她看起来比巴比还要恼火。

"警探！"玛拉开口了。

"有小孩子失踪了，"华伦打断话头，"六岁大的女孩，天知道她人在哪里、面对什么样的危险。玛拉，我只需要五分钟。也许这样对你、对你的工作、对李欧妮巡警和她的伤势都是过火的要求，可是为了一个六岁小孩，我认为这样做还远远不够。"

华伦很厉害。她一向如此，以后也会一直如此。玛拉看起来四十五岁左右，家里可能至少有一两个孩子，更不要提有多少侄女外甥什么的，她屈服了。

"五分钟，"她说着瞥了一眼她的搭档，"接下来无论如何，我们都要把她带出来。"

"无论如何。"华伦表示同意，接着就冲上台阶。

"你今天早上吃早餐了对吧？"巴比跟在她后面小跑步的时候低声嘟囔。

"你只是嫉护。"

"我干吗要嫉妒？"

"因为每次碰到这种狗屁状况，我总是可以轻松过关。"

"骄者必败。"巴比喃喃说道。

华伦推开屋子的前门。"为了六岁大的苏菲，还是别这样期待吧。"

李欧妮巡警仍然被隔离在日光室里。华伦跟巴比必须穿过厨房才能走到那里。布莱安·达比的遗体已经被移走了，身后留下了染上血迹的硬木地板、一堆证物标示卡，还有指纹采集粉的厚重粉尘。

都是常见的犯罪现场碎屑，华伦绕过去的时候用手盖住口鼻。她仍然领先巴比两步，她希望他没注意到她遮鼻子。

泰莎·李欧妮抬头看着进房的巴比跟华伦。她握着一个冰袋，贴住她的半边脸，但仍然遮不住她嘴唇上的血，以及她前额上渗血的裂伤。在华伦走进日光室的时候，这位女性警官放下冰袋，露出一只已经肿得睁不开、变成茄紫色的眼睛。

华伦禁不住一阵震惊。不管她相不相信李欧妮最初的供词，这位女巡警绝对挨过一顿狠打。华伦很快地瞥了这位警官的双手一眼，想要确定有没有任何自卫伤口的痕迹。李欧妮巡警发现她的动作，用冰袋盖住了自己的指关节。

这两个女人彼此打量了一会儿。对华伦来说，李欧妮巡警似乎很年轻，穿着她那件巡警的蓝制服时尤其如此。深色长发，蓝色眼睛，心形的脸。除了瘀青以外是个漂亮女孩，也许正因为这些伤得她更加柔弱。华伦立刻觉得自己快要烦躁起来，漂亮柔弱的人几乎总是在考验她的耐性。

华伦审视着房间里的另外两个人。

站在李欧妮旁边的是个特大号州巡警，他的肩膀往后收，摆出了他最称头的硬汉架势。与此相反，坐在她对面的是一个穿着灰色西装的娇小年长绅士，一本可撕式黄色笔记本在他的一边膝盖上巧妙地保持平衡。华伦在心里认定，工会代表是站着的那个，工会聘请的律师正坐着。所以，大伙儿全到齐了。

工会代表，一位州巡警弟兄先开口说话了。

"李欧妮巡警不回答问题。"他下巴一挺，如此宣称。

华伦瞄着他的警徽，"里昂斯巡警——"

"她已经提供了初步供词，"里昂斯巡警硬邦邦地继续说下去，"所有其他的问题，都必须等她接受医师诊治之后再说。"他瞥向华伦背后的门口，"急救人员在哪？"

"在拿他们的装备，"华伦的说词很圆滑，"他们很快就会过来。李欧妮巡警的伤势当然要优先处理。警界同事当然要有最佳待遇。"

华伦往右边移动，腾出空间让巴比站在她旁边——市警跟州警的联合阵线。但里昂斯巡警看起来没留下什么好印象。

那位律师站了起来,现在在伸出一只手,"我是肯恩·卡吉尔,"他用自我介绍的方式说道:"我将会代表李欧妮巡警。"

"我是华伦警长。"华伦介绍了自己,然后介绍巴比。

"我的客户现在不回答问题,"卡吉尔告诉他们,"一等她得到适当的医疗照护,我们也了解她的全盘伤势之后,我们就会让你们知道。"

"我了解,在此我没要咄咄逼人。急救人员说他们还要几分钟准备担架,拿一些点滴补充液,所以我想我们可以利用这段时间问几个基本问题。我们为小苏菲发布了整套安珀警戒,不过我必须实话实说。"华伦一摊手,摆出无助的姿态。"我们完全没有线索。而我确定李欧妮巡警知道,这种案件必须分秒必争。"

一提到苏菲的名字,坐在沙发上的李欧妮巡警身体一僵。她没有看华伦,也没有看房间里的其他男人。她让自己凝视的目光锁定绿色旧地毯上的某一点,双手仍然塞在冰袋下面。

"我到处都找过了,"李欧妮突然开口,"房子,车库,阁楼,他的车——"

"泰莎,"里昂斯巡警插嘴了,"别这样,你不必这样。"

"你最后一次见到你女儿是什么时候?"华伦趁着还有机可乘的时候发问。

"昨晚十点四十五分,"这位警官自动给出答案,就好像是背出来的。"我总是会在报到值勤前去察看苏菲。"

华伦皱起眉头。"你在十点四十五分离开这里,去值十一点的班?你能在十五分钟内从这里到达佛莱明汉营区?"

李欧妮巡警摇摇头。"我没有开到营区去。我们会把巡逻车开回家,所以我们一握住方向盘就开始巡逻了。我从我的巡逻车里打电话给留守的警官,然后报出代码五。他会把我的巡逻区指派给我,我就可以

上路了。"

　　华伦点点头。华伦没当过巡警，不知道这类的事，可是她也在跟李欧妮巡警玩把戏。这种把戏称为确立嫌犯的心理状态。凭这一招，要是李欧妮巡警不可避免地供出某些有用讯息，她那个超卖力的委任律师却打算防堵她的老实话，声称他的当事人因为脑震荡所以神志不清的时候，华伦就可以指出，李欧妮回答其他容易验证的问题时有多清醒。举例来说，要是李欧妮能够精确地回忆她几时打电话给留守警官、她去了哪些地方巡逻等等，那么为什么要认定她会突然搞错自己射杀丈夫的方式？

　　经验老到的警探都知道怎么玩这些把戏。在几小时前，华伦可能不会把这些招数用在警界同事身上。她可能愿意为伤痕累累的可怜巡警李欧妮网开一面，向她表露一位女警官愿意给另一位女警官的偏袒待遇。但这是在那群州巡警践踏过她的犯罪现场，又把华伦完全挡在他们那道蓝色高墙的另一边之前。

　　华伦不会原谅，也不会忘记。

　　而且现在她不想办一件牵扯到幼童的案子。但她不能表现出来，就连对巴比都说不得。

　　"所以你在十点四十五分察看过你女儿……"华伦进一步追问。

　　"苏菲在睡觉，我吻了她的脸颊。她……她翻过身去，把被子拉高。"

　　"那你丈夫呢？"

　　"在楼下。他在看电视。"

　　"他在看什么？"

　　"我没注意。他在喝啤酒，那让我分心了。我真希望……我比较喜欢他不喝酒的时候。"

　　"他喝了几瓶？"

　　"三瓶。"

"你数过？"

"我察看过排列在水槽下面的空瓶。"

"你丈夫有酗酒的问题？"华伦直率地问道。

李欧妮最后终于抬头看着华伦，用没受伤的那只眼睛盯着她，这时她的另外半边脸仍然是浮肿、软泡泡的惨状。"布莱安在家的时候一连六十天无事可做。我有工作，苏菲要上学，可是他什么事都没有。有时候他会喝酒，而有时候……喝酒对他不好。"

"所以你希望你丈夫别喝酒，但他喝了三瓶，你还是让他跟你女儿独处。"

"嘿——"里昂斯巡警又开始要干涉了。

可是泰莎·李欧妮却说："对，女士，我让我女儿跟她喝醉酒的继父在一起。如果我早知道……该死的，我那时候就会宰了他，我昨天晚上就会杀了他！"

"哇——"辩护律师从椅子上起身了，可是华伦根本不理他，李欧妮也没理他。

"你女儿出了什么事？"华伦想知道，"你丈夫对她做了什么？"

李欧妮已经在耸肩膀了。"他不告诉我。我回到家里，上了楼。她应该在床上睡觉，或是在地板上玩。可是……什么都没有。我一直找一直找一直找，苏菲不见了。"

"他有打过她吗？"华伦问道。

"有时候他觉得与我相处很困难，可是我从来没有看过他打她。"

"他寂寞吗？你整个晚上不在，他跟她独处。"

"不！你错了。那样我会知道的！她会告诉我。"

"那你告诉我，泰莎，你女儿出了什么事？"

"我不知道！该死的，她只是个小女孩，什么样的男人会伤害一个小孩子？什么样的男人会做这种事？"

里昂斯巡警试图安慰她似的把双手放在她肩膀上，然而李欧妮巡警甩开了他。她站了起来，显然怒气冲冲。然而事实证明这动作太大了，她几乎立刻就跟跄着倒向旁边。

里昂斯巡警抓住她的手臂，小心地让她坐回那张双人沙发上，同时对华伦射出一记愤怒的眼光。

"稳住。"他粗声对泰莎·李欧妮说道，同时继续瞪着华伦跟巴比。

"你不懂，你不懂。"那位人母兼巡警在喃喃自语。她看起来再也不漂亮或柔弱了。她的脸有一种不健康的苍白，她看起来一副快吐的模样，她的手拍着她旁边的空座位。"苏菲好勇敢，好有冒险精神。可是她怕黑，怕得要命。有一次，在她快三岁的时候，她爬进我巡逻车的后车箱里，后车箱关上了，她一直尖叫个不停。要是你听到她的尖叫，你就会知道，就会了解……"

李欧妮转向里昂斯巡警。她抓住他健壮的双手，绝望地抬头注视着他。"她会平安无事，对吧？你会让她安全，对吧？你会照顾她吧？带她回家。谢恩，要在天黑之前。在天黑前。拜托，拜托，我求你，拜托。"

对于这一阵情绪爆发，里昂斯看起来不知道该怎么响应或处理。他继续搀扶着李欧妮的肩膀，这就表示该由华伦去把垃圾桶抓过来，然后及时把桶子塞到那个脸色灰白的女人身体下方。李欧妮一直吐到她只能干呕，然后又多吐了一些。

"我的头。"她呻吟着的时候，身体已经缩回双人沙发上了。

"嘿，谁在烦我们的病人？不是急救人员的人全部滚出去！"玛拉跟她的搭档回来了。他们硬闯进房间里。玛拉赏了华伦一个意有所指的眼神。华伦跟巴比接收这个暗示，转身朝着相连的厨房走去。

但在所有人之中，竟是李欧妮抓住了华伦的手腕。她那只苍白的手具备的力量让华伦吓了一跳，让她突然停步。

"我女儿需要你。"这位警官悄声说道，这时急救人员抓住她的另一只手，开始做静脉注射。

"当然。"华伦很愚蠢地说道。

"你一定要找到她,答应我!"

"我们会尽全力——"

"答应我!"

"好,好,"华伦听到自己这么说,"我们会找到她,当然会。你……去医院吧,好好照顾自己。"

玛拉跟她的搭档把李欧妮移到担架上。那位女警官的身体还在扭动,很难看得出她是想把他们推开,还是想把华伦再拉近一点。在几秒钟之内,急救人员就把她绑好推出门外,里昂斯巡警坚忍地跟着。

律师落在后面,在他们从日光室走回屋里的时候递出一张名片。"我确定你们了解,这些话全都不能当成证词。别的不提,我的客户从来没放弃过她的权利,而且没错,她有脑震荡。"

律师说完他该说的话之后也走了,只留下华伦跟巴比站在厨房旁边。华伦再也不必掩住鼻子了。

她对李欧妮警官的访谈让她分心,使她注意不到那股气味。

"是我个人的问题呢,"华伦说,"还是看来真的有人用一根肉锤打过泰莎·李欧妮的脸?"

"然而她那双手上连一点割伤或擦伤都没有,"巴比提供他的看法,"指甲没裂,关节也没瘀青。"

"所以有人把她打得半死,她却完全没出手阻止?"华伦很怀疑地问道。

"直到她射杀他为止。"巴比温和地更正。

华伦翻了个白眼,她觉得很困惑,而且不喜欢这种感觉。泰莎·李欧妮的脸部伤势够逼真了。她对女儿失踪的恐惧是诚心的。但是这个现场……没有自卫伤口。一个训练有素的警察,明明有整套勤务腰带可用,却先拿了枪。一个女人才刚刚做了那么激动的陈述,却避免所有的眼神接触……对于这个现场,华伦有很不自在的感觉:或许对于一位抓住她手臂，几乎是央求华伦帮忙找回失踪小孩的女性同事，华伦也觉得不对劲。

六岁大的苏菲·李欧妮，她怕黑。

喔，天哪！这个案子会很折磨人。

"这听起来像是她跟丈夫吵起来了，"巴比正在说话，"他压制住她，把她打倒在地上，所以她就去拿她的枪。然后她才发现她女儿不见了。而且她当然也发现她刚刚把唯一可能告诉她苏菲在哪里的人杀掉了。"

华伦点点头，她还在考虑。"我有个问题：一个巡警的第一直觉是什么——保护自己还是别人？"

"保护别人。"

"那么一位母亲的第一优先事项是什么？保护自己还是她的孩子？"

"她的孩子。"

"可是李欧妮巡警的女儿不见了，她做的第一件事是通知她的工会代表，然后找个好律师。"

"也许她不是个好巡警。"巴比说。

"也许她不是个好母亲。"华伦这么回答。

第六章

我在八岁大的时候坠入爱河,并不是你想象的那种状况。我爬到我家前院的树上,在比较矮的树枝上找个位置坐下,然后低头盯着在我下方一小块被烤干的草坪。我爸爸可能在工作,他有自己的修车厂,大多数早晨在六点开店,大多数晚上要到五点之后才会回来。我妈可能在睡觉,她在我父母卧房里的嘿声黑暗中度日。有时候她会叫我,我则拿一些小东西给她——一杯水,几片饼干。但大多数时候,她是在等我爸爸回家。

他会替我们所有人做晚餐,我妈最后会拖着脚步走出她的黑暗深渊,在小圆桌旁边跟我们会合。

在他把马铃薯递过来的时候,她会对他微笑;在他粗着嗓子说他今天发生什么事的时候,她会机械化地咀嚼食物。

晚餐吃完之后,她就会回到走廊底部的阴影里去,她一天的精力全都用尽了。我会洗碗盘,我父亲会看电视,晚上九点熄灯。

李欧妮一家的另一天结束了。

我早早就学会不要邀请同学来家里,我也学会保持沉默的重要性。

当时天气很热。那是七月份,我眼前又有长得无穷无尽的一天要打发。其他小孩可能在夏令营里过得很痛快,或者在某处小区游泳池里玩水。说不定还有些真正的幸运儿,由幸福快乐的父母带他们去海滩。

我则坐在一棵树上。

一个女孩出现了，她踩着一辆桃红色的滑板车。当她沿着街道飞驰的时候，金色的辫子在深紫色的安全帽下翻飞。在最后一刻，她往上一瞥，发现我瘦瘦的腿。她"嘎吱"一声在我下方停住，朝上凝视着我。

"我的名字是茱莉安娜·苏菲亚·何奥，"她说，"我刚搬到这个小区来，你应该下来跟我一起玩。"

所以我照做了。

茱莉安娜·苏菲亚·何奥也是八岁大。她父母才刚从麻州的哈佛搬到佛莱明汉。她父亲是个会计师，她妈妈待在家里，做些像是打理房子，还有切掉花生果酱、三明治硬边之类的事情。

在双方协议下，我们总是在茱莉安娜家玩。她家庭院比较大，还有真正的草。她有小美人鱼洒水器跟小美人鱼滑水道，我们可以一玩好几个小时，然后她妈妈会给我们插着粉红色弯曲吸管的柠檬水，还有切成厚片的红肉西瓜。

茱莉安娜有个十一岁大的哥哥托马斯，他是个真正的"肉中刺"。她还有十五个表亲和一大堆叔叔阿姨。在非常炎热的日子里，她全部的家人会聚集在她祖母位于南滨的家，然后他们会到海滩去。

有时候茱莉安娜会去骑旋转木马，她自认为是摘铜铃（译注：在十九世纪末到二十世纪初，美国的旋转木马座台上方会挂着一些铜铃跟铁铃，如果抓到铜铃可以得到一些奖品，比如可以再坐一次）的专家，虽然她实际上还没抓到过——但已经很接近了。

我没有表亲、叔叔、阿姨或住在南滨的祖母。我倒是告诉茱莉安娜，我父母在我四岁大的时候造出了一个婴儿，只是那个婴儿一出生就是蓝色的，医生必须把他埋到土里去，我妈妈则必须从医院搬回家里卧房。有时候她会在中午哭泣，有时候她会在夜半哭泣。

我父亲说我不能讲起这件事，可是有一天我发现一个鞋盒，塞在我爸放在走廊底储藏室的保龄球后面。在盒子里有一顶小小的蓝色帽子，一条小小的蓝色毯子，一双小小的蓝色鞋子，还有一张照片，上面有个皮肤白皙、亮红嘴唇的新生男婴。在那张照片底部，有人写上——乔瑟夫·安德鲁·李欧妮。

所以我猜我有个小弟弟乔伊，但是他死掉了，从此之后我爸爸埋头工作，我妈妈埋头哭泣。

茱莉安娜思索过这件事，她决定我们应该替婴儿乔伊举行一个像样的弥撒，所以她拿出了她的诵经念珠。她对我示范要怎么把暗绿色的念珠缠在手指上，还教我念了一些祈祷文。接下来，我们必须唱一首歌。我们唱了《马槽圣婴》，因为这首歌跟婴儿有关，而我们又多少知道歌词。然后，就是念追悼词的时候了。

茱莉安娜得到这个荣誉。她以前在她祖父的葬礼上听过一次。她感谢上帝照顾婴儿乔伊，她说他没有受苦，真是一件好事。她说她确定他在天堂玩扑克牌会玩得很开心，还会低头照看我们全部的人。

然后，她用她的手握住我的双手，然后告诉我，她为我的丧亲之痛感到非常遗憾。

我开始哭泣，抽泣声大得吓到我自己，可是茱莉安娜只是拍拍我的背。好啦好啦，她说。然后她跟着我一起哭，哭到她妈妈上来看我们的状况，因为我们制造了好大的骚动。我还以为茱莉安娜会把一切都告诉她妈妈，但茱莉安娜宣称我们只是急需巧克力碎片饼干，所以她妈妈下楼去替我们烤了一整盘。

茱莉安娜·苏菲亚·何奥就是那种朋友，你可以靠在她肩膀上哭泣，并且信任她会守住秘密。你可以在她家院子里玩耍，然后相信她会把她最好的玩具给你玩。你可以住在她家，然后信赖她会跟你分享她的家人。

我一个人临盆的时候，我在心里想象茱莉安娜握着我的手。在我终于第一次抱到我女儿的时候，我替她取的名字是在向我的童年好友致敬。

不幸的是，这些事情茉莉安娜完全不知道。

她已经超过十年没跟我讲话了。

虽然认识茉莉安娜·苏菲亚·何奥是我这辈子碰到过最好的事情，到头来我却是她遇到过最糟的事情。

有时候，爱就是那样。

在救护车后座，那位女急救员替我做了静脉注射。她拿出一个浅盆，刚好让我来得及吐在里面。

我的脸颊灼热，我的鼻腔充血，我必须撑住。大半时候，我想要闭上双眼，让这个世界消失。光线刺痛了我的双眼，记忆烧焦了我的脑袋。

"告诉我你叫什么名字。"救护人员指示我，逼我回神。

我张开嘴巴，一句话都说不出来。

她给我一口水，帮我清理干净我破裂的嘴唇。

"泰莎·李欧妮。"我最后设法说出口。

"今天是几月几号，泰莎？"

有那么一秒钟，我答不出来。我脑袋里没有出现任何数字，我开始惊慌。我脑中所见的就只有苏菲空荡荡的床。

"三月十三日。"我终于低声说道。

"二加二等于？"

另一次停顿："四。"

玛拉嘟囔了一声，调整了那条把清澈液体送到我手背的管子。"真不得了的黑眼圈。"她这么说。

我没回答。

"几乎跟盖住你半边屁股的瘀青一样漂亮了。你丈夫喜欢铁头鞋？"

我还是没回答，只是想象着我女儿微笑的脸。

救护车慢了下来,也许准备好转进急诊室。我只能这么希望。

玛拉又多看了我一秒。"我不懂,"她突然说道,"你是警察,你受过特殊训练,你自己就处理过这种电话。在所有人之中,你当然应该最清楚……"她似乎克制住自己了。"唔,我猜事情就是这样,对吧?家暴在所有社会族群里都会发生。就连那些应该更明白道理的人也一样。"

救护车停了下来。三十秒后,后车门猛然打开,我被推到阳光下。我不再看玛拉了。我的双眼盯着迅速越过头顶的三月灰色天空。

在医院里,立刻出现大量活动。一个急诊室护士冲向前跟我们会合,领着我们进入检验室。有文件等着被填满,包括无所不在的医疗保险流通与责任法案表格,对我的隐私权提出建议。就像护士向我保证的,我的医生不会跟任何人讨论我的案子,就算是执法人员也一样,因为那会违反医病守密原则。有件事情她没说,但我已经晓得了:我的医疗记录表被视为中性的文件,地方检察官可以发出传票,也就是说,我向医生说的任何陈述,那些被记录在量表里的陈述……某处总是有个法律漏洞,找个警察问问就晓得了。

文书作业完成,护士转而处理手边的下一件事。

昨天晚上,我花了十五分钟穿我的制服。首先是基本的黑色内裤,然后是黑色的运动胸罩,接着是一件丝质内衣,免得下一层衣服——沉重的防弹背心——擦伤我的皮肤。我拉起黑色中统袜,接着是海军蓝的长裤,上面有靛蓝色的抢眼条纹。接下来我系紧靴子的鞋带,因为通过惨痛教训,我已经学到,在我穿上防弹衣之后,就不可能弯腰摸到脚了。所以顺序是袜子、长裤、靴子,然后再回到上半身,穿上我笨重的防弹背心。考虑到天气状况,我在防弹背心外面套了一件州警发的高领衫,然后再穿上我的制式浅蓝色衬衫。我必须调整高领衫下面的背心,然后设法把三层衣服——丝质内衣、高领衫和衬衫——都塞进裤子里。再后来,我用黑色宽皮带捆起长裤,以便固定这些衣服。一切就绪之后，我去拿我的行头。

二十磅重的黑色皮革勤务腰带，我把它缠在我的裤腰带上，然后粘上四个魔术贴带子。下一步是把我的 Sig Sauer 半自动手枪从卧房衣柜里的手枪保险柜中拿出，然后把枪插进我右臀上的枪套里，再把我的手机塞进勤务腰带前方，然后把警用呼叫器固定在我右肩的夹子上。我检查左臀上的无线电，察看两个备用弹匣、铁制警棍、胡椒喷雾、一副手铐跟电击枪，然后把三只中性笔塞进我衬衫左边袖子上缝好的插口里。

最后是画龙点睛的重点，我的制式州警帽。

我总是会停下来细看我在镜中的样子。一个州警的制服不只是一种外观打扮，而是一种感觉。那条勤务腰带的重量在我臀部拉扯着。那件防弹衣的巨大体积压平了我的胸部，让我的肩膀变宽了。那顶帽子紧绷的边缘往下拉低到我的前额上，在我两眼上方投下一道无法穿透的阴影。

要有指挥若定的风度。宝贝，绝对别让他们看出你在流汗。

护士从我身上剥下我的制服。她脱掉我的淡蓝色衬衫，我的高领衫，防弹背心，内衣，胸罩。她脱掉我的靴子，把我的袜子往下卷，解开我的腰带，然后把长裤从我腿上拉下来，然后照样处理了我的内裤。

每样东西都被脱掉，然后装进袋子里贴上标签，成为波士顿警方将来用以成案对付我的证据。

到最后，护士拿掉我的金色针式耳环，我的手表，然后是我的结婚戒指。她把我剥光的时候告诉我，做计算机断层扫描的时候不能配戴珠宝。

护士交给我一件病患用睡袍，然后匆忙地带着她的证物袋跟我的个人财物离开。我没有移动。我就躺在那里，感觉失去那件制服的失落感，还有自己赤身裸体的羞耻感。

我可以听到走廊那头有一台电视正在播报我女儿的名字。接下来会是她去年十月才在学校照的照片影像。苏菲穿着她最喜欢的黄色折边上衣，微微地转向侧面，用她大大的蓝眼睛回顾摄影机。她脸上有个兴奋的笑容，她热爱照相，又特别想要这张照片，因为这是她掉了上门牙之后第一次拍照，先前牙仙带给她整整一块钱，她等不及要花这笔钱了。

我双眼灼痛。一阵痛楚出现了，然后又消失了。我不能说的所有话语，我无法抛诸脑后的所有影像。

护士回来了。她把我的手臂塞进连身睡袍里，然后让我侧躺，这样她才能在我背后帮袍子打结。

两个技师来了。他们迅速把我送去做计算机断层扫描，我的凝视锁定在从我头上"呼呼"掠过、形状模糊的天花板砖块。

"有怀孕吗？"一个人问道。

"什么？"

"你有怀孕吗？"

"没有。"

"有幽闭恐惧症吗？"

"没有。"

"那么这件事会轻松得像一阵微风。"

我被推进另一个消毒过的房间，这个房间被一个巨大的甜甜圈型机器占据。技师不让我站起来，他们从床上抬起我，直接放到桌上。

我得到指示，要完全不动地躺着，这时候甜甜圈型的 X 光会在我的头部周围移动，撷取我头骨的截面影像。接着一台计算机会结合二维的 X 光影像，构成一个三维的模型。

在三十分钟内，医生会得到一张我大脑跟骨头的计算机绘图影像，包括其中的任何肿胀、瘀伤或出血。

那些技师让这件事看起来非常容易。

我独自躺在桌子上,纳闷地猜想扫描仪能够看到多深的地方。我怀疑这机器是不是能够看见我每次闭上双眼就看到的所有事情。血,出现在我丈夫背后的墙壁上,然后一条条流到厨房地板上。我丈夫往下看的时候,他的眼睛惊愕地瞪大,似乎真正注意到那些红色污痕在他肌肉结实的胸膛上开花了。

布莱安往下滑,滑,滑。我,现在站着俯视他,望着他眼中逐渐黯淡的光芒。

"我爱你,"就在那道光芒逃逸之前,我悄悄对我丈夫说道,"我很抱歉,我很抱歉,我爱你……"

一阵痛楚出现了,然后又消失了。

机器开始移动。我闭上我的双眼,然后容许自己最后一次回忆我丈夫,回忆他的最后遗言,就在他死在我们家厨房地板上的时候。

"抱歉,"布莱安喘了一口气,他的身体里有三发子弹,"泰莎……我更……爱……你。"

第七章

　　随着布莱安·达比的遗体被运走，泰莎·李欧妮迅速被送往医院，谋杀案调查现在的实际行动步调开始放慢，对六岁小孩苏菲·李欧妮的搜查则开始猛冲。

　　心里想着这点的华伦，把项目小组的警官叫到白色指挥车旁，然后开始挥舞鞭子。

　　关于证人：华伦要所有制服警察交来一张候选名单，列出所有值得做二度访谈的邻居。接着她指派六名刑警尽快开始访谈。如果有人是可信的证人或潜在的嫌犯，她要知道他们的身份，还要在接下来的三分钟内就跟他们谈话。

　　关于摄影机：波士顿到处都是摄影机。市政府为了监控交通而装机，商业界为了保全而装机。华伦组成一个三人小组，他们没别的工作，只要找出幅员两里内所有的摄影机，然后浏览过去十二小时的所有录像画面；先从最靠近房子的摄影机开始，然后逐步扩大范围。

　　关于已知的相关人士：朋友、家人、邻居、老师、保姆、雇主；如果有人曾经涉足这片境地，接下来的四十五分钟内，华伦要在她桌上看到他们的名字。她特别要求把苏菲·李欧妮的所有老师、玩伴与照顾者一网打尽，拷问一番。要对他们做完整的背景调查，如果探员能够靠三寸不烂之舌进门，就搜查他们的房子。警官们必须淘汰朋友、指出敌人，而且必须现在、马上、立刻就行动。

其他认识这家人的外人：丈夫工作上的敌人，李欧妮巡警巡逻时阻挠过的重要罪犯，长期的个人密友，以及其他认识布莱安·达比跟泰莎·李欧妮的人。在那些人之中，可能有人知道某个六岁女孩出了什么事，她最后一次被看到的时候还睡在自己的床上。

时间可不是站在他们这一边。滚出去，到街上奔走，分秒必争，华伦这样命令她的人马。

然后她闭上嘴巴，送他们回去工作。

波士顿警探紧急出动，高层点头赞许，她跟巴比则回到屋里。

华伦相信她的调查员同事可以开始这项艰巨的任务：把全家人生活中所有的细枝末节，通通过滤一遍。然而她自己最想做的事情，却是亲身体验受害者的最后时刻。她想把这个犯罪现场吸收到她的DNA里。她想让自己浸淫在最细微琐碎的居家细节里，从油漆选择到装饰摆设。她想要在自己心里用一打不同的方式重建场景，而且想要在里面放进一个小女孩、一个商船水手爸爸，还有一个州巡警妈妈。这一栋房屋，这三条性命，过去的这十个小时，一切都导向那件事。一个家园，一个家庭，好几条生命的一次狭路相逢，通往悲剧性的结果。

华伦必须看到一切、感觉一切、体验一切。然后她就可以把这个家庭拆解开来，切入其中最深沉最黑暗的真相，真相会把苏菲·李欧妮带来给她。

华伦的胃翻搅着让她作呕。她跟巴比再度进入溅血的厨房时，她试着别想到这点。

在双方的共识之下，他们从楼上开始，这里主要是两间有屋顶凸窗的卧房，中间由全套卫浴设备隔开。面对街道的卧室看来是主卧房，中央是一张加大双人床，有个简单的木制床头板和深蓝色的棉被。寝具让华伦立刻觉得比较像是她的品味，房间里也没有别的东西能改变她的看法。

宽阔的矮柜——老旧破烂的橡木制品——是单身时代的呐喊。矮柜上面摆着一台三十六寸旧电视，转到ESPN（娱乐与体育节目电视网）运动频道。朴素的白墙，光秃秃的木头地板。华伦想，这不太像个居家避风港，反而比较像个中途站。一个让人睡觉、换衣服，然后出门的地方。

华伦转向衣柜。四分之三的衣柜都是烫得线条清楚的男性衬衫，均按照颜色排列。接着是半打挂得整整齐齐的蓝色牛仔裤，然后是一堆五花八门的宽松棉裤和上衣，两件巡警制服，一件警察礼服，还有一件橘色印花无袖洋装。

"他占用衣柜里比较多的空间。"华伦向巴比回报，他这时正在检查矮柜。

"有些男人因为占用比这还少的空间而被杀。"他表示同意。

"我是认真的，来看看这个。按颜色排列的衬衫，烫过的蓝色牛仔裤。布莱安·达比不只有洁癖，他差不多就是个怪胎了。"

"布莱安·达比也接近超级大佬的境界了，你看这个。"巴比用他戴着手套的手举起一张裱框的八寸乘十寸肖像照。华伦检查完她在衣柜左边角落发现的空枪柜，然后跨到他那边去。

这张裱框照片的主角是穿着橘色无袖洋装、外面套着白色毛线衣的泰莎·李欧妮，手上握着小小一束老虎百合。布莱安·达比穿着一件棕色运动夹克站在她旁边，单独一朵老虎百合别在他的领口。

有个小女孩，想来应该是苏菲·李欧妮，她穿着一件墨绿色的天鹅绒洋装站在他们两个人前面，头发上有一圈百合花环。三个人全都笑眯眯地看着相机，一个快乐的家庭庆祝快乐的一天。

"婚礼照片。"华伦低声嘟囔。

"我也这么想。现在你看看达比，仔细看看他的肩膀。"

华伦听话地细看这位过去的新郎，现在的亡夫。她认定这是个好看的男人，有一种跟金色小平头很合拍的军人或警察气质，线条分明的下巴，结实的肩膀。可是这个印象靠着温暖的棕色眼睛平衡过来，眼角在微笑的影响下皱了起来。他看起来很快乐，很放松，不是会让你立刻怀疑他是打老婆的那种男人——或者从另一方面来说，也不像是会烫牛仔裤的人。

华伦把照片交还给巴比，"我不懂你的意思，他在他的大喜之日很快乐，那没什么大不了的。"

"我的意思是，他在他的大喜之日块头比较小。那个布莱安·达比是身材适中的一百八十磅（82公斤）。我猜他在健身，而且一直坚持。另一方面呢，死掉的布莱安·达比……"

华伦记起先前巴比告诉过她的话："你说过他是个大块头。两百一十到两百二十磅（95～100公斤），可能是练举重的。所以他并不是结婚后发福了。你的意思是，他结了婚，然后练得更结实了。"

巴比点点头。

华伦又想了一下关于那张照片的事。"在一段亲密关系里，如果女人才是拿枪的那一方，维持起来不容易。"她喃喃地说。

巴比没碰这个话题，她很感激这点。

"我们应该找到他的健身房，"巴比说，"查查他的健身方式。查查看已知的营养补给品。"

"难道是打太多类固醇引起的无名火？"

"值得问问看。"

他们走出主卧室，进入相邻的浴室。至少这个房间有一点个人特色。有一张色彩明亮的条纹状浴帘拉起来，围在一个旧的古典浴缸旁边，一张有黄色小鸭的脚踏毯点缀在砖块地板上，一层层蓝色和黄色毛巾放在木造毛巾架上备用。

这个房间也显示出更多生气——一只芭比牙刷躺在洗手台边缘，一堆紫色发带放在马桶后面的篮子里，一个干净的塑料漱口杯，上面写着"爸爸的小公主"。

华伦检查浴室药柜，发现了三瓶处方用药。一瓶是开给布莱安的"安眠"药；一瓶是开给苏菲·李欧妮的药，是某种局部眼药膏；第三瓶属于泰莎·李欧妮：二氢可待因酮，是一种止痛药。

她把瓶子秀给巴比看，他做了记录。

"要向医生追查一下。看看她是不是受过伤，也许是工作造成的。"

华伦点点头。药柜的其他部分有多得不得了的乳液、刮胡膏、刮胡刀和古龙水。唯一值得注意的东西，她想，就是让人印象相当深刻的急救用品库存，一大堆各式各样不同尺寸的绷带，这是常挨打的妻子囤积免不了需要的修复用品，或这只是一个活泼家庭的日常生活？她检查了水槽底下，发现常见的香皂、卫生纸、女性生理用品跟清洁用品。

他们继续检查。

下一个房间显然属于苏菲。柔和的粉红色墙壁，上面有用模版漆出来的浅绿色跟粉蓝色花朵。一张花朵形状的地毯。有一面墙是亮白色的小格子，放满了娃娃、洋装跟闪亮亮的芭蕾舞鞋。泰莎跟布莱安住在一间宿舍里，但在另一方面，小苏菲却住在一个神奇花园里，沿着地板奔跑的小兔子跟沿着窗户漆上的蝴蝶都一应俱全。

站在这样的空间中央实在是严重的亵渎，华伦这么想着，她开始寻找血迹。

她的手压着胃部。在她小心翼翼地开始对床铺做第一次视觉侦查的时候，她甚至没注意到自己的动作。

"光敏灵？"她喃喃细语。

"没反应。"巴比回答。

照规定，犯罪现场的技术人员会用光敏灵喷一遍苏菲·李欧妮的床单，光敏灵会和血液或精液这样的体液起反应。缺乏反应表示床单是干净的。这并不表示苏菲·李欧妮没有被性侵，这只表示她最近并没有在这组寝具上被攻击。犯罪现场鉴识人员也会检查洗衣间,若有必要,甚至会把寝具从洗衣机里拉出来。除非有人知道要用漂白剂清洗所有对象,否则光敏灵能在"干净"床单上找到的东西可是很惊人的。

那会是华伦站在这个神奇花园中央时不会想知道的更多事情。

她纳闷地想着,是谁油漆这个房间的。泰莎,布莱安,还是在爱情仍然新鲜、家庭还很有活力、彼此仍然有承诺羁绊的往日时光里,他们三个人一起合作完成的?

她纳闷地想着,过了多少个晚上,苏菲才第一次被清晰的掌掴声或含糊的尖叫惊醒。也许苏菲根本没睡,也许她坐在厨房餐桌旁,也许她在角落里玩洋娃娃。

也许她第一次奔向她妈妈。也许……

喔,耶稣基督啊,华伦现在真不想办这个案子。

她双手握拳,转向窗户,然后把注意力集中在微弱的三月晨光中。

巴比静静站在墙边。他正在仔细观察她,却一句话都没说。

她再次觉得感激。

"我们应该找找看,她是不是有一样最爱抱的玩具。"她终于说道。

"一个破烂布娃娃,穿着绿色洋装,棕色纱线头发,蓝色纽扣眼睛,名字叫做葛楚德。"

华伦点头,慢慢地扫视房间。她认出一盏小夜灯——苏菲怕黑——却没有安抚玩具。"我找不到。"

"第一个到场的人也找不到。到目前为止,我们的行动前提就是那个娃娃也失踪了。"

"她的睡衣呢?"

"李欧妮巡警说,她女儿穿着成套粉红色长袖睡衣裤,上面有黄色的马。没看到那套睡衣。"

华伦有个想法。"那她的外套、帽子跟雪靴呢?"

"我的笔记里也没这些东西。"

华伦第一次感觉到一丝微弱的希望。"失踪的外套跟帽子表示她是在半夜被叫起床。没有时间换衣服,却有时间裹暖身体。"

"尸体就不用裹起来了。"巴比如此评论。

他们离开房间,脚步沉重地下了楼梯。检视过放外套的衣柜,然后是塞在前门旁边的鞋柜跟冬季用品。没有小孩子的外套,没有小孩子的帽子,没有小孩子的靴子。

"苏菲·李欧妮有穿保暖衣物!"华伦耀武扬威地宣布。

"苏菲·李欧妮离家的时候还活着。"

"太好了。现在我们要做的,就是在天黑之前把她找回来。"

他们回到楼上去,花了够长的时间检查窗户有没有强行进入的迹象,都没有。于是他们到楼下进行相同的检查,两扇门都有相对来说算新的设备跟门闩,也都没有被乱搞过的痕迹。他们发现日光室的窗户太老旧,又被湿气弄弯,连动都不肯动。

整体来说,这房子显得很安全。从巴比脸上的表情来判断,他并没有期待什么不同的状况,华伦也没有。儿童失踪案的可悲定律——大多数时候问题出在家庭里,而不是家庭外。

他们巡视了客厅,这里让华伦想起卧房。朴素的墙壁,木制的地板,上面铺着覆盖部分区域的米色地毯。黑色皮革的L形沙发似乎比较像是他采购的,而不是她买的。一台看起来相当新的笔记本电脑坐落在沙发的一端,插头仍然插在墙壁上。房间里也有一台显眼的平板电视,放在一个光亮的娱乐组合柜上面,里面还摆着最新型的音响系统、蓝光播放器跟Wii游戏机。

"男生跟他们的玩具。"华伦如此批评。

"工程师嘛。"巴比又说。

华伦检查过架在角落给苏菲用的儿童图画小桌。在桌子的一边有一叠全白的纸张,在中间有个放满蜡笔的小盒子。就是这个,桌上没有还未完工的画，墙上没展示已经完成的天才之作。非常井井有条，她想，对一个六岁小孩来说尤其如此。

这个家朴实无华的程度开始让她觉得快疯了。人才不会像这样过日子，有小孩的人更是不会。

他们跨进厨房，华伦竭尽所能地站在离尸体轮廓远一点的地方。血迹、碎玻璃，还有倒在一旁的椅子，这间厨房就像这栋房子的其余部分一样，过度一丝不苟，但也显得疲惫苍老。三十年的深色木头柜子，简单的白色工具，有点脏的美耐板橱柜。华伦想，艾利克斯在这栋房子里面首先会做的事，就是先拆毁，再翻新这个厨房。

可是布莱安·达比不是。他把他的钱花在电器用品、皮沙发跟他的车上，而不是房子。

"他们为了苏菲而努力，"华伦大声地嘟囔着，"却没有为彼此努力。"

巴比望着她。

"你想想看，"她继续说道，"这是一栋像老古董一样的屋子。就像你一再指出的，他是个工程师，这表示他有某些使用电动工具的基本技能。加上全家人的收入是很不错的一年二十万美元，再加上布莱安·达比一直都有每次长达六十天的假期。这表示他们有技术、有时间，还有钱可以耗在这栋房子上面。可是他们没有这么做，他们只在苏菲的房间里动工。她得到新的油漆、新的家具、漂亮的寝具，等等，他们为她付出努力，却没有为自己付出。这让我很疑惑，他们的生活中还有多少其他的领域适用同样的原则。"

"大多数父母都把注意力放在他们的孩子身上。"巴比温和地提出他的观察。

"他们甚至没挂上一张照片。"

"李欧妮巡警的工作时间很长，布莱安·达比一次会出海好几个月，也许当他们在家里的时候，还有其他优先事项。"

华伦耸肩："像是什么？"

巴比点点头，"来吧，我让你看看车库。"

车库让华伦吓坏了。这个有两个隔间的宽敞空间，有三面墙上布满了她生平所见最疯狂的挂钩钉板。这是真的，从地板到天花板之间都是钉板，而这些钉板上装了搁板支架、自行车架和放体育用品的塑料盒，甚至还有一个定做的高尔夫球袋支架。

华伦察看这个空间后立刻想到两件事：布莱安·达比显然有一大堆户外休闲嗜好，而且他需要专业人士协助，解决他过度洁癖的问题。

"地板是干净的，"华伦说，"现在是三月，外面在下雪，而且整个城市被折磨得快没命了。这里的地板怎么能这么干净？"

"他把他的车子停在街上。"

"他宁可把那台六万块的休旅车，停在波士顿最繁忙的一条街道上，也不愿弄脏他的车库？"

"李欧妮巡警也把她的巡逻车停在前院。局里喜欢我们把车辆停在街坊看得到的地方——警车被视为一种威吓力量。"

"这真是疯了。"华伦这么说。她横越过去走到一堵墙边，在那里发现一把大扫把跟一个簸箕并排放在架子上。在那两样东西旁边放着两个塑料垃圾桶，还有个蓝色的资源回收箱。回收箱里面有半打绿色啤酒瓶，垃圾桶则已经空了——那些袋子可能已经被犯罪现场搜证人员拿走了。华伦缓缓经过属于他或她、沾满泥土的脚踏车，还有一台粉红色的车，显然属于苏菲。她发现一排背包跟一个专门放登山靴的架子，靴子有各种重量跟尺寸，其中一双粉红色靴子是苏菲的。所以他们会去登山、骑脚踏车、打高尔夫，她在心里判定。

然后在车库的另一边，她把滑雪也列入清单里。有六双雪屐，三双是高山滑雪用，三双是越野用。还有三双雪鞋。

"布莱安·达比就算在家也坐不住。"华伦在她心里的档案上加了一笔。

"想要全家人跟他一起。"巴比这么评论,指着妻子跟儿童用的组件,每套用具都是三人份。

"可是,"华伦若有所思地说道,"泰莎已经说过了——她要工作,苏菲要上学。也就是说,布莱安常常孤单一人。没有亲爱的家人加入他的活动,没有满心钦佩的女性听众对他的雄风感到目眩神迷。"

"这是刻板印象。"巴比提出警告。

华伦对着车库周遭比画着手势。"拜托,是这些事迹造就了刻板印象。工程师、龟毛(译者注:当一个人非常的无聊,非常的无趣,非常的认真而产生一些异于常人的行为,导致周围的人都相当抓狂的行为)有洁癖,如果我在这里待得更久一些,我就会头痛。"

"你不会烫你的牛仔裤吗?"他问。

"我不会替我的电动工具贴标签。我说真的,你看看这个。"她走到工作台边,布莱安·达比把他的电动工具放在架子上排好,每一样工具上面都贴了名称标签。

"好工具,"巴比正在皱眉,"非常好的工具。随随便便就值一千块。"

"但他还是不修这栋房子,"华伦哀叹,"到目前为止,我站在泰莎这一边。"

"也许重点不在于做事,"巴比说,"也许重点在于购买。布莱安·达比喜欢拥有玩具,这并不表示他会玩这些东西。"

华伦思索了一下。当然,这是一种选择,而且能解释这间车库超干净的状态。如果你从来不在车库停车、不在车库工作、不从车库里拿出任何工具,就很容易保持车库干净。

但接着她就摇头了。"不对,他不会因为整天坐在那里就练出三十磅(14公斤)肌肉。讲到这个,重量训练设备在哪?"

他们环顾四周。在所有玩具之中,没看到哑铃,也没看到调整式重量训练设备。

"他一定加入了某家健身房。"巴比说。

"我们必须确认这件事,"华伦表示同意,"所以布莱安是个行动派,但他的老婆跟小孩都很忙,因此也许他会自己做些别的事来打发时间。不幸的是,他回家时仍然是回到一间空荡荡的房子里,这让他坐立不安。所以他先是把这里清理到几乎了无生气的地步……"

"然后,"巴比把话说完,"他又丢几瓶啤酒进去。"

华伦皱起眉头。她走向另一头的角落,那里的水泥地板看起来颜色较深。她弯下腰去,用手指摸了摸那个地方,感觉湿湿的。

"漏水?"她低声嘟囔,试着查出可能渗出湿气的墙壁边缘,不过空心砖表面理所当然被更多钉板遮住了。

"可能是,"巴比走到她蹲下的地方,"这一整个角落是嵌进山坡里的,可能有排水问题,甚至会从上面的管子漏水下来。"

"我们必须观察这一块,看漏水规模会不会扩大。"

"你担心这房子在你的监视之下垮掉?"

她望着他。"不,我担心这不是渗漏出来的水。也就是说,这是来自别的东西,而我想知道那是什么。"

意想不到的是,巴比竟然微笑了。"我不在乎其他州警怎么说:由你来办李欧妮巡警的案子算她走运,而苏菲·李欧妮比她更幸运。"

"喔,去你的。"华伦恼怒地回嘴。她直起身子,比起被批评惹毛,被人称赞让她更加不自在。

"来吧,我们要出去了。"

"水渍的图案告诉你苏菲在哪里了吗?"

"没有。既然泰莎·李欧妮的律师还没有打来不可思议的电话允许我们访问她,我们就把注意力放在布莱安·达比身上。我想跟他的老板谈话,我想知道到底是哪种男人会需要用颜色分类他的衣柜,还用钉板铺满他的车库。"

"一个控制狂。"

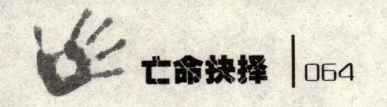

"正是如此。而且当某件事或某个人不接受这种控制……"

"他到底会变得多暴力。"巴比替她把话说完,他们站在车库中央。

"我不认为是陌生人拐走了苏菲·李欧妮,"华伦平静地说明。

巴比停顿了一次心跳的时间。"我也不这么想。"

"也就是说,是他或她干的。"

"他死了。"

"也就是说,或许李欧妮巡警终于学聪明了。"

第八章

一个女人永远不会忘记她第一次挨揍的时候。

我很幸运。我的父母从来没对我动粗过。我爸爸从来没因为我回嘴就赏我耳光,也没因为我蓄意反抗就打我屁股。也许是因为我从没那么不听话,也有可能是因为我爸爸晚上回家的时候已经累到什么都不想管了。我弟弟死了,而我父母原有的自我只剩下空壳,光是撑过一天就耗尽他们所有的能量了。

我十二岁的时候,已经能在这个勉强属于我的抑郁小家庭里得过且过。我沉迷于运动——足球、垒球、田径队,任何能够让我在放学后晚归、缩短我在家时间的活动。茱莉安娜也喜欢运动。我们是鲍勃西双胞胎(译注:Bobbsey Twins,美国的知名童书系列主角),总是穿着制服,总是匆匆忙忙跑往某处。

我在球场上被打倒过几次。一记平飞球直奔胸口,打得我仰天翻倒。我第一次领悟,当你肺里的空气全部被打出来,你的头骨在坚硬的土地上弹跳时,你真的会眼冒金星。

后来还有各式各样的足球运动带来的损害:撞到鼻子的一记头锤,膝盖被钉鞋踢到,内脏偶尔挨上几下肘击。相信我,女生可以很强悍。我们威风勇猛的程度不让须眉,特别是在战事方酣,努力想为自己的队伍得分的时候。

不过那些伤害都不是冲着个人;这只是一种连带损害,发生在你

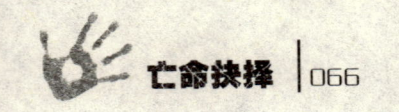

跟你的对手都想要那粒球的时候。比赛之后,你们会握握手、拍拍彼此的屁股,而且是真心诚意的。

我第一次必须真正跟人对打,是在警察学院的时候。我知道我会接受很严格的徒手战斗训练,我很期待。你是在波士顿独居的女性吗?不管我有没有成为一位州警,学会徒手战斗都是个妙不可言的主意。

我们花了两星期练习基本步骤。我们学习基本防御姿势,用来保护我们的脸部、肾脏,当然还有我们的配枪。永远别忘记你的武器,我们一再听到这种告诫。大多数掉了配枪的警察接下来就被那把枪射杀。防御的第一守则,就是在进犯者进入伸手可及的范围之前就制伏对方。但是在状况不妙,你又发现自己陷入一对一战斗的状况时,就要保护你的武器,而且一有机会就要出重手。

结果我却不知道要怎么挥出一拳。这听起来够简单的了,可是我握拳的方式错误,而且过度使用手臂力量,而不是把我全身体重放在拳头后面,通过转动腰部挥出去。所以又多了几个星期的训练,教导我们所有人要怎么挥出扎实的一拳,连那些大个子都要学习。

花了六星期之后,讲师们认定我们已经受过够多的训练,现在该实践他们的教诲了。

他们把我们分成两队。我们全都套上保护垫,而且刚开始还配备了外面包着软垫的棒子,讲师替这玩意儿取的小名叫弹簧高跷。然后,他们就放任我们自己来了。

我从不相信我会跟另一个身高体重都跟我差不多的女人对打,那样未免太轻松了。作为一名女警,我被期望能够应付任何人和任何事,所以训练人员刻意随机挑选,结果我要跟另一个新进警察过招。他名叫查克,有六尺一寸(1.85米)高,两百四十磅(109公斤)重,而且还是前美式足球选手。

他甚至没试着打我。他就只是直冲向我,撞得我一屁股坐倒在地。我像一堆砖块一样倒下,在我挣扎着要重新吸气的时候,我又再度想起那一记掷击胸口的平飞球。

讲师吹响了他的哨子，查克伸手拉我起来，然后我们又试了一次。

这一回，我意识到跟我同样的新人都在看。我注意到我的讲师对我蹩脚的表现一脸怒容。我专注于这个事实之上：这应该是我的崭新人生。如果我没办法保护自己，如果我做不到这件事，我就不可能成为州警。那我要做什么？我要怎么样才赚得到足够多的钱供养苏菲跟我自己？我怎么养得起我女儿？

我们会发生什么事？

查克冲过来了。这次我站到一旁，把我的弹簧高跷猛然挥向他的肚子。大概有半秒钟的时间，我觉得自己很棒。然后两百四十磅（109公斤）的查克站直身体大笑，又扑向我。

在那之后的状况就变得很难看了。直到今天，我还是没办法全部回想起来。我记得自己开始真心觉得恐慌；我记得我在阻挡、在移动，在拳头挥来的时候缩起肩膀，但查克还是一次又一次地冲上来。

两百四十磅（109公斤）的美式足球后卫，对抗我这个一百二十磅（54公斤）的绝望新手妈妈。

他那支弹簧高跷有软垫的一头撞上我的脸。在我的鼻子吸收这股冲击的时候，我的头猛然往后一扯。我摇摇欲坠，眼里充满实时涌出的泪水，失去平衡，眼睛瞎了一半，想要倒在地上，却狂乱地理解到我不能倒下，他会杀了我。当时就是这种感觉。我不能倒地，否则就死定了。

然后，在最后一秒，我确实倒地了，紧缩成一个小球，但接着我就跳起来，直接撞上那个高耸巨人的双腿。我抱住他的膝盖，往旁边一扯，然后让他像一棵红杉木似的倒下。

讲师吹了哨子。我的同学们一阵欢呼。

我摇摇晃晃地站起来，小心谨慎地摸着我的鼻子。

"那会留下疤痕喔。"我的导师兴高采烈地告诉我。

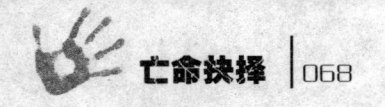

我走向对面的查克，对他伸出手。

他够有诚意地接受了。"脸部那一击我很抱歉。"他说着，看起来很不好意思。可怜的大个子，必须跟女生斗。

我向他保证这没关系。我们做的都是我们必须做的事。然后我们摆好架势，面对新的搭档，全部重来一遍。

那天晚上稍晚一些，我蜷缩在自己的宿舍房间里，终于用手护着鼻子哭了。因为我不知道我能不能再承受一次。因为我不确定我是不是真的准备好面对这种打人与被打的新生活。我可能真的必须为了保命而战斗。

在那一刻，我再也不想当州警了。我只想回家，回到我的小女儿身边。我想抱着苏菲，吸入她的发香。我想感觉到她肥嘟嘟的小手贴着我的脖子。我想感受到我十个月大的女儿那种无条件的爱。

但我没那么做。第二天我挨了拳头，再下一天也依然如此。我忍受着肋骨部位的瘀血，伤痕累累的脚胫，还有疼痛的手腕。我学会承受一记拳头。我学会同样还以颜色。到了二十五周的课程尾声，我跟其他佼佼者一起大摇大摆地走出大门，一身青紫伤痕，却已经准备好面对斗殴了。

娇小、迅速又强悍。

巨人杀手，跟我同样的新人这样叫我，而我对这个小名很自豪。

现在我想起那些日子了。此刻医生在检查计算机断层扫描的结果，然后轻柔地探查我眼睛周围那一团浮肿的紫色皮肉。

"颧骨骨折。"他低声说，然后为了让我理解又补上一句，"你的脸颊骨折了。"

他进一步研究片子上的影像，进一步检查我的头骨。"没有脑血肿或脑挫伤。想吐吗？头痛吗？"

对于两个问题，我都嘟囔着说是。

"说出你的名字跟日期。"

我设法说出我的名字，日期却完全想不起来。

现在轮到医生点头："从清晰的计算机断层扫描图像来看，你似乎只有符合颧骨骨折伤势的脑震荡。那这里是怎么了？"他检查完我的头部，移到我的躯干，有个正在消退的瘀青盖住我一半的肋骨部位，留下黄色跟绿色的遗迹。

我没回答，只是瞪着天花板。

他轻拍我的胃部。"这样会痛吗？"

"不会。"

他转动我的右臂，然后是左臂，寻找更进一步的受伤迹象。他在我的左臀上找到了，那是另一道深紫色的瘀伤，这回是一个圆弧状，就像是一只工作靴的脚趾部分可能形成的痕迹。

我看过形状像男人戒指和表面的瘀伤，甚至看过一个女人身上有二十五分钱留下的印记，她被握着一卷铜板的男友揍了。从医生脸上的表情来判断，这些他也都看过了。

拉吉医生把我的睡袍拉回原位，重新拿起我的医疗记录表，做了一些笔记。

"颧骨骨折放着不管好得最快。"他这么声称，"我们会留你住院一个晚上，监控脑震荡的状况。如果明天早上你的恶心跟头痛缓和下来，就有可能回家。"

我什么话都没说。

医生走近了一些，清清他的喉咙。

"你的左边第六肋骨有一个肿块，"他说明，"我怀疑是愈合状况不对的骨折。"

他顿了一下，好像在等我说什么，或许是他可以写进我医疗记录里的一段话：患者说丈夫把她打倒，然后踢了她的肋骨。病患说丈夫有一根最爱用的球棒。

我不发一语，因为陈述会变成记录，而记录会变成能够用来对付

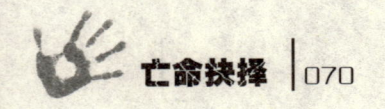

你的证据。

"你自己把肋骨包起来吗？"医生问道。

"对。"

医生嘟囔着，我承认的一件事填满了他所有的空白。

医生把我看成受害者，如同急救人员也把我看成受害者。他们两边都错了。我是个生还者，而且我现在正在走钢索，我绝对、铁定承受不了从这里跌落的后果。

拉吉医生再度审视着我。"休息是促成疗愈的最佳药物，"最后他说，"既然你脑震荡了，我就不能开麻醉药给你，可是我会请护士带一些止痛药给你。"

"谢谢你。"

"将来呢，"他说，"要是你弄伤肋骨，请立刻到我这里来。我希望把肋骨伤口包扎得好一点。"

"我会没事的。"我说。

拉吉医生看起来并不相信。"休息吧，"他重复一次，"肿痛很快就会消退；虽然我觉得你早就已经知道了。"

医生动身离开。

我的脸颊灼热。我的头阵阵抽痛。可是我很满意。

我醒着，神智清明，而且我终于独处了。

是做计划的时候了。

我的手指贴着床单握成拳头。我用没受伤的那只眼睛研究着天花板的砖块，然后利用我的痛楚来坚定我的决心。

一个女人记得她第一次挨揍的时候，但若是有幸，她也会记得她第一次反击获胜的时候。

我是巨人杀手。

只是必须思考，只是必须计划，只是必须抢先一步。

我可以做到这件事，我会做到这件事。

我想要的圣诞礼物就只有我的两颗门牙，我的两颗门牙，我的两颗门牙。
　　然后我滚向侧边，蜷缩成一颗球，啜泣起来……

第九章

华伦没在监督负责破解一宗谋杀案与拯救一个小孩的跨局项目小组时,她领导的是波士顿刑事组的一个三人小组。她的头号组员菲尔,是个典型的顾家好男人,娶了他高中时代的恋人,还养了四个孩子。她的另一个组员奈尔则是瘦巴巴的红发男子,他在加入波士顿警局之前是急救人员。他通常替这个小组处理验尸报告,因为他花了这么多时间泡在停尸间里,所以现在他正在跟法医班·惠特利约会。

华伦有一整个项目小组听她号令,但她还是宁可先从她熟知的部分开始。她让奈尔负责布莱安·达比的验尸报告,现在已经排定在星期一下午。与此同时,奈尔可以开始骚扰负责照顾泰莎·李欧妮的医护人员,确认她现有伤势的严重程度,以及过去有没有任何"意外"医疗记录。她指派菲尔,他们的信息处理专家,用计算机针对布莱安·达比跟泰莎·李欧妮做背景调查。还有,当然了,把关于布莱安·达比雇主的信息交给她,立刻就要。

结果发现,布莱安是替简称 ASSC 的阿拉斯加南坡原油公司工作。总部办公室设在华盛顿州的西雅图,而且星期日没开。这不合华伦的意,她坐在指挥车里,咬着颊内的肉,手里握着一瓶水。起初的那一波警官人潮已经消退了,大多数邻居也已经各自散开,他们背后只留下平常的那种喃喃自语大杂汇:"我什么都没看见,什么都不知道。"现在只有媒体还在,仍然藏身在对街,仍然吵着要求召开媒体记者会。

华伦可能必须做点什么来应付一下,不过她还没准备好。她希望先发生某件事,也许是某个突破性的线索,让她可以拿到饥渴的群众面前晃一晃。或是一则新信息,能够让媒体为她工作,要有某样东西,什么东西都好。

该死,她很疲倦。实际的、真正的、深入骨髓的疲倦,可以缩在指挥中心地板上立刻睡着的那种疲倦,她没办法习惯这个。一阵阵激烈的呕吐冲动之后,来的是几乎让人麻木的疲惫感。生理期只是慢了五周,她的身体就已经不是自己的了。

她要怎么做呢?她到现在都还不清楚自己对这件事是怎么想的,她怎么告诉艾利克斯?

她要怎么做?

巴比刚才还在跟他的警督认真谈话,现在终于脱身,在她旁边坐下,他伸长了他的双腿。

"饿了吗?"他问道。

"什么?"

"现在已经两点多了,华伦。我们得吃午餐。"

她茫然地望着他,不太相信现在已经过了两点,而且她绝对还没准备好处理所有跟用餐有关的迫切问题。

"你还好吗?"他平静地问道。

"我当然好!只是……心里有事。要是你还没注意到,我们还是有个六岁小女孩失踪了。"

"那么我有个礼物要送你,"巴比递出一张纸条,"警督刚拿到这张传真。这是泰莎·李欧妮的档案,里面包含她丈夫以外的紧急联络人。"

"什么?"

"布兰蒂·爱尼斯太太。我猜她在李欧妮巡警出门巡逻，布莱安·达比也出海的时候看顾苏菲。"

"赞啊。"华伦抓过那张纸，浏览其中的内容，然后打开她的有盖手机。

第一声铃响，布兰蒂·爱尼斯就接起来了。对，她已经看到新闻了。对，她想谈谈。马上就可以，在她家谈很好，她提供了地址。

"给我们十五分钟。"华伦向这个听起来年龄不小的女人保证，然后她跟巴比就出门去了。

十二分钟后，华伦跟巴比就停在一间矮小的砖造公寓建筑前面了。小小的窗口周围有剥落的白色镶边木条，前门口有崩落的水泥。

低收入住宅，华伦下了判断，对此地大部分的居民来说，要住这里可能还是有点勉强。

几个小孩在前门外头玩雪，试着做出一个表情哀伤的雪人。他们瞥见两个警察从他们车里下来，立刻就冲进屋里。华伦做了个鬼脸。耗费了无数时间打点小区关系，下一代却还是跟上一代一样，对警方充满疑虑。这样并没有让任何人变得比较好过。

爱尼斯太太住在二楼，房号是2C。巴比跟华伦拾级而上，轻敲着伤痕累累的木门。爱尼斯太太在华伦还没放下拳头的时候就开门了，显然正等着他们。

她示意要他们走进这个小而整洁的公寓套房。橱柜在左边，餐桌在右边，棕色的花朵沙发床就在正前方，打开的电视机站在一个廉价的微波炉柜顶端大鸣大放。爱尼斯太太用一秒钟跨过中间的空地，把电视"啪"的一声关上。然后她有礼地问他们是否要喝点茶或者咖啡。

华伦跟巴比推辞了。不过爱尼斯太太还是在橱柜旁忙了一阵，放上一壶水，拿下一包妮拉薄酥饼。

她是一位年长的女性，可能是六十岁末到七十岁出头。铁灰色的头发剪成利落的短发，娇小、驼背的身形上穿着一套深蓝色的跑步装。她打开那盒饼干的时候，粗糙的双手轻轻颤动着，不过她的动作很迅速，这个女人知道自己在做什么。

华伦花了一点时间在这空间里游荡，免得错过苏菲·李欧妮神奇地带着缺牙的微笑坐在沙发上，或是在浴室里玩小鸭鸭，甚至被塞在孤零零的衣柜里躲避她有虐待倾向的父母。

当她关上衣柜门的时候，爱尼斯太太冷静地说道："警探，你现在可以坐下了。孩子不在我这里，我也永远不会这样对她可怜的妈妈。"

被骂够了，华伦把她沉重的冬季外套脱下来，然后坐下，巴比已经在大口吃妮拉薄酥饼了。华伦注视着那些饼干，确定她的胃并没有翻来覆去地抗议，才谨慎地伸手。到目前为止，像是薄脆饼和干谷片这种简单的食物对她还蛮好的。她实验性地咬了几口，然后判定她可能运气正好，因为现在她想到了，她饿得要命。

"你认识泰莎·李欧妮多久了？"华伦问。

爱尼斯太太手上抓着一杯茶，坐了下来。她的双眼显得红红的，看似稍早曾经哭过，但她现在似乎已经平静下来，准备好谈话了。

"我第一次遇到泰莎是在七年前，那时候她刚搬进这栋大楼里。在走廊对面的2D。那里也是套房，不过苏菲出生之后没多久，她就换到一间单一卧房公寓里了。"

"你在苏菲出生之前就认识泰莎了？"华伦问。

"对。她当时怀孕三四个月了，是个挺着小肚子的小姑娘。我听到撞击声，来到走廊上。泰莎那时候设法要把一个塞满瓶瓶罐罐跟平底锅的箱子抬到楼上，但是那箱子在她手上破了。我说要帮忙，她谢绝了，但无论如何我还是捡起了她的油炸锅，事情就是这样开始的。"

"你们变成朋友？"华伦把状况厘清。

"我偶尔会请她来吃晚餐，她也会同样回报。我们是大楼里的两位寂寞女性，偶尔有人陪伴蛮好的。"

"她那时就已经怀孕了？"

"是的，长官。"

"她有常常谈到小孩爸爸的事吗？"

"她从来没提过他。"

"那约会、社交生活、家人来访之类的事呢？"

"没有家人，也没有男孩子。她在一间咖啡店工作，设法存钱准备生产，独自期待孩子诞生不是一件容易的事。"

"没有男性陪伴？"华伦继续逼问，"也许偶尔几天晚上她出门晚归，跟朋友们聚聚……"

"她没有朋友。"爱尼斯太太用强调的语气说道。

"她没有朋友？"华伦复述了一遍。

"她不是那样的人。"爱尼斯太太说。

华伦瞥了巴比一眼，看来这个新消息也引起他的兴趣了。

"她是个怎么样的人？"最后华伦这样问。

"独立，注重隐私，她的宝宝对她很重要。从一开始泰莎谈的就是宝宝，她工作也是为了宝宝。

她明白当一个单亲妈妈会很辛苦。对了，当初她就是坐在这张桌子前面，想到当警察这个主意。"

"真的？"巴比开口了，"为什么要当巡警？"

"她试着要未雨绸缪——她要是一辈子在咖啡店里工作，就没办法给孩子很好的发展前途。所以，我们开始讨论她有什么选择。她有高中同等学力证明，她没办法想象自己坐办公桌，不过某种可以做事、保持活跃的工作，对她来说颇有吸引力，我儿子就是一名消防员。我们谈到这件事，接下来我就发现泰莎把加入警方当成目标了。她查询了申请条件，做足了全部的功课。薪水很好，她也符合初步要求。接下来当然了，她发现要上警察学院，她气馁了。那时候我就自告奋勇，说要照顾孩子。我根本还没见过小苏菲呢，不过我说我会照顾她。如果泰莎可以冲刺到进入招募程序，我就会帮忙看孩子。"

华伦这时望着巴比。"再说一次，州立警察学院要上课多久？"

"二十五周，"他提供答案，"住在宿舍里，只能在周末回家。对单身家长来说很不容易。"

"我会让你们知道，"爱尼斯太太顽固地说道，"我们全都应付得很好。泰莎在生产之前完成了申请。在苏菲九个月大的时候，她得到许可，进入下一批次的招募班级里。我知道泰莎很紧张，我也是。但这也很令人兴奋。"这位年长女子的双眼光芒闪烁，她打量着华伦。"你是单身女性吗？你自己有没有孩子？掀开人生新的一页，冒险去做可能带给你和孩子全新未来的事情，会让你精力充沛。"

"泰莎一向很认真，不过现在她全心奉献，又很勤勉。身为一个打算成为警官的单亲妈妈，她知道她处境艰难。但她也相信，成为州巡警是她能为自己还有苏菲争取到的最佳机会。她从来不曾动摇。而且那个女人，一旦把心思放到某件事情上……"

"全心奉献的单身家长。"华伦低声嘟囔。

"非常有心。"

"很慈爱吗？"

"一直都是！"爱尼斯太太强调。

"那她从警校毕业的时候呢？"巴比开口询问，"你有去替她打气吗？"

"甚至还买了一件新衣呢。"爱尼斯太太确认了这一点。

"在她身边有任何人吗？"

"只有我们三个。"

"她那时必须立刻开始巡逻，"巴比继续问道，"值大夜班，然后回家还要照顾一个幼童……"

"她想过要把苏菲放在托儿所，不过我受不了这个想法。在我们

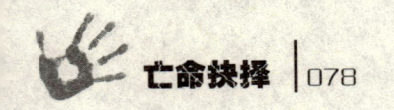

熬过警察学院的那段时光里，苏菲跟我相处得很好。到走廊对面去，睡在泰莎家的沙发上而不是我自己的床上，对我来说容易得很。

"然后等苏菲醒来的时候，我会带着她回到我家，一直待到午餐时间之后，这样泰莎就可以稍微休息一下。招待苏菲几小时，几乎不算是打扰。天啊，那个孩子……永远都笑嘻嘻地给人亲亲抱抱。我们应该都要这么幸运，人生里可以拥有一个小苏菲。"

"她是个快乐的孩子？"华伦问。

"不但快乐，而且很好玩，又精神抖擞。她是个美丽的小女生。她们搬家的时候，我的心都快碎了。"

"那是在什么时候？"

"在她遇见她丈夫布莱安的时候。他让她们两个都神魂颠倒，是标准的白马王子。泰莎一个人这样辛苦地工作，至少她应得这种待遇。苏菲也是。每个女生都该有机会当爸爸的小公主。"

"你喜欢布莱安·达比吗？"华伦问道。

"喜欢。"爱尼斯太太这样声称，虽然她的语气显然比较保留。

"他们是怎么认识的？"

"我相信是通过工作，布莱安是另一位巡警的朋友。"

华伦望了巴比一眼，他点点头，做了笔记。

"他在这里花很多时间吗？"

爱尼斯太太摇摇头："这里太小了，她们去他那边比较轻松。我有一段时间不常见到泰莎或苏菲。当然了，我替她们感到高兴，当然是这样。可是……"爱尼斯太太叹了口气，"我没有自己的孙儿。苏菲就像是我自己亲生的孙儿一样，而且我想念她。"

"不过你还是提供帮助？"

"在布莱安出海的那几个月，我会过去那边，跟苏菲一起过夜，就像过去一样。在早上，我让她动身去上学。我也被列为紧急事故联络人，因为以泰莎的工作来说，她不可能总是随传随到。所以在下大雪的时候，或苏菲身体不对劲的时候，会由我来应付。而且这样一点都不麻烦。就跟我说过的一样，苏菲就像我的亲孙儿。"

华伦噘起嘴唇，注视着这位老妇人。

"你会怎么形容身为人母的李欧妮巡警？"她问。

"为了苏菲，她什么都愿意做。"爱尼斯太太立刻回答。

"李欧妮巡警喝酒吗？"

"不，长官。"

"不过这样一定压力很大。去工作，然后回家照顾小孩。在我听起来，她从来没有自己的时间。"

"我从来没听她抱怨过。"爱尼斯太太很顽固。

"你有没有接过泰莎的电话，就只是因为她那天过得很不顺遂，可能需要休息一下？"

"没有，长官。如果她没在工作，她只想跟女儿在一起。苏菲就是她的世界。"

"直到她遇到她丈夫为止。"

爱尼斯太太沉默了半晌。"要听实话吗？"

"请说实话。"华伦说。

"我想，泰莎爱布莱安，是因为苏菲爱布莱安。因为至少在刚开始的时候，布莱安跟苏菲相处得实在太好了。"

"在刚开始的时候。"华伦探问道。

这位年长女人叹了口气，低头看着她的茶。"婚姻，"她说道，在这个字眼背后有一股情绪的重量，"刚开始的时候总是这么新鲜……"她再度叹息了，"当然，我没办法告诉你关着的门后面发生了什么事。"

"可是……"华伦再度探问。

"布莱安、泰莎跟苏菲刚开始让彼此都很开心。泰莎会带着爬山、野餐、单车旅行和野炊的故事回家，全都是美好的事情。他们一起玩得很愉快。

"但是婚姻不只是玩乐而已。布莱安乘船出海的时候,既然泰莎住在一间有庭院的房子里,要是割草机或吹叶机坏了,她就必须整顿这一切。因为他不在,而她在。房子就像小孩、狗跟巡警工作一样,必须有人照顾。我看着她……看着她变得更疲倦。我想,布莱安在家的日子对她来说变得比较好过,但布莱安不在的日子就变得比过去更辛苦得多。比起只有她和苏菲住在单一卧房公寓的日子,她现在有更多事情要处理、要照料。"

华伦颔首,她了解这点,她之所以没有庭院、植物或金鱼是有理由的。

"那对布莱安来说呢?"

"当然,他从来没对我推心置腹。"爱尼斯太太说道。

"当然。"

"不过,从泰莎说过的话来看……他出海的时候,时时刻刻都在工作,没有一天休息。所以当他回家之后,他并不总是想要立刻处理家务琐事或整理草皮,甚至是养育孩子。"

"他想玩乐一番。"华伦这么说。

"男人需要时间放松。泰莎改变过时间表,所以他在家的第一周,我仍然会在早上过去帮忙照顾苏菲。可是布莱安也不喜欢这样——他说有我在家里,他没办法放松。所以我们恢复老规矩,他们正在努力。"爱尼斯太太说得明白诚恳,"可是他们的时间表很严格,工作时间一到,泰莎就非工作不可,但她并不总是在应该回家的时间回家。然后布莱安一消失就是六十天,重新出现又是六十天……我想,这对他们两个人来说都不容易。"

"你听过他们吵架吗?"华伦问。

爱尼斯太太凝神看着她的茶。"不算吵架……但我可以感觉到那股紧张气氛。有时候苏菲……在布莱安回家的时候,她会有几天安静得很不寻常。然后当他再度离家,她就活泼起来了。一个来来去去的爸爸，对于小孩子来说不是很容易理解。而且家庭里的压力……小孩子可以感觉到。"

"他打过她吗？"

"天啊，没有！而且要是我怀疑到有这种事，我自己就会去举报他。"

"向谁举报？"华伦好奇地问道。

"当然是对泰莎。"

"他打过泰莎吗？"

爱尼斯太太迟疑了，华伦又重新提起兴致，注视着这位老妇人。

"我不知道。"这位年长妇人说道。

"你不知道？"

"有时候我会注意到一些瘀伤。不久之前有过一两次，泰莎看起来一跛一跛的。可是我向她问起这件事的时候——她说是跌下结冰的台阶，穿着雪鞋的时候出了点小意外。他们是个活动力很强的家庭，有时候，活泼的人就是会受伤。"

"但是苏菲没有。"

"苏菲没有！"爱尼斯太太语气强烈。

"因为要是有，你会做点什么。"

妇人的嘴第一次战抖了起来，她望向别处。在这一刻，华伦可以看出这女人的羞愧。

"你确实怀疑过他打过她，"华伦口气平稳地陈述，"你担心泰莎被她丈夫虐待，你却什么都没做。"

"六到八个星期之前……显然出了什么事，她行动有点困难，但她还是拒绝承认有这回事。我试着提起这点……"

"她怎么说？"

"她说她从前门台阶上跌下来，她忘记在台阶上撒盐，这全是她的错……"爱尼斯太太噘起嘴唇，显然心存怀疑。"我搞不懂，"这位年长妇人最后这么说,"泰莎是个警官。她受过训练,她带着枪。我告诉自己,如果她真的需要帮助,她就会告诉我,或是告诉另一位警官。她整天都跟警察在一起,怎么可能不求助?"

答对这题奖金一百万,华伦这么想。她可以从巴比脸上的表情看出他也这么想。他往前靠,引起爱尼斯太太的注意。

"泰莎提过苏菲的生父吗?也许他最近跟她联络,对他的孩子有兴趣了?"

爱尼斯太太摇摇头。"泰莎从来不提他。我总是认定那个男人对当爸爸毫无兴趣。她说,他有更好的去处,就这样点到为止。"

"泰莎有没有提过她担心最近进行的一次逮捕行动?"

爱尼斯太太摇摇头。

"她在工作上有没有碰到麻烦,也许跟另一个巡警起冲突?身为佛莱明汉营区唯一的女性不可能轻松的。"

爱尼斯太太再度摇头。"她从来不谈工作的事,至少不会跟我说。不过,泰莎以她的工作为荣。我看得出来,只要看她每天晚上离家去巡逻的样子就知道了。也许她加入州警是因为她认为这样对她的孩子有帮助,但这对她也有帮助,给强悍女子的强悍工作。"

"你认为她有可能射杀她丈夫吗?"华伦单刀直入。

爱尼斯太太不愿回答。

"要是他伤害了她的孩子呢?"

爱尼斯太太眼神凌厉地抬头看了一下,"喔,亲爱的上帝,你不可能是这个意思……"她用手捂住嘴,"你认为布莱安杀了苏菲吗?你认为她死了?可是安珀警戒……我以为她只是失踪了,也许是因为状况混乱所以逃出去了……"

"什么样的混乱?"

"新闻说那里发生一场意外,导致一人死亡。我想也许是闯空门,引起一场打斗。也许苏菲为了安全逃走了。

"谁会闯进去？"华伦问道。

"我不知道，这里是波士顿，窃贼、帮派分子……这些事情偶尔会发生。"

"没有闯空门的迹象。"华伦平静地说明，让爱尼斯太太有时间消化这个讯息。"泰莎自白说她射杀了丈夫，我们试图判定是什么导致这起事件，还有苏菲出了什么事。"

"喔，我的天啊，天啊……天啊……"爱尼斯太太的双手从她的嘴边移到眼前，她已经开始哭了。

"可是我从来没想到……就算布莱安……脾气曾经失控过几次，我从来没发现事情已经变得这么糟。

"我是说，他会出门远行对吧？如果状况变得这么糟，为什么她跟苏菲不趁着他离家的时候离开他？我会帮忙的。她当然知道我会帮忙啊！"

"非常好的问题。"华伦柔声表示同意，"为什么她跟苏菲不趁他一出海就离开呢？"

"苏菲有没有常讲到学校的事？"巴比说，"她在那里开心吗？还是有什么顾虑？"

"苏菲很爱上学。她一年级，老师是迪帕齐太太。她刚开始读所有的茱妮·B. 琼斯童书，只需要一点点帮助。我是说阅读方面的帮助，就只是那样而已。她是个聪明的孩子，也是个好女孩。我可以……我可以给你校长的名字，还有那些老师的名字，因为有一半的时间我都把她放在那里，所以我有整个学校的名单。每个人对她都只有赞美，而且我的天啊，这实在是……"

爱尼斯太太离开了她的座位，先是绕着很小的圈子，然后她似乎想起她要做的事。她走到沙发旁边的一张小茶几对面，打开最上面的抽屉，然后开始抽出种种资料。

"放学后的活动如何？"华伦问道。

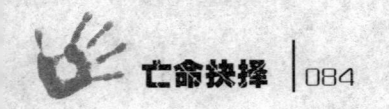

"他们有个放学后的艺术课程,每个星期一上课,苏菲很爱那堂课。"

"会有家长自愿帮忙那堂课吗?"巴比探问。

华伦点点头,跟上了他的思路。他们可以从那些家长身上榨出更多可以核查的背景信息。

爱尼斯太太回到他们身边,手上抓着几张纸——一张学校行事历,行政人员的联络资料,在大雪日通知其他家长用的通报网联络簿。

"你想知道任何可能伤害苏菲的人吗?"华伦尽可能温和地问她。

爱尼斯太太摇摇头,仍然一脸悲痛。

"如果她逃走了,你想知道她藏在哪里吗?"

"藏在树上。"爱尼斯太太立刻说道,"在她想要独处的时候,她总会爬到后院的大橡树上。泰莎说她小时候也会这样做。"

巴比跟华伦点点头。他们两个都审视过那棵枝条光秃秃的树,六岁大的苏菲并没有坐在枝干之间。

"你怎么去那间房子的?"在她跟巴比从椅子上站起来之前,华伦想到要问这件事。

"搭巴士。"

"苏菲曾经跟你一起坐过巴士吗?她了解大众运输工具吗?"

"我们搭过巴士,我不认为她会知道该怎么……"爱尼斯太太顿了一下,她深色的眼睛变得闪闪发光,"可是她确实知道她要投几块钱,前几次我们搭车的时候,她数过那些钱。而且她很有冒险精神,如果她为了某个理由认为她必须搭巴士,我可以想见她独自尝试的样子。"

"谢谢您,爱尼斯太太。如果你想起任何事情……"华伦把她的名片交给这位妇人。

巴比已经打开门了。在最后一刻,刚好在华伦走进走廊的时候,巴比转回来了。

"你说有另一位警官介绍泰莎跟布莱安认识。你记得是哪一位吗？"

"喔，那是在一次野炊活动里……"爱尼斯太太顿了一下，在她的记忆数据库里搜寻着，"谢恩，泰莎是这样叫他，她去了谢恩家。"

巴比谢过这位妇人，然后跟着华伦下楼。

他们一走到外面，呼出冻结的空气并戴上手套的时候，华伦就发问了："谢恩是谁？"

"我猜是佛莱明汉营区的谢恩·里昂斯巡警。"

"那个工会代表！"华伦说了出来。

"没错，也是最初打电话通报的警官。"

"那么他就是我们下一个要访谈的人。"华伦扫向远处的地平线，第一次注意到迅速消逝的日照，同时感觉自己心中一沉。"喔，不，巴比……已经快天黑了！"

"那我们工作的速度最好快一点。"

巴比拐进人行道，华伦迅速地从他背后跟上。

第十章

我在做梦,我依稀明白这一点,却没办法把自己弄醒。我认得出那个秋季午后,记忆中的一缕缕金色,而且我不愿离开这个梦境。我跟我的丈夫女儿同在,我们在一起,而且我们很快乐。

在我的记忆之中,苏菲五岁大,她骑着她那台有着白色大辅助轮的粉红色脚踏车穿越小区公园时,深色头发在安全帽下绑成一条短短的马尾。布莱安跟我手牵着手,跟在她后面。布莱安表情放松,垂着肩膀。这是波士顿的一个美丽秋日,太阳出来了,树叶是明亮的红铜色,生活很美好。

苏菲来到一座山丘顶端,她等着我们追上来,她希望有观众。然后随着一声尖啸,她往路面一踢,让她的脚踏车从那个小斜坡上翩然而下,她狂踩着踏板,以求达到最高速度。

我对女儿的鲁莽举动摇头,更别提我的胃在她起跑的时候都扭紧了。我知道最好不要忧形于色,我的紧张只会鼓励她,"吓坏妈咪"是她跟布莱安两人最爱玩的游戏。

"我想要骑得更快一点!"她在坡道底部宣布。

"找个更大的山坡。"布莱安说。

我对他们两个翻了翻白眼。"那样已经很快了,多谢你们两个。"

"我想拆掉我的辅助轮。"

我顿了一下,然后再度确定,"你想拆掉你的辅助轮?"

"对。"苏菲很坚决,"我想要像个大女孩一样骑车,靠两个轮子,然后我就会变得更快。"

我不太确定我的看法,我是什么时候拿掉辅助轮的?五岁或六岁吧,我不记得。可能更早而不是更晚,我一直都是个野丫头,我怎么能怪苏菲也有同样的特质?

布莱安已经在苏菲的脚踏车旁边检视车子的组装方式了。

"需要工具。"他这样声明,而且很快就把事情安排好了。布莱安小跑步回家去拿一组扳手,苏菲在公园旁边跳来跳去,向所有陌生人和至少半打的松鼠宣布,她就要靠两个轮子骑车了。每个人都很钦佩,特别是那些松鼠,它们在跳到树上之前,对她"叽叽喳喳"了一阵。

布莱安在十五分钟内回来了,他一定是一路跑回我们家再跑回来,我突然觉得一阵感激。感激他这么爱苏菲,感激他这么了解一个五岁小孩的冲动。

结果要把辅助轮拿掉相当容易,没几分钟,布莱安就把辅助轮扔到草地上,苏菲则回到脚踏车上。她绑紧她那顶红色安全帽的系带时,双脚平踩着地面,一脸严肃地看着我们。

"我准备好了。"她宣布。

而我有那么一刻用手压着胃,心里想着,可是我还没有。我真的还没准备好。昨天她还只是个小不点宝宝,刚好可以靠在我的肩窝不是吗?或者还是个歪歪倒倒的十个月大幼儿,才刚踏出大胆的第一步?她是怎么长到这么高的?那些年到哪去了?我要怎么把那些日子弄回来?

她是我的全世界,要是她倒下我要怎么办?

布莱安已经踏上前去了,他指导苏菲爬到她的脚踏车上。他一只手扶着手把,让手把保持笔直,另一只手则托在座椅后面,扶稳脚踏车。

苏菲坐在座椅上,两只脚都踩在踏板上,她同时显得既清醒又勇猛。她要做这件事,唯一的问题在于,她得摔个几回才能抓对方法。

布莱安在跟她说话,他喁喁细说某些指示,我听不见。因为要是我退到一旁,让自己跟即将发生的事情保持距离,事情会比较容易。妈妈抓紧,爸爸放手,也许世界就是这样运作。

我试着再次回想自己第一次不用辅助轮的经验,爸爸有帮我忙吗?妈妈有出来见证这件事吗?我记不起来了。我希望我记得,希望记起我爸爸提供建议,我父母付出注意力的任何一种回忆。

但我只想到一片空白,我妈妈死了,而我爸爸在十年前讲明白了,他不想再见到我。

他不知道他有个叫做苏菲的外孙女,他不知道他唯一的孩子变成一位州警。他儿子死了,他女儿,则被他丢掉了。

布莱安让苏菲对齐一条直线,脚踏车稍微有点战抖。因为她的紧张,也许是他在紧张。他们两个人都像通了电,专心一意。我继续作壁上观,一句话都说不出来。

苏菲开始踩踏板。在她旁边,布莱安开始小跑,手摆在脚踏车上,在苏菲增加动能的时候帮忙维持平衡。她骑得越来越快,越来越快,越来越快。

我屏住呼吸,两只手都握成拳头。有安全帽,谢天谢地,我只想得到这个。谢天谢地有安全帽,还有为什么我不能把我的孩子整个包在泡泡纸里,再让她爬上车。

布莱安放手了。

苏菲往前猛冲,用力地踩着踏板。然后,在她低头往下瞥的最后一秒钟,她似乎理解到布莱安已经不在她旁边了,她真的就靠她自己了。在下一刻把手歪了,她掉了下去。一声震惊的叫喊,一次不得了的摔车。

布莱安已经到了那里,在我能跨出三步之前就跪在她旁边了。他让苏菲从她的脚踏车上脱身,让她站好,检查她的四肢。

苏菲没有大哭，她反而在我急忙沿着脚踏车道奔向她的时候，转头望着我。

"你看到了吗？"我的野孩子尖声喊道，"妈咪，你看到了吗？"

"有，有，有。"我终于抵达现场，一边察看我的孩子伤势如何，一边匆忙地向她保证。她很安全，我则当场折寿二十年。

"再来一次！"我的孩子要求。

布莱安大笑着整顿好她的脚踏车，然后帮她爬上去。"你真是疯了。"他摇着头告诉她。

苏菲只是眉开眼笑。

那天下午结束的时候，她沿着公园遨游，辅助轮只是个遥远的回忆。布莱安和我没办法再跟在她后面漫步了；对我们来说，她太快了。我们倒是爬上一张野餐桌，我们可以坐在那里，看着她的脚踏车生气蓬勃地绕圈圈。

我们再度手握着手，肩靠着肩，抵御着傍晚的寒气。在苏菲迅速地骑过时，我把我的头放在他肩膀上。

"谢谢你。"我说。

"她是个小疯子。"他回答。

"我觉得我做不到那种事。"

"要命，我的心脏还在我胸膛里狂跳呢。"

那句话足以让我吃惊到坐直身体凝视他，"她吓到你了？"

"你开玩笑吗？那破天荒的摔车。"他摇摇头，"没有人告诉过你当家长这么可怕，而且我们才刚开始呢。你知道，下次她就会想要一辆花式脚踏车。她会骑车跳下楼梯，站在把手上。我会需要那种男性头发专用的东西，叫什么来着？那种把灰发染黑的东西？"

"只给男性用的吗？"

"对。我们回家之后的第一件事，就是去订上一箱。"

我大笑，他用他的手臂环抱我的肩膀。

"她真的很惊人。"他这么说，而我只能点头，因为他说的完全正确。她是苏菲，而且她是我们两人碰到过的最美好的事情。

"这个周末的事我很抱歉。"布莱安在一两分钟后说道。

我靠着他的肩膀点点头，没看着他就接受了这番话。

"我不知道我在想什么，"他继续，"我猜我被一时的想法卡住了。这种事情不会再发生了。"

"没关系。"我这么说，而且我是诚心的。在婚姻的这个阶段，我还接受他的道歉。在婚姻的这个阶段，我还相信他。

"我正在考虑加入一间健身房，"布莱安简短地说道，"我手上有够多的时间，我猜我可以用这段时间来锻炼身体。"

"你的身体状况很好。"

"是，没错，可是我想回头练举重。我大学毕业之后就没做过了，而且咱们面对现实吧。"苏菲从我们的野餐桌旁呼啸而过，"按照她的成长速度，我会需要全部的力气才能跟得上。"

"你想怎么做都可以。"我告诉他。

"嘿，泰莎。"

"什么？"

"我爱你。"

在我的记忆里，我微笑了，我弯着双臂环抱我丈夫的腰。"嘿，布莱安，我也爱你。"

我很费劲地醒过来，有个噪音把我从金黄色的过去猛拉回贫瘠的现在。那天下午，我丈夫双臂牢靠的感觉，苏菲精力充沛的活泼笑声。那是暴风雨前的平静，只是当时我不知道。

那天下午布莱安跟我带着一个精疲力竭的小朋友回家。我们提早让她上床睡觉。然后，在一顿悠闲的晚餐之后，我们缠绵了一番，而且我入睡时想着我是全世界最幸运的女人。

随后还要再过一年，我才会再度告诉我丈夫我爱他。那时他就快要死在我们刚擦洗过的厨房地板上，他的胸膛上嵌着从我枪里射出的子弹，他的脸是一面哀伤的镜子，反映出我自己的后悔。

再过几秒钟，我就会在整栋屋里狂奔，把整栋屋子扯开来，疯狂地寻找我到现在还没找到的女儿。

更多的噪声穿透我的意识，遥远的"哔哔"声，迅速的脚步声，有人喊着要某样东西。这是医院里的噪声。大声，持续，紧急，让我一举回到现在。没有丈夫，没有苏菲，只有我，一个人在医院病房里，从我没瘀伤的那半边脸上擦掉眼泪。

我第一次察觉到自己的左手心有个东西。我举起手，好让我可以用完好的那只眼睛察看我的发现。

我发现那是个纽扣，直径半寸，磨断的海军蓝缝线仍然呈环状穿过纽扣上的两个洞。这可能是从裤子上或女性衬衫上扯下的，甚至有可能来自州警制服。

但这并不是，我一看见这颗纽扣就认出来了。我甚至可以想象缝在旁边的第二颗纽扣是什么样子，一模一样的圆形纽扣，在我女儿最爱的洋娃娃上构成了蓝色的眼睛。

有那么一秒，我生气得要命，满腔怒火，愤怒到我的指关节都变白了，但我没办法讲话。

我把那颗纽扣用力扔到房间另一头，它猛然撞在分隔帘上。然后，我以同样快的速度，后悔自己做了这样冲动的事情。我想拿回那颗纽扣，我必须拿回来，这是跟苏菲之间的联结，我跟她仅存的联结之一。

我试着坐起身，专心一意要拿回纽扣。我头骨后方的伤立刻咆哮着回魂，我的脸颊传来阵阵新鲜的尖锐疼痛。房间摇摇晃晃，歪斜到让人想吐，而我可以感觉到我的心跳速度因为突如其来的锥心之痛而一飞冲天。

该死！该死！该死！

我逼自己躺下，平稳地吸口气。终于，天花板恢复正常位置，我也可以吞咽而不至于哽住。我纹丝不动地躺着，痛切地察觉到自己如此脆弱，这是我承担不起的弱点。

当然，这就是为什么男人会打女人。为了证明他们在体能上的优势，为了展现他们比我们更大、更壮，而且永远没有任何特殊训练能够改变这一点。他们是居于支配地位的性别，我们不如现在就臣服投降。

只是我不需要被啤酒瓶砸头也知道我的体能限制。我不需要一个指关节长毛的拳头在我脸上炸开，就明白某些战役是赢不了的。我已经耗掉我整个人生，勉强接受我块头比别人小、比别人易受伤害的事实，我还是活着熬过警察学院。我还花了四年，以州内少数女巡警之一的身份巡逻。

而且，我还独自一人生下一个很棒的女儿。

我会屈服才怪，我会投降才怪。

我又哭了，泪水让我觉得羞耻，我又抹干我完好的那边脸颊，小心不要碰到那只瘀血的眼睛。

忘记那条他妈的勤务腰带，我们的讲师在警察学院训练的第一天就告诉过我们。一位警官最有价值的两大工具，就是她的脑袋跟她的嘴巴，做策略性的思考，小心讲话，那么你就能够控制任何人，任何状况。

那就是我需要的，我要重新夺回控制权，因为波士顿警方很快就会回来，到时候我可能就完蛋了。

做策略性的思考，好的，评估时间。

现在是四点还是五点？

很快就会天黑，夜幕降临。

苏菲……

我的双手战抖着，我抑制住这种软弱，做策略性的思考。

我被困在医院里。不能跑，不能躲，不能出击，不能防御。所以我必须抢先一步。做策略性的思考，小心讲话！

　　明智地做出牺牲！

　　我再度忆起布莱安，那个秋季下午的美，还有你能够怎么样在同一瞬间对一个男人又爱又恨，我知道我必须做什么。

　　我找到床边的电话，然后拨了号码。

　　"请找肯恩·卡吉尔，我是他的客户泰莎·李欧妮。请告诉他，我要替我丈夫的遗体安排后续处理。现在，马上就要！"

第十一章

谢恩·里昂斯巡警同意六点之后,在波士顿警局位于洛斯贝里的总部跟巴比还有华伦会面。这让他们有足够的时间停下来吃晚餐,巴比点了一份巨无霸潜艇堡三明治,每种馅料都加倍。华伦慢慢吃着一碗鸡汤面条,上面加了大量的碎薄饼片。

潜艇堡三明治的店角落有台电视机在大鸣大放,五点钟的新闻头条就是阿尔斯顿——布莱顿的枪击案,还有苏菲·梅莉萨·李欧妮的失踪案。女孩的脸占满整个屏幕,蓝色的明眸,缺牙的大大的微笑。

她的照片下面跑过一行热线电话号码,还有两万五千美元的悬赏,征求任何可能把她找回来的线索。

华伦看不下新闻报道,那让她太沮丧了。

在第一通电话拨出的八小时之后,他们还没有什么像样的进展。有位邻居举报,说看见布莱安·达比昨天下午四点之后不久开着他的白色通用 Denali 出门。在那之后,什么都没有,没有人看见什么。室内电话没有来电记录,他的手机也没有任何简讯。布莱安·达比去了哪里,做了什么,可能见过谁,没有人知道。

这个结果把他们引向六岁大的苏菲。昨天是星期六,不用上学,没跟人约好玩游戏,没出现在庭院里,没出现在小区摄影机里,也没有神奇的线报从热线电话里涌入。星期五下午三点有人从学校接走她，在那之后的行踪，就随人猜测了。

泰莎·李欧妮在星期六晚上十一点向她的大夜班报到，有三个邻居注意到她的巡逻车离开，其中一个人注意到那辆车在第二天早上九点再度出现了。派遣员有勤务通知的整本名册，证实李欧妮巡警有值班，在星期日早上八点之后不久交回最后一批书面报告。

从那个时间点之后，这一家子就完全脱轨了。邻居什么都没看见，什么都没听见。没听见吵架声，没听见尖叫，甚至没听见枪响，虽然这让华伦起了疑心——因为她完全想象不到，你怎么可能没听到九毫米手枪连开三枪的声音。也许人就是不想听见他们不愿听见的声音。这似乎比较有可能。

现在官方宣布，苏菲·李欧妮从今天早上十点开始就失踪了。太阳下山了，温度直线下降，据说还会下大雪。

白天状况不佳，晚上会更糟糕。

"我得打个电话。"巴比说道。他吃完了他的三明治，正在把包装纸揉成一团。

"去告诉安娜贝尔你会工作到很晚？"

他指指三明治店铺的窗口外，第一波雪片开始飘落了，"我预料错了吗？"

"她能接受你的工作时间表吗？"华伦问。

他耸耸肩。"她能怎么办？工作就是工作。"

"卡琳娜呢？很快她就会知道，爹地会消失，而且并不总是能够回家陪她玩。然后还会有错过的独奏会、学校的戏剧表演和足球赛。爸，我替球队踢进一分，只是你不在场。"

巴比很好奇地盯着她看，"工作就是工作。"他重复一次，"是啊，有时候这样很讨厌，不过话说回来，大多数的工作都是如此。"

华伦皱起眉头，她垂下视线，搅弄着她的汤。碎薄饼片吸饱了清汤，变成凹凸不平的团块。她再也不想吃了，她很疲倦、很气馁。

她在想,这个小女孩可能不会活着被找到。她在想爱尼斯太太的评语:李欧妮巡警要同时掌握她的工作、一栋房子跟一个孩子有多困难。

或许女性执法人员本来就不该妄想过幸福的家庭生活。或许李欧妮巡警要是没尝试"丈夫+白栅栏院子"的全套组合,华伦就不必在今天早上造访,一个纯真可爱的孩子现在就不必失踪了。

老天爷啊,华伦该怎么跟艾利克斯说。她,一个职业警探兼自认的工作狂,应该对这种事有什么感觉。

她最后一次搅弄她的汤,然后把碗推到一边去。巴比还站在那里,显然等着她说点什么话。

"你有想象过我当妈妈的样子吗?"她问他。

"没。"

"你甚至不必想就回答了。"

"如果你不想知道答案,就别问问题。"

她摇摇头。"我从来没想象过自己当妈妈的样子。妈妈……唱摇篮曲,拿着圆圈谷片走来走去,而且会做鬼脸,只为了逗她们的宝宝笑。我只知道怎么用刚煮好的咖啡跟加了枫糖霜的甜甜圈逗我的组员笑。"

"卡琳娜喜欢玩躲猫猫。"巴比说。

"真的?"

"是啊。我把我的手遮在我眼睛前面,然后突然抽手,同时大喊'在这里'!她可以这样玩好几个小时。事实证明我也可以这样玩好个几小时,谁知道呢?"

华伦用她的手掌盖住眼睛,然后迅速抽开她的手。巴比消失了,巴比又出现了。除此之外,这样做对她没啥帮助。

"我不是你的宝宝,"巴比用解释的语气说道,"我们在基因上被设定成想让我们的孩子快乐。

卡琳娜满面笑容,而且……我甚至形容不出来。可是我的一整天过得很值得，而且不管哪种蠢事能让她像看起来那个样子，我都会再做一次。我能跟你说什么？这比爱还要疯狂，比爱还要深刻。这就是……身为父母。"

"我想布莱安·达比谋杀了他的继女。我想他杀死了苏菲，然后泰莎·李欧妮回到家里，射杀了他。"

"我知道。"

"如果我们在基因上被设定成想让我们的后代快乐，为什么会有这么多父母伤害自己的孩子？"

"因为人类很差劲。"巴比说。

"就是那种想法让你每天早上起床吗？"

"我不必跟别人一起鬼混，我有安娜贝尔、卡琳娜、我的家庭跟我的朋友，那样就够了。"

"想要有卡琳娜二号吗？"

"希望如此。"

"唉，你是个乐观派，巴比·道奇。"

"以我的方式乐观。我想你跟艾利克斯开始认真了？"

"我猜这就是问题。"

"他让你开心吗？"

"我不是会开心的那种人。"

"那他让你心满意足吗？"

她想着她的早晨，穿着艾利克斯的衬衫，坐在艾利克斯的桌子前面。"我可以花更多时间跟他在一起。"

"这是个开始。现在呢，要是你容我告退，我就要去打电话给我老婆，而且可能会发出一点'咕咕'叫的噪声逗我女儿。"

巴比从桌子旁边走开。"我可以偷听吗？"华伦在他背后喊道。

"绝对不行。"他喊道。

这个时机正好，因为她的胃又不舒服地拧在一起，而她正在想象一个蓝色小襁褓,也可能是一个粉红色小襁褓,同时疑惑着一个小艾利克斯或小华伦看起来会是什么样子?她能不能去爱一个孩子,就像巴比显然爱着卡琳娜一样?而光靠这种爱,是不是就足够了?

因为对女性警察来说,幸福家庭鲜少成功。去问泰莎·李欧妮就知道了。

等到巴比结束他的电话时,刚入夜的降雪已经把路面变成有碍交通的一团乱。他们一路开着警示灯和警笛,却还是用掉超过四十分钟才到达洛斯贝里。他们又花了五分钟找停车位,等到他们走进波士顿警察局总部大厅的时候,谢恩·里昂斯巡警已经被迫干等了至少十五分钟。这位魁梧的警官在他们走进来的时候站起身,他仍然穿着全套制服,帽子在额头上拉低,两手包裹在黑色皮革手套里。

巴比先向这位警官打招呼,然后轮到华伦。用审讯室会显得无礼,所以华伦找了一间没人的会议室给他们使用。里昂斯找了个位子坐下,脱掉他的帽子,但继续把外套跟手套留在身上。显然,他打算进行的是简短的谈话。

巴比给他一罐可乐,他接受了。华伦坚持喝水,巴比则慢慢喝着一杯黑咖啡。初步准备做好了,他们开始处理正事。

"你听到我们来电似乎并不意外。"华伦起了头。

里昂斯耸耸肩,在他戴着手套的手指之间搓弄着他的可乐罐。"我知道我的名字会出现,但首先我必须完成我身为工会代表的任务,这是我在这种状况下的主要责任。"

"你认识李欧妮巡警多久了?"巴比问道。

"四年。从她开始在营区服务就认识了。我是她的资深同事,负责监督她头十二个星期的巡逻。"里昂斯喝了一小口可乐。他显得不太自在,彻底像个不情愿的目击证人。

"你跟李欧妮巡警的合作密切吗?"华伦探问。

"在前十二个星期,确实是。但是在那之后,就不是了,巡警都独立巡逻。"

"常有社交往来吗？"

"差不多一星期一次吧。值勤警官会设法见面喝咖啡或吃早餐，替我们的值班时间画下句点，同时维持同胞情谊。"他望着华伦，"有时候，甚至会有波士顿警察加入我们。"

"真的吗？"华伦竭尽所能，让自己听起来很惊恐反感。

里昂斯终于露出微笑。"我们必须彼此支持，对吧？所以保持沟通管道畅通是好事。但是我必须说，大多数时候，巡警的值班时间都是一个人度过的。特别是大夜班，只有你、雷达测速枪和一条横行的高速公路。"

"在营区的时候呢？"华伦想知道，"你跟泰莎会一起混时间，下班之后一起吃点东西吗？"

里昂斯摇摇头。"不会。一个巡警的巡逻车就是他或者她的办公室。我们只会在要进行逮捕或起诉酒驾者之类事情的时候，才会回到营区。我再强调一次，我们大多数的时间都在公路上。"

"不过你们互相协助，"巴比表示意见了，"特别是在发生事件的时候。"

"当然。上星期李欧妮巡警在麻州收费公路上抓了一个酒驾的家伙，所以我去那里帮忙。她带着那家伙到营区去做酒测，并且向他宣读他的权利。我留守在他的车子旁边，直到拖车来把车拖走为止。我们互为后盾，但是在她把某个醉鬼塞进她的巡逻车后座时，我们不会站在一起聊我们的配偶跟小孩。"里昂斯用一记眼神盯住巴比，"你一定还记得那是什么样子吧。"

"跟我们谈谈布莱安·达比。"华伦再度开口，让里昂斯的凝视换了个方向。

这位巡警并没有马上回答，但是他抿紧了嘴唇，显然是在跟他心里的某件事搏斗。

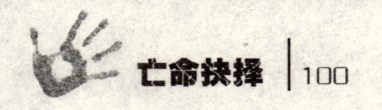

"我说了该死，不说也该死。"他突然低声说道。

"巡警，为什么该死？"巴比口气平稳地问道。

"听着，"里昂斯放下他的可乐，"我知道这回我搞砸了。我应该很善于识人，很适合这个工作。可是泰莎跟布莱安出状况了。可恶，我要不是个彻头彻尾的白痴，根本不知道我的邻居有情绪管理问题，就是一个混蛋，把我的警察同事跟一个打老婆的家伙混为一谈。我诚心对天发誓……要是我早知道，要是我怀疑过……"

"让我们先从布莱安·达比开始吧。"华伦说道，"你对他有什么了解？"

"我在八年前认识他。我们两个都属于小区内的曲棍球联盟。每隔一周的星期五晚上我们都会一起打球；他看起来像个好人。有几次我请他来吃晚餐、喝啤酒，看起来还是像个好人。他是商船船员，有个很疯狂的工作时间表，所以他也能理解我的工作。当他在这里的时候，我们会一块儿聚聚——玩曲棍球、去滑雪，也许白天去健行。他喜欢运动，我也喜欢。"

"布莱安是个很有活力的人。"巴比说。

"是啊，他喜欢保持动态，泰莎也是。老实说，我以为他们会是天作之合。那就是为什么我会撮合他们。我想就算他们最后没有约会，也可以变成健行同伴之类的。"

"你撮合了他们。"华伦复述一遍。

"邀请他们两个来参加夏季野炊。让他们从那里开始。拜托，我是个男人，男人就只能做到这个地步了。"

"他们一起从那场派对离开？"巴比问。

里昂斯必须思考一下，"没有，他们后来大概相约喝了一杯，我不清楚。不过我所知的下一件事，就是泰莎跟她女儿搬进去跟他住在一起，所以我猜结果成功了。"

"你参加婚礼了？"

"没有，直到整件事尘埃落定我才听说。我想我注意到泰莎突然戴上一枚戒指了。在我问起的时候，她说他们结婚了。我是有点震惊，想说这稍微快了一点，还有——好吧，也许我是因为他们没邀请我而觉得吃惊，可是……"里昂斯耸耸肩膀，"我们又不是那么亲近，我也没那么投入。"

对他来说，确定这一点似乎很重要：他跟那对夫妇没有那么亲近，没有那么投入他们的生活。

"泰莎有谈过她的婚姻吗？"华伦问道。

"没跟我谈。"

"所以有跟别人谈啰？"

"我只能代表我自己说话。"

"而你甚至没那样做。"华伦讲得很直率。

"嘿，我正试着要跟你说实话。我并没有每星期日在布莱安跟泰莎家和他们共进晚餐，也没有在去教堂做完礼拜之后邀他们来我家。当然，我们是朋友，可是我们有自己的生活。见鬼了，布莱安甚至有半年不在城里呢。"

"所以说，"华伦缓缓地说，"你的曲棍球球友布莱安·达比有半年出海，留下你的巡警同事同时照管房子、庭院跟一个小孩，一切全靠她自己，而你就只是走你的路，过你的日子，犯不着跟着他们一起陷入困境？"

里昂斯巡警脸上一阵红。他望着他的可乐，方正的下巴显然咬紧了。

华伦想着，在气色红润的类型里，他算是好看的男人。这让她疑惑：布莱安·达比开始练出大块肌肉，是因为他太太带枪吗？或者是因为他太太开始打电话向一个住在家附近的壮硕巡警求助？

"我本来或许可以修好那台除草机的。"里昂斯喃喃说道。

华伦跟巴比等着后续。

"厨房水龙头漏水。我看了一下,不过那超出我的应付范围,所以我给她一个好水管工人的名字。"

"你昨晚在哪里?"巴比静静地问。

"在巡逻!"里昂斯眼神凌厉地抬头看,"看在老天分上,我从昨晚十一点就没回过家了。你们知道我自己有三个孩子,要是你们以为每次苏菲的照片在新闻里闪过时,我没在心里想象他们……可恶,苏菲只是个小孩子!我还记得她从我家后院的山丘上往下滚。还有去年,她爬上那棵老橡树,就连我八岁大的儿子都跟不上她。那孩子,她是半只猴子。还有那个笑容,还有,喔……可恶。"

里昂斯巡警用他的手遮住脸。他似乎无法说话,所以巴比跟华伦给他一点时间。

当他终于控制住自己之后,他放下他的手,勉强挤出怪笑。"你们知道我们怎么叫布莱安吗?"

他突然说道:"他在曲棍球队上的绰号?"

"不知道。"

"感性先生"。这男人最爱的电影是《麻雀变凤凰》。他的狗,公爵死掉的时候,他写了一首诗,那首诗还登在地方报纸上。他就是那种男人,所以把他介绍给一位带着小孩子的警察同事时,我没有犹豫过,没有。该死,我以为我是在帮泰莎一个忙。"

"你跟布莱安还一起玩曲棍球吗?"巴比问。

"没那么常玩了,我的班表改变了,大多数的星期五晚上我都要工作。"

"布莱安现在看起来比他结婚时还要壮,他好像刻意在健身。"

"我想他加入了健身房之类的地方,他谈过举重的事。"

"你曾经跟他一起健身过吗?"

里昂斯摇摇头。

华伦的呼叫器响了,她瞥了一眼显示屏幕,看到是犯罪鉴识实验室的号码,于是暂且告退。她离开会议室的时候,巴比正在盘问里昂斯巡警有关布莱安·达比的健身方式,还有,或者可能相关的补给品。

华伦拿出她的手机,拨了犯罪鉴识实验室的号码,原来他们从布莱安的白色通用 Denali 上面得到一些初步发现了。她一边听一边点头,然后及时结束电话冲进女厕所里,她是没法把鸡汤留在体内了。不过在这之前,她泼了一大堆冷水在脸上。

她漱了漱口,往手背上冲了更多冷水。然后她审视苍白的镜中影子,告诉自己,不管喜不喜欢,她都会搞定这件事。

她会撑过这个晚上。她会找到苏菲·李欧妮。

然后她会回家去见艾利克斯,因为他们有几件事情要谈。

华伦大步走回会议室。她没有等候就摆出了大阵仗,因为里昂斯巡警在阻挠他们,而且老实说,她没时间再忍受这类扯淡了。

"关于布莱安·达比的车子,初步报告出来了。"她口气尖锐地说道。

她把双手摊平在里昂斯巡警面前的桌上,然后弯下腰,直到她距离他的脸只有几寸。

"他们发现后车箱里塞了一根组合式的铲子,上面还盖着泥巴跟树叶。"

里昂斯什么也没说。

"也发现一个全新的空气芳香剂,甜瓜香味,可以塞进插座的那一种。实验室的技术人员觉得很奇怪,所以他们拔了出来。"

里昂斯一语不发。

"不到十五分钟,臭味就变得很明显。他们说,非常强烈,非常独特。不过他们是技术人员,为了百分之百确定,他们找来一只寻尸犬。"

这位警官的脸色发白。

"那是尸臭味,里昂斯巡警。这就是说,实验室专家相当确定,在过去二十四小时内，有一具死尸摆在布莱安·达比的车子后面。根据这根冒出来的铲子，他们进一步推测，尸体是被载到某个不知名的地点埋起来了。布莱安有第二个家吗？湖畔小屋，打猎小屋，还是滑雪小屋？或许你应该开始向我们说实话，我们至少可以带回苏菲的尸体。"

"喔，不会吧……"里昂斯的脸色更白了。

"布莱安把他的继女带到哪儿去了？"

"我不知道！他没有第二个家。至少他从来没告诉我这件事！"

"你让她们失望。你把布莱安·达比介绍给泰莎和苏菲，现在泰莎在医院，被打成一团烂泥，小苏菲很有可能死掉。是你让这一切开始的，现在，有点男子汉气概，帮我们找到苏菲的尸体。他带她到哪儿去了？他会做什么？告诉我们布莱安·达比的所有秘密。"

"他没有秘密！我发誓……布莱安是个堂堂正正的男人，在蓝色大海上航行，然后回到他的妻子跟继女身边。我从来没听过他提高音量。当然，我也从来没看过他扬起拳头。"

"那到底出了什么见鬼的问题？"

一次心跳的停顿，另一次漫长战抖的呼气。

"还有……有另一种可能性。"里昂斯突然说道。他看着他们两个人，脸色仍然惨白如死，手在他的可乐罐旁边握紧又松开。"其实我不该讲的，"他说得含糊，"我是说，你们迟早都会从汉米尔顿警督那里听说。就是他告诉我的。还有，这是记录的问题。"

"里昂斯巡警！有话直说！"华伦大吼。

所以他照办了。"今天早上发生的事……唔，我们就这么说吧，这不是李欧妮巡警第一次杀死一个男人。"

第十二章

身为一名女警,我学到的第一件事,就是男人并不像我害怕的那样,是我的敌人。

酒吧里的一群酒醉粗汉?如果我的资深搭档里昂斯巡警从巡逻车里走出来,他们夸耀男性雄风的行为就会立刻升级,变得更有攻击性;然而要是我出现在现场,他们就会停止装模作样,开始打量他们的靴子,就像一群做坏事被妈妈逮个正着的畏缩小男生。一脸横肉的长途卡车司机?要是我拿着一本罚单站在他们的装备旁边,他们只怕自己说"是,长官"或"不是,长官"的速度不够快。灌下太多啤酒的俊俏大学男生,他们会结结巴巴,哼哼哈哈,到头来几乎都会想约我出去。

大多数男人打从出娘胎就被训练得对女性权威角色有反应。碰到像我这样的人,他们不是把我看成他们准备服从的老妈,不然就是因为我的年龄跟外表,把我看成值得取悦的女性欲求对象。无论什么情况,都不会把我当成直接的挑战。所以,就算是最好战的男性,也有办法在他的兄弟面前退一步。而在这类睾固酮浓度过剩的处境之下,我的巡警同事常常会直接叫我去支持,指望以我的女性特质来降低紧张情势,结果通常奏效。

男性可能会挑逗一下,或不安一阵,或双管齐下。但最后他们必然会照我的话做。

至于女性的话……

叫一个把一辆 Lexus（雷克萨斯）开到时速九十五里的忙碌妈妈靠边停车，她讲话就会立刻变得很有攻击性。根据全国平均值，她会有二点二个小孩，而她会尖着嗓门说明她必须在自己的孩子面前超速，她的孩子也一脸理所当然的表情。执行护送任务，协助某个受到保护令限制的男人从公寓里拿走他最后几样东西的时候，被揍过的女朋友一定会冲向我，质问我为什么让他回来打包他的内衣裤，而且冲着我尖声嚷嚷，好像我该为她人生中发生过的每件坏事负责。

对于女巡警来说，男人不是问题。

女人才会一有机会就想撂倒你。

华伦警长一把扯开分隔帘的时候，我的律师已经在我床边唠叨了二十分钟。州警联络官巴比·道奇警探就在她正后方。他脸上的表情难以解读，然而华伦警长却一脸丛林猫似的饥饿表情。

我的律师说话的声音消失了。这两位重案组警探突然现身，看来让他不太高兴，却不感到意外。

他已经试着向我解释过我的法律困境，情况不妙。而且根据他的专业意见，我必须向警方做出完整供述，这一点让状况变得更糟糕。

现在我丈夫的死被列为可疑的杀人案。下一步会是由跟波士顿警方合作的沙福克郡地方检察署来决定适当的起诉罪名。如果他们认为我是可以信赖的受害者，一个被殴的可怜妻子，有数度造访急诊室的确凿历史记录，他们就可能会把布莱安的死亡看成理由正当的杀人事件。如同我所主张的，我是为了自卫而射杀他。

但是谋杀这档事很复杂。布莱安先前用破酒瓶攻击，我则以一把枪回敬。检察官可能会辩称，虽然我显然是在捍卫自己，我还是用上了不必要的武力。我配戴在勤务腰带上的胡椒喷雾、铁制警棍跟电击枪，全都是比较好的选择，而且因为我这么爱开枪，我会被控以过失杀人罪。

或者，他们也可能不相信我恐怕会丧命。也许他们相信布莱安跟我吵了一架，然后我就在气头上射杀了我丈夫。这是无预谋杀人，或者说是二级谋杀。

那些还算是最好的状况。当然了，还有另一种状况。这种状况下，警方会认定我丈夫并不是打老婆的暴力男，反而是我，一个操控别人的能手，心怀不轨、早有预谋地射杀我丈夫。一级谋杀罪。

另外这种状况就是在监牢中度过余生，我玩完了。

我的律师带到我床边的顾虑就是这些，他不要我跟警方争夺我丈夫的遗体。他希望我向媒体发出书面声明，一位受害的妻子高唱她多么无辜，一位绝望的母亲乞求让她的幼女平安归来。他也希望我开始好好配合处理这件案子的几位警探。如同他所指出的，被殴妇女症候群是一种积极抗辩，意思就是说，举证责任就扛在我瘀青的肩膀上。

婚姻到头来就浓缩成这么回事：在其中一个配偶死后许久，双方仍然各执一词。

现在刑警回来了，我的律师笨手笨脚地起身，在我床边摆好防卫的架势。

"如你们所见，"他开口了，"我客户的脑震荡病情还在恢复中，更不用说还有颧骨骨折了。她的医生已经下令要她留院观察一晚，还要多多休养。"

"苏菲呢？"我问道，我发出的声音很紧绷。华伦警长出现的态度太过严厉，不像是要靠近一位母亲宣布坏消息。但还是有可能……

"没有音讯。"她说得很简洁。

"现在几点？"

"七点三十二分。"

"天黑了。"我喃喃自语。

这个金发警长瞪着我看，没有同情，没有怜悯，我并不意外。在警界里的女性这么少,你会以为我们彼此扶持。可是女性在这方面是很奇怪的。她们极度乐意攻击她们之中的一员,特别是看起来软弱的女性,好比说某个充当丈夫专用沙包的人。

我想象不出华伦警长容忍家暴的样子。如果有个男人揍她,我敢打赌她会以两倍力道反击。

道奇警探正在行动。他征用了两张很矮的椅子,然后放在床旁边。他作势要华伦坐上其中一张,两个人都把椅子拉得很近。卡吉尔收到暗示,在他自己的椅子边缘落座,看起来还是很不自在。

"现在我的客户还不打算回答很多问题,"他说道,"当然了,她希望尽她所能,做任何事来帮忙搜寻她女儿。你们需要的信息跟调查相关吗?"

"谁是苏菲的生父?"华伦警长问道,"还有他在哪里?"

我摇摇头,这个动作立刻让我痛得皱起脸。

"我需要名字。"华伦很有耐性地说道。

我舔了舔我干燥的嘴唇,再试一次。"她没有父亲。"

"这不可能。"

"如果你是个浪女兼酒鬼就有可能。"我说道。

卡吉尔震惊地瞥了我一眼,然而那两个警探看起来很有兴趣。

"你是个酒鬼?"巴比·道奇口气平静地说道。

"对。"

"有谁知道?"

"汉米尔顿警督,还有一些同事。"我耸耸肩,试着不要动到瘀伤的脸颊,"那是在我加入警方之前。我七年前戒酒了,现在酗酒不再是问题。"

"七年前?"华伦重复一次,"那时候你正怀着你女儿?"

"没错。"

"你怀苏菲的时候几岁?"

"二十一岁,年轻又愚蠢。我喝得太多,玩得太凶。然后有一天我怀孕了,结果显示我当成朋友的那些人之所以跟我混,只因为我是整个马戏团的一部分。我立刻就离开这个秀场,后来再也没见到他们之中的任何一人。"

"有男性友人吗?"华伦问。

"这样问帮不上你的忙。我只跟有心买很多酒给年轻傻女孩的陌生男性勾搭,然后我们就各走各的路。"

"泰莎。"我的律师开口了。

我举起一只手。"这是旧闻,而且全都无关紧要了。我不知道苏菲她爹是谁。就算我努力想也想不出来,而且我也不想努力。我怀孕了,然后我就长大了,也长了脑袋,同时戒了酒瘾。这才重要。"

"苏菲有问过吗?"巴比问道。

"没有,我遇见布莱安的时候她三岁大。才没几个星期她就开始叫他爹地,我不认为她还记得我们曾经过着没有他的生活。"

"他第一次打你是什么时候?"华伦问,"婚后一个月,半年,还是一年后?"

我什么话都没有说,只是盯着天花板。我把我的右手藏在医院的绿色薄毯子底下,抓着护士替我找回来的蓝色纽扣。

"我们会去查看你的医疗记录。"华伦这么声明。她盯着我的律师,向他挑战。

"我跌下楼梯。"我说,我的嘴唇扭曲成一个怪异的微笑,因为这是实话,不过当然了,他们会把这诠释成适当的谎话。这是反讽,上帝请拯救我免于反讽。

"你说什么?"

"我肋骨上的瘀伤……应该是在户外台阶上除霜时跌倒造成的。"

华伦警长赏我一个不敢置信的眼神。"当然啦,你跌倒了。怎么,跌了三四次吗?"

"我想只有两次。"

她并不欣赏我的幽默感,"你曾经举报过你丈夫打人吗?"她逼问。

我摇摇头。这让我的头骨后方痛得像有人在里面打桌球,同时我没受伤的那只眼睛热泪盈眶。

"那有没有跟巡警同事说?比方说里昂斯巡警。听起来他很擅长处理家庭周遭的琐事。"

我什么话都没说。

"女性朋友呢?"巴比开口说道,"有没有跟牧师说?或打电话到家暴热线?泰莎,我们现在问这些问题是在帮你。"

冒出更多泪水,我把眼泪擦掉。

"没有那么糟,"最后我瞪着白色的天花板说,"一开始没有,我以为……我以为我可以控制住他,让事情回到正轨。"

"你丈夫从什么时候开始举重的?"巴比问。

"九个月前。"

"看起来他多了不少肉,在九个月内增加14公斤,他有用补给品吗?"

"他没有说。"

"可是他正在变壮,他积极努力要增加肌肉重量吗?"

我惨兮兮地点头了。我一直告诉他,他不必这么努力健身。他看起来已经很好了,已经很壮了。

我应该要看得更清楚,他对整洁的着魔需求,他连浓汤罐头都要排好的强迫性行为。我应该解读出那些迹象,但却没有。俗话说得好,太太总是最后一个知道的。

"他第一次打苏菲是什么时候?"华伦问。

"他没有打苏菲!"我激动起来。

"真的?你头骨受到重击、脸颊碎裂,你是认真要告诉我,你那粗鲁的亡夫在有生之年里会揍你,而且只揍你一个?"

"他爱苏菲!"

"可是他不爱你,问题就在这里。"

"也许他在用类固醇。"这说法不错,我望着巴比。

"类固醇引起的暴怒是不挑对象的,"华伦慢吞吞地说道,"所以说他绝对是揍了你们两个。"

"我只是觉得……他结束上次航程回到家里才没几个星期,而这一次……这一次肯定有什么事情改变了。"至少这些都不是谎话。事实上,我希望他们会追溯这条线索。我这边用得上几个能破解谜团的侦探,当然了,应该要有比我更聪明的调查人员去解救苏菲。

"他变得更暴戾了。"巴比小心翼翼地说。

"很愤怒。随时都是。我试着要理解,希望他会恢复常态,却没有成功。"我用一只手扭着身上盖的毯子,另一只手挤压着盖在毯子下面的纽扣。"我只是……我不知道怎么会变成这样。而且我说的是真话。我们彼此相爱,他是个好丈夫,也是好爸爸。然后……"更多眼泪,这次是真心的。我让一滴眼泪滑下我的脸颊,"我不知道怎么会变成这样。"

警探们陷入沉默,我的律师在我身边松了一口气。我想他喜欢那些眼泪,可能也喜欢刚才提到有类固醇滥用的可能性,那是个很好的角度。

"苏菲在哪里?"华伦问,现在敌意比较低,却更加专注。

"我不知道。"另一个诚实的回答。

"她的靴子不见了,外套也不见了,就好像有人把她包好了带走了。"

"爱尼斯太太?"我满怀希望地开口,"她是苏菲的保姆——"

"我们知道她是什么人。"华伦打了岔,"你的孩子不在她手上。"

"喔。"

"布莱安有第二个家吗？旧的滑雪小屋、钓鱼小屋，或任何类似的房子？"这回是巴比在问。

我摇摇头。我开始累了，禁不住感觉到我的疲倦。我必须加强自己的耐力。为了接下来的日日夜夜养足我的力气。

"还有谁可能认识苏菲，把她从你家带走？"华伦坚持问下去，不肯放过。

"我不知道——"

"布莱安的家庭如何？"她继续问。

"他有妈妈，还有四个姐妹。那些姐妹散居各地，她妈妈住在新罕布什尔州。你们必须去问，不过我们并不常见到她们。这是因为他的工作时间，还有我的工作时间。"

"你的家庭呢？"

"我没有家庭。"我反射性地回答。

"警方的档案不是这么说的。"

"什么？"

"什么？"我的律师跟着问。

两个警探都没看他。"十年前。你因为十九岁的托马斯·何奥死亡案被审问的时候，根据书面记录，是你自己的爸爸提供了枪支。"

我瞪着华伦。就只是一直瞪，一直瞪，一直瞪。

"那些记录密封起来了。"我轻声说道。

"泰莎……"我的律师又开口了，他听起来不太高兴。

"可是我刚进入警界的时候，就跟汉米尔顿警督报告过这起事件了。"我冷静平稳地说道，"我不希望有任何误解。"

"你是说，像是你的某位警官同事发现你射杀了某个青少年吗？"

"射杀某个青少年？"我模仿她的口气，"我那时十六岁，我才是那个青少年！见鬼了，你以为他们为什么密封那个档案？总之，检察官没有起诉，判定这是自卫杀人。托马斯攻击我，我只是设法脱身。"

"用点二二手枪射杀他，"华伦警长继续讲下去，好像我从来没开过口似的，"你那时刚好把枪带在身上，而且也没有肢体攻击的迹象——"

"你已经跟我爸爸谈过了。"我口气苦涩地说道。我忍不住要说。

华伦歪着头，冷淡地看着我。"他从来没相信过你。"

我什么都没说。这样回答就够充分了。

"那天晚上出了什么事，泰莎？帮我们了解这件事，因为这件事情真的对你很不利。"

我把纽扣握得更紧了。十年的时间很长，然而又不够长。

"我在我最好的朋友家里过夜，"最后我说道，"茱莉安娜·何奥。托马斯是她哥哥。我最后几次去那边过夜的时候，他说了某些话。如果我们一起在房间里独处，他会站得太靠近，让我觉得不自在。但我那时候十六岁。男生，特别是年纪大一点的男生，都让我觉得不自在。"

"那为什么你要去过夜？"华伦想知道这点。

"茱莉安娜是我最要好的朋友。"我低声说道，在那一刻，我又重新感受到那一切。那股恐惧。

她的眼泪。我的损失。

"你带了一把枪。"警探继续说。

"我爸爸给我那把枪。"我纠正这个说法，"我在某家购物中心的美食广场找到一份工作。我常常工作到十一点，然后必须在一片黑暗中往外走到我车上。他要我有某种保护措施。"

"所以他给你一把枪？"华伦听起来很难相信。

我脸上露出微笑，"你必须了解我爸爸，亲自来接我就表示他必须牵扯进来。相反地，给我一把我不知道怎么用的点二二口径半自动手枪，就表示他解套了，所以他就这么做了。"

"描述一下那天晚上。"巴比平静地开口。

"我去茱莉安娜家,她哥哥出去了,我很高兴。我们做了爆米花,然后开始看电影——先看《少女十五十六时》,接着看《早餐俱乐部》,后来我在沙发上睡着了。当我醒来的时候,灯全都关掉了,还有人在我身上盖了一条毯子。我想茱莉安娜已经上床睡觉了,我正要跟着去睡的时候,她哥哥走进前门。托马斯喝醉了,他瞥见我,他……"

两位警探跟我的律师都在等。

"我想办法要避开他,"最后我说道,"他把我逼到沙发上,压制住我。他块头比较大也比较壮。我那时十六岁,他十九岁,我能怎么办?"

我的声音又消失了,我咽了一口唾沫。

"我可以喝一点水吗?"我问。

我的律师找到床边的水瓶,倒给我一杯水。举起塑料杯的时候,我的手在发抖。我想他们不能怪我显得神经兮兮。我喝下一整杯水,然后再度放下杯子。从我上次提出供述到现在过了这么久,我必须把这件事想清楚。一致性最重要,而且游戏已经进行了这么久,我禁不起任何错误。

三对眼睛等着我。

我又深吸一口气,握住蓝色纽扣,然后想着人生,想着我们塑造出来的模式,还有我们无法逃脱的循环。

我们明智地做出牺牲。

"就在那时候……托马斯正要为所欲为的时候,我摸到我的手提包,就在我的臀部旁边。他用他的体重压住我,同时设法拉下他的牛仔裤拉链。所以我用我的右手往下捞,我找到手提包,我拿到枪。

他不肯从我身上下来,这时候我就扣了扳机。"

"就在你的超级好朋友家客厅里?"华伦警长说。

"对。"

"结果一定搞得一塌糊涂吧。"

"点二二并不是那么大口径的枪。"我说。

"你最要好的朋友怎么样了呢?她怎么承受这一切?"

我让自己持续注视着天花板。"他是她哥哥,她当然爱他。"

"所以……检察官洗清了你的罪名。法院密封了记录,可是你爸爸跟你的好友,他们从来没原谅你,对吧。"

她提出的是一个声明,而不是一个问题,所以我没有回答。

"你就是在那时候开始喝酒的吗?"道奇警探问道。

我无言地点点头。

"逃家、辍学……"他继续说下去。

"我不算是第一个虚掷青春的警官吧。"我语气生硬地回嘴。

"你怀孕了,"华伦警长说道,"长大也长了脑袋,又戒了酒瘾。为了一个小孩,这可是一大牺牲。"她这么评论。

"不,那是对我女儿的爱。"

"这是你身上发生过最美好的事。你唯一剩下的亲人。"

华伦听起来还是满腹狐疑,我猜这样就是足够的警告了。

"你有没有听过腐败气味分析?"警长接着说下去,她拉高了嗓门,'阿帕德·维斯是一位化学研究员兼法医人类学家,他研发出一种技术,可以辨识超过四百种从腐肉上散发出的体液蒸气。这些蒸气会卡在土壤跟布料里——甚至会卡在像是汽车后车箱踏垫这种地方。只要有电子狗鼻,维斯博士就可以辨识出尸体腐败留下的分子记号。举例来说,他可以用电子狗鼻扫描从一辆车里取下的踏垫,然后确实看见那些蒸气构成一具孩童尸体的形状。"

我发出一个怪声,可能是倒抽一口气,也可能是一声呜咽。在被子底下,我的手捏紧了。

"我们刚刚把你丈夫那辆休旅车上的踏垫送去给维斯博士了。泰莎,他会找到什么呢?这会是你最后一次看到你女儿的身体吗?"

"住口,这样太过分、太不恰当了!"我的律师已经整个人站起来了。

我其实没在听他说。我正在回想当时拉开棉被,目瞪口呆,心怀恐惧地看着苏菲空荡荡的床铺。

我想要的圣诞礼物就只有我的两颗门牙……

"你女儿到底怎么了!"华伦警长要求知道这件事。

"他不肯告诉我。"

"你回到家里?她已经不见了?"

"我搜过房子,"我悄声说,"车库、日光室、阁楼、院子。我找了又找,找了又找。我要求他告诉我他做了什么。"

"发生什么事,泰莎?你丈夫对苏菲做了什么?"

"我不知道!她不见了,不见了!我去上班,然后在我回家的时候……"我瞪着华伦还有巴比,感觉到我的心跳再度狂乱起来。苏菲消失了,就那样消失了。

我想要的圣诞礼物就只有我的两颗门牙,我的两颗门牙……"李欧妮巡警,他做了什么?告诉我们,布莱安做了什么?"

"他毁了我们的家庭,他对我撒谎。他背叛了我们,他毁掉了……一切。"

另一次深呼吸。我直视着两位警探的眼睛:"就在那时我知道,他非死不可。"

第十三章

"你觉得泰莎·李欧妮怎么样?"五分钟后,巴比在他们回总部的时候问道。

"骗子骗子,火烧裤子。"(译注:这句话是小孩子认为别人撒谎时说的话,"火烧裤子"暗示说谎的人会挨揍,痛到像是裤子着火烫伤了一样)华伦很不愉快地回答。

"她的回答似乎经过一番深思熟虑。"

"拜托。要不是我聪明些,我会说她不信任警察。"

"唔,先把节节升高的酗酒、自杀和家暴先摆到一旁,警察哪里不讨人喜欢了?"

华伦扮了个鬼脸,却明白他要说的重点。执法官员不见得是善于调适者的活广告。有大批警察毕业于惨痛经验学校,而且他们大多数都信誓旦旦,认为在这些街道上工作就是得付出这种代价。

"她改变了她的说法。"华伦说。

"我也注意到了。"

"我们刚开始知道的是她射杀她丈夫,随后发现她女儿失踪了,后来变成她先发现苏菲失踪,结果就杀了她丈夫。"

"不同的时间顺序,同样的结果。无论如何,李欧妮巡警都被打了个稀烂,而且无论如何,六岁大的苏菲都不见了。"

华伦摇摇头。"一项细节不一致,就让你必须质疑所有细节。如果她对时间顺序撒了谎,她的故事里还有哪些其他部分是假的?"

"'骗子就是骗子'是骗人的。"巴比轻柔地说道。

她瞥了他一眼,然后握紧了她放在方向盘上的双手,泰莎的感伤故事已经说服了他。华伦对泰莎·李欧妮有个准确的第一印象:美丽而脆弱,巴比总是对落难淑女心软,对华伦的神经却是个考验。

华伦很疲倦。现在已经过了十一点,而她这个难伺候的新身体正央求着要睡觉。但她跟巴比反而要回到洛斯贝里,进行第一次特别任务会议。时间仍然点点滴滴流逝,媒体需要一份声明,检察署要求更新信息,上级只希望现在就了结谋杀案,找到失踪的小孩。

要是从前,华伦会煮六壶咖啡,然后吃掉半打甜甜圈熬过这一晚。现在她反而靠着一瓶新鲜饮水和一包苏打饼干武装自己,靠这些东西无法成事。

在他们离开医院的时候,她传简讯给艾利克斯:今晚无法见你,明天也不行,抱歉。他回传:看了新闻。祝你好运。

没有罪恶感,没有牢骚抱怨,没有指责反控,只有真诚的支持。

他的简讯让她凄然欲哭,她很公正地把这种反应归咎于她的身体状况,因为至少最近二十年没有男人让华伦哭过,她才不要从现在开始。

巴比一直望着她那个无所不在的水瓶,又望向她,然后再望向她的水瓶。如果他再来一次,她就要把这个水瓶里的东西倒在他头上。这个念头让她的心情变好了,在他们找到停车位的时候,她几乎已经镇定下来了。

巴比去拿了一杯刚煮好的咖啡,接着他们就朝楼上的刑事组走去。华伦跟她的警探同事很幸运。

波士顿警察局总部是十五年前才盖好的,虽然地点好坏仍有争议,建筑物本身却很现代化又维护得很好。重案组看起来不像《纽约重案组》里的样子,反而比较像是大都会人寿保险公司。合理实用的隔板，分隔出光线良好的工作空间，占地宽广的灰色金属档案柜上覆盖着绿色植物、家庭照片和个人的小摆设：替红袜队加油用的泡棉手指摆在这头，"爱国者队加油"的标语则挂在那头。

办公室秘书对肉桂混合香料包情有独钟，警探们则迷恋咖啡，所以这个空间闻起来居然很香——因为这股肉桂加咖啡的混合香气，某个比较晚加入的弟兄替会客区取了个绰号叫"星巴克"。按照警察的老习惯，这个绰号从此生根，现在秘书把"星巴克"贴纸、纸巾跟纸杯全部摆在前面的柜台上，不止一个证人来这里作证的时候被搞糊涂了。

华伦发现她的小组跟每个调查小队的头头都已经聚集在会议室里了。她走到桌子前方，站在一块巨大的白板旁边，接下来的几天里，这块白板会是他们这桩案件的"圣经"。她放下她的水瓶，拿起一支黑色白板笔，他们就开始了。

寻找苏菲·李欧妮是第一要务。热线响个不停，已经生出二十多条密报，在他们说话的同时，有警官正在追踪，目前为止还没什么重要的线索。访遍邻居、当地商家跟小区医疗中心的结果，也是沿着同样的路线发展——有一些线索，但到目前为止都不怎么重要。

菲尔查过苏菲那位保姆布兰蒂·爱尼斯的背景了，回报结果干干净净。再加上华伦跟巴比亲自做的访谈，他们觉得可以排除她的嫌疑了。对学校行政人员和苏菲的老师所做的初步背景调查也没发现什么警讯，接下来他们开始检视这对父母。

李欧妮家方圆两里内的各个摄影机拍下的所有片段里，监视录像带调查小组已经研究过其中的百分之七十五了。他们还没看到苏菲、布莱安·达比或泰莎·李欧妮的任何蛛丝马迹。他们的搜查范围扩大到包含布莱安·达比那辆白色通用 Denali 的任何目击记录。

既然犯罪鉴识实验室发现很可能有具尸体摆在达比的车后面，回溯这辆 Denali 前二十四小时的行踪，会是他们最好的线索。华伦指派两位警探钻研信用卡记录，看看他们是否能够确定那台 Denali 最后一次加油是什么时候。以日期和油箱现在剩下多少油为基础，他们就可以算出后车箱载着一具尸体的布莱安·达比最远可能开到哪里。还有任何停车收费单、超速罚单、快车道记录，只要可能有助于锁定这辆 Denali 在星期五晚间到星期日早上的行踪，这两位警探同样也会清查。

最后，华伦会向媒体透露关于这台 Denali 的细节，鼓励目击证人打电话进来提供新的细节。

菲尔同意找出布莱安·达比或某位家庭成员可能拥有的任何资产，他对于这一家子的初步背景调查没发现任何不对劲。布莱安·达比名下没有任何被逮捕或搜查的记录，过去十五年偶尔出现几张超速罚单，除此之外他似乎是个守法公民。过去十五年他都为同一家公司工作：阿拉斯加南坡原油公司，担任的是商船船员。他的房子抵押了二十万美元，Denali 则有三万四千美元贷款，个人消费债务则有四千块，银行里存了超过五万块，所以经济上不算糟。

菲尔也跟布莱安·达比的老板有了初步接触，他同意明天早上十一点进行一次电话访谈。透过电话，史考特对达比的死表示震惊，而且完全不相信这个男人打过老婆。史考特也对苏菲的失踪表示忧虑，他会要求阿拉斯加南坡原油公司替现在提供的悬赏加码。

华伦在白板顶端写了一行字，布莱安·达比打过他的老婆吗？她在"没有"那一栏多打一个钩。

这让她的另一个组员奈尔举手支持"有"那一栏。奈尔这天耗在医院里，他从那里调来泰莎·李欧妮的医疗记录。虽然没有一长串的"意外"历史，但今天的入院记录本身就透露出不同时间下的多重伤势。泰莎·李欧妮有肋骨部位的瘀伤，可能来自至少一星期前发生的意外（华伦插嘴说道，这是在前门台阶"跌倒"造成的，她已经在翻白眼了）。医生也做了个附注，他担心那根断裂的肋骨因为"不适当的医疗照护"而愈合不良,这支持泰莎的说法:她没有寻求外援,却独自处理每次被殴的后果。

除了她的脑震荡跟颧骨骨折以外,她的医疗表格还列出多重挫伤,其中包括一块符合圆头工作靴形状的瘀青。

"布莱安·达比有铁头工作靴吗?"华伦兴奋地问。

"我们回到屋里找到一双,"奈尔说道,"也问过律师,我们能不能比对这双靴子跟李欧妮臀部的瘀伤。他认为那是侵犯隐私权,要求我们先拿到搜索票。"

"侵犯隐私权!"华伦轻蔑地哼了一声,"这种发现对她可是有帮助的。建立虐待模式,这就表示她最后不会在牢里服二十年徒刑。"

"他没争论这件事。他只是说她在医生指示下必须休息,所以他想等她从脑震荡里恢复再说。"

"拜托!然后那道瘀伤就消失了,我们会输掉这一局,她也会失去她的铁证。去找他的律师,去弄个法院命令来,把这件事搞定。"

奈尔表示同意,虽然这件事得等到明天早上十点左右,因为他会在法医办公室随着布莱安·达比的尸体解剖开始他的一天。验尸时间排定在早上七点,因为泰莎·李欧妮要求尽快归还她丈夫的尸体,以便计划适当的葬礼。

"什么?"华伦大叫。

"我没开玩笑。"奈尔说,"她的律师在下午打电话给法医,想要知道泰莎多久可以领回尸体。别问我为什么。"

可是华伦还是盯着这个瘦长的红发男人。"布莱安·达比枪击案是可疑的死亡事件。泰莎跟别人一样清楚,他的尸体当然必须解剖检验。"她将目光转向巴比,"州警也学过谋杀案处理程序对吧?"

巴比装模作样地抓着他的头,"什么?他们把九十堂课硬挤到警察学院的二十五个星期训练里?我们毕业的时候应该要知道基本的调查步骤吧?"

"所以她为什么要求取回尸体?"华伦问他,"为什么还要打那通电话?"

巴比耸耸肩,"也许她以为验尸已经做完了。"

"也许她以为她会好运得到通融。"奈尔开口了,"她是执法单位的一员,也许她以为法医会答应她的要求,连基本的验尸工作都不做,就把她丈夫的尸身还给她。"

华伦咬着她的下唇,她不喜欢这种状况。除了美丽脆弱以外,泰莎·李欧妮是个冷静的人,她在有必要的时候神志清楚得惊人。如果泰莎打了那通电话,一定有理由。

华伦转回去面对奈尔,"法医怎么跟她说?"

"什么都没说,法医是跟她的律师说话,不是跟李欧妮巡警说话。班提醒卡吉尔必须做验尸,那个律师倒是没反驳。我的理解是,他们达成一个协议——班会把这次验尸排在第一位,这样才能尽快把达比的尸身发还家属。"

"所以验尸会早点做,"华伦陷入沉思,"而且尸体会早点发还。达比的尸体什么时候被发回?"

尼尔耸耸肩,"在验尸之后,必须有位助理缝合并洗净尸体。也许就在星期一结束的时候,或星期二下午。"

华伦点点头,脑袋里还在反复思量这件事,却看不出隐藏动机何在。基于某种理由,泰莎·李欧妮宁可早一点而非晚一点领到丈夫的尸体。他们必须回头思考这点,因为其中必有缘故,任何事情都有个理由。

华伦回到她的项目小组,她要求听到一些好消息,但没有任何好消息。她要求听到一些新线索,但也没有任何新线索。

她跟巴比自动提出他们所知的事情:泰莎·李欧妮的青春荒唐岁月,必须自卫杀人一次算是倒霉,两次似乎就很危险,快要变成一种行为模式了。虽然从法律观点来看,要发生三次才算数。

华伦想多了解一点关于托马斯·何奥枪击事件的事情。她跟巴比明早的第一件事，就是追踪负责那个调查的警官。要是有可能，他们也会联络何奥一家和泰莎的父亲。最后但并非最不重要的事情，就是他们希望找出布莱安·达比去的健身房，查清他的运动排程，还有类固醇滥用的可能性。这男人以相当快的速度练出大块肌肉，感性先生变成了暴躁先生。这值得查清。

靠着这个灵感，华伦匆匆写下接下来的几个步骤，然后分派作业。监视录像调查小组必须完成他们的波士顿影像工作。菲尔必须完成背景调查报告，搜查资产，并且访谈布莱安·达比的老板。奈尔有验尸任务要执行，还要保证弄到法院命令，好让他们能比对布莱安·达比的靴子印跟泰莎·李欧妮的臀部瘀伤。

燃料分析小组，必须根据汽油消耗量和波士顿地图，划出搜寻苏菲·李欧妮的最大范围，同时处理热线电话的警察则继续彻查旧线索，挖掘新信息。

华伦要求，今天的访谈报告要在一小时内送到她桌上。她向她的小组下令，赶快做出档案，然后在凌晨回去值勤。苏菲·李欧妮仍然不见踪影，这表示就算疲惫也不得休息。

警探们鱼贯而出。

华伦和巴比留在后面向刑事组主管做简报，然后跟沙福克郡的检察官商量。两个男人对细节都没有兴趣，他们只要结果。身为主持调查的警探，华伦得负责这个"美妙"的工作，让他们知道她还没确定哪些事件导致布莱安·达比被枪击，也还没锁定六岁小孩苏菲·李欧妮的下落。不过呢，现在波士顿的每个警察几乎都在处理此案，所以项目小组一定会有什么收获……只是迟早的事。

泰莎·李欧妮过去已经用自卫杀人抗辩过一次，揭露这个事实肯定让检察官瞪大了眼睛，他同意华伦的要求，多花一点时间再决定刑事起诉罪名。毕竟建立过失杀人罪跟一级谋杀罪的条件有别，有额外

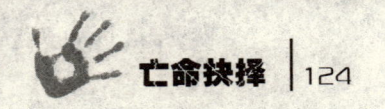

的信息是最理想的,深入探究泰莎·李欧妮虚度的青春实属必要。

他们会继续让媒体重点搜寻苏菲,并且避开关于布莱安·达比之死的细节。

凌晨零点三十三分,华伦终于逃回自己的办公室。她的老板满意了,检察官高兴了,她的项目小组都在忙了。事情就是这样发展,另一桩万人瞩目的大案子又过了另一天,刑法体系的齿轮使劲转了又转。

巴比在她对面坐下。他一语不发地从她桌上那堆文件里拿起第一份打字报告,开始阅读。

过了一会儿,华伦也加入他的行列。

第十四章

苏菲快三岁大的时候,把自己反锁在我的警用巡逻车后车厢里。这是在我还没遇到布莱安的时候发生的,所以我只能怪自己。

那时候我们住在爱尼斯太太家对面,中间隔着一条走廊。晚秋的太阳比较早下山,夜晚也变得比较冷。苏菲跟我一直在外面,我们走到公园又走回来。当时是晚餐时间,我在厨房里面忙,同时假定她在起居室里玩耍,那边的电视正在大声播放《好奇乔治》。

我做了一小碗色拉,我的部分计划是在我女儿的膳食里加入更多蔬菜。然后我烤了两份鸡胸肉,又烘了一份欧乐埃达炸薯条——这是我的妥协方案,只要苏菲先吃一些色拉,就可以吃她最爱的薯条。

这套计划让我用掉二十或二十五分钟,不过是很忙碌的二十五分钟。我脑袋在忙,显然没注意到我的学步幼儿,因为当我走进起居室宣布晚餐时间的时候,我的孩子不在那里。

我没有马上陷入恐慌。我很想表示这是因为我是受过训练的警官,但这其实跟身为苏菲的妈妈较有关系。苏菲十三个月大就开始会跑了,从此之后她就没慢下来过。她这种小孩会在杂货店里失踪,从公园的秋千架旁边往外狂奔,而且不管我有没有跟在后面,都会在拥挤的购物中心里一直快步冲过人腿构成的大海。在过去半年里,我已经搞丢苏菲好几次,然而我们总是会在几分钟内再度重逢。

我从基本步骤开始——迅速走过我们那间小小的卧室。我喊着她的名字,还额外检查了浴室里的橱柜、两个衣柜和床下,她不在公寓里。

我检查了前门,当然了,我忘记闩上,这就表示整间复合式公寓大楼都变成了搜寻目标。我跨过走廊,默默地咒骂自己,觉得挫折感越来越大:这种感觉来自身为一位过劳的单亲妈妈,我随时都要为每件事情负起责任,不管我经不经得起这种挑战都一样。

我敲了敲爱尼斯太太的门。不,苏菲不在那里,可是她发誓她刚刚看到苏菲在外面玩。

我走到外面去。太阳下山了,街灯亮得耀眼,公寓大楼前面的聚光灯也是。像波士顿这样的城市永远不会真的一片黑暗。走遍整栋低矮的砖造复合建筑时,我把这一点放在心上,同时呼唤着我女儿的名字。没有小孩子大笑着从拐弯处跑出来,也没有高频的"咯咯"笑声突然从附近的灌木丛里冒出,这时候我变得更担心了。

我开始发抖。天气冷了,我没穿夹克,而我因此记起我看见苏菲的覆盆莓色外套就挂在我们公寓的门边,她也没穿外套。

我的心跳加快了,我稳稳地深吸一口气,试着对抗节节高升的恐惧。我怀着苏菲的整段时间里,都在恐惧状态下生活。我没有感觉生命的奇迹在我体内生长,我反而看见我去世小弟弟的照片,一个色泽如白色大理石的新生儿,有着鲜红色的嘴唇。

在我临盆的时候,我没想到我能呼吸着熬过揪住我喉咙的那股恐惧。我会失败,我的小宝宝会死,没有希望,没有希望,没有希望。

但是,接着苏菲就来了。十全十美,身上有斑驳红点,大声哭泣的苏菲。在我把她抱过来贴近我胸口时,暖暖的、滑滑的,又美到让人心痛。

我的女儿很强悍。她无所畏惧又冲动。

要是你有个像苏菲一样的孩子,你不会惊慌失措。你会拟定策略:苏菲会怎么做?

我回到复合式公寓去,很快进行一次挨家挨户的访查。我大多数的邻居都还没下班回家,少数应门的没看到苏菲。我的动作加快了,每一步都有目的。

苏菲喜欢公园,而且有可能会往那里去,只是我们已经花了整个下午玩荡秋千,最后她甚至准备要离开了。她喜欢那家街角小店,而且肯定迷上了自助洗衣店——她喜欢看衣服旋转。

我决定走回楼上。我又一次迅速绕了一遍我们的公寓,以便确定有没有任何别的东西可能也不见了——某个特别的玩具,她最喜欢的包包。然后我会抓起我的车钥匙,巡行这个街区。

我才刚进门就发现她带走了什么:我那辆警察巡逻车的钥匙不在零钱碟里。

这回我狂奔出公寓,冲下前门台阶。幼儿跟警察巡逻车可不能放在一起,就算忘掉无线电、警示灯跟前面的警笛,我在后车箱里还放了把霰弹枪。

我奔向副驾驶座那边,从人行道上往里看。巡逻车内部看起来是空的。我试过门,但是门是锁着的。我更小心地绕了一圈,在我探查每道车门跟窗户的时候都心脏狂跳,呼吸短浅。没有活动迹象。

锁住了,锁住了,锁住了。

可是她拿走了钥匙。像苏菲一样思考。她可能会在钥匙链上按下哪个按钮?她可能做了什么?

然后我听到她的声音了,后车箱里传来咚咚咚的声音。她在里面,大力敲着车箱盖。

"苏菲?"我喊道。

敲打声停了。

"妈咪?"

"对,苏菲。妈咪在这里,甜心。"虽然我尽力了,我的声音还是尖锐地响起,"你还好吗?"

"妈眯，"我的孩子从锁着的后车箱里面冷静地回答，"卡住了。妈咪，卡住了。"

我闭上双眼，呼出我憋住的一口气。"苏菲，甜心，"我尽可能坚定地说道，"我要你听妈咪的话，什么都不要碰。"

"好。"

"你还有钥匙吗？"

"嗯哼。"

"钥匙在你手上吗？"

"不可以碰！"

"呃，你可以碰钥匙，甜心。握住钥匙，可是不要碰别的东西。"

"卡住了，妈咪，卡住了。"

"我明白，甜心。你想出来吗？"

"想！"

"好。握住钥匙。用你的拇指找到一个按钮。然后按下去。"

在苏菲照我的话做的时候，我听到"喀"的一声。我奔向前门检查，当然，她按到的是锁车按键。

"苏菲，甜心，"我喊了回去，"下一个按钮！按那一个！"

又是"喀"一声，然后前门门锁开了。呼出另一口气，我打开了门，找到后车箱的控制开关，接着打开来。几秒钟后，我站在我女儿上方，她就像个粉红色小水坑似的蜷缩在这个金属柜子的中央，抱着我的备用霰弹枪还有一个黑色行李袋，里面装满了弹药跟追加的警用装备。

"你还好吗？"我要知道这点。

我女儿打了个哈欠，对我伸出她的双臂，"饿了！"

我把她抱出后车箱，把她放下来，让她站在人行道上，她在那里突然冷得发抖。

"妈咪。"她开始哀声抱怨。

"苏菲!"我坚定地打断她,现在我的孩子没有紧急危险,我感觉到第一波怒火涌上来。"听我说,"我从她手上接过钥匙,举起来用力摇晃,"这些钥匙不是你的,你绝不可以碰这些钥匙。懂了没?不可以碰!"

苏菲把她的下嘴唇往外一伸,"不可以碰。"她像唱歌似的说道。她所做的事情意义何在,似乎渗进她心坎里了。她的脸一沉,盯着人行道看。

"你不能不跟我讲一声就离开公寓!看着我的眼睛,重复一次,告诉妈咪。"

她用水汪汪的蓝眼睛抬头看我。"不能离开。告诉妈咪。"她悄声说道。

训斥过后,我对过去十分钟的惊恐让步,把她揽过来抱回我怀里,抱得紧紧的。"别再那样吓妈咪了,"我贴着她的头顶低语,"我说真的,苏菲。我爱你,我永远不想失去你,你是我的苏菲。"

作为响应,她细小的手指埋进我的肩膀里,也紧抓着我。

过了一阵子之后,我放下她。我提醒自己,我应该锁好门闩。然后我必须把我的钥匙移到柜子顶端,或是收进枪柜里。更多事情要记住,在已经很紧张的生活里,又有更多事情要管理。

我的眼睛有点被刺痛,不过我没有哭。她是我的苏菲,而且我爱她。

我握着她的手,带着她回到公寓吃我们的晚餐,现在已经冷掉了。这时候我问她:"你不怕吗?"

"不怕,妈咪。"

"甚至不怕被锁在黑黑的地方?"

"不怕,妈咪。"

"真的?苏菲·李欧妮,你是个勇敢的女生。"

她捏捏我的手,"妈咪会来,"她只是这么说,"我知道,妈咪会来找我。"

回想起那晚的事时，我躺在医院病房中，四周环绕着"哔哔"作响的监视器，还有一个忙碌医学中心里持续不断的"嗡嗡"杂音。苏菲很坚强，苏菲很勇敢。我的女儿并不像我让那些警探相信的那样，她其实不怕黑。我想让他们替她担惊受怕，也想让他们对她感同身受。任何能让他们更努力工作、更快带她回家的做法，我都会尝试。

我需要巴比跟华伦，不管他们相不相信我。我女儿需要他们，特别是现在她的超人妈妈连站起来都免不了要呕吐。

我无能为力，控制不了这种状况：我女儿处于危急状态，迷失在黑暗中，而我他妈的帮不上任何忙。

凌晨一点。

我把蓝色纽扣握在拳头中，紧紧抓住它。

"苏菲，要勇敢。"我悄声对着半明半暗的房间说话，用意志力要我的身体快点痊愈，"妈咪快要来了，妈咪总是会来找你。"

然后我逼自己回溯过去三十六小时。我考虑过去这些日子背后的全部灾难。然后我仔细思索将来那些日子的全部危险。

思考种种角度，预期种种障碍，抢先一步。

布莱安的验尸已经被列为早上的第一要务。一次牺牲惨重的胜利——我如愿以偿，而且在这么做的同时，也把绞索套到自己的脖子上。

但这也转快了时间轴，从他们手上取回一些控制权，拿回我自己手里。

九小时，我算计着。九小时让身体恢复，接着不管我准备好没有，比赛就会开始。

我想着布莱安，在厨房地板上濒临死亡。我想到苏菲，从我们家被掳走。

然后我容许自己花最后一点时间哀悼我丈夫。因为曾有一段时光，我们是幸福快乐的。

曾有一段时光，我们是一家人。

第十五章

华伦设法在凌晨两点三十分回到她位于北角区的公寓里。她瘫倒在她的床上，衣服全都没脱，然后设定闹钟以便睡上四个小时。她在六小时后醒来，瞥了一眼时钟，立刻陷入恐慌状态。

早上八点半，她从来没有睡过头。从来没有！

她跳下床，狂乱地瞪着眼睛环顾她的房间，然后抓起手机拨出电话。巴比在第二声铃响后接了电话，而她以快到无法喘息的速度喷出这句话："我要来了，我要来了，我要来了，我只需要四十分钟。"

"没问题。"

"我一定是把闹钟砸掉了。我只要冲澡、换衣服、吃早餐，我已经在行动了。"

"没问题。"

"糟糕！现在的交通！"

"华伦，"巴比用更加坚定的语气说道，"没问题的啦。"

"可是现在八点半了！"她吼回去，接着让她毛骨悚然的是，她发现自己快要哭出来了。她"扑通"一声坐回床铺边缘。老天爷啊，她乱成一团了。她是怎么了？

"我还在家里，"巴比现在说道，"安娜贝尔在睡觉，我在喂宝宝。我告诉你，我会打电话给托马斯·何奥枪击案的主要调查员。要是运气好，两小时内我们就可以在佛莱明汉见面。这计划还可以吧？"

华伦口气软绵绵的：："没问题。"

"三十分钟内再打给你。好好享受淋浴吧。"

华伦应该说些什么才对。在过去，她绝对会说些什么话。但她反而挂断她的手机，然后坐在那里，感觉像个突然扁掉的气球。

又过了一会儿，她步履蹒跚地走向光亮的主浴室，她在那里脱掉昨天的衣服，站在白色瓷砖构成的汪洋里，瞪着她在镜子里赤裸的身体。

她用手指触碰着她的腹部，让手掌擦过她皮肤大片的光滑区域，尝试去感觉发生在她身上的事情带来的某些征兆。月经晚了五个星期，她还没侦测到任何胎动或轻微的突起。真要说有什么变化，就是她的腹部显得更平坦，她的身体更加瘦削。但话说回来，从吃到饱的自助餐变成清汤加薄脆饼干，每个女孩都会变瘦。

她把审视的目光转向自己的脸，她凌乱的卷曲金发框住了憔悴的脸颊，还有看起来青肿的眼睛。她还没去验孕，她错过了月经周期，随后是强烈的疲惫，中间还穿插着没完没了的恶心，让人想吐！从这些方面来看，她的状况似乎很明显。

她现在想着，也许她没怀孕。也许她是快要死了。

"我还真希望是这样。"她阴沉地低语。

但这句话让她突然愣了一下，她不是那个意思，她不可能有那种意思。

她又去抚摸她的腹部，也许她的腰身变粗了，或许就在这里，她可以感觉到一个圆形物体的迹象……她的手指徘徊着，温柔地护着那一小块地方。而有那么一秒钟，她在心中描绘一个新生儿，泛红的脸蛋，像黑色裂缝的眼睛，玫瑰花蕾般的嘴唇。男生还是女生？这不重要，就是一个宝宝，一个货真价实的宝宝。

"我不会伤害你，"她在寂静的浴室里悄声说道，"我不是当妈咪的料，我的表现会很糟糕。可是我不会伤害你，我永远不会故意伤害你。"

她顿了一下，沉重地叹了口气，感觉到她的否定句朝着接受事实的方向踏出了微妙的第一步。

"不过在这件事情上你必须跟我合作，好吗？现在你可不是赢了妈妈，所以我们两方面都要妥协一下。好比说，你或许可以再度开始让我吃东西，我会努力在午夜之前上床睡觉作为回报。我最多只能做到这样了。如果你还想要更好的条件，你就必须回到出生抽奖处重新来一次。

"你的妈咪想找到一个小女孩，也许你根本不在乎这一点。但我在乎，我忍不住，这个工作就在我血液里。"

另一个停顿，她又重重地叹了口气，她的手指仍然抚摸着她的腹部。"所以我必须做我非做不可的事，"她悄声说道，"因为这个世界一团乱，必须有人拨乱反正。要不然像苏菲·李欧妮这样的女孩就永远没机会活命，我不想住在那样的世界里，我也不想让你在那样的世界里长大，所以我们一起合作吧。我要去淋浴了，然后我会去吃东西，吃点营养谷片如何？"

她的胃没有立刻发酸，她把这当成赞成的意思。"那就吃营养谷片，然后回去为我们两个工作。

"我们越快找到苏菲，我就越快带你回家去找你爸爸。他至少提过一次想要小孩，希望那个想法还在。"

喔天啊，在这方面我们全都需要一点信心。"好吧，咱们干活了。"

华伦打开莲蓬头。

淋浴后，她吃了奇丽欧圈圈谷片，然后没吐出来就离开了她的公寓。

够好了，她这么认定，够好了。

不屈·瓦瑟斯警探相当配得上他超阳刚的名字。雄赳赳的脸庞，结实的肩膀，前任足球后卫的壮硕身材现在已经走下坡了。他同意在他家附近街角的一家小型早餐店见巴比和华伦，因为今天他放假，而只要他在谈公事，他就想要吃上一顿。

华伦一走进去，撞上煮蛋和炸培根构成的铜墙铁壁，差点马上回头往外走。她一直热爱小吃店，一直热爱鸡蛋和培根。现在这些东西降格成实时，完全成了催吐剂，真是残酷得不得了。

她透过张开的嘴巴稳稳地吸了几口气。然后她灵机一动，从她的肩背包里捞出薄荷口香糖。这是在无数谋杀现场工作时学起来的老招数——嚼薄荷味道的口香糖可以盖过嗅觉。她塞了三片到嘴里，感觉到强烈的薄荷味道涌进她的喉咙后方，然后她设法走进小吃店后面，巴比已经在那边的一个侧包厢里，坐在瓦瑟斯警探的对面。

两个男人在她走近的时候都站了起来。她向瓦瑟斯介绍了自己，向巴比点点头，然后先滑进包厢座里，这样她就可以坐在最靠窗的地方。她很幸运，那面双开式的窗户真的可以开。她立刻去扳窗户的闩子。

"有点热，"她这么说，"希望你们不介意。"

两个男人都好奇地看着她，不过什么都没说。这家小吃店是很热啊，华伦防卫心很重地想着，然后一阵清新的三月空气涌入，闻起来只有雪的味道。她往狭窄的开口靠得更近了一些。

"要咖啡吗？"巴比问。

"水就好。"华伦说道。

他扬起一边眉毛。

"我已经喝过爪哇咖啡，"她说了谎话，"不想喝到整个人紧张兮兮。"

巴比不信这套，她早该知道的。她在巴比问起早餐的事情之前就转向瓦瑟斯。华伦拒绝吃顿饭，可能代表他所知的宇宙要终结了。

"感谢你跟我们碰面，"华伦说，"特别是现在你休假。"

瓦瑟斯很随和地点点头，他圆圆胖胖的鼻子上面都是破裂的毛细血管。华伦推论，他是酒鬼。又一个接近警察生涯终点的资深老警察。她略带同情地想着，如果他觉得现在的生活很艰困，等他退休的时候就知道了。有许多空虚时光要用美好往日的回忆来填补，同时又追悔着那些漏网之鱼。

"我很惊讶会接到电话问起何奥枪击案的事，"瓦瑟斯现在说道，"我以前办过一大堆案子，从来没想过那个调查会引起兴趣。"

"事实看起来相当清楚是吗？"

瓦瑟斯耸耸肩。"是，也不是。物证彻底搞砸了，但是汤米·何奥的背景很清楚明白——泰莎·李欧妮并不是他攻击的第一个女孩子；只是第一个反击回去的。"

"真的？"华伦很有兴趣。

女侍出现了，满脸期待地盯着他们。瓦瑟斯点了开路先锋特餐加四条香肠，两个煎蛋，还有半盘家常炸薯条。巴比也点了一样的。华伦觉得自己很勇敢，点了柳橙汁。

现在巴比绝对是在瞪着她看了。

女侍一走，华伦就对瓦瑟斯说道："带我们回溯一遍这个案子吧。"

"报警专线接到电话。照我的记忆，是妈妈打的，口气相当歇斯底里。第一个到现场的警察发现汤米·何奥在客厅里死于单一枪伤，父母跟妹妹都穿着睡袍聚集在旁边。妈妈在啜泣，爸爸企图安慰她，妹妹则吓呆了。他父母什么都不知道，他们被噪音惊醒，父亲下了楼梯，发现汤米的尸体，然后就是那样了。"

"那个妹妹茱莉安娜才知道答案，可是她花了一段时间才讲出来，她有个朋友来过夜——"

"泰莎·李欧妮。"华伦补充。

"没错。她们一起看电影的时候，泰莎在沙发上睡着。茱莉安娜已经到楼上去睡了。凌晨一点过后不久，她也听到一阵噪声。她下楼去，看见她哥哥跟泰莎在沙发上。照她自己的说法，她不确定出了什么事,可是接下来她就听见一声枪响,汤米摇摇晃晃往后倒。他倒在地上,泰莎下了沙发,手上还握着枪。"

"茱莉安娜看到泰莎射杀她哥哥?"华伦问。

"没错。茱莉安娜相当慌乱。她说泰莎声称汤米攻击她。茱莉安娜不知道该怎么办,汤米血流了一地,她听到父亲下楼,她惊慌失措,就叫泰莎回家去,泰莎照做了。"

"泰莎在大半夜里跑回家去?"巴比皱着眉头开腔了。

"泰莎住在同一条街上,只隔了五间房子。这距离不是很长。那个爸爸下楼的时候,他对着茱莉安娜大嚷着要她妈妈去报警。我就是走进这样的现场,血淋淋的客厅,死掉的青少年,不见人影的枪手。"

"汤米被射中哪里?"

"左大腿上方,子弹射中他的股动脉,他因此失血过多。如果你想想这件事,就会发现这实在是运气不好——因为腿上的一道枪伤死掉。"

"只有一枪?"

"光一枪就够了。"

华伦想着,这可有趣了。至少布莱安·达比还挨了当胸三枪。二十五个星期密集枪击训练能造就多大的差别啊。

"泰莎在哪里呢?"华伦问。

"听过茱莉安娜的说明之后,我前往李欧妮家,泰莎在第一声敲门的时候就应门了。她洗过澡了——"

"不会吧!"

"我说过啦,物证彻底搞砸了。然后再加上——"瓦瑟斯耸耸他粗壮的肩膀,"她才十六岁。

她自己承认,她被性侵,然后射杀了攻击她的人。她直接冲进浴室去——你能怪她吗?"

华伦还是不喜欢这种状况。"你能找回的物证还有哪些?"

"那把点二二手枪。泰莎直接交过来。她的指纹在枪柄上,而且弹道分析显示杀死汤米·何奥的子弹跟那把枪相符。我们把她扔掉不要的衣服装袋、贴上标签,内裤上面没有精液——她声称他没有,呃,没有完成他起头的事情。不过她的衣服上有一些血液,跟汤米·何奥同血型。"

"检查过她手上的火药粉末反应吗?"

"结果是阴性的——但那时候她洗过澡了。"

"做过性侵案件采证吗?"

"她拒绝了。"

"她拒绝?"

"她说她已经受够了。我尝试说服她让一位护士检查她有没有瘀伤,还试着解释这样做对她最有利,可是她就是不买账。这女孩抖得像片树叶一样。你能够看得出来——她不行了。"

"这一切发生的时候,她爸爸在哪里?"巴比想知道。

"我们进入屋内的时候他才醒来。显然他这时才第一次发现外出过夜的女儿提早回来了,而且发生一场意外。他似乎有点……状况,他穿着四角裤跟背心站在厨房里,手臂在胸前交叉,一句话都不说。我的意思是,这是他的十六岁女儿在讲她被一个男生攻击,而他就只是站在那里,像个他妈的雕像一样。"瓦瑟斯手指啪的一响,想起他的名字,"唐尼,他叫做唐尼·李欧妮,他自己经营修车厂。我从来搞不懂他,我猜他酗酒,却从来没得到证实。"

"妈妈呢?"华伦问道。

"死了。事发六个月前死于心脏衰竭。这不是个快乐家庭,不过……"瓦瑟斯又耸了一次肩膀,"其实多数家庭都不是。"

"所以,"华伦在心里回放一遍这些事件,"汤米·何奥是在他家客厅里死于单一枪伤。泰莎认罪了,把一切都清得干干净净,还不愿意接受身体检查。我不懂,检察官就这样听信她的一面之词吗?身心受创的十六岁可怜少女讲的一定是实话?"

瓦瑟斯摇摇头,"这话只有你知我知可以吗?"

"绝对如此。"华伦向他保证,"就只是朋友聊聊。"

"泰莎·李欧妮搞得我一头雾水。我是说,一方面她坐在她家厨房里,无法控制地全身发抖,另一方面呢……她又准确地重述那天晚上的每一分钟。我这辈子从来没看过一个受害者这么清楚地重述每个细节,特别是性侵受害者。这让我很困扰,可是我能说什么呢:亲爱的,对我来说你记性太好了,我没办法当真?"瓦瑟斯摇摇头,"在现在这种时候,那种言论可能会害一个警探丢差,而且请相信我,我需要那份退休金——我有两位前妻要养。"

"那为什么让她以自卫杀人过关?为什么不起诉她?"巴比这么问,显然他跟华伦一样困惑。

"虽然泰莎·李欧妮或许是可疑的受害者,但汤米·何奥却是个完美的加害人。在二十四小时内,有三个不同的女孩打电话进来说被他性侵过。我要提醒你们,没有一个人愿意提出正式声明,可是我们挖得越深,我们就越是发现汤米对待女士的方式显然很出名:他不接受'不'这个答案。他不见得非得动用蛮力,这就是为什么有那么多女孩子不愿意作证。听说他反而会不断地灌她们酒,也许甚至在饮料里下药。可是有几个女孩子很清楚记得,她们对汤米·何奥没有兴趣,却还是在他床上醒来了。"

"迷奸药。"华伦说道。

"有可能。我们从来没在他的宿舍房间里找到任何一点药,可是就连他的哥儿们都同意,汤米要什么就非得到不可。女方对这档事的感受如何,他不太感兴趣。"

"真是一位'好青年'啊。"巴比阴沉地低语。

"他的父母显然认为他是个好青年。"瓦瑟斯这么评论,"检察官宣布他不打算起诉,同时试着解释让罪名减轻的周边因素时……你会以为我们是在宣布教徒是无神论者。那个爸爸——詹姆斯，詹姆斯·何奥——火冒三丈。他对着检察官大吼，还打电话给我的督察，狂骂我蹩脚的警察工作让一个冷血谋杀犯跑掉了。詹姆斯说他有的是人脉，到头来会报复我们每个人。"

"他有吗？"华伦很好奇地问道。

瓦瑟斯翻了个白眼，"拜托，他只是拍立得的中阶主管。什么人脉啊？他是有不错的薪水，而且我确定他的属下很怕他，不过他也只能在某个办公隔间跟一栋两千平方英尺的住宅里称王。做父母的就是这样。"瓦瑟斯摇摇头。

"何奥夫妇从来不相信汤米攻击了泰莎·李欧妮吗？"

"完全不，他们可能永远看不出儿子的错处，这点很有趣，因为唐尼·李欧妮可能永远看不出他女儿的无辜。我通过小道消息听说他把她赶出去了。显然，他就是相信女孩子一定是咎由自取的那种人。"瓦瑟斯又摇头了，"你能怎么办呢？"

女侍再度现身，拿着大盘大盘的食物。她把盘子滑到瓦瑟斯跟巴比面前，然后把华伦要的那杯果汁交给她。

"还需要别的吗？"女侍问道。

他们摇摇头，她便离开了。

男人们埋头猛吃。华伦更靠近打开的窗户，以便逃避香肠油腻腻的臭味。她吐掉口香糖，尝试喝点柳橙汁。

所以泰莎·李欧妮朝着汤米·何奥的腿射了一枪。如果华伦在她心里想象这个场景，整个动作流程是合理的。十六岁的泰莎吓坏了，被更大更壮的男性体重压到沙发坐垫里，她的右手在她身边摸索，感觉到她突起的皮包挤向她的臀部，她捞出爸爸的点二二手枪。她的手终于握到枪柄，塞到他们的身体之间……

瓦瑟斯是对的——死于这种枪伤，汤米真是倒霉得要命。综观一切，泰莎也很不走运，因为她就此失去了父亲与最要好的朋友。

从愿意证实汤米有性侵历史的其他女性数量来看，这听起来像是理由正当的自卫杀人。然而对于至今已涉入两件致命枪击案的女人来说……第一件牵涉到一个攻击性强的十来岁男生，第二件牵涉到有暴力倾向的丈夫。第一个事件是碰巧致命的腿部的单一枪伤，第二个事件是胸部挨了三枪，枪枪都在致死范围内。

两件枪击案，两桩自卫杀人事件。运气不佳，华伦沉思着，又喝下一小口柳橙汁，还是这叫学习曲线（表示单位产品生产时间与所生产的产品总数量之间的关系的一条曲线）？

瓦瑟斯跟巴比结束了他们的一餐。巴比把账单抓过来，瓦瑟斯嘟嚷着道谢。他们交换了名片，然后瓦瑟斯自顾自离开，留下巴比跟华伦独自站在人行道上。

瓦瑟斯一消失在街头转角，巴比就转向她："华伦，你有什么想要告诉我吗？"

"没。"

他咬紧下巴，看来可能要追究这个话题，然后放弃了。他转过身去，细看这家小店前面的雨篷。

要不是华伦更了解实情，她会以为他的感情受创了。

"有个问题要问你。"华伦改变话题，缓和紧张情势，"我一直在想，泰莎·李欧妮被迫在两个不同的自卫事件中杀死两个男人。她是真有那么倒霉，还是真有那么聪明？"

这引起巴比的注意，他回头面向她，表情很专注。

"你想想看，"华伦继续说，"泰莎十六岁的时候被扔出门自生自灭，结果在二十一岁的时候怀孕了，孑然一身。但接下来，照她自己的话说，她重建了她的生活。戒了酒，生下一个美丽的女儿，变成一个可敬的警官，甚至遇见一个很棒的男人。直到他第一次喝过头，出手打她。然后她做了什么呢？"

"警察信不过其他警察。"巴比口气僵硬地说道。

"没错，"华伦同意，"这违背巡警的信条，巡警被期望应该独自应付所有状况。现在呢，泰莎可以离开她丈夫。下次布莱安出海，泰莎跟苏菲就会有六十天空窗期可以安顿到她们自己的地方去。

只是，也许住过这栋可爱的小洋房之后，泰莎不想再回去住单一卧室的套房公寓了。也许她喜欢这栋房子，这个庭院，这辆昂贵的休旅车，还有银行里的五万块。"

"也许她不相信搬出去就够了，"巴比冷静地反驳，"不是所有爱施暴的丈夫都愿意接受这种暗示。"

"好吧，"华伦同意他的看法，"这也要考虑在内。泰莎认定她需要一个更持久的解决方案。这个办法会把布莱安·达比从她跟苏菲的生活中永远剔除，同时保留波士顿的高级不动产。所以她做了什么？"

巴比瞪着她。"你是说泰莎基于她对付汤米·何奥的经验，决定布置一次攻击事件，好让她可以出于自卫枪杀她丈夫？"

"我是在想，这个念头应该曾经掠过她的脑海。"

"是没错，只是泰莎的伤并不是布置出来的。脑震荡、颧骨骨折、多重挫伤。这女人连站都站不起来。"

"也许泰莎挑拨她丈夫攻击她。这不太难办到。她知道他在喝酒。现在她必须做的就只有煽动他猛打她几下，然后她就可以安全地开火。布莱安败给他心中的恶魔，泰莎则利用了这个机会。"

巴比皱着眉摇头。"那样太冷酷了，而且还是站不住脚。"

"为什么站不住脚？"

"因为有苏菲。泰莎让她丈夫揍了她，然后泰莎射杀了她丈夫，就像你昨天讲过的，那解释了他躺在厨房里的尸体，还有在日光室里接受急救人员治疗的她。但是苏菲呢？苏菲在哪里？"

华伦一脸不悦，她的手臂摆在她的腹部。"也许她想让苏菲离开房子，免得她目睹这个事件。"

"那她就会安排苏菲住到爱尼斯太太家。"

"等等——也许那就是问题所在,她没有安排苏菲住到爱尼斯太太家。苏菲看到太多事情了,所以泰莎必须把她藏起来,这样我们才无法盘问她。"

"泰莎把苏菲藏起来?"

华伦考虑了一下。"这能解释她为何这么晚才跟我们合作。她并不担心她的孩子——她知道苏菲很安全。"

可是巴比已经开始摇头了。"别闹了,泰莎是个受过训练的警官。她知道她一旦宣称她的孩子失踪,整个州都会发布安珀警报。要是某个孩子的照片在这个自由世界的每个主要新闻媒体上到处播放,成功把她藏起来的概率有多高?她可以信得过谁,而且谁能接受这种要求——现在是星期日早上九点,我刚刚射杀了我丈夫,所以,嘿,想不想带着我的六岁小孩稍微逃亡一下?我们已经确定这女人没有近亲或朋友。她的选择只有爱尼斯太太,而苏菲不在爱尼斯太太身边。"

"还有,"巴比毫不留情地继续说下去,"这还不是最后阶段。我们迟早会找到苏菲。我们找到她的时候,就会问她那天早上看见什么。如果苏菲确实目击泰莎跟布莱安的冲突,就算延宕几天也改变不了什么,为什么要拿自己的孩子冒这种险呢?"

华伦噘起嘴唇。"呃,就算你这么说……"她低声嘟囔。

"为什么这对你来说这么难?"巴比突然问道,"一个警察同事住院,年幼女儿失踪。大多数的警探会很高兴帮她脱困,你却好像铁了心要找个理由把她关起来。"

"我才不是——"

"是因为她年轻貌美吗?你真有这么小心眼?"

"巴比·道奇!"华伦气炸了。

"我们必须找到苏菲·李欧妮!"巴比对她吼回去。他们在一起的那些年里,华伦不确定她有听过巴比大吼,可是那没关系,因为她也在大叫。

"我知道！"

"已经超过二十四小时了。我女儿在凌晨三点大哭，那时候我就只能纳闷地想，小苏菲是不是也在某处做相同的事。"

"我知道！"

"华伦，我讨厌这个案子！"

"我也讨厌！"

巴比不大嚷大叫了，他反而呼吸沉重。华伦花了点时间吐出挫折的一口气，巴比用一只手顺了顺他的短发，华伦把她的金色卷发往后拨。

又过了一分钟之后，巴比说道："我们必须跟布莱安·达比的老板谈谈，我们需要一张名单，列出可能知道他对他继女做了什么的任何朋友和联络人。"

华伦瞥了一眼她的手表，早上十点。菲尔已经排定要在十一点打电话给史考特。"我们必须再等一小时。"

"好吧，我们开始打电话给健身房，也许布莱安有个人健身教练。有人会对他们的私人教练坦白每件事，而我们现在就需要一段自白。"

"你打电话给健身房。"她说。

巴比小心谨慎地看了她一眼，"为什么？你打算做什么？"

"锁定茉莉安娜·何奥。"

"华伦——"

"兵分二路，开疆拓土，"她爽快地插嘴，"这样可以涵盖两倍大的面积，也以两倍快的速度得到结果。"

"天啊，你真的是铁打的。"

"你以前就爱我这一点。"

华伦向她的车子前进，巴比并没跟着她。

第十六章

布莱安跟我在婚后四个月第一次大吵,四月的第二个星期,一场出人意料的暴风雪裹住整个新英格兰。前一天晚上我在值勤,到了早上七点,麻州收费公路因为多起车祸,被弃置的车辆与恐慌的行人而乱成一团。我们深陷在泥沼之中,大夜班进入白天班的时候,甚至有更多警察被召来,而且大多数急救人员都出动了。欢迎你在冬季狂吹的东北风中,进入一个制服警察生活中的一天。

早上十一点,在我平常收班的四小时之后,我设法打电话回家。没有人接电话。我并不担心,我想布莱安跟苏菲在外面玩雪。也许在玩雪橇,或堆雪人,或是在水晶蓝的四月雪底下挖出紫色的番红花。

到了一点,我的同事跟我设法把状况最糟的车祸清理完毕,把大约三四十台故障的汽车移到别处,还把至少二十来个受困的驾驶员打发上路。清理这条公路,让铲雪机跟砂石车终于能派上用场,让我们的工作变得容易些。

我回到巡逻车上的时间终于久到可以喝一小口冷咖啡,同时察看我的手机,它在我腰际响了好几次。我只注意到爱尼斯太太的一连串来电,这时我肩膀上的呼叫器响了,是指挥中心试图要联络我。

有一通紧急电话,他们试着要转给我。

我的心跳直线上升,我反射性地伸手向我停着的巡逻车方向盘,好像这样做能稳住我似的。我模糊地记得我得到许可,拿起无线电听到爱尼斯太太恐慌的声音。到这时候她已经等待五个小时了，苏菲在哪里？布莱安在哪里？

起初我不懂是什么意思，但接着故事点点滴滴浮出水面。布莱安在早上六点打电话给爱尼斯太太，那时候雪才刚开始下。他一直在观察天气，然后照着他那种爱追求刺激的天性，决定今天是滑雪的理想日子。苏菲的托儿所今天一定会停课，爱尼斯太太可以帮忙看顾她吗？

爱尼斯太太同意了，不过她至少需要一两个小时才能赶到我们家。布莱安可不觉得高兴，路况会越变越糟，还有其他问题，所以他提议在他上山的时候，顺路把苏菲带到爱尼斯太太家安置。爱尼斯太太比较喜欢这个主意，因为这样她就不必坐巴士。布莱安会在八点钟到那里，她同意准备好早餐等苏菲来。

但是现在已经一点半了。没看见布莱安，也没看见苏菲。而且没有人在家里接听电话。发生什么事了。

我不知道，也不可能知道，我拒绝想象立刻跳到我心里的那些可能性。像是一具青少年的尸体从一辆车里弹出，缠在电线杆上的模样。或是一辆旧式的，没有安全气囊的车子，方向盘柱有可能嵌进一个成年人的胸膛，留下一个男人完全不动地坐在那里，几乎像是在驾驶座上睡着，直到你注意到他嘴角有一行血。或是某个八岁女孩，我们必须从一辆四门轿车被压烂的前端把她切割出来。她几乎毫发无损的母亲则站在那里，尖叫着说刚才小宝宝在哭，她只是转头看一下宝宝有没有事……

这些是我知道的事情。我猛然发动我的巡逻车，打开警示灯跟警笛，一路飞驰奔向三十分钟车程外的我家时，我记起的就是这些景象。

我终于歪歪扭扭地停在我们的砖造车库前，我的巡逻车前端抵着人行道，后半部在街道中央，那时候我的手在发抖。我亮着警示灯，冲出巡逻车外，然后奔上通往黑暗房屋的积雪楼梯。我的靴子撞上第一块凝结的冰,我刚好及时抓住铁栏杆,才没有一头栽到下面的街道上。然后我爬上楼梯顶端,拉着我的前门,用一只手找我的钥匙,另一只手大力敲门。虽然黑眼睛似的窗户,已经把我不想知道的一切都告诉我了。

到最后,随着我的手猛力一转,我扭动门锁里的钥匙,推开门……什么都没有。空荡荡的厨房,无人的客厅。我冲到楼上,两间卧室都没有人。

在我噼里啪啦快步下楼走进厨房的时候,我的勤务腰带在我腰际大声地铿锵作响。在那里我终于停下来,吸几口气让自己稳住,然后提醒自己,我是个训练有素的警官。少用点肾上腺素,多用点智慧。人就是这样解决问题,人就是这样保持自制。

"妈咪?妈咪,你在家里了!"

我的心脏真的跳出胸腔了。我及时转身抱住投入我怀里的苏菲,她拥抱我好几下,然后开始喋喋不休地说明让她很兴奋的玩雪日,速度快得让人喘不过气来,又讲得很冗长,让我又开始晕头转向了。

然后我才领悟到苏菲不是一个人回来的,还有一个邻家女孩站在门口。她举起手向我打招呼。

"李欧妮太太?"她问候,然后立刻脸红了,"我是说李欧妮警官。"

虽然花了一点时间,但我还是设法弄清楚了。布莱安绝对是去滑雪了,不过他根本没有带苏菲去爱尼斯太太家。他在放装备的时候,遇到十五岁的莎拉·克里蒙斯,她住在隔壁的公寓大楼里。她当时在前面的人行道上铲雪,他开始跟她搭话,然后她知道的下一件事,就是她同意看顾苏菲到我回家为止,好让布莱安可以用更快的速度出城去。

苏菲很喜欢十来岁的少女,她觉得这种计划变更很令人兴奋。显然她跟莎拉耗掉这个早上在街道上滑雪橇、玩雪球大战,还看了一集莎拉用 TiVo 录下来的《花边教主》。

布莱安一直没说清楚他几时回来，可是他告知莎拉，我迟早会出现在家里。苏菲看到我的巡逻车从街上开过来，然后就是这样了。

我到家了，苏菲很高兴，莎拉也因为能够卸下这个意外飞来的责任而松了一口气。我想办法找出五十块钱，然后打电话给爱尼斯太太，向派遣中心回报，接着把因为热巧克力和青少年电视节目而亢奋不已的女儿送到外面去堆雪人。我站在后面的露台上监督，身上还穿着制服，同时向布莱安的手机拨出第一通电话。

他没接。

在那之后，我逼自己把我的勤务腰带放回主卧室的枪柜里，然后小心翼翼地转动密码锁。我还记得别的事情，知道别的事情。

苏菲跟我设法消磨那个晚上。我发现自己可以在想要杀掉配偶的同时，还可以做个有效率的家长。我们吃了芝士通心粉当晚餐，玩了好几局"糖果岛历险"纸上游戏，然后我把苏菲放进浴缸里洗澡。

晚上八点半，她在床上熟睡。我在厨房、客厅和冷得刺骨的日光室之间踱步。然后我回到外面，希望可以靠着清理掉屋顶积雪，铲开侧面楼梯跟后院露台的雪，燃烧掉我越来越旺的怒火。

晚上十点，我洗了个热水澡，然后换上干净的制服。我没有把勤务腰带从枪柜里拿出来。我没信心让自己手上拿着本州岛发给我的 Sig Sauer 配枪。

十点十五分，我丈夫终于从前门走进来，背着一个巨大的袋子跟他的高山滑雪板。他吹着口哨，花了一整天进行激烈体育活动，让他的行动有一种手脚灵活的优雅。

他把滑雪板斜靠在墙上，放下滑雪袋，把钥匙抛在厨房桌上，然后在他刚开始脱靴子的时候，他看见了我。他似乎先注意到我的制服，凝视的目光自动转向墙壁上的钟。

"那么晚了？该死，抱歉啊。我一定是忘记时间了。"

我瞪着他，手插在腰际，活脱脱是吵闹泼妇的缩影。我他妈的才不在乎!

"你死哪去了?"

这些字眼坚硬清脆地脱口而出。布莱安抬头张望,真的显得很惊讶。"滑雪啊。莎拉没有跟你说吗?隔壁的那个女生啊,她带苏菲回家了,对吧?"

"你觉得现在问这个问题很有趣吗?"

他迟疑了一下,比较没那么肯定了。"苏菲在家吗?"

"在。"

"色拉做得还好吧?我是说,苏菲还好吧?"

"据我看来是。"

布莱安点点头,似乎正在考虑什么。"所以……为什么我惹了很大的麻烦?"

"爱尼斯太太——"我开口。

"该死!"他爆炸了,立刻跳起身站好,"我应该要打电话给她的,在开车的时候应该打。只是路况真的很差,而且我必须两手放在方向盘上,等到我上了高速公路,路况比较好之后……喔,不……"他呻吟着说道,他瘫坐回椅子上,"我搞砸了。"

"你把我的孩子留给一个陌生人!在我需要你在这里的时候,你出去玩了。而且你把一个非常好的老太太吓坏了,她下星期吃的心脏病药物搞不好要加倍!"

"是啊,"我丈夫表示赞同,嗫嚅着说道,"我弄得一团糟,我应该打电话给她的,我很抱歉!"

"你怎么能这样做?"我听到自己这么说。

他回头解开靴子上的鞋带。"我忘记了,我正要把苏菲送去爱尼斯太太家,可是那时候我碰到莎拉,而且她就在隔壁——"

"你把苏菲留给一个陌生人一整天——"

"喂,那时候已经八点了,我想你随时会回来。"

"我一直工作到一点。而且要不是爱尼斯太太打电话给派遣中心，让他们紧急呼叫我，现在我还在工作。"

布莱安脸色发白，不再弄他的靴子了。"噢……喔！"

"这不是开玩笑的！"

"好啦，好啦。对，绝对不是开玩笑的。没打电话给爱尼斯太太是最严重的错误。我很抱歉，泰莎。我早上会打电话给爱尼斯太太道歉。"

"你不知道我有多害怕。"我必须说出来。

他没讲话。

"开车回到这里的整个车程……布莱安，你曾亲手握过一个婴儿的头骨吗？"

他没讲话。

"那就像是捧着玫瑰花瓣，还没密合的部分薄如纸张，薄到让你可以看透，轻盈到如果你呼一口气，就会把这些骨头从你合起来的掌心里吹走。我知道这些事情，布莱安。这些事情我忘不了，布莱安。这表示你不能随便应付我这种女人，你不可以把我的孩子交给陌生人，你不可以光为了出去玩就抛下我女儿。你要守护苏菲，要不然你就滚出我们的生活，你懂了没？"

"我搞砸了。"他口气冷静地回答，"我懂，苏菲还好吗？"

"还好——"

"她喜欢莎拉吗？"

"显然是——"

"而且你打电话给爱尼斯太太了？"

"当然！"

"那么至少一切到头来都好好的。"他回去弄他的靴子。

我穿过厨房的速度快到我几乎起飞了。"你娶了我！"我对着我的新婚夫婿尖叫，"你选择了我，你选择了苏菲，你怎么敢让我们失望？！"

"泰莎，那只是一通电话。而且没错，我下次会努力表现好一点。"

"我以为你死掉了！我以为苏菲也死了！"

"呃，好吧，那么我终于回家了不是很好吗？"

"布莱安！"

"我知道我搞砸了！"他终于放弃他的靴子，两手往空中一甩，"我是新手！我以前从来没有过老婆跟小孩，而且就算我爱你，也不表示我不会偶尔犯傻。老天爷啊，泰莎……我就快要再度出海了。我只希望能享受最后一天快乐时光。新鲜的雪，在粉状雪上滑行……"他吸气，吐气，站起来。

"泰莎，"他用更轻的声音说道，"我永远不会蓄意伤害你或苏菲。我爱你们两个，而且我答应下次会表现得更好。有点信心好吗？我们两个人都在适应新状况，我们一定会犯一些错，所以拜托……有点信心吧。"

我的肩膀垂了下来，好斗之心远离了我。我泄愤的时间长到足以感觉到那股安心：我的女儿没事，我丈夫很安全，而且到头来那个下午过得好好的。布莱安把我拉向他胸前，我让他拥抱我，我甚至让双臂滑过去环绕他的腰。

"小心啊，布莱安。"我靠着他的肩膀悄悄说道，"记得，我不像别的女人。"

他换了个态度，没有争辩。

在护士往后一站，指示我踏出笨拙的第一步时，我记起我婚姻中的那个时刻，还有其他时刻。我设法在早上六点吃下干巴巴的土司，没有吐出来。七点半时，他们把我移到床旁边的椅子上，看看我能不能好好地坐直。

起初几分钟，我头骨内的痛楚整个爆发，然后稳定下来，变成一种隐隐约约的轰鸣。我的半张脸还是肿胀敏感，我的腿感觉虚弱不稳，不过整体来说，我比过去十二小时进步。我可以站，可以坐，可以吃干土司。这个世界要小心了。

我想要疯狂地、拼命地奔出医院，凭着某种奇迹，我会发现苏菲站在人行道上等我。我会把她抱进我怀里，她会快乐得大喊妈咪。然后我会抱着她、亲吻她，然后告诉她我对一切都很抱歉，我永远不放她走了。

"好啦，"护士爽快地说道，"第一步，让我们来转个圈。"

她伸出她的手臂让我保持平衡。我的膝盖剧烈战抖着，而我满怀感激地把一只手放在她手臂上。

摇晃的第一步让我头晕眼花。我眨了好几下眼睛，然后那种迷失方向的感觉不见了。上就是上，下就是下，这是进步。

我一寸寸前进，我的脚踏着小小的步伐走走停停，缓慢却稳定地带着我越过铺着油布的灰色地板，越来越接近厕所。然后我进到里面，轻轻地关上背后的门，护士已经补充了淋浴用的清洁用品。

今天的第二个测试——看看我能不能靠自己方便和洗澡，随后医生会再检查我一次。

然后，也许，只是也许，我可以回家去。

苏菲，坐在她房间的地板上，周围都是兔子跟明亮橘色花朵的画作，跟她最喜欢的碎布头发娃娃。妈咪，你回家了！妈咪，我爱你！

我站在洗手台旁边，瞪着自己在镜中的反射。

我眼睛周围的皮肉发黑充血，看起来像个茄子。我几乎没办法分辨我的鼻梁在哪里，或我眉毛上方的界线在哪里。我想起早期洛基系列电影里的那些场景，他们要用剃刀切开他肿胀的皮肉，好让他能看得见。我可能必须试试这招，今天时间还早。

我的手指从我瘀青的眼睛游走到更高两寸的裂伤旁，痂才刚刚成形，拉扯着我的发根。然后我往后摸，摸到仍然从我头颅后方突出的肿块。那肿块摸起来很热，很敏感。我让我的手落下来，转而握住洗手台边缘。

星期一早上八点。

验尸在一小时前开始了。

星期一早上八点……

我又想起我希望能重新拥有的所有时光。回想那些我应该说"好"的地方，我应该说"不"的时候。那样布莱安就还会活着，为了他下一次的大冒险正在替滑雪板上蜡。而苏菲也会在家里，在她房间的地板上玩。葛楚德依偎在她旁边，等待着我。

星期一早上八点……

"华伦，还有巴比，快一点啊，"我喃喃说道，"我女儿需要你们。"

第十七章

多亏有 GPS 这种神器,巴比第二次尝试就找到布莱安·达比的健身房。他只是输入达比的地址,然后搜寻附近的健身房:跳出来六间。巴比从最靠近布莱安家的地点开始,然后再往外找,结果赢家是一间全国连锁店。巴比在三十分钟内开到那里,再过了八分钟,就见到布莱安的个人教练。

"我看到新闻了。"那名娇小的黑发女子说,她已经显得忧心忡忡了。巴比试着评估她是哪种人,她看起来大概五尺(1.66 米)高,重九十磅(40 公斤),比较像是体操运动员而不像个教练。但接下来她的双手扭绞成一个焦虑的姿态,她前臂上有半打肌腱像蛇似的动了起来。

他修正了他原本对洁西卡·莱恩的看法——个子虽小,却很危险,迷你版的绿巨人浩克。

巴比抵达的时候,她正在跟某个身穿一百美元运动装、头顶四百美元发型的中年男人一起健身。

巴比第一次接近的时候,洁西卡刻意对他很冷淡,完全专注于她那位显然付了很多钱的客户。然而巴比闪了一下他的证件,穿着紧身粉红色 T 恤,涂着紫色指甲油的洁西卡就是他的人了。

她大失所望的客户,必须跟某个脖子比巴比大腿还粗的小子做完他的健身课程。巴比跟洁西卡则躲到员工休息室去,洁西卡在那里迅速地关上门。

"他真的死掉了?"洁西卡现在咬着她的下唇问道。

"我来这里就是为了布莱安·达比的死。"巴比这么说明。

"那他的小女儿呢?他们已经在每一台新闻上播出她的照片了。叫苏菲对吧?你们找到她没有?"

"还没,女士。"

洁西卡的棕色大眼热泪盈眶。这是过去一小时里的第二次,巴比很庆幸他离开华伦独立作业。

第一次是因为他要是不从她身边走开,就会掐死她。现在则是因为华伦绝对无法善待一个动辄泪光闪闪、爱穿桃红色热裤的明眸女教练。

身为一个婚姻幸福的男人,巴比刻意不去细看那件热裤或紧身T恤。到目前为止,这种做法让他只好直盯着这位个人教练线条极其漂亮的二头肌。

"你能够卧举到多重?"他听到自己这么问。

"六十一公斤。"洁西卡轻松地回答,她还在轻拭眼角。

"那样是多重?你体重的两倍吗?"

她脸红了。

他发现自己基本上只是在调情之后就闭嘴了。也许他不应该跟华伦分头行动。也许不管婚姻幸不幸福,没有一个男人应该跟洁西卡·莱恩这样的女人在隐密角落独处。这让他纳闷,泰莎·李欧妮是不是见过洁西卡·莱恩。这让他怀疑,布莱安·达比是怎么样撑过第一星期的重量训练。

巴比清清喉咙,拿出他的线圈活页笔记本,还有一台迷你录音机。他打开录音机,然后把它放在微波炉旁边的柜子上。

"你见过苏菲吗?"他问起他的访谈主题。

"见过一次。学校停课,所以布莱安带着她来做他的健身训练。

她看起来真的很讨人喜欢；她找到一组一磅重的哑铃，带着那对哑铃到处跑，模仿布莱安的所有运动流程。"

"布莱安只跟你做训练吗？"

"我主要是他的个人教练，"洁西卡略带一点骄傲地说道，"不过有时候我们的时间表搭不上，另一个教练就会代替我。"

"那么布莱安跟你一起做训练多久了？"

"喔，将近一年了。唔，也许比较接近九个月。"

"九个月？"巴比做了个笔记。

"他做得很好！"洁西卡滔滔不绝地说道，"他是我最棒的客户之一。他的目标是要把身形练得更健壮，所以前三个月我叫他进行可怕又辛苦的节食。排除他膳食中的脂肪、盐分和碳水化合物——而他也是那种真心热爱精致碳水化合物的人。早餐吃法式吐司、午餐吃潜艇堡三明治、晚餐吃马铃薯泥，还有一袋饼干当甜点。我得说我本来不觉得他熬得过头两个星期。但是他一清洁干净他的身体，重新设定标准值之后，我们就接着开始下一阶段：在过去半年里，他一直遵循我从我的健身比赛中发展出来的这种健身方式——"

"健身比赛？"

"对。连续四年蝉联新英格兰美体小姐，"洁西卡对他闪出一个露出满口白牙的笑容，"这是我的兴趣。"

巴比硬是把他凝视的目光，从她晒得漂亮的肱二头肌上移开，回去看着他的笔记本。

"所以我给布莱安一份每周菜单，每天的餐点包含六种高蛋白质。"洁西卡很得意地继续，"我们现在谈的是每餐三十克蛋白质，每隔二到三小时摄取一次。这样对时间和金钱来说都是很大的付出，但是他做得太棒了！然后我又增加一种健身课程，包括六十分钟的心肺功能强化运动，随后是六十分钟的重度重量训练。"

"每天都这样做吗？"巴比会去跑步。或许该这么说：他在卡琳娜出生以前会去跑步。他把他的笔记本往下移了大约两寸，正好在他的腰围上，现在想想，今天早上的腰围是有点紧。

"心肺功能强化运动每星期做五到七次，重量训练则是一星期五次，然后我介绍他做百回运动。他做百回运动很行的！"

"百回运动？"

"低强度，但重复次数比较多，看看你能不能做到一百回。如果我们用正确的方式做，你不能在第一次尝试就做一百下，但继续训练下去，四星期后再试一次，你就知道了。在前两个月里，布莱安做到了他所有的百回，还逼我增加他的强度。真的，这结果太惊人了。我的意思是，我不是无缘无故这样讲，但我大多数客户都是说得到做不到，布莱安却展现出成果。"

"他在过去一年里似乎增加了相当多的体重。"巴比表示这个看法。

"他增加了相当多的肌肉，"洁西卡立刻更正，"光是臂围就增加了三寸。要是客户愿意的话，我们每两个星期就做一次测量。当然了，他的工作时间表代表我们会一次失去几个月时间，不过他会持续跟上进度。"

"你是说在他当商船船员出海的时候吗？"

"对啊。他会一次消失两个月。第一趟出海完全摧毁了他。我们失去了大半既有的成果。第二次，我准备好一整套课程让他遵循，包括了膳食，心肺功能加强运动，还有举重。我拿到一份列表，上面列出船上提供的所有设备，然后把课程安排得天衣无缝，好让他没有借口。后来他就表现得好多了。"

"所以布莱安跟你在一起的时候很努力锻炼，而他出海的时候在船上也很努力锻炼，有任何理由让他锻炼得这么努力吗？"

洁西卡耸耸肩。"为了看起来更棒，感觉更好。他是个很活跃的男人。在我们刚开始的时候，他想要加强他的体能，好让他可以应付某些更大规模的山岳滑雪运动、单车运动，还有诸如此类的事情。他很有活力，不过他认为自己应该更壮一点。我们就从这里开始着手。"

巴比放下他的笔记本，注视她好一会儿。"所以布莱安想要加强他的滑雪与单车运动能力，而为了做到这一点，他一星期花了多少钱……？"在一间设备良好的健身中心，他挥着手比画这个打理得很好的房间。

"两百块，"洁西卡说，"不过良好的健康状况是无价的！"

"一星期两百美元，还有无数小时的训练、杂货采购、食物准备……"

"如果你想要有成果，就必须投入。"洁西卡这样告诉他。

"布莱安很投入，布莱安得到成果，布莱安还在按表操课。为什么？他在寻求什么？得到十八公斤肌肉之后，他还欠缺什么？"

洁西卡好奇地看着他。"他并不想变得更庞大。不过，布莱安并不是天生的大块头。要是一个……个头较小的男人……"

巴比代表世界各地的男人皱起眉头。

"要是一个个头较小的男人想维持比较重大的成果，他就必须继续努力。这是实话。吃高蛋白质、做强度举重，日复一日，要不然他的身体就会回到原来比较合适的尺寸。就布莱安的状况来说，就是比较接近八十一公斤，而不是一百公斤。"

巴比思索着这个信息，对他这个个头较小的男人来说，这可不是什么好消息。

"听起来像是要做很多的功课，"他终于说道，"对任何人来说都不容易维持，更不用说是一个有工作的人父了。我打赌布莱安的时间表会不定期地排得稍微繁忙一点，他的时间被压缩了。他有没有……寻求额外的辅助？"

洁西卡皱起眉头。"你的意思是？"

"让他更快，更有能力多长些肌肉的辅助产品？"

洁西卡的眉头皱得更用力了，接着，她弄懂了。"你是说类固醇吧。"

"我很好奇。"

她立刻就摇头了。"我不会同流合污。如果我认为他在嗑那种东西，我就不干了。那样就浪费掉一星期两百块的学费了。我以前跟一个打类固醇的家伙交往过，说什么我都不会再重蹈覆辙。"

"你在跟布莱安交往？"

"不是！我不是那个意思。我指的是跟滥用类固醇的人往来。那种东西让人发疯。你在新闻上看到的事情——那可不是骗人的。"

巴比冷静地望着她。"那你自己的训练呢？"

她同样冷静地迎向他的目光。"那是汗水加泪水啊，宝贝。汗水加泪水。"

巴比点点头。"所以你不是类固醇支持者——"

"不是！"

"但是健身房里的其他教练呢？甚至是健身房之外的教练，布莱安很快就得到某些很棒的成果。你怎么确定这全都是他的汗水加泪水？"

洁西卡没有马上回答。她又咬起她的下唇，双臂在胸前交叉。

"我就是不认为有，"她终于说道，"可是我没办法对天发誓。布莱安出了某种状况。他三星期前刚回到城里，而且这一回……他变得很情绪化，阴森森的，他心里有事。"

"你见过他太太吗？"

"那个州巡警？没有。"

"但是他谈过她。"

洁西卡耸耸肩。"他们全都会这样。"

"他们？"

"那些客户。我不知道，当教练跟当美发师很像。我们是美容服务部门的牧师,客户讲话,我们聆听,我们的工作有一半是这个。"

"所以布莱安怎么说?"

洁西卡耸耸肩,显然她又觉得不自在了。

"他死了,洁西卡。在他自己家里被杀害。帮助我了解布莱安·达比为什么着手进行一个重大的自强计划,即使这项计划还是不足以救他一命。"

"他爱她。"洁西卡悄声说。

"谁?"

"布莱安爱他的妻子。爱得很诚心、很深刻也很有感情。要是有男人这么爱我,我愿意拿命去换。"

"布莱安爱泰莎。"

"对。而且他是为了她想要变得更强壮。为了她跟苏菲,他常开玩笑说,他必须做个大男人,因为守护两位女性是四倍分量的工作。"

"守护?"巴比皱着眉问道。

"对,他就是用这个字眼。我猜他有一次搞砸了,泰莎记了他一笔。苏菲必须有人守护,他很认真看待这一点。"

"你有跟布莱安上过床吗?"巴比突然问。

"没有,我不会跟我的客户乱搞。"她瞪了他一眼,"混蛋。"她低声骂道。

巴比再度闪了一下他的证件。"你应该说'混蛋警探'。"

洁西卡只是耸耸肩。

"泰莎有背着布莱安到处偷人吗?也许他发现了某件事,推了他一把,让他发动让自己变得更庞大的远征。"

"他从来没这样说过。不过……"她顿了一下,"没有任何男人会跟女性承认这种事。特别是像我这种漂亮女生。拜托,那样就像是在说,我是个可悲的软脚虾,还标在最前面。男人会让你自己去发现。"

巴比无法反驳这个论点。"所以布莱安不认为他太太爱他啰。"

又是一阵犹豫。"我不知道。我有种感觉……泰莎是州巡警，对吧？一名警官。听起来她像是个强悍的人。事情要是不照她的意思做就完蛋，布莱安有很多时候要俯首帖耳。不过，这并不表示她认为他是地球上最棒的男人，这只表示她期待他要经常俯首帖耳，特别是在跟苏菲有关的事情上。"

"关于她的女儿，她有很多规矩吗？"

"布莱安的工作很辛苦。当他在家的时候，他想好好玩乐，可是泰莎要他照顾小孩。听起来他们似乎常常有点忙不过来，可是他从来没说过她的任何坏话。"洁西卡匆促地补充，"他不是那种男人。"

"会骂老婆的男人。相信我——"她翻了个白眼，"这种人在我们这里很多。"

"所以为什么布莱安会情绪不好？"巴比又绕回来，"他最后一次远行发生了什么事？"

"我不知道。他从来没说过。他只是显得……惨兮兮。"

"你觉得他会打老婆吗？"

"不会吧！"洁西卡显得很震惊。

"她有符合被虐状态的医疗史。"巴比补上一句，为了让论据完备。不过洁西卡支持自己人："他妈的不可能。"

"真的？"

"真的。"

"你怎么知道？"

"因为他人很可爱。可爱的男人不会揍他们的老婆。"

"我再问一次，你怎么知道？"

她盯着他看。"因为我完全靠自己找到一个打老婆的男人。我嫁给他长达五年，一直到我变聪明、变强壮，然后把他一屁股踹到人行道上为止。"

她意有所指地弯起她的双臂，不愧是四连冠的新英格兰健身小姐。

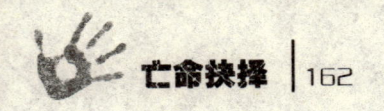

"布莱安爱他老婆。他没打她,而且他命不该绝。我们谈完了吗?"

巴比伸手到口袋里,捞出他的名片。"想想看布莱安上次回来后可能是为了什么变得'情绪化'。要是想起什么,请打电话给我。"

洁西卡接过他的名片,同时注视着他伸出来的手臂,看起来远远不及她自己的肤色健康。

"我可以帮助你。"她说。

"不用了。"

"为啥不用?费用问题吗?你是个警探,我可以给你折扣。"

"你没见过我老婆。"巴比说。

"她也是个警察吗?"

"不是。但她非常善于用枪。"

巴比拿起他的迷你录音机,拿起他的笔记本,然后离开了那个地方。

第十八章

华伦毫不费力地找到泰莎的童年好友,旧姓何奥的茱莉安娜·麦道格,已婚三年,有一个孩子,住在阿灵顿一处一千七百平方英尺的岬角。华伦可能撒了点小谎,她自称来自某所高中,为了即将来临的同学会正在追踪毕业生。

嘿,不是每个人都想接到当地警察的电话,而且可能更少人愿意谈起十年前害死哥哥的枪击事件,回答更多问题。

华伦拿到茱莉安娜的地址,确定她在家里,然后就开车过去了。在到那边的路上,她检查过她的语音信箱,包括一个语气愉悦的早安祝福,来自艾利克斯,祝她处理这宗失踪案顺利,同时让她知道,要是她有心情吃,他就有心情煮白酱宽面。

她的胃一阵雷鸣,然后抽搐,然后又是一阵雷鸣。结果她怀着一个跟她一样走少数派路线的宝宝。

她应该打电话给艾利克斯。她今天晚上应该腾出一点时间,甚至花三十分钟坐下来讲话。她试着在心里想象这个对话,但还是不确定会怎么发展。

她说,所以呢,你记得吗,你说过你跟第一任妻子几年前打算要生小孩,却没有成功?事实证明,你不是有问题的一方。

这实在算不上什么对话。也许这是因为她对这种事情没什么想象力或经验。就她个人来说,她更擅长的是"别打给我,我会打给你"

这种对话。

他会提议娶她吗？就算不为自己，她也该为小孩接受这种交易吗？或者说，在这种时代、这种岁数，这还重要吗？她是不是就这么假定他会帮她的忙？或者，他会不会就这么假定她永远不会让他帮忙？

她的胃又痛了，她不想再怀孕下去了。这真是太让人困惑，而且她对于这种人生学问很不在行。她比较喜欢更基本的争论，像是泰莎・李欧妮为什么杀死她丈夫，还有这跟她在十年前射杀托马斯・何奥有什么关系。

现在，有个老问题。

华伦跟着她的导航系统进入由细小巷弄构成的阿灵顿迷宫。这边左转一次，那边右转两次，接着她就到达一栋喜气洋洋的红墙房屋前面；这里有白色的门窗框，还有覆雪的前院，院子的大小跟华伦的车子差不多。华伦把车停在路边，抓起她厚重的外套，然后往门口走去。

茱莉安娜・麦道格在第一声门铃响时就开门了。她有着近似洗碗水颜色的金色长发，往后绑成乱乱的马尾，一个流着口水的胖婴儿靠在她穿着牛仔裤的臀边保持平衡。她好奇地望着华伦，在华伦亮出证件的时候，她脸上的表情彻底茫然。

"华伦警长，来自波士顿警局。我可以进去吗？"

"你要问什么事？"

"麻烦你，"华伦指着到处点缀着玩具的房屋内部，"外面很冷。我想，在室内谈话，我们都会比较舒服。"

茱莉安娜抿起嘴唇，然后默默地把门打开，好让华伦进来。这个家值得自豪的装饰包括一条由瓷砖砌成的细小入口，接着进入一间有着美丽窗户的小型家庭客厅，还有最近重新整修过的硬木地板。

这栋房子闻起来像是新鲜油漆加上婴儿爽身粉的气味，一个在躺新小型住宅里安顿下来的崭新小家庭。

有个洗衣篮占据了墨绿色的单张沙发。茱莉安娜红着脸把那个塑料篮子放到地板上,同时却完全没松开她的宝宝。在她终于坐下来的时候,她坐在软垫的边缘,她的婴儿被她抱在腿间,如同第一层防线。

华伦坐在沙发另一头。她注视着流口水的宝宝,那个流口水的宝宝也反过来盯着她,然后把整个拳头都塞到嘴巴里,发出一个可能是"嘎"的声音。

"真可爱,"华伦这么说,虽然她的声音听起来不是那么认同,"多大了?"

"纳森尼尔九个月大。"

"是男生吧。"

"对。"

"会走了?"

"刚在学爬。"茱莉安娜很骄傲地说道。

"好孩子。"华伦说,然后很快就用完关于婴儿的闲聊话题了。老天爷啊,现在她连跟某位妈妈交谈都办不到,她要怎么变成一个妈妈?

"你有工作吗?"华伦问道。

"有,"茱莉安娜很骄傲地说,"我正在养育我的小孩。"

华伦接受这个答案,继续往下问。"所以,"她很简洁地宣布,"我想你已经看到新闻了。在阿尔斯顿—布莱顿失踪的女孩。"

茱莉安娜一脸茫然地望着她。"什么?"

"安珀警戒。六岁大的苏菲·李欧妮,从她位于阿尔斯顿—布莱顿的家里失踪。"

茱莉安娜皱起眉头,把她的宝宝抱得更紧一点。"那跟我有什么关系,我不认识任何住在阿尔斯顿—布莱顿的小孩。我住在阿灵顿。"

"你最后一次见到泰莎·李欧妮是什么时候?"华伦问。

茱莉安娜立刻就有反应。她全身僵硬，眼神避开华伦，蓝色的凝视目光落到硬木地板上。她穿着拖鞋的脚边有一个上面写着字母"E"和画着一张大象图片的方块。她拾起那个方块，然后拿给宝宝；宝宝从她手上拿了方块，然后尝试把整个玩意儿塞进嘴里。

"他在长牙，"她心不在焉地低声嘟囔，同时抚摸着她儿子红通通的脸颊。"可怜的小家伙好几晚没睡好，而且一整天都嚷着要人抱。我知道所有的小宝宝都经历过这个阶段，但是我没料到会这么艰难。看着我自己的小孩受苦，同时却无能为力，只能等。"

华伦什么都没说。

"有时候，在晚上，当他在哭的时候，我会摇着他，跟他一起哭。我知道这听起来有些陈腔滥调，不过这样做似乎对他有帮助。也许没有人喜欢独自哭泣，就连婴儿也不例外。"

华伦什么都没说。

"喔，我的天啊，"茱莉安娜·麦道格突然间喊道，"苏菲·李欧妮。苏菲·李欧妮。她是泰莎的女儿。泰莎有个小女儿了，我的天啊！"

然后茱莉安娜·何奥完全闭上嘴巴，她就只是跟她的宝宝坐在那里，他仍然在嚼着那个木头方块。

"你那天晚上看到什么？"华伦轻柔地问这位年轻妈妈。不必说清楚是哪个晚上，最有可能的状况是，茱莉安娜的整个人生一直绕回那个特定的时刻。

"什么都没有。我没真的看到，我半睡半醒，听到一个怪声，我到了楼下。泰莎跟汤米……他们在沙发上。然后有一阵噪声，汤米站起来，似乎是在退后，然后就倒下去。接着泰莎站起来，看见我，就开始哭。她伸出她的手，而且握着一把枪。那是我真正注意到的第一件事。泰莎有一把枪，接下来的事情每况愈下。"

"你做了什么？"

茱莉安娜声音很低。"已经过很久了。"

华伦等待着。

"我不明白。为什么现在问这些问题?我已经告诉警方所有的事情了。就我所知,最后这是个一翻两瞪眼的案子。汤米有件事是出了名的……警探说泰莎不是他伤害的第一个女孩。"

"你怎么想?"

茱莉安娜耸耸肩。"他是我哥哥,"她悄声说道,"老实说,我试着不去想这件事。"

"那天晚上你相信泰莎吗?你相信你朋友是为了保护自己吗?"

"我不知道。"

"她之前有没有对汤米表示过任何兴趣?问过他的行程?朝他的方向送秋波?"

茱莉安娜摇摇头,还是不看华伦。

"但后来你再也没跟她说话,你把她赶出去,就像她爸爸一样。"

现在茱莉安娜脸红了,她抱紧了她的宝宝。他哼了一声,她立刻就松手了。

"汤米有些地方不对劲。"她冷不防开口说道。

华伦等她说下去。

"我父母看不出这点,可是他……心怀恶意。如果他想要什么东西,他就会动手拿。就算在我们还很小的时候,如果我有个他也想要的玩具……"她又耸肩,"他宁可弄坏某样东西,也不让我拥有。我父亲会说男生就是男生,然后就让事情过去。可是我学到了,汤米就是要得到他想要的东西,你不能挡他的路。"

"你认为他攻击了泰莎。"

"瓦瑟斯警探告诉我们有其他女生打电话进来讲汤米的事情,我想我并不意外。我父母却吓坏了。我父亲……他还是不相信。但是我相信。汤米就是要得到他想要的东西,你不能挡他的路。"

"你有跟泰莎讲过这一点吗?"

"我已经十年没有跟泰莎·李欧妮讲话了。"

"为什么不？"

"因为就是这样。"那无所不在的耸肩动作又出现了，"汤米不只是我的哥哥——他还是我父母的儿子。而且在他死去的时候……我父母为了汤米的葬礼用尽积蓄。然后，我爸爸没办法回去工作，我们失去了我们的房子。我父母必须宣告破产。到最后他们离婚了，我妈跟我搬去跟我阿姨住，我父亲则精神崩溃。他住在一家疗养院里，靠着重读汤米的笔记本打发时间。他没办法放下这件事，就是不能。这个世界是个可怕的地方，你的孩子会被杀，警察还会掩饰真相。"

茱莉安娜抚摸着她自己儿子的脸颊。"这很怪，"她喃喃说道，"我以前认为我的家庭很完美。泰莎甚至就是最爱我这一点。我来自这么美好的家庭，跟她的家庭完全不一样。然后在一夜之间，我们就变成了他们。不只是我失去了我哥哥而已，我父母也失去了他们的儿子。"

"她从没有试着联络你吗？"

"我对泰莎·李欧妮说的最后一句话是，'你现在就得回家！'然后她就这么做了。她拿着她的枪，跑出我家。"

"那你在家附近看到她的时候呢？"

"她父亲把她踢出去了。后来她就再也没出现在这个小区里了。"

"你从来没纳闷过她怎么样了吗？她曾是你最要好的朋友，还必须抵抗你的亲哥哥，你却从来没担心过她要如何在这个广大世界上闯荡？是你邀她来过夜的。根据她原本的证词，泰莎问过你汤米那天晚上会不会在家。"

"我不记得了。"

"你有告诉汤米她要来吗？"

茱莉安娜抿起嘴。她猝然把宝宝放到地板上，同时站了起来。"警长，你应该走了。我十年没跟泰莎讲话了。我不知道她有女儿，而且我肯定不知道她在哪里。"

但是华伦留在原地,坐在沙发边缘,抬头凝视着泰莎以前最要好的朋友。

"为什么那天晚上你把泰莎留在客厅里?"华伦咄咄逼人,"如果她是来过夜的,为什么你不把你最好的朋友叫醒,要她去你房间?汤米叫你这么做?"

"住口!"

"你起疑了,不是吗?你知道他打算干什么,而你因此下楼。你怕你的哥哥,你担心你的朋友。茱莉安娜,你有警告泰莎吗?她就是因此带枪去的吗?"

"不是!"

"你知道你爸爸不会听的,男生就是男生,而你妈妈听起来似乎也已经内化了这个想法。所以你跟泰莎,两个十六岁的女生,企图奋力反抗一个大哥哥的暴行。她是不是认为她只会吓走他?她是不是认为只要挥舞那把枪,事情就会结束?"

茱莉安娜没有答腔。她脸色惨白。

"没想到枪走火了,"华伦像在对话似的继续说,"而且汤米被打中了。汤米死掉了,你的整个家庭分崩离析。这一切都是因为你跟泰莎并不真的知道自己在干什么,那天晚上带枪来是谁的主意?"

"滚出去。"

"你的?她的?你们两个在想什么?"

"滚出去!"

"我会去查你的电话记录。一通电话,我就只需要这么多。只要泰莎打一通电话给你,你全新的小家庭也会跟着分崩离析,茱莉安娜。如果我知道你有所隐瞒,我就会把你的家庭扯个粉碎。"

"滚出去!"茱莉安娜大声尖叫。地板上的宝宝对妈妈的语气有反应,开始哭号。

华伦离开沙发。她两眼继续望着茱莉安娜·麦道格,这女人苍白的脸，耸起的肩膀，还有狂乱的注视。她看起来像是被车头灯吓呆的鹿。她看起来像被十年来的谎言困住的女人。

华伦做了最后一次尝试："茱莉安娜，那天晚上出了什么事？你有什么没告诉我？"

"我爱她，"这女人突然说道，"泰莎是我在整个世界里最要好的朋友，我爱她。然后我哥哥死了，我的家庭粉碎了，我的世界变成一团乱麻。我才不要回顾，不管是为了她，为了你，为了任何人都不要。这回发生在泰莎身上的任何事，我都不知道也不在乎。警长，现在就滚出我家，而且别再打扰我跟我的家人了。"

茱莉安娜把门打开。她的宝宝还在地上啜泣。华伦收到暗示，终于离开了。门在她背后大力甩上，门闩也顺便闩上了。

然而在华伦转身的时候，她可以透过前面的窗户看见茱莉安娜。那女人抱起她正在哭的儿子，把宝宝靠在她胸前。她在抚慰孩子，还是让孩子抚慰她？

也许这不重要。也许这些事情就是这样运作的。

茱莉安娜·麦道格爱她的儿子。就像她的父母爱她的大哥。就像泰莎·李欧妮爱她的女儿。

这是循环，华伦想着，某个较大模式的片段。只是她还不太能把这个模式拆解开来，或拼合回去。

父母爱他们的子女，某些父母会使出任何手段来保护子女。而其他的父母呢……华伦开始有种不妙的感觉。

然后她的手机就响了。

第十九章

华伦警长跟巴比·道奇警探在早上十一点四十三分来找我。我听到他们的脚步声在走廊上响起,迅速又有目标。我只有一丁点时间,我利用这点时间把蓝色纽扣藏到医院床头桌最下面的抽屉深处。

这是我跟苏菲唯一的联系。

最后一样要我照着规矩玩,不必要提示。

也许有一天,我可以拿回这个纽扣。如果我运气好,也许苏菲跟我可以一起来,重新拿回葛楚德失落的眼睛,然后把这只眼睛缝回她冷静的娃娃脸上。

如果我运气好。

我才刚坐回我那张医院病床边缘,隔帘就被扯开,华伦大步走进房间。我知道接下来会发生什么事,却还是必须咬住我的下唇,好克制住我尖声叫嚷出来的抗议。

"我想要的圣诞礼物就只有我的两颗门牙,我的两颗门牙,我的……"

我慢了半拍才发现自己正在低声哼着这首歌。幸运的是,两位警探似乎都没注意到。

"泰莎·玛丽·李欧妮,"华伦开口了,我则挺直我的脊梁。"你因为谋杀布莱安·安东尼·达比的谋杀案被捕。请起立!"

更多脚步声出现在走廊上。最有可能是检察官跟他的助理,他们不想错过这个重大时刻。也有可能是某个颐指气使的波士顿警方人士，随时准备好要参与高调曝光的行动。也可能是州警高层的某些人。他们还没有抛弃我，一个受虐的年轻女警官，他们显得这么不体贴。

我知道媒体会聚集在停车场里，当我站起来，把两只手腕伸给我的同事时，我对自己情绪上的理智感到佩服。谢恩很快就会以工会代表的身份赶到，我的律师也会来。也许他们会在法院里跟我见面，我会在那里正式被控谋杀亲夫。

我回想起人生中的另一刻：我坐在厨房桌前，我刚洗过的头发在背上滴水，这时一位粗壮的警探一遍又一遍地问我，"你在哪里拿到枪的，你为什么带枪，是什么让你开枪……"

我父亲冷淡地站在门口，他的手臂交叉在他肮脏的白背心前面。就算在那种时候，我也明白我已经失去他了。我的答案再也不重要了。我有罪，我永远都是有罪的。

有时候，那就是你为爱付出的代价。

华伦警长宣读了我的权利。我没说话；还剩下什么话好说呢？她铐起我的手腕，准备要把我带走，然后就碰上第一个物资补给方面的问题。我没有衣服穿。昨天下午入院的时候，我的制服就已经被装袋贴上标签，送到犯罪鉴识实验室去了。现在我只穿着一件医院的睡衣，就连华伦都明白，一个波士顿警察拖走一个伤痕累累、除了病患那长袍以外身无寸缕的州巡警，要是被拍下照片会带来什么样的政治风险。

她跟道奇警探避开到房间另一边，迅速地开了个会。我坐回床铺边缘，一位护士进来了，她担忧地观察整个进展。现在她跨过来走向我。

"头怎么样？"她简洁地问道。

"会痛。"

她量了我的脉搏，要我用眼睛跟着她的手指动，然后满意地点点头。显然我只是处于疼痛状态，而不是处于危急状态。那位护士让自己确定病患没有紧急危险之后，就退出门外。

"不能用囚衣，"华伦低声跟巴比争论，"她的律师会争辩说我们让法官有偏见，让她穿着代表监狱的橘色衣服被带到法官面前。病患睡袍有同样的问题，只是这回会让我们看起来像是没血没泪的混蛋。我们需要衣服。简单而没有特征的蓝色牛仔裤、毛线衣，像这类的衣服。"

"找个警察到她家去一趟。"巴比低声回应。

华伦看了他一秒钟，然后转头观察我。

"有喜欢的服装吗？"华伦问。

"沃尔玛超市。"我站起来说。

"什么？"

"就在几个街区外。六号牛仔裤，中等尺寸的毛线衣。要是有内裤我会很感激，再加上鞋子跟袜子。"

"我没有要买衣服给你，"华伦不悦地说道，"我们会从你家拿些衣服来。"

"不要。"我说着又坐回去。

华伦怒视着我，我随她去。毕竟是她逮捕了我，她干吗气成这样？我不要从家里来的衣服，在我被关押期间，沙福克郡监狱会把个人物品从我身边拿走锁起来。我宁愿穿着病患睡袍抵达。为何不呢？那种样子会为我博得同情，而我会接受我能得到的所有帮助。

显然华伦也想通了那一点。有个制服警察被叫来接受指示。这位巡逻警员被告知要去买女人的衣服时，眼睛连眨都不眨一下。他消失在门外，让我再度跟华伦与巴比相处。

其他人一定都留在走廊上，病房没那么大，他们可能在走廊上等着大秀登场。

我在倒数，虽然我不知道是在等什么。

"你用的是什么？"华伦突然问道，"冰袋？雪？你知道的，这个很妙。昨天我注意到车库地板上潮湿的地方。我对那个很疑惑。"

我什么都没说。

她朝我走来，眯起眼睛，就好像在仔细观察某种特殊的野生动物。我注意到她走路的时候，一只手摊开来放在腹部，另一只手撑在臀部。我也注意到她脸色苍白，眼睛下面有黑眼圈。显然我让这位好警探熬夜了，我得一分。

我用好的那只眼睛注视着她，激她来注视我这张肿胀成茄紫色的烂脸，然后提出批评。

"你见过法医吗？"她现在这么问，换挡到比较像是交谈的模式。她在我面前停步。从我坐在病床边缘的有利角度，我必须抬头看着她。

我没有说话。

"班很优秀。我们有过的最佳法医之一。"她继续说道，"别的法医也许不会注意到，不过班热爱细节。显然人体就像任何其他的肉一样，你可以冻结再解冻，不过却免不了——他是怎么说的？——会对密度造成某种改变。他感到你丈夫四肢上的肉有些不对劲，所以他采了几个样本，把这些样本塞到显微镜下面，接下来要是我懂那一堆科学就有鬼了，不过基本上他确定那些肉在细胞层次上的损害，跟冻结的人体组织是一致的。泰莎，你射杀了你丈夫，然后把他放到冰块上。"

我没有说话。

华伦靠得更近了。"所以这就是我不懂的地方了。显然你在争取时间。你必须做完某件事。是什么事呢，泰莎？你丈夫的尸体躺在车库里冷冻的时候，你在做什么？"

我没有说话，我反而在听一首歌，在我内心深处播放着。我想要的圣诞礼物就只有我的两颗门牙，我的两颗门牙，我的两颗门牙……

"她在哪里？"华伦悄声说，就好像她可以读我的心一样，"泰莎，你对你的小女儿做了什么？苏菲在哪里？"

"你什么时候临盆？"我问，然后华伦像是被枪打到似的往后一缩，同时，在五尺之外，巴比发出猛吸一口气的尖锐声音。

我认定他还不知情，也有可能他察觉了，却不是真的知道，男人有时候就会这样。我发现这点很有趣。

"他是父亲吗？"我问。

"闭嘴。"华伦简洁地说道。

然后我记起来了。"不，"我纠正自己，好像她从来没开口过一样。我望着巴比。"好几年前你跟另一个女人结婚了，在一个跟州立精神疗养机构有关的案子里认识的。而你现在有个小孩，对不对？不久之前生的。我听说过这件事。"

他什么都没说，只是用冷静的灰色眼睛瞪着我。他认为我在威胁他的家人吗？我是吗？

也许我只是想聊聊天，因为要是不这么做，我可能会说出所有不该说的事情。举例来说，我用的是雪，因为雪比较容易铲，又不会留下蛛丝马迹，像是十几个空冰袋。而且布莱安很重，比我想象中重得多。所有的锻炼、所有的加斤添两，就只是让我跟另一个杀手可以使劲拉着额外四十磅下楼，然后拖进他那个工具各归其位的宝贝车库里。

当我铲起雪放到我丈夫尸体上的时候，我哭了！热乎乎的眼泪在白雪上面形成了细小的洞，后来我必须堆上更多的雪，同时我的双手抖得控制不住。我让自己集中精神，一铲满满的雪，然后是第二铲，接着是第三铲，结果用了二十三铲。

二十三铲雪，埋住一个成年男人。

我警告过布莱安。我一开始就告诉过他，我是个知道太多事情的女人。如果一个女人知道我所知的那种事情，你不会去招惹她。

用三根卫生棉条塞住弹孔，用二十三铲雪藏住尸体。

我想要的圣诞礼物就只有我的两颗门牙,我的两颗门牙,我的两颗门牙……我更爱你,他死去的时候曾经这样告诉我。

愚蠢、可悲的混账东西!

我什么话都没再说了。华伦跟巴比也安静地坐了足足十到十五分钟。三名执法人员之间没有任何眼神接触,到最后门砰然打开,肯恩·卡吉尔闯了进来,黑色羊毛外套在他身旁翻飞,稀薄的棕色头发乱糟糟的。他猛然停步,注意到我上铐的手腕,然后带着一个好辩护律师该有的全部火气转向华伦。

"这是在搞什么!"他大喊。

"你的客户,泰莎·玛丽·李欧妮已经因为她丈夫布莱安·安东尼·达比之死被起诉。我们已经向她宣读过她的权利了,现在正在等待移送法院。"

"罪名是什么?"卡吉尔要求知道,他听起来义愤填膺得刚刚好。

"一级谋杀。"

他的眼睛瞪大了。"早有恶意预先计划的谋杀?你失心疯了吗?谁授权起诉的?你最近到底有没有正眼看过我的客户啊?瘀青的眼睛、骨折的脸颊,喔对,还有脑震荡?"

华伦只是瞪着他,然后转回来面向我。"泰莎,是冰还是雪?说嘛,就算不是为了我们,也要为了你的律师着想啊,告诉他你用什么冷冻尸体。"

"什么?"

我纳闷地想,是不是所有律师都上过表演学校,还是他们只是自然学会的,像警察一样。

然后刚开始那个制服警察回来了,呼吸粗重,显然他带着过大的沃尔玛超市购物袋一路跑着穿过医院。他把袋子塞给华伦,她得到这份荣幸,向卡吉尔解释我的新服装。

华伦解开我手腕上的手铐,一叠新衣服交到我手上,吊牌跟其尖锐物品已经拿掉了，然后我获准到浴室去更衣。那个波士顿巡警做得很好。宽管牛仔裤，因为是全新的，僵硬得像硬纸板。一件绿色的圆领毛线衣，一件运动胸罩，素色内裤，素色袜子，还有白得发亮的网球鞋。

我动作缓慢，把胸罩跟毛线衣拉过我伤痕累累的头。牛仔裤比较容易，不过事实证明绑鞋带是不可能的，我的手指抖得太厉害了。

埋葬我自己的丈夫，最难的部分是什么你知道吗？

在于等着他的血流干，等他的心脏停下来，等最后一点血在他的胸腔里凝结变冷，要不然他就会滴血。他会留下一道血迹，就算痕迹很小，我又用漂白水清洗过，光敏灵还是会让那道痕迹现形。

所以我坐在厨房的硬木椅子上，做着我以为永远不必做的守夜工作。然后在这整段时间里，我就是没办法确定哪一样比较糟糕？射杀一个男孩，然后在双手血迹犹新的时候逃走？还是射杀一个男人，然后坐在那里，等他的血干涸，好让我能够清理干净？

我放了三根卫生棉条，到布莱安胸腔后面的洞里，作为一种安全措施。

"你在做什么？"那男人问道。

"不能留下血迹。"我冷静地说道。

"喔。"他说着就不再追究了。

三根血迹斑斑的卫生棉条，两颗门牙，说来很妙，这是能带给你力量的护身符。

我哼着一首歌。我绑好我的鞋带。然后我站了起来，花了最后一分钟检查镜中的自己。我认不出镜中的自己，那张扭曲变形的脸，凹陷的脸颊，塌下来的棕发。

我想着，这样很好，连我自己都觉得像个陌生人。这样很适合接下来要发生的所有事情。

"苏菲。"我低语着，因为我必须听到我女儿的名字，"苏菲，

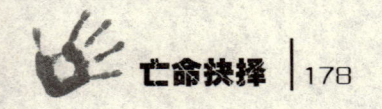

我更爱你。"

然后我打开浴室的门，再度伸出我的双腕。

手铐凉飕飕的，"喀"的一声锁上。

是时候了。华伦站在一边，巴比站在另一边，我的律师殿后。

我们大步走进明亮的白色走廊，检察官从墙边撑起身体，准备带着胜利的荣耀领导游行队伍。

我看到警督，他看着他麾下镣铐加身的警官时，他凝视的目光稳定，表情深不可测。我看到其他穿着制服的人，我知道他们的名字，我曾经握过那些手。

他们不看我，所以我也同样地回敬。

我们沿着走廊向前走，走向大玻璃门，还有等在另一头大嚷大叫如暴民的记者。

要有指挥若定的风度，千万别让他们看出你在流汗。

玻璃门滑开，然后这世界在闪光灯的白光中炸开来。

第二十章

"我们要重新开始了。"华伦在一小时半后说道。他们在法院把泰莎交给沙福克郡警方。检察官会提起诉讼。她的律师会控告，保释金会设定好，然后法院会准备好收监令，于是同意本郡可以拘留泰莎·李欧妮，直到她的保释条件满足为止。到时候泰莎要不是被保释出去，就是被移送到沙福克郡监狱。既然检察官辩称泰莎有逃亡之嫌，要求她不准保释，那么在他们交谈的这一刻，她很可能已经上路去女子拘留所了。

但这样仍然解决不了他们的问题。

"我们的案发时间顺序，是按照泰莎给警方的初步供词设定的。"华伦正在说话，她现在回到了波士顿警察局总部，在这里匆忙地召来项目小组的所有成员。"根据她对这些事件的陈述，我们假定布莱安·达比跟她起了肢体冲突之后，在星期日早上被射杀。然而根据法医的说词，达比的尸身是在星期日早上之前就被冷冻过，而且很有可能，被解冻来配合泰莎精湛的演出。"

"他可以辨识出尸体被冷冻了多久吗？"菲尔在前排开口说道。

华伦让他们的第三位队友奈尔来回答这个问题，因为验尸的出席者是他。

"可能不到二十四小时，"奈尔告诉房间里的人，"班说他可以看出细胞的受损程度，符合身体末梢被冷冻、内脏却没有被冷冻的状况。这表示身体被摆在冰块上,却没有久到可以彻底冻结。四肢、脸孔、手指、脚趾被冷冻了,没错,但是躯干深处没有。所以尸体也许在冰块上摆了十二到二十四小时。他只能大致估计,因为时间长度会被室温影响。然后你必须把尸体恢复室温的时间算进去,至少要几个小时……他猜测——勉强猜测——布莱安·达比实际上是在星期五晚上或星期六早上遇害。"

"所以,"华伦开口陈述,把众人的注意力再导回她身上,"我们随后必须重新访查所有的邻居、朋友和家人——最后一次有人见到活着的布莱安·达比或跟他交谈是什么时候?我们要着眼于星期五晚上还是星期六早上?"

"星期五晚上他手机上有一通电话,"另一位警探,杰克·欧文斯开口表示,"我昨天筛选记录的时候看到的。"

"长时间的电话吗?像是他在跟某人谈话?"

"八或九分钟,所以不只是留个讯息而已。我会追踪号码,跟接电话的人聊一下。"

"确定那个人是跟布莱安说话,"华伦利落地下令,"而不是泰莎在用他的电话。"

"我搞不懂。"菲尔先前做了所有的背景调查,在许多方面他比任何人都了解这个案子的细节。

"我们现在认为泰莎射杀了她丈夫,然后把尸身冷冻起来——然后为星期日早上安排好整出戏。为什么?"

华伦耸耸肩,"有趣的是,她不会告诉我们。"

"为了争取时间,"巴比从他的位置发言,靠着前面的墙壁,"没有其他好理由了,她是在争取时间。"

"争取时间干什么?"菲尔问。

"最有可能的理由是处置她女儿。"

这句话让整个房间突然静下来。华伦对着他皱眉头,显然对他的猜测并不高兴。没关系，反正他也不高兴从一桩谋杀调查的嫌犯口中得知她怀孕了。就说他老派好了，但此事对他来说有如骨鲠在喉，让他觉得很恼火。

"你认为她伤害了她女儿？"菲尔现在问道，他的声音小心翼翼，他家里有四个孩子。

"有个邻居看到布莱安的车子，在星期六下午离开了房子，"巴比说，"我们一开始就认定开车的人是布莱安，而且因为犯罪鉴识实验室的技师相信那辆车后面放过一具尸体，我们就进一步假定是布莱安杀死了他的继女，还把物证丢掉。但是布莱安·达比在星期六下午非常有可能已经死掉了，这表示并不是他载走尸体。"

华伦抿起她的嘴唇，却很简洁地点了个头。"我认为我们必须考虑这个想法：泰莎·李欧妮杀死了她全家人。既然苏菲星期五在学校里，我猜要不是星期五晚上她去值班巡逻之前，就是她值班完毕的星期六早上，家里发生某件恐怖的事情。布莱安的尸体被放在车库里的冰块上，同时苏菲的遗体被载到某个不知名地点抛弃。泰莎在星期六晚上再度报到去工作，然后是星期日早上，表演时间到。"

"这是她安排的，"菲尔低声嘟囔，"让状况看起来像是她丈夫对苏菲做了什么。然后她跟布莱安吵架，接着她为了自卫而杀死布莱安。"

华伦点头了，巴比也是。

"那脸部创伤是怎么回事？"奈尔从后排开口说道，"她不可能带着脑震荡跟颜面骨折撑过星期六晚上的巡逻。她昨天连站都站不住，更不要说是开车了。"

"说得好。"华伦同意。她移动到白板前面，她在那里写下：时间顺序。现在她补上一颗子弹——泰莎·李欧妮受伤：星期日早上。"伤口一定是新的。有医生可以证实这点吗？"她问奈尔，他是前任急救医护人员兼他们队上的医学专家。

"挫伤的话很难证明，"奈尔回答，"每个人痊愈的速度不一样。可是根据伤势的严重性，我猜受创时间发生得较晚，而不是较早。在头部挨了那些重击之后，她的行动能力不会太好。"

"谁痛打她？"另一个警官问道。

"共犯。"菲尔在前排低声回答。

华伦点头。"除了重新设定我们的案发顺序以外，这个新信息也表示我们必须重新考虑这个案子的规模。如果布莱安·达比没有打他老婆，是谁干的？还有，为什么？"

"爱人，"巴比低声说道，"最合乎逻辑的解释。为什么泰莎·李欧妮会杀死丈夫跟女儿？因为她再也不想跟他们在一起了。为什么她再也不想跟他们在一起了？因为她碰到新的人了。"

"你从秘密管道听说的吗？"华伦问他，"营区传出的谣言之类的？"

巴比摇摇头。"没有这样的消息传来，我是警探，不是巡警。我们有必要去找警督访谈。"

"今天下午的第一件事。"华伦向他保证。

"我必须说，"菲尔开口，"这个理论跟达比的老板史考特说的话比较相符。我在十一点跟他谈过，他对天发誓达比体内没有一点暴力成分。油轮船员的生活相当紧张。你会看到那些人睡眠不足、想家、压力破表，同时还要维持一星期七天全天候的班表。作为一个工程师，达比必须处理所有技术危机，还有一些在船上会出大乱子的事——水混进燃料里，电力系统爆炸，控制软件故障等等，但史考特从来没看过达比失去冷静的态度。事实上，问题越大，越能刺激达比找出解决之道。史考特完全不相信这种男人回家会打老婆。"

"达比是个模范员工。"华伦说道。

"达比是大家最爱的工程师，而且显然很会玩'吉他英雄'游戏——他们船上有间休闲房。"

华伦叹了口气，双臂交叉在胸前。她瞥了巴比一眼，并没有真正跟他目光相对,但大致上望着他的方向。"你从健身房里知道些什么?"她问。

"布莱安花掉过去九个月遵循一套费劲的健身课程,这套课程是设计来练大块肌肉的。他的个人教练发誓他没有使用类固醇,就只是流血流泪流汗而已。她只听过他说他太太的好话,却认为他讨了个州巡警老婆挺辛苦的。喔对了,在过去三星期里,从达比上次出海回来之后,他肯定情绪不对,却不愿开口谈谈。"

"你所谓的'情绪不对'是什么意思?"

"个人教练说他似乎比较阴沉,比较情绪化。她问过几次,猜想是家里出了问题,但他不愿表达意见。我不知道这件事有没有意义,不过他的做法让他变得与众不同。显然大多数客户在他们健身的时候都会掏心掏肺;上健身房去,然后倾诉一番。"

华伦振奋了起来。"所以达比心里有事,却不愿意谈。"

"也许他发现他老婆有外遇,"奈尔在后排表达意见,"你说是在他回来的时候,也就是说,他才刚刚放他太太一个人六十天……"

"船上除了休闲房以外,"菲尔说道,"还有个可以给船员用的计算机室。我正在申请搜索令,要取得达比收发的所有电子邮件。可能会从中发现什么。"

"所以泰莎跟另一个男人见面,"华伦深入思考着,"决定做掉她丈夫。为什么要诉诸谋杀?为何不离婚?"

她向大家提出这个问题,挑战整个房间里的人。

"人寿保险。"一名警官说道。

"为了方便,"另一个人说,"也许他威胁要阻止离婚。"

"也许达比对她有某种执着,如果她要跟他离婚,他就威胁要对她不利。"

华伦写下每个意见,对第三个公告出来的意见似乎特别感兴趣。"泰莎·李欧妮自己承认她酒精上瘾,而且她在十六岁的时候已经杀过一个人。想想看,要是她连那些事都愿意承认,还有什么会是她不愿意说的?"

华伦转头面对这个小团体。"好,那么为什么要杀她女儿?布莱安是继父,所以他没有立场争取监护权。结束一场婚姻是一回事,为什么要杀她自己的女儿?"

房间里的活动随着这个问题而缓慢下来。在所有人之中,终于敢冒险回答的人是菲尔:"因为她的情人不想要孩子。这种事情不都是这样发展的吗?比如黛安·当斯(译注:Diane Downs,一九八三年谎称被歹徒挟持,射杀自己的三个孩子,造成一死两重伤,她儿子从此半身不遂)之类的人。要是孩子对自己造成不便,女人就会杀死自己的孩子。泰莎期望开始一段新生活,苏菲却不是那种生活的一部分,所以苏菲必须死。"

没有人有别的话要补充。

"我们必须找出这位情人。"巴比低声嘟囔。

"我们必须找出苏菲的尸体,"华伦更沉重地叹了一口气,"一劳永逸地证明泰莎·李欧妮到底有何能耐。"

她放下她的白板笔,检查一遍白板的内容。

"好了,各位。这些是我们的假设。泰莎·李欧妮杀了她丈夫跟小孩,很有可能是在星期五晚上或星期六早上。她把她丈夫的尸体冷冻在车库里,她在星期六下午的一趟车程中处理掉她女儿。然后她报到去上班——很可能同时让她丈夫的尸体在厨房里解冻——然后回家,让她的爱人毒打她一顿,接着再打电话给她的州巡警同事。这算是某种说法。现在,到外面去,找些事实回来给我。我要她跟爱人之间的电子邮件跟电话通讯,我要一个有注意到她卸下冰块或铲雪的邻居,我要知道布莱安·达比的白色 Denali 车在星期六下午实际上去了哪里。我要苏菲的尸体,而且要是这种事真的发生了,我要泰莎·李欧妮被关一辈子。有任何问题吗?"

"安珀警戒呢?"菲尔站起来问道。

"继续维持,直到我们发现苏菲·李欧妮为止,不管是哪种状况。"

项目小组理解她是什么意思:直到他们找到孩子,或发现孩子的尸体。这些警探一个个离开房间,然后剩下巴比跟华伦单独站在一起。

他先从墙边撑起身体,然后走向门口。

"巴比。"

她声音中有刚好足够的那么一点不确定,让他回过头去。

"我还没告诉艾利克斯,"她说,"行了吧?我甚至还没告诉艾利克斯。"

"为什么不?"

"因为……"她耸耸肩,"就这样。"

"你要留着这个孩子吗?"

她的眼睛瞪大了。她疯狂地大动作冲向打开的门,所以他配合她把门关上。"你看,这就是为什么我啥都不想说。"她整个人爆炸了,"我正好就是不想跟人有这种对话!"

他继续站在那里盯着她看。她一只手摊开来放在她的下腹部。他可是个前任狙击手,先前怎么都没注意到?她包住自己肚子的样子,几乎充满了保护意味。他觉得自己很蠢,而且现在他也理解到,他永远不必问那个问题。光看她的站姿就知道答案了:她要留着宝宝。就是这点让她吓坏了。

华伦警长要当妈妈啦。

"会很顺利的。"他说。

"喔,天啊!"

"华伦,你想做的任何事情你都做得很出色。为什么做妈妈会有所不同?"

"喔,天啊。"她又讲了一次,眼神更加狂乱。

"我带点东西给你好吗?水?腌菜?姜汁软糖怎么样?安娜贝尔

少不了姜汁软糖，她说这种软糖让她的胃安定下来。"

"姜汁软糖？"她顿了一下。显得比较没那么狂乱，还多了一点好奇，"真的有效？"

巴比对她微笑，走过房间，而且因为这样做感觉很对，他给她一个拥抱。"恭喜，"他在她耳边悄悄说道，"这是真心的，华伦。欢迎你来到人生的黄金阶段。"

"你这么觉得吗？"她看起来有点泪眼朦胧，然后也回抱他一下，这让他们两人都吃了一惊。

"多谢了，巴比。"

他拍拍她的肩膀，她则把头靠在他胸前。然后他们两个人都挺直身体，转向白板，回到工作上。

第二十一章

我站在那里，双手被铐在腰际，同时检察官正在宣读起诉罪名。根据检察官的说法，我有预谋地蓄意射杀亲夫。更有甚者，他们有理由相信我可能也杀害了亲生女儿。此刻他们提起一级谋杀控诉，基于罪名的严重性还要求收押我，不得保释。

我的律师卡吉尔咆哮着抗议。我是一位正直的州巡警，有长时间的优秀职业生涯（四年算长吗？）。检察官对我不利的证据不够多，而且相信这样一位声誉卓著的警员，热心奉献的母亲会对付全家人，真是荒谬绝伦。

检察官指出，弹道测试已经证实，射进我丈夫胸膛的子弹符合本州岛发给我的 Sig Sauer 配枪。

卡吉尔拿出我被打黑的眼睛、骨折的脸与脑震荡来据理力争，显然我是被逼的。

检察官则说，要是我丈夫的尸体没在死后被冷冻，这说法可能还有点道理。

法官显然对此大惑不解，他震惊地望了我一眼。

欢迎来到我的世界，我想这样告诉他。可是我什么也没说，什么也没表示，因为就算是最小的一点表态，无论是快乐、愤怒或悲伤，都会导致相同的结果：歇斯底里。

苏菲，苏菲，苏菲。

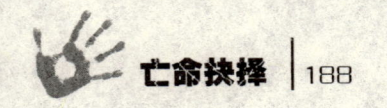

我想要的圣诞礼物就只有我的两颗门牙，我的两颗门牙，我的两颗门牙。

我就要哼起这首歌了，然后我就这样尖叫出来，因为当一位人母掀开孩子的棉被，却看见一张空床铺时，就想这么做。她想要尖叫，只是我从没有这种机会。

那时楼下有一阵杂音。苏菲，我又这么想。然后我奔出她的卧室，跑到楼下，直接冲进厨房，而我丈夫就在那里，还有一个男人握着一把枪，抵着我丈夫的太阳穴。

"你爱的是谁？"他说道，然后我的选择很快就摆在我面前了。我可以言听计从，然后救我女儿一命，我也可以反击，然后失去我整个家庭。

布莱安盯着我看，用他的凝视告诉我有什么事做。因为就算他是个可悲的失败者，他还是我丈夫，而且更重要的是，他是苏菲的父亲，她唯一用"爹地"二字称呼过的男人。

他爱她，不管他有多少错处，他都爱我们两个。

奇怪的是，这种事情总要等到为时已晚，你才会彻底体会。

我把我的勤务腰带摆在厨房桌上。

然后那男人走上前来，从枪套里抽走我的 Sig Sauer 手枪，然后往布莱安的胸膛射了三枪。

砰、砰、砰！

我丈夫死了，我女儿失踪了。而我，一位训练有素的警员，站在那里吓得呆若木鸡，尖叫仍然锁在我的肺里。

一把小木槌敲了下来。

突然的一敲让我猛然恢复警觉。出于本能，我转头凝视着时钟：下午两点四十三分。时间还有意义吗？我希望有。

"保释金设定在一百万美元。"法官利落地宣布。

检察官露出微笑，卡吉尔愁眉苦脸。

"稳住，"谢恩在我背后低声说道，"一切都会顺利的，稳住。"

对于他空洞的陈词滥调，我并没有赏脸回答。州警工会当然可以交交保用的储备金，就好像他们也会帮忙为任何需要法律协助的警员聘雇律师。但不幸的是，工会的储备金不太可能有一百万，而且动用那么多资金需要时间，更不用说还得经过意味着我气数已尽的特别投票表决。

他这样说，就好像工会想进一步干预女警被控谋杀丈夫小孩的案件，好像我那一千六百个男性同事会投票赞成似的。

我什么都没说，什么都没表示，因为尖叫会再冒出来，我胸口的紧张感一再累积。我真希望我有那个蓝色纽扣，真希望我能留住它，因为握着那颗纽扣，能以某种病态的方式保持我的神志正常。那个纽扣就代表苏菲，那纽扣代表苏菲人在外头，而我非得再找到她不可。

法警靠过来，把他的手放在我的手肘上。他把我往前一拉，我开始走路，把一只脚踏到另一只脚前面，因为这就是你要做的事，也是你必须做的事。

卡吉尔在我旁边。"家人呢？"他低声问道。

我了解他的意思。我有家人可以把我保出去吗？我想起我父亲，觉得那股尖叫的冲动从胸口爬到喉头。我摇摇头。

"我会跟谢恩谈谈，把你的案件呈到工会去。"他说，不过我已经感觉到他的怀疑了。

我想起我的上级长官，在我经过医院走廊的时候避开我的注视。这是耻辱之路，许多条耻辱之路中的第一条。

"我可以要求狱中的特殊待遇。"卡吉尔这么说，口气变得急促，因为我们逐渐接近通往拘留室的出入口了，在那里我会正式被带走。"你是州警，如果你提出要求，他们会答应让你隔离拘禁。"

我摇摇头。我去过沙福克郡监狱：隔离拘禁区是那里最令人沮丧的地方。我会有自己的牢房，但也会一天被关在里面二十三个小时，没有健身时间或图书室时间这类的特权,也没有公共区域可以用——此地夸言有一台难伺候的电视机,还有世界上最老的运动脚踏车,有助于打发时间。说也奇怪,我就快要认定这些东西是奢侈品了。

"医疗评估。"他紧急追加这个建议,意思是我也可以要求治疗,要求被安置在监狱病房里。

"跟其他所有疯子在一起。"我低声驳回,因为上次我到监狱一游的时候,所有爱尖叫的人都关在监狱病房里,从早到晚对自己、对警卫或对其他受刑人叫个不停。我猜想,她们会喊任何话来盖过自己脑袋里的声音。

我们到了拘留室外面,警卫意有所指地看了卡吉尔一眼。有那么一刻,我那个疲惫的律师迟疑了。他注视着我,眼中有某种可能是同情的成分,而我希望他别这样,因为这样只会让尖叫从我的喉咙上升到我嘴巴的黑暗窟窿里。我必须抿紧嘴唇,咬紧下巴,免得尖叫声逃出来。

我很强壮,我很坚韧。这里没有什么我没见识过的。通常我是在栏杆另一边的人,不过这只是细枝末节。

卡吉尔抓住我被铐住的双手,他捏捏我的手指。

"泰莎,要求见我吧。"他喃喃说道,"你有法律上的权利,可以在任何时候跟你的律师商量。打通电话我就会来了。"

然后他就走了,拘留室的门打开来。我跟跄走进去,加入另外五个脸色像我一样苍白又冷淡的女人之间。在我的注视之下,有一个人晃到不锈钢马桶旁,拉起她的黑色弹性纤维迷你裙撒尿。

"贱货,看什么看?"她打着哈欠吼道。

牢门在我背后砰然关上。

在此向各位介绍何谓"南湾滑步舞":要执行这个由来已久的监狱运输策略,一位被拘留者就必须用两只手臂勾着她左右两侧的人,然后把她的双手扣在她腰际,她的手腕将会被铐在这里。一旦每位被拘留人都跟两侧的受刑人"卷成麻花"，脚踝也都铐在一起了，一排六名女性就可以脚步蹒跚地走进郡警局的客货车里。

女性坐在客货车的一边，男性坐在另一边。有一片透明压克力板隔开双方。

没过多久，我们已经到达沙福克郡监狱了。

郡警局的客货车停进一个卸货位置。一道沉重的金属车库门铿然关上，锁得紧紧的，把这个地方封死了。然后车门才终于打开。

男性先下车，排成一个镣铐加身的队伍，离开车子，进入安全闸门。过了一阵子之后，轮到我们。

踏出车子是最困难的部分。我感觉到一股不能绊到东西或跌倒同伴的压力，因为这样会把整排人拖下水。我是白人又穿着新衣服，已经让我显得很突兀了，因为我身边大多数的被拘留者看来都是在卖身或贩毒。外表比较干净的那些可能是为了赚钱而下海，没那么干净的就是为了货品本身了。

她们大多数人都已经待了一整晚，而且从各式各样的味道来判断，她们先前挺忙的。

这还真逗，我右边有着一头橘发的女人皱起鼻头，因为我身上有医院消毒药水跟簇新蓝色牛仔裤的特殊味道。同时我左边的女孩（十八岁还是十九岁？）看到我被毒打过的脸，就说道："甜心啊，下次你就把钱给他，他就会对你下手轻一点啦。"

门开了。我们拖着脚步走进安全闸门。背后的门关上了，朝着左边的门铿然一声打开。

我可以看见指挥中心就在我前面，有两个穿着深蓝色战斗服的狱警驻守。我一直低着头，就怕瞥见熟面孔。

蹒跚地走了更多步，肩并肩、臀靠臀地一寸寸前进，走过一条长长的走廊，经过漆成肮脏黄色的空心砖墙，吸进每一处政府机构都有的那种酸涩味道——一种混合了汗水、漂白水和人性冷淡面的味道。

我们到达"犯人拘留处",另一间大牢房,跟法院里的那一间非常像。硬木长椅在一堵墙边排成一列,只有一个金属制马桶跟洗手台,公共电话有两部。有人告诉我们,所有电话都必须由受话人付费,有个自动语音讯息通知受话者这通电话来自沙福克郡监狱。

我们的镣铐被卸下。狱警走出去了。金属大门铿然关上,就是这样。

我摩擦着我的手腕,然后注意到只有我一个人这么做。其他人个个都在排队等电话,准备好要打给能把她们保出去的任何人。

我没去排队。我坐在硬木长凳上,望着那些妓女跟毒贩,爱她们的人还是比爱我的人多。

狱警先叫了我的名字。就算知道会发生什么事,我还是一阵恐慌。我双手抓住长凳边缘,不确定自己是不是该放手。

我已经应付到现在了。到目前为止,我已经应付了这么多事。但现在法律程序来了。泰莎·李欧妮巡警正式消失;五五六六九〇二一号犯人则会取代她的位置。

我不能这样做。我不会这样做。

狱警又叫了一次我的名字。他站在金属门后面,透过窗户直盯着我。而我知道他认得我。他当然认得。他们收容了一个女性州巡警,这一定是这一带最热门的闲话。一个被控杀死丈夫、有谋杀六岁亲生女儿嫌疑的女人,正好是狱警最乐于厌恶的对象。

我逼自己放开长凳,挺直身体站好。

要有指挥若定的风度,我有点失去控制地想着,千万别让他们看见你在流汗。

我设法走到门口。狱警"啪"的一声扣上手铐,把他的手摆在我的手肘上。他抓得很紧,脸上不动声色。

"走这边。"狱警一边说,一边把我的手臂扯向左侧。

我们回到指挥中心,我在那里接受盘问,供出基本信息:身高、体重、出生日期、直系亲属、联络信息、地址、电话、可供辨识的刺青等等。然后他们拍了我站在空心砖墙前面的照片，我拿着一个牌子，写在上面的数字是我的新身份。成品会变成我的新身份证，以后我必须随时带着。

我回到走廊上，到了新的房间，他们拿走我的衣服，而我必须光着身子蹲在那里，同时有一位女警拿着一支手电筒照亮我全身的每个孔窍。我拿到一套黄褐色的监狱服装——一条裤子，一件上衣——还有一双平底的白色球鞋，昵称"飞人凯布洛鞋"，向本郡郡长安卓雅·凯布洛致敬，然后是一只透明的塑料袋，袋子里面有一支小指大小的透明牙刷，一个小而透明的止汗剂，透明的洗发精，还有白色的牙膏。盥洗用具都是透明的，这是为了让囚犯更难把毒品藏在容器里。牙刷很小，所以在这玩意儿免不了被做成小刀的时候，效果会比较差。

如果我想要有额外的盥洗用具，像是润丝精、护手霜或护唇膏，我必须向监狱福利社购买。翘唇牌护唇膏美金一块一，乳液两块两角一分。我也可以买比较好的网球鞋，价格从二十八块到四十七块不等。

接下来是护士办公室，她检查了我瘀青的眼睛，肿胀的脸颊，还有割伤的头。然后我必须回答例行的医疗问题，同时打肺结核预防针；对于监狱人口来说，这永远都是最大的顾虑。护士在精神状况评估的部分犹豫了一阵，或许她正试图判定我是不是那种会冲动的女人——好比说用漂白过度的床单吊死自己。

护士做完我的医疗评估表了。然后在狱警护送下，我沿着空心砖墙走廊走到电梯间。他猛然按下九楼的按钮，那里关的是还没受审的女性。我有两个选择，一九一区或一九二区，我被分配到一九二区。

未受审区里一次有六十到八十个女人被关在一起，每一区有十六间牢房，一间牢房关了两三个女人。

我被带到一间只关了另一个女人的牢房,她的名字是艾瑞卡·李德。她现在睡在上铺,把她的个人物品放在下铺,我可以在那张同时权充书桌的厚木条桌面上安顿下来。

第二道金属门在我背后关上,艾瑞卡开始咬着她变色的指甲,露出一排变黑的牙齿:她安非他命(一种能令人上瘾的兴奋剂药品)上瘾,这解释了她那张苍白凹陷的脸,还有细直脆弱的棕色头发。

"你是警察?"她立刻问道,听起来非常兴奋,"每个人都说我们这来了个警察!我希望你就是那个警察!"

那时我明白了,我扯上的麻烦比我原先想象的还严重。

第二十二章

要跟华伦与巴比谈话，警督杰拉德·汉米尔顿的口气不怎么热烈，反而比较像是认命。他手下的一名巡警卷入一起"不幸事件"，调查团队当然必须访谈他。

出于礼貌，华伦跟巴比到他办公室去见他。他握了握华伦的手，接着跟巴比打招呼的时候动作更亲密，一只手还抓住他的肩膀，显然男士们彼此认识。华伦很感激有巴比在场——若非如此，汉米尔顿可能就不会这么受同事关爱了。

她让巴比带头说话，同时她仔细观察着汉米尔顿的办公室。麻州州警热爱他们军队似的阶级观念，此事恶名昭彰。如果说华伦的现代化办公室装潢得犹如一般的公司行号，那么汉米尔顿的工作空间就会让她想起一位正在崛起的政界候选人。有木头镶板的墙壁上挂着汉米尔顿跟麻州所有政界要人的合照，全都装在黑色相框里面，其中有一幅特别大张的快照，是汉米尔顿跟麻州共和党参议员史考特·布朗的合照。她瞥见一张麻州大学安默斯特分校的毕业证书，另一张则是FBI学院的结业证书。一对让人印象深刻的鹿角架在警督的桌子上方，显示出他打猎的高超本事；要是这招不奏效，还有另一张照片显示汉米尔顿穿着绿色的工作服和橘色的打猎背心，站在刚打到的猎物旁边。

华伦没有花太长时间去看那张照片，她有一个感觉，华伦的宝宝是个素食主义者。红肉很糟糕，但从另一方面来说，干巴巴的营养谷片听起来是好东西。

"我当然认识李欧妮巡警。"汉米尔顿这时开口了。他是个相貌出众的资深警官，身材修长，有着运动员的体格，深色头发从鬓角附近开始泛灰，多年来在户外奔波的生活让脸永远地晒黑了。华伦敢打赌，年轻男警官会公然对他表示仰慕，年轻女警官则会偷偷地觉得他很性感。泰莎·李欧妮也是其中一员吗？汉米尔顿有没有回报这番青睐呢？

"一名好警察，"他平静地继续说下去，"年纪轻轻，却很有能力，没有肇事或被投诉的记录。"

汉米尔顿在桌上摊开泰莎的档案，他确认泰莎在星期五跟星期六晚上都有值大夜班，然后他跟巴比一起回顾她的勤务日志。对于华伦来说，大半的日志都没有意义。调查警探追踪的是侦办中的案件、结清的案件、逮捕令或搜索令，还有访谈等等。巡警呢，除了其他杂务之外，他们追踪的是汽车临检、交通罚单、接电话出勤、送出传票、扣押财产，还有一大堆支持工作。在华伦看来，这不怎么像是警务工作，反而比较像是打篮球。显然巡警要不是在造访某人，就是在协助其他巡警造访某人。

无论是哪一方面，泰莎都有特别丰富的勤务日志，就连星期五跟星期六晚上都是。光是星期六的大夜班，她就开出两张酒醉驾车罚单，而且在第二个案件中不只是把驾驶员带去关起来，还安排了嫌犯车辆的拖吊作业。

巴比皱起脸。"看到申请文件没有？"他说着，敲敲那两份酒醉驾车罚单。

"几小时前从警监那里拿到的。写得很好。"

巴比望着华伦，"那么她在星期六晚上肯定没有脑震荡。我就算清醒得不得了，都很难完成这些表格，在头部严重受创的状况下更不用说了。"

"星期六晚上她有接到任何私人电话吗？"华伦问警督。

汉米尔顿耸耸肩。"州巡警巡逻的时候不只带着由他们部门统一分发的呼叫器，也带着自己的手机。任何种类的私人电话她都有可能接到，不过在官方频道上什么都没有。"

华伦点点头，她很讶异州巡警居然可以带着自己的手机。许多执法单位都禁止个人用手机，因为通常最早赶到现场的制服警察有用个人手机拍下私人照片的倾向。也许他们认为轰掉自己脑袋的家伙很好笑。然而从法律观点来看，犯罪现场的任何照片都是证据，要完全向被告方面公开。这就是说，要是有任何这样的照片在案件判决之后浮上台面，光凭这个就有理由申请审判无效了。

检方可不太喜欢有这种事情发生。这种状况很容易变得糟糕透顶。

"李欧妮有被申诫过吗？"这时华伦问道。

汉米尔顿摇摇头。

"有没有请过很多天事假？她是个年轻妈妈，有半年都跟一个小孩独处。"

汉米尔顿翻了一遍那份档案，然后摇摇头。"很值得敬佩，"他这么评论道，"要同时满足工作要求跟家庭需要很不容易。"

"阿门。"巴比低声说道。

他们两个人听起来都很诚心，华伦咬着她的下唇。"你对她的认识多深？"她突然问这位警督，"有没有培养团结精神的活动，或大家一起喝一杯聚一聚之类的事情？"

汉米尔顿终于迟疑了。"我不算真的认识她，"最后他说道，"李欧妮巡警与人保持距离这件事是出了名的，她有两份工作表现报告提到这件事。她是个工作扎实的警员，非常可靠，显示出良好的判断力；但在社交方面一直很疏离，这是某种隐忧的来源。就算是大半时候单独巡逻的州巡警，还是必须感觉到团体的凝聚力，要能够确定你的同事会掩护你。李欧妮巡警的同事对她的专业表现心存敬意，但没有人真的觉得认识她这个人。然而在这个工作上，专业与个人生活的界线很容易就模糊掉……"

汉米尔顿的声音戛然而止，华伦知道他的重点何在，而且很感兴趣。执法并不是白天做完就算了的工作，你不能光是打卡、值勤，然后就脱手交给你的同事。执法是一种使命，你奉献给你的工作，奉献给你的团队，并且让自己顺应这种生活。

华伦曾经怀疑泰莎有没有太亲近某位同事，甚至某位长官，像是这位警督。但实际上听起来，她的问题在于不够亲近他人。

"我可以问你一个问题吗？"汉米尔顿突然问。

"我？"大吃一惊的华伦眨着眼望着这位警督，然后点点头。

"你跟你的警探同事有兄弟情谊吗？拿着啤酒，大家一起分享冷掉的比萨，在另一个人家里看比赛？"

"当然。可是我没有家庭，"华伦指出这点，"而且我年纪比较大。泰莎·李欧妮……你现在讲的是一个年轻漂亮的妈妈，应付的是清一色男警员的营区。她是你麾下唯一的女巡警，对吧？"

"在佛莱明汉是这样。"

华伦耸耸肩，"警界并没有很多女性，如果李欧妮巡警没有感觉到兄弟爱，我想实在不能怪她。"

"我们从来没接到任何性骚扰投诉。"汉米尔顿立刻说明。

"并不是所有女人都喜欢做文书工作。"

汉米尔顿并不喜欢这种主张。他的脸拒人于千里之外，让人望而生畏，甚至显得严厉。

"在营的层级，"他很简洁地说明，"我们鼓励李欧妮的长官制造更多机会，让她觉得有归属感。我们就说结果好坏参半吧。毫无疑问，在一个男性占优势的组织里当唯一的女性很辛苦；另一方面来说，李欧妮自己看起来也无意搭起友谊的桥梁。讲白一点，她被视为独行侠，就算是设法跟她做朋友的警官——"

"像是里昂斯巡警?"华伦插嘴。

"像是里昂斯巡警。"汉米尔顿表示同意,"他们试过,也失败了。团队合作是要赢得你同事的心灵和脑袋支持,在那方面,李欧妮巡警只做到了一半。"

"说到心灵与脑袋,"巴比听起来充满歉意,就好像他很抱歉把警督贬低到三姑六婆的层次一样,"有没有人回报李欧妮跟另一位警官有染?或哪位警官可能对她有兴趣,不论她有没有响应对方?"

"我问了一下,李欧妮巡警最亲近的熟人似乎是谢恩·里昂斯巡警,不过这层关系多半是通过丈夫而非李欧妮。"

"你认识他吗?"华伦好奇地问道,"那位丈夫,布莱安·达比?或她女儿苏菲?"

"他们两个我都认识。"汉米尔顿严肃地回答,让她很惊讶,"在这几年的几次野炊跟家庭集会里认识的。苏菲是个漂亮的小女孩。在我记忆中,她非常早熟。"他皱起眉头,似乎在跟他心里的某件事情角力。"旁人可以看出来,李欧妮巡警非常爱她,"他突然这么说,"至少,我看到她们在一起的时候总是这么想。泰莎抱着她女儿,对她充满爱意的样子。一想到……"

汉米尔顿望向别处。他清清喉咙,然后在他面前的桌子上双手交握。"这是很可悲,很可悲的事情。"警督没有特定对象地喃喃自语。

"那么布莱安·达比怎么样?"巴比问道。

"我认识他的时间比泰莎还久。布莱安是里昂斯巡警的好友,他早在八九年前就会出现在那些野炊场合,甚至还跟我们一起去看过几次波士顿棕熊队的比赛,偶尔也会出席扑克牌之夜。"

"不知道你跟里昂斯巡警这么熟呢。"华伦这么说,扬起一边眉毛。

汉米尔顿严肃地看她一眼。"如果我手下的巡警邀我去一个聚会,我总是会设法出席。同胞情谊很重要,更不用说这些非正式聚会对于保持巡警与指挥阵营之间的沟通管道有多么重要了。刚才提过,一年里可能有过三四次,我会参与里昂斯巡警跟他口中的'同好会'活动。"

"你对布莱安有什么看法?"巴比问道。

"他会看曲棍球,也喜欢红袜队。这让他在我心中成了个堂堂正正的男人。"

"常跟他说话吗?"

"几乎没有,我们大多数的出游都是男性联络感情的各种活动——看比赛、进行比赛,或在某个比赛下注。而且,没错,"他转向华伦,好像已经预料到她会抗议了,"这些活动可能会让李欧妮巡警觉得被排除在外,虽然就我记忆所及,她也看红袜队比赛,很多场都是全家出席。"

华伦脸色一沉,她讨厌自己这样容易被看透。

"还有李欧妮巡警的酗酒问题,"巴比平静地问道,"曾经浮上台面过吗?"

"我知道状况,"汉米尔顿同样平静地回答,"就我所知,李欧妮成功地完成戒酒十二步骤,一直维持着成果。我要再说一次,她没有任何肇事或被投诉的记录。"

"那她十六岁时射杀别人的事情怎么说?"华伦问道。

"那件事,"汉米尔顿沉重地说,"会让我们很难看。"

他的发言这么直率,让华伦冷不防吃了一惊。她想了一下,然后就懂了。媒体会更深入地挖掘波士顿这位最新的蛇蝎女郎,然后要求知道州警当局在想什么,竟然雇用一位已经有过暴力前科的巡警……对,警督有很多事情必须解释。

"听着,"现在这位指挥官说道,"李欧妮巡警从来没有因为任何罪名被起诉,她符合我们所有的选拔条件,拒绝她的申请——那会是差别待遇。而且就记录上来说，她以非常出色的成绩通过警察学院的课程，在值勤时表现堪称模范。我们不可能知道，也不可能预期……"

"你认为她做了这件事吗？"华伦问，"你认识她丈夫，还有她的孩子，你认为泰莎杀了他们两个吗？"

"我想，我在这个工作上做得越久，就越是见怪不怪。"

"有人讲起她跟布莱安之间的婚姻问题吗？"巴比问道。

"我会是最后一个知道的人。"汉米尔顿向他保证。

"她在行为上有注意得到的变化吗，特别是过去三星期内？"

汉米尔顿把他的头歪向一边。"为什么说是过去三星期内？"

巴比只管仔细观察他的上级长官，但华伦明白他的意思。因为布莱安·达比三星期前才回到家，而他的个人教练说，他从上一趟出海回来之后就对生活不太满意。

"我想到一件事，"汉米尔顿突然说道，"跟李欧妮巡警无关，只跟她丈夫有关。"

华伦跟巴比彼此互瞥一眼。

"大约是六个月前，"汉米尔顿继续说下去，并没有真正看着他们，"我想想……是在十一月。应该没错。里昂斯巡警安排大家到快活林赌场去玩一趟。我们很多人都参加了，包括布莱安·达比。我个人看了一场秀，在赌场里花掉五十块，就这样结束一晚。可是布莱安呢……时间到的时候，我们没办法带他走。再一局、再一局、玩完这局就好。最后他跟里昂斯吵起来，谢恩动手拖着他走出赌场的地盘。其他人一笑置之。可是……在我看来事情很明显，布莱安·达比不该再去快活林赌场。"

"他有赌博问题？"巴比皱着眉头问道。

"我会说他对赌局的兴趣显得高出平均值。我会说，要是谢恩没把他从轮盘赌桌旁边拖走，布莱安现在还会坐在那里，看着数字转个

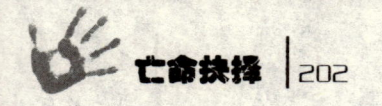

不停。"

巴比跟华伦交换了一个眼神,要是布莱安的银行账户里没放着五万块,华伦会比较喜欢这个故事。上瘾的赌徒通常不会有五万块存款,他们还是专注地看着这位警督。

"谢恩跟布莱安最近有去快活林赌场吗?"巴比问。

"你得去问里昂斯巡警。"

"李欧妮巡警有没有提过任何经济压力?要求多值几个班,更多加班时间,或诸如此类的事?"

"从勤务日志来看,"汉米尔顿缓缓说道,"她最近上班时数是比较长的。"

可是银行里有五万块呢,华伦想着。银行里有五万块的时候,谁会需要加班啊?

"另外还有一件事,你们或许应该知道,"汉米尔顿平静地说,"我要你们了解,这个完全不能列入记录,而且这件事可能跟李欧妮巡警完全无关。不过……你们提到过去三个星期,而事实上我们刚好在两星期前发动一个内部调查:有个外部稽核员发现工会账户内的基金有不当的挪用。这位稽查员相信基金很有可能是被内贼盗用了,我们现在正试着弄清楚那些钱的下落。"

华伦瞪大了眼睛。"你真好心,告诉我们这件事情,而且是这么快就自愿提起。"

巴比赏她一个警告性的眼神。

"我们现在谈到的是多少钱?"他用比较讲理的口气问。

"二十五万美金。"

"两星期前不见了?"

"对。可是盗用公款是从十二个月前开始的,有一连串付给某家保险公司的账款,结果那家公司根本不存在。"

"可是支票被兑现了。"巴比说道。

"每张都兑现了。"汉米尔顿回答。

"谁签署那些支票的?"

"很难分辨。可是全都是存到康乃迪克州的同一个银行账户里,那个账户在四个星期前结清了。"

"那个假保险公司是空壳,"华伦这么认定,"设立出来就为了收钱,收了二十五万美金之后就关闭了。"

"调查人员是这么认为的。"

"银行一定有信息可以提供给你,"巴比说道,"所有交易都是通过同一家银行吗?"

"银行已经充分合作了,他们交给我们一段影片,一个戴着红色棒球帽和墨镜的女人去结清了账户。这变成内部调查组最重要的线索——他们在找一个了解州警工会内部信息的女人。"

"就像是泰莎·李欧妮。"华伦低声嘟囔。

警督没有争辩。

第二十三章

如果你想置某人于死地，监狱是下手的完美地点。沙福克郡监狱只有最低限度的安全措施，但这不表示这里没有暴戾的犯人。在高度戒备的州立监狱里刚坐完二十年牢的已定罪谋杀犯，可能会在这里结束他或她在郡内的刑期——服完杀人罪以外的十八个月盗窃罪或一般伤害罪刑期。我的室友艾瑞卡关在这里可能是因为贩毒、诈骗或轻微的盗窃罪；也有可能是因为杀死了最后三个企图拆散她跟安非他命的女人。

在我问起这个问题的时候，她只是露出微笑，秀出两排黑黑的牙齿。

一九二区收容了另外三十四个跟她一样的女人。

身为尚未受审的被拘留者，我们跟一般受刑人是分开的；在这个封锁区域里，我们有食物吃，有护士照料，还有电视节目可看。但这个区域里有很多混合活动，制造出很多诉诸暴力的机会。

艾瑞卡告诉我一天的时间表。早上七点钟是"点名时间"，那时狱警会来点人头。然后我们会在我们的囚室里用早餐，接着是两小时的"休闲时间"——我们可以离开我们的牢房，不带镣铐绕着这一区走来走去，也许待在公共区里看电视，也许去洗澡（在公共区右边有三个淋浴间，每个人都可以饱览春光），或是踩那台"嘎吱"作响的脚踏车。

我很快就明白，大多数女性会在这一区中央那些不锈钢圆桌上打发时间，玩牌或聊八卦。某个女人会加入某张桌子，听到一个谣言，然后再分享两个，接着拜访某位邻居的囚室，在那里当报道重大消息的第一人。然后女性们在桌子与桌子、囚室与囚室之间到处串门子。整个气氛让我想起夏令营：每个人都穿着一样的衣服，睡大通铺，而且老想着男生。

早上十一点，每个人都回到她们被分配到的牢房做第二轮点名，接着就是午餐。然后是更多的休闲时间。三点再度点名，大约五点吃晚餐。最后一次点名时间是十一点，然后就熄灯了。熄灯不代表安静，在监狱里根本没有所谓的安静时间，而在同时关了男人跟女人的矫正机构里，更是绝无宁日。

我很快得知，女性占据了沙福克郡"高塔"的最高三层楼。某位有进取心的女性（或男性，我这么猜想）判定高楼层的水管跟低楼层是相连的。这表示一位女性拘留者——好比说我的室友艾瑞卡——可以把她的头伸进白色陶瓷洗手台，设法跟楼下的随便哪位男性"聊聊"。

受刑人可以跟不同区的人交流，还在等待审判的女性拘留者对一般男性囚犯示意，或者反过来。所以很有可能全监狱的人都知道我来了，而且某一区里缺乏经验的被拘留者可以从别区比较强悍的受刑人那里得到协助。

我纳闷的是事情会怎么样发生。

比方说，趁着我们全区的人被护送到九层楼下，到达较低楼层的图书馆时。或是趁我们去健身房的那几回，或者在访客时间，那时候也会有团体活动，在一个塞了一打桌子的大房间里，大家龙蛇杂处。

一个同病相怜的受刑人轻轻松松就可以跨坐在我旁边，用自制小刀戳穿我的肋骨，然后消失无踪。

意外是会发生的，对吧？在监狱里尤其如此。

我尽全力想了个透彻。如果是我，一位女性拘留者企图撂倒一个训练有素的警察，我会怎么做？

三思之后，我想也许不必诉诸暴力。第一，一个警察应该能够抵抗攻击。第二，全区动员的那几个时机——走到图书馆或健身房或接见访客——我们都是由特殊紧急应变部队护送，他们是一群装备笨重的狱警，准备好一接获通知就大干一场。

不，如果是我，我会选择下毒。

历史悠久的女性武器首选，不难偷渡进来，每个被拘留人每星期都可以在福利社里花五十美元。

大多数人似乎把她们的钞票花在泡面、网球鞋跟盥洗用品上。要是有外界援助，不难在泡面调味包或刚买的护手霜盖子等等物件里藏点老鼠药。

只要稍微声东击西一下，艾瑞卡就可以把药撒进我的晚餐里。或是晚一点，在外面的公共区里，趁着另一个被拘留者席拉给我的花生酱抹土司的时候下手。

砒霜可以融合到乳液、洗发精或牙膏里。每次我润滑我的皮肤，洗我的头发，刷我的牙……人就是这样发疯的吗？了解到你可能会有的各种死法？

要是你疯了，在乎的人少到什么程度？

晚上八点二十三分，在围着粗栏杆的窗户前，我独自坐在一张薄薄的席子上，太阳早就下山了。

我往外瞪着玻璃后面冰冷刺骨的黑暗，同时在我背后，那从不间断的日光灯却照得太过明亮。

就在那一刻，我真希望我可以折弯这些栏杆，打开高处的窗户，然后从波士顿这个动荡城市的九层楼高处往外踏进寒冷清新的三月夜色里，看看我能不能飞起来。

放手让一切飞走，落入外面的黑暗之中。

我用手压着玻璃，瞪着深沉黑暗的夜晚，同时纳闷着苏菲是不是也在某处凝望着同样的黑暗。她是不是可以感觉到我努力要找到她，她是不是知道我还在这里，知道我爱她，而且我会去找她。她是我的苏菲，我会去救她，就像她把自己反锁在后车箱的时候，我也救了她。

但首先，我们两个必须勇敢。

布莱安必须死去。星期六早上，在我家厨房里，那个男人是这样告诉我的。布莱安是个非常坏的男人，他必须死。但苏菲跟我可以活下去，只要我照着吩咐做就好。

苏菲在他们手上。为了要回她，我会顶下杀死我丈夫的罪过。关于这件事，他们甚至出了几个主意。我可以布置一下，辩称这是自卫杀人。布莱安人死不能复生，不过我会脱身，苏菲则会奇迹般地被找到，回到我身边。我可能必须辞去警职，可是，嘿，我还拥有我女儿啊。

当时我站在厨房中央，枪声在我耳朵里嗡嗡作响，火药跟血液的味道仍然刺激着我的鼻孔，这笔交易看起来很好。我会对每件事、对任何事都说好。

我只要苏菲。

"拜托，"我那时在恳求，在自己家的厨房里恳求，"别伤害我女儿，我会照做，只要让她平平安安的就好。"

现在呢，当然，我开始了解到我那时候多愚蠢。布莱安非死不可，而且还要有另一个人为他的死亡受罪？如果布莱安必须死，为什么不弄坏他的刹车，或是趁他下次去滑雪的时候制造"意外"就好？布莱安大多数时候都是自己一个人；除了射杀布莱安、叫他老婆顶罪以外，穿黑衣的男人还有很多别的做法。为什么要那样做？为什么找上我？

苏菲会奇迹般地被找到吗？会怎么出现？在某间大型百货公司里徘徊，还是也可能在一个高速公路休息站醒来？警方一定会盘问她，

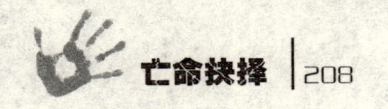

然而小孩子是出了名不可靠的证人。也许那个男人可以把她吓到什么话都不说，可是干吗要冒那个险呢？

更不要说我女儿一旦回到我身边，我有什么动机要保持沉默？也许那时候我就会报警了。为什么要冒险？

我想得越多，就越觉得能够连开三枪杀人的狠角色，不可能冒不必要的风险。

我想得越多，就越觉得能够连开三枪杀人的狠角色，心里盘算的要比他口头承认的还多。

布莱安做了什么？他为什么非死不可？

而在他生命中的最后一秒，他是否明白，他几乎也毁了我跟苏菲？

我感觉到那些铁栏杆压在手的两侧，跟我本来假定的不同，栏杆不是圆的，而是做成类似直式百叶窗片的形状。

我现在明白了，那个男人希望我待在监狱里。他，还有他肯定正在效力的对象，都希望我别碍事。

三天以来，我第一次露出微笑。

结果他们要替自己找来一个小惊喜了。因为在这个血腥事件的余波之中，虽然我的耳朵"嗡嗡"作响，还吓得瞪大了眼睛，我却明白一件事。我必须争取时间，必须放慢事情进行的速度。

五万美元，我向刚刚杀死我丈夫的男人出价。如果他给我二十四小时"把我的事情理清楚"，我就给他五万美元。如果我要顶下杀夫罪名，最后去坐牢，我必须替女儿先做好安排。我这么告诉他。

也许他不信任我，也许他曾经心存疑虑，但五万美元毕竟是五万美元，一等到我向他解释我可以把布莱安的尸体摆在冰块上之后……

他那时候很佩服，不是震惊，而是佩服。一个能够用雪保存亲夫尸体的女人，显然就是合他口味的那种女孩。

那个没有名字的打手就这样接受了五万美元，而我得到"让我自圆其说"的二十四小时，作为回报。

结果显示，人在二十四小时内可以做的事情很多。如果你这种女人可以平心静气地铲雪，埋住一个承诺要爱你、照顾你、永不离开你的男人，能做的事情就更多了。

我现在没有想布莱安，我还没准备好，往那里想我会受不了。所以我专注于最重要的事。

你爱的是谁？

那个打手是对的。人生到最后就是这件事。你爱的是谁？

苏菲，在外面某处，在同样的黑暗中，我女儿在那里。她六岁大，有张心形脸蛋，大大的蓝眼睛，还有一个缺牙的微笑，能量强大到可以让太阳发光发热。

布莱安已经为她而死，现在我必须为她活下去。

为了要回我女儿，什么都可以。

"我来了。"我悄悄说道，"要勇敢，甜心，要勇敢。"

"什么？"艾瑞卡在上铺说道，她在那里心不在焉地翻动着扑克牌。

"没什么。"

"窗户不会破的，"她说，"没办法从那里逃出去啦！"艾瑞卡"咯咯"发笑，就好像她刚才讲了个很棒的笑话似的。

我转向我的室友。"艾瑞卡，公共区的付费电话——我可以用那个来打一通电话吗？"

她不玩牌了。

"你想打给谁？"她颇有兴趣。

"魔鬼克星。"我一本正经地回答。

艾瑞卡再度"咯咯"发笑，然后她把我要知道的事情告诉了我。

第二十四章

巴比想停下来吃晚餐，华伦却不想。

"你必须更努力照顾自己。"巴比这么告诉她。

"而你必须停止过度体贴！"在他们开车穿过波士顿街头的时候，她厉声回嘴，"我以前就不喜欢，现在还是不喜欢。"

"不行。"

"你说什么？"

"我说不行。而且你不能逼我。"

华伦在副驾驶座上扭转身体，直到她可以直接对他怒目相向为止。"你应该知道大家总是期待孕妇显得荷尔蒙过剩又疯疯癫癫，也就是说我现在可以宰了你，而且只要陪审团里有一个做母亲的，我就不用坐牢了。"

巴比露出微笑。"喔，安娜贝尔以前说过同样的话！"

"喔，看在老天的分上——"

"你怀孕了，"他打断她的话，"男人喜欢对孕妇过度体贴，这让我们有点事情可做。我们私底下也热爱宠坏小婴儿。哇，等你第一次带着婴儿去见你组员的那一天……我打赌菲尔会织一双毛线婴儿鞋。奈尔嘛……我猜他会提供卡通 OK 绷，还有小宝宝的第一顶脚踏车安全帽。"

华伦瞪着他，她还没想过毛线鞋或带小孩上班这种事。她还在努力接受这个婴儿,更不要说是带着婴儿的生活了。

她刚才接到艾利克斯的简讯:听说逮捕的事了,这一仗其他部分进展如何?

她还没回。她还不知道要说什么。没错,他们已经逮捕了泰莎·李欧妮,不过他们还没找到六岁大的苏菲。而太阳已经第二次下山了,从第一次发布安珀警戒到现在已经过了三十六个小时,但如果从苏菲失踪算起,可能已经过了整整两天。只是安珀警戒很可能根本无济于事。很可能泰莎·李欧妮已经杀了她全家人,包括苏菲。

华伦并不是在侦办一个人口失踪案;她是在领导一个谋杀案调查,目的是找回一个孩子的尸体。

她还没准备好去想这件事,还没准备好面对艾利克斯温柔却总是一针见血的问题。她也不知道要怎么从那种对话直接往下接着说,喔对了,我怀孕啰,你还没听说这件事吧,不过巴比·道奇全都知道了,先前有个女性杀人嫌犯告诉他了。

正是这类状况让华伦成了一个工作狂,因为找到苏菲,证实泰莎的罪行会让她好过些。然而把世界的新秩序告诉艾利克斯,只会让她跌落进更深的兔子洞。

"你需要的是一份色拉三明治。"巴比现在说道。

"Gesundheit(祝你健康)。"华伦这么回答。

"安娜贝尔怀孕的时候超爱这一味,是肉的问题,对不对?你受不了肉味。"

华伦点点头。"对我来说,蛋也无法制造奇迹。"

"所以你应该尝试地中海式饮食,它有非常多种类繁复的素食。"

"你喜欢色拉三明治吗?"华伦很怀疑。

"不,我喜欢大麦克,不过那现在对你来说可能行不通——"

华伦摇摇头。

"所以就是色拉三明治了。"

巴比知道一个地方，显然是安娜贝尔的最爱。他进去点餐，华伦则待在车里避开厨房的味道，同时补听语音留言。一开始她先回电给菲尔，要他报告布莱安·达比的经济状况，并且更深入挖掘他的其他账户或交易，有可能是以某位家人的名义申请，或用了假名。如果达比有赌博习惯，他们应该能够看出此事对他银行账户的影响——会有大笔金钱进出，也可能有一连串在快活林、金神或其他赌场的自动提款机现金提领记录。

然后她转向奈尔，他曾经在医院工作过。奈尔已经询问过泰莎的医疗记录，现在华伦想知道布莱安的记录。在过去十二个月里，有没有任何跌破膝盖的事件（华伦暗想道，也许是滑雪弄伤的）——也有可能是从长长的楼梯上跌落。奈尔很感兴趣，他说他会立刻开始查。

报案热线比较少接到目击苏菲的报案电话了，却有更多关于白色 Denali 车的电话。原来这个城市充满了白色休旅车，也就是说项目小组需要多余的人力去追踪所有的线索。华伦提议热线组把所有车辆目击线报，转给目前正在追踪休旅车最后几小时行踪的三人小队。她通知他们，这件事应该二十四小时进行，所有加班申请自动许可，他们要是需要更多人力，就抓更多警官来。

追踪布莱安·达比那辆休旅车的最后一趟路显然是优先事项——锁定星期六下午那辆 Denali 车到了何处，然后找出苏菲的尸体。

这个念头让华伦沮丧。她结束电话，转而凝视窗外。

这是个寒冷的夜晚。路人在人行道上匆匆走过，衣领翻起来紧贴着他们的耳畔，戴着手套的手深深埋在外套口袋里。还不见有雪，不过感觉就快要下了。一个冰冷阴湿的夜晚，很符合华伦的心境。

逮捕泰莎·李欧妮让她觉得不好过。她本来希望如此。这个女巡警让她心烦；她太年轻，又太冷静。太漂亮，又太脆弱。在华伦心中，这全都是糟糕的组合。

泰莎在对他们撒谎，她对她丈夫和女儿的事撒谎，而且要是汉米尔顿的理论正确,她对州警工会现在遗失的二十五万元也撒了谎。泰莎偷了那笔钱吗?那是她"新生活"的一部分吗?偷了二十五万,歼灭全家人,然后骑着马融入夕阳,年轻貌美又富有?

还是这一切会回到丈夫头上?他累积了一笔任何老实人都付不起的赌债吗?也许侵占州警基金是他的主意,她是被迫配合在背后支持她的男人。可是当她一拿到钱,领悟到她担起的全部风险,再考虑到彻底自由的诱惑之后……如果你可以把所有不法利润都留给自己,为什么还要交出去呢?

她也有个相当好的计划,把她丈夫诬陷成一个杀小孩、打老婆的人,然后以自卫为由除掉他。一旦尘埃落定,泰莎就可以静静地辞去警职,搬到另一州去,在那里当一个继承二十五万人寿保险金的寡妇。

华伦想着,要是法医没发现冷冻造成的细胞损伤,这个计划本来会成功的。

也许泰莎就是因此施压,要班放回她丈夫的尸体。她本来想彻底回避验尸,就算要验尸,也要让这件事进行得快一点。班会迅速进出解剖室,完成工作,然后就不会有人发现。

干得好,班,华伦这么想,然后发现自己精疲力竭。她今天还没吃东西,昨晚也没怎么睡。她的身体正在罢工,不理她了。她需要小睡一下,她需要打个电话给艾利克斯。

亲爱的上帝啊,她到底要怎么跟艾利克斯说?

车门砰然打开,巴比爬了进来。他捧着一个棕色纸袋,里面飘荡着各式各样奇怪的味道。华伦吸了一口气,这回她的胃总算不造反了。她吸了更深的一口气,就这样,她饿坏了。

"色拉三明治!"她下令。

巴比拍拍她的手,同时已经捞出那一包食物。"现在嘛,是谁在说男人不该过度体贴……"

"给我,给我,给我啦!"

"我也爱你,华伦,我也爱你。"

他们吃了饭。食物很好,食物就是精力,食物就是能量。

他们吃完的时候,华伦端庄地擦擦嘴巴,弄干净她的手,然后把垃圾放回棕色纸袋里。

"我有个计划。"她说道。

"这计划的一部分,是要让我回家见老婆小孩吗?"

"不。这计划的一部分是要前往里昂斯巡警的家,然后在他老婆小孩面前盘问他。"

"算我一份。"

她拍拍他的手,"我也爱你,巴比,我也爱你。"

里昂斯住在一栋20世纪50年代风格的朴素双层农舍里,跟布莱安·达比家相隔七个街区。从街道上看,这栋房子显得陈旧,却维持得很好。前院小小的,现在杂乱地摆着一堆塑料雪铲跟亮晶晶的雪橇。雪人的遗迹跟看似雪堡的东西在车道上排排站立,里昂斯的巡逻车则方方正正地停在车道上。

为了找停车位,巴比必须在那个街区绕上几圈。在一个车位都没有的状况下,他违法把车停在里昂斯的巡逻车后面。

在华伦跟巴比爬出车外的时候,里昂斯正站在前院里。这位雄壮威武的巡警穿着一条褪色的牛仔裤,一件厚重的法兰绒衬衫,还带着一脸不欢迎的阴沉怒色。

"干吗?"他用询问来打招呼。

"有几个问题要问。"华伦说道。

"在我家你就别想。"

华伦缓缓撤退,让巴比带头。他是州警同胞,更别提他多擅长扮白脸了。

"我们无意打扰。"巴比立刻开口,语气很能安抚人心。接着他信口开河,"刚才在达比家,我们想起了几件事,既然你就住在附近……"

"我不把工作带回家,"里昂斯红润的脸上仍然高度警戒,却没那么有敌意了,"我有三个孩子,他们没必要听说苏菲的事,现在这样他们已经够不安了。"

"所以他们知道她失踪了。"华伦开口了,他瞪了她一眼。

"他们的妈妈载他们去上学的时候,在广播上听到的,安珀警戒。"他耸耸他结实的肩膀,"哪里都避不开那些消息,我想整个重点就在这里。可是他们认识苏菲,他们不明白她可能会出什么事。"

他的声音变得比较粗哑了。"他们不了解,他们的超级警察爸爸为什么到现在还没带她回家。"

"那么我们就全都在同一条船上了。"巴比说道,他跟华伦设法推进到前门平台了,"我们想找到苏菲,带她回家。"

里昂斯的肩膀放松了,看来他的态度终于软化了。又过了一会儿,他打开门,示意他们进屋。

他们走进一个小小的门厅衣帽间,有木头护墙板的墙壁上挂满了外套,瓷砖地板上到处都是靴子。屋子很小,华伦只花了一分钟就弄清楚谁是这里的老大:三个年幼的男孩,年纪从五岁到九岁不等。他们挤进这狭窄的空间里欢迎来客,讲话时的兴奋压过彼此的音量。然后他们的妈妈,一个三十来岁、留着及肩棕色卷发的漂亮妇人,一脸恼火地逮住他们。

"睡觉时间到!"她通知这些男生,"回房间去,在你们刷过牙、换上睡衣之前,我不想再看到你们!"

三个男生盯着她看,纹丝不动。

"最后一个跑到楼顶的是臭鸡蛋!"最大的男孩突然喊了起来,然后三个人像火箭似的呼啸而去,彼此争先恐后地要第一个上楼。

他们的妈妈叹了口气。

谢恩摇摇头。

"这是我太太提娜。"他先做了介绍,提娜握了握他们的手,很有礼貌地面带微笑。可是从这女人嘴角周围的细纹,还有她出于本能望向丈夫,像是要得到保证的样子来看,华伦可以解读出一股紧张感。

"苏菲?"她悄声说道,这名字让她喉咙打结。

"没有消息。"谢恩轻声说道,然后把他的双手放在太太的肩膀上,华伦发现这种姿态真是非常感人,"我现在有些工作得做,可以吗?我知道,我说过我会安顿男孩子们上床睡觉……"

"没关系。"提娜自动说道。

"我们会在客厅里。"

提娜再度点头。他们跟着谢恩从衣帽间走进厨房的时候,华伦可以感觉到提娜的眼睛盯着他们。

她认为那女人看起来还是很担心。

厨房外面是一个小小的客厅。这里似乎一度是春夏秋三季通用的阳台,里昂斯补完了窗户部分,还装上一个小小的瓦斯暖炉来取暖。这个房间被装潢成粗犷的男子风格,有台大屏幕电视,两个特大号棕色活动躺椅,还有琳琅满目的运动纪念品。男人安乐窝,华伦这么推论,这位压力过大的巡警可以退居此处,缓解他一天的疲劳。

她疑惑地想,不知那位妻子是否有个同等级的工艺坊或 SPA 中心,因为她敢用自己的性命来赌,照顾那三个男孩比在一星期中的任何一天巡逻八小时都累人。

这房间其实坐不下三个人,除非你把堆在角落的懒骨头椅也当成座位,所以他们全都站着。

"很不错的家。"巴比说道,再度扮起白脸。

里昂斯耸耸肩膀。"我们是看上地点才买的。现在你看不出来,不过后面的草坪往下延伸到一个公园里,让我们有相当大的绿地。对烤肉会来说很棒,对那三个男孩子来说则非常必要。"

"没错，"华伦开口说道，"你办野炊很有名，泰莎跟布莱安就是这样相遇的。"

里昂斯点点头，什么话都没说。他的双臂交叉在胸前，华伦想着，这是一种防御姿势。或者，从肩膀跟胸前鼓起的肌肉来判断，也许是一种攻击姿势。

"我们跟警督汉米尔顿谈过了。"巴比先开始。

这是华伦的想象，还是里昂斯真的紧张起来了？

"他好几次提到你办的出游活动，你知道的——哥们儿晚上一起去看红袜队比赛，还有去快活林。"

里昂斯点点头。

"听起来布莱安·达比好像常常参加。"

"如果他在就会如此。"里昂斯说道，又一次意味不明的耸肩。

"告诉我们在快活林发生的事情。"华伦说道。

里昂斯瞪着她，然后把凝视的目光转回巴比身上。"你为什么不直接问我那个问题？"

"好吧。就你所知，布莱安·达比有赌博上瘾吗？"

"就我所知……"这位巡警突然叹了口气，松开交叉的双臂，往外一甩，"该死！"他说。

华伦认为那代表是。

"有多严重？"她问。

"我不知道。他不会跟我谈这种事，他知道我不赞成。可是大约半年前，泰莎打电话给我。布莱安出门工作了，楼上的浴盆有个地方漏水。我给她一个水管工人的名字，后来她跟那个人签约了。有几根水管要换，有些墙壁要补。把一切都打点好，估计要花个八九百块。但是她要从存款里提钱的时候，钱不在了。"

"不在了？"华伦复述了一遍。

里昂斯耸耸肩。"根据泰莎的说法，他们的存款应该有三万块，可是结果并没有。到头来我借给她钱去付给承包商。然后,等布莱安回来的时候……"

"出了什么事?"

"我们跟他对质,我们两个都在,泰莎希望我在场。她说,如果只有她一个人,听起来就像是老婆乱发牢骚,但如果是我们两个一起,布莱安的妻子跟挚友都说话了,他就非注意不可。"

"你们进行了赌博成瘾的'介入'治疗。"巴比说,"有效吗?"

里昂斯发出空洞的低吼:"有效吗?有效才怪,布莱安不但不承认他有问题,他还指控我们有染。我们两个联手对付他。全世界都要对他不利。"里昂斯摇摇头。"我是说……你以为你认识某个人。我们做了多久的好朋友啊?然后在某一天,他突然变了个人。对他来说,与其接受自己有赌博成瘾的问题,还有变卖平生积蓄来打发地下钱庄不是处世良方这两件事,不如先相信他的好友再勾引他老婆比较容易。"

"他向地下钱庄借钱?"华伦很尖锐地问道。

里昂斯瞪了她一眼。"根据他的说法,他没有。他说他领钱是为了付清那台 Denali 车的贷款。所以呢,我们全都坐在这里,这时冷静得不得了的泰莎拿起电话打到他们的银行去。这年头全都是自动语音系统了,事情再肯定不过,他们的汽车贷款还有三万四千元的欠款要打平。他就在这时开始大声嚷嚷,说我们显然有一腿,你自己猜这是怎么回事吧。"

"泰莎那时候怎么做?"

"恳求他,央求他在陷得太深之前寻求帮助,但他拒绝正视问题。所以到最后她说,如果他没有问题,那对他来说答应不赌博应该很容易,彻底不赌。他会远离快活林、金神大赌场或任何其他地方,他同意了,同意之前还先逼她答应不再见我。"

华伦扬起半边眉毛,注视着他,"听起来他似乎真的相信,你跟泰莎太亲近了。"

"上瘾者会把自己的问题怪罪给其他任何人，"里昂斯口气平稳地回答，"去问我老婆，我全都告诉她了。布莱安在家和不在家的时候，她都可以为我花的时间作证，我们之间没有秘密。"

"真的？那你为什么不早点告诉我们这件事？"华伦说道，"我反而回想起那一整段流利的说词，你说你对布莱安和泰莎的婚姻介入不深。现在呢，在二十四小时之后，你却是他们专属的介入治疗专家。"

里昂斯涨红了脸，他的拳头在他身体两侧握紧，华伦往下一瞄，然后……"狗娘养的！"

她抓住他的右手，把那只手朝着灯光方向一扯。里昂斯立刻举起他的左手，好像要把她往后推，但下一秒就有一把上膛的 Sig Sauer 顶着他的太阳穴。

"你敢碰她就死定了。"巴比说道。

两个男人都呼吸粗重，华伦就夹在他们两人中间。

这位巡警足足比巴比多了五十磅。他比较壮，而且作为一位巡官，对于街头斗殴更有经验。换成别的警官，里昂斯也许就会想冒险采取行动，觉得这个警官其实说得到做不到。

可是巴比的实战能力无人不知——他弹无虚发，其他警官可不会忽略这种事。

里昂斯慢慢后退，乖顺地站在那里，同时华伦用力把他有重击瘀伤的拳头拉到天花板的灯光下。

他右手的关节泛紫浮肿，有好几个地方的皮肤都擦伤了。

当巴比慢慢把他的武器放到旁边时，华伦的目光转向里昂斯脚上的铁头鞋。那个圆圆的鞋尖，符合泰莎臀部上的瘀伤，她的律师不准他们看的那个。

"你这狗娘养的，"华伦重复了一次，"你打了她，就是你把泰

莎·李欧妮打得遍体鳞伤。"

"我必须如此。"里昂斯用干脆的语气说道。

"为什么?"

"因为她求我这样做。"

根据里昂斯有所改进的新版说法,泰莎在星期日早上九点钟打电话给他,口气歇斯底里。苏菲失踪了,布莱安死了,都是某个神秘男子干的。她需要帮忙,她希望里昂斯过来,自己一个人,现在,立刻,马上。

里昂斯真的用跑着去的她家,因为他的巡逻车会太显眼。

他抵达的时候,发现布莱安死在厨房里,泰莎还穿着她的制服,在尸体旁边啜泣。

泰莎告诉他一个荒谬绝伦的故事。她巡逻完回到家里,把她的勤务腰带摆在厨房餐桌上,然后走上楼去察看苏菲,苏菲的房间是空的。泰莎才刚开始紧张,就听到厨房里传来一个声音。她冲回楼下,发现那里有个穿着黑色羊毛军式风衣的男人,用枪管顶着布莱安的头。

那个人告诉泰莎,他已经带走苏菲了。要救回她,唯一的办法就是照他的话做。接下来他就用泰莎的枪射了布莱安三枪,然后就走人了。

"你相信这种故事?"华伦难以置信地问里昂斯。他们现在坐在懒人椅上,要不是巴比把他的 Sig Sauer 手枪放在膝头上,这样显得还蛮亲密的。

"起初不信,"里昂斯坦承,"后来这就变成泰莎用来说服我的主要论点了。如果连我都不相信她的说法,还有谁会信?"

"你认为那个黑衣人是职业打手吗?"巴比皱着眉头问,"是布莱安的债主派他来的?"

里昂斯叹了口气,望着巴比。"布莱安练出一身肌肉,"他突然间说道,"为什么布莱安要练成大块头?你昨天问过这件事。"

巴比点点头。

"布莱安的赌博行为是一年前开始的，赌了三个月之后，有了第一次的小'插曲'。他欠的钱稍微多了一点，当他还在努力拟定还款计划的时候，就被赌场雇用的几个职业打手海扁了一顿。他隔周就加入健身房了，我想布莱安把健身当成他的自保对策。这么说吧，在泰莎和我跟他正面对话之后，他也没有停止去健身房。"

"他还在赌。"巴比说。

"我是这样猜想，也就是说，他会欠下更多债务，而那个枪手是来收账的。"

华伦对他皱起眉头，"可是他杀了布莱安，照我最近的了解，目标被做掉以后，债务可就很难还清了。"

"我想布莱安已经超过那个限度了。在我听起来，他似乎是惹错了人。他们不要他的钱，要他的命。可是他是一位州巡警的丈夫，这类谋杀可能引起不必要的注意。所以他们想到第二种情节，让泰莎本人变成嫌犯，引开所有人的注意，同时把工作完成。"

"布莱安是个坏男人，"华伦慢慢地复述一遍，"所以布莱安被杀了，苏菲被绑架了，这是为了让泰莎听话。"

"没错。"

"这是泰莎告诉你的。"

"我已经解释过了——"

华伦举起一只手要他安静，她已经听过这个故事了，但她就是信不过。而且这个故事是由一位已经骗过他们一次的警官同事说的，更是于事无补。

"所以说，"华伦回溯一遍，"泰莎慌了。她丈夫被她的枪射杀，她女儿被绑架，她看到女儿活着回来的唯一希望，就是对她丈夫的谋杀认罪。"

"对。"里昂斯很热心地点头。

"泰莎有个绝佳的计划：你毒打她一顿，然后她会声称是布莱安做的，她为了自保射杀他。这样她就能用这种方式认罪——符合她女儿的绑匪提出的条件——同时又不必坐牢。"其实这个部分对华伦来说有几分道理。从泰莎·李欧妮过去的经验来看，她是在发挥个人特长，好个聪明的女人！然而巴比却有问题要问里昂斯，"可是你真的，我是说真的把她打得遍体鳞伤，为什么？"

这位巡警脸红了，低头注视着他伤痕累累的拳头。"我本来下不了手。"他用一种闷住了的声音说道。

"那你怎么解释骨折的颧骨？"华伦问。

"她是女孩子，我不打女孩子。她也知道这点，所以她开始……在警察学院里，我们必须彼此对打，这是自卫训练的一部分。像我这样的大个子都很纠结，我们有兴趣成为警察，是因为我们有公平竞争的观念——我们不打女人，也不欺负弱小。"他望着巴比，"在警察学院里除外，在那里你突然就必须那么做。"

巴比点点头，假装他很了解。

"所以我们就互相讲对方的坏话，对吧？刺激对方采取行动，因为小个子如果真的要学到怎么防卫，大个子就必须开始认真动手。"

巴比又点点头。

"这么说吧，泰莎真的很会刺激别人。她说，一定要显得可信。受配偶虐待是积极抗辩，也就是说，举证责任落在她这边。我必须用力揍她，我必须让她……害怕。所以她开始煽动我，而且一直戳我痛处，等到她成功的时候……可恶……"里昂斯往外看着某样只有他看得到的东西，"有那么一刻，我真心想置她于死地。"

"可是你制止自己了。"巴比轻声说道。

他站直了身体，"对。"

"对你来说还真是以大欺小啊。"华伦冷冰冰地说道，这名巡警再度红了脸。

"你是在星期日早上这么做的？"巴比问道。

"早上九点，你会在我的手机上查到她的来电记录。我跑过去，我们做了该做的事情……我不确定，那时一定已经十点半了。我回到家里，她正式打电话报警，剩下的部分你们已经知道了。其他州巡警赶到，警督来了，那全都是真的。我想，泰莎跟我都希望安珀警戒可能会让事情有转机。整个州都在找苏菲，布莱安死了，泰莎被逮捕。所以这个男人现在可以让苏菲走了，对吧？就把她丢在一个巴士站什么的，泰莎做了他们要求她做的事，苏菲也应该毫发无伤。"

里昂斯听起来有点绝望，华伦不怪他。这个故事不怎么合理，而且随着时间一小时一小时的过去，她猜里昂斯也开始明白了。

"嘿，里昂斯，"她现在这么说，"如果你在星期日早上来到泰莎家，布莱安的尸体怎么会在那之前会被冷冻？"

"什么？"

"布莱安的尸体。法医判定他是在星期日早上之前被杀的，而且被放在冰上。"

"我听到检察官……做出某些评论……"里昂斯的声音变弱、消失，他傻乎乎地注视着他们，"我不懂。"

"她耍了你。"

"不是……"

"谢恩，星期日早上在泰莎家里没有什么神秘男子。事实上，布莱安很有可能是在星期五晚上或星期六早上遇害。至于苏菲……"

这名魁梧的巡警闭上他的眼睛，看起来好像连吞口水都有困难。"可是她说……这是为了苏菲。我们这样做……必须打她……才能救苏菲……"

"你知道苏菲在哪里吗？"巴比温和地问道，"泰莎会带她到哪去，你有任何想法吗？"

里昂斯摇摇头。"不，她不会伤害苏菲。你们不懂，泰莎绝不可

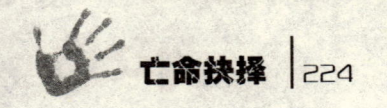

能伤害苏菲。她爱她,这根本……不可能。"

华伦很严肃地看着他,"那么你比我们想象的还笨。苏菲不见了,而且既然你现在是谋杀共犯,在我看来,泰莎·李欧妮似乎把你骗得团团转。"

第二十五章

巴比跟华伦没有逮捕里昂斯。巴比认为，更恰当的做法是让内部调查组发动州层级的调查，由他们来"压榨"里昂斯，会比波士顿警方更有效果。再加上内部调查组处于更有利的位置，能够指出里昂斯的行动跟他们的另一个重大调查——州警工会基金失踪案——有没有任何关联。

巴比跟华伦反而回到波士顿警局总部，要跟项目小组做晚间十一点的简报。

色拉三明治对华伦有天大的好处。当他们踏着沉重的大步，走上通往重案组的楼梯时，她的眼睛炯炯有神，脚步很急切。

他们现在跟目标很接近了。巴比可以感觉到这个案件在累积动能，带动他们滚向一个无可避免的结论：泰莎·李欧妮谋杀了她的丈夫跟小孩。

剩下来的事情就只有把案件的最后几块碎片归位——包括找出苏菲的尸身下落。

华伦跟巴比进门的时候，项目小组的其他警官都已经坐好了。菲尔看起来就像华伦一样活力十足，而且当然了，他要第一个报告。

华伦大步走向房间前端的时候，他就冲口说道："你是对的，他们没有五万块的存款——全部的钱都在星期六早上被提光了。先前我拿到初步报告的时候，这笔交易还没公告。然后听听这个十二天前钱

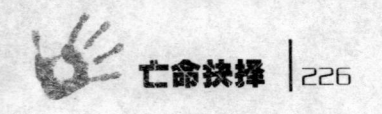

也曾经被提光,过了六天又存回去。这五万块还真活跃。"

"最后钱是怎么被提走的?"华伦问。

"银行支票,没有指定付款对象。"

巴比低声吹起口哨。"花个几分钱,就能充当强势货币了。"

"是男人还是女人结清了这个账户?"华伦问。

"是泰莎·李欧妮结的,"菲尔补充,"银行出纳记得她。她进行这笔交易的时候还穿着制服。"

"这是为了建立她的新生活,"华伦立刻说道,"如果到头来她因为杀夫得接受调查,共同资产可能会被冻结。所以她先把大钱抽走,藏到别处去。现在呢,你们愿意出多少钱打赌,我们如果找到那五万块,另外二十五万也会摆在旁边?"

菲尔对这个说法很好奇,所以巴比说出州警现在正在调查被侵占的基金。最佳线索是——结清账户的是一个戴着红色棒球帽与深色墨镜的女人。

"他们需要那笔钱,"菲尔说道,"稍微挖深一点就会发现,虽然布莱安·达比跟泰莎·李欧妮表面上看起来好好的,六岁的苏菲积欠的信用卡债却多到让你不敢相信。"

"什么?"华伦问道。

"你没听错。看来布莱安·达比用苏菲的名字申请了半打信用卡,用的是不同的邮政信箱。我发现,有超过四万两千元的卡债是在过去九个月里累积的。证据显示有几笔账单是一次性付清,但随后免不了出现大笔的预借现金,其中大多数都是在快活林提领的。"

"所以布莱安·达比确实有赌博成瘾的问题,这白痴。"

菲尔咧嘴一笑。"我只是想找点乐子,所以要找出布莱安的工作时间表跟预借现金日期之间的相互关联性。当然啦,苏菲只会在布莱安进港的时候提领大笔金钱。所以,没错,我猜布莱安·达比正在把他继女的未来赌光光。"

"最后一次交易是在什么时间？"巴比问。

"六天前。他在那之前付了一笔账单——也许就是那五万块第一次从存款里领出来的时候。他付掉了信用卡账单，然后回到赌桌上，接下来要不是赢了大钱，就是借了大钱，因为他有能耐在六天内把整整五万块归还到存款账户里。啊，等一下……"菲尔皱起眉头。

"不对，"这位警探更正他自己的说法，"他借了大钱，因为最后一次信用卡账单上显示有大笔预借现金交易，这表示在过去六天里，布莱安在债务中越陷越深，却还能够把五万块归还到他的存款里。他一定去借了私人贷款，也许是为了在妻子面前掩饰形迹。"

巴比望着华伦。"你知道，如果达比跟放高利贷的牵扯很深，他们可能就派了职业打手上门。"

华伦耸耸肩。她把里昂斯巡警更改过的供词告诉项目小组——泰莎·李欧妮在星期日早上打电话给他，声称有个神秘的打手绑架了她的孩子，还杀死她的丈夫。她得担下罪名才能救回她的孩子，谢恩·里昂斯当时同意助她一臂之力，把她打了个稀烂。

等她讲完之后，她大多数的调查员同事都露出同样的皱眉表情。

"等等，"奈尔开口了，"她在星期日打电话给里昂斯？可是布莱安至少在二十四小时之前就死了。"

"她忘记告诉他这回事了，而且还有更多证据显示她说谎成性。"

"我追踪了达比在星期五晚上的电话，"警探杰克·欧文斯开口了，"不幸的是，那通电话是打给预付卡手机，没办法确定通话者。不过，使用预付卡手机，就表示这个人不希望来电被监控——就像放高利贷的人。"

"然后布莱安最近遇到两次'意外'，"奈尔提供信息，"他八月时接受脸部多重挫伤的治疗，他归咎于登山意外。咱们来瞧瞧……"奈尔翻阅他的笔记，"这件事我是跟菲尔一起查的——对，布莱安九月到十月都出海了。十一月三日回来，然后十一月十六日又进了急诊室，这次是肋骨断裂，他说是修补自家屋顶漏水的时候，从梯子上摔下来。"

"留个记录，"菲尔开口说道，"苏菲·李欧妮的信用卡在十一月全都爆掉了。也就是说，要是布莱安积欠了债务，他不可能再用她的信用卡去还债。"

"有从个人账户里提款吗？"华伦问。

"我发现在七月曾提了一大笔钱——四万两千元。可是那笔钱在布莱安九月出海之前就补回去了，而且后来一直到前两个星期为止，我都没看到任何值得注意的大笔交易。"

"那次介入行动的结果，"巴比提出意见，"六个月前，泰莎跟谢恩当面质疑布莱安的赌博行为。泰莎发现，是因为突然少了三万块，他归还了那笔钱——"

"赢了大钱，还是借了大钱？"华伦低声嘟囔。

巴比耸耸肩。"后来他把他的习惯转入地下，利用一堆假信用卡，又把账单寄到别的邮政信箱去，这样泰莎就不会看到。直到两星期前，布莱安·达比显然瘾头又犯了，这回提领了五万元。泰莎或许发现了，这就解释了这笔钱为何在六天后迅速地存回去。"

"至于为什么她会在星期六早上领钱，"菲尔指出，"忘掉开创新生活这回事吧。在我看来，泰莎·李欧妮非常努力要保住旧有的存款。"

"她更有理由杀夫了，"华伦这么宣布。她走向白板，"好吧，谁认为布莱安·达比有赌博成瘾问题？"

整个项目小组都举手了。她表示赞同，把这个细节添加到他们破案用的白板上。

"好，布莱安·达比赌博，而且显然不是很行。他陷得够深，深到会积欠债务、申请假信用卡，或许还挨了本地打手几顿揍。然后呢？"

她手下的调查人员瞪着她看,她也瞪回去。

"嘿,别让我一个人享受所有的乐子嘛。我们假定泰莎·李欧妮的爱人把她打得遍体鳞伤,结果反而是一位警察同事干的,他觉得他是在帮她的忙。现在我们可以证实一半的故事了——布莱安·达比确实在赌博,布莱安·达比欠的债可能多到足以引来讨债专家。所以这让我们联想到什么呢?"

华伦写下一个新的标题:动机。

"如果我是泰莎·李欧妮,"她说明,"我发现我丈夫不但还在赌博,而且这狗娘养的烂人还用我女儿的名义积欠了上万块的信用卡债,光这样我就会宰了他。有趣的是,'我丈夫是个窝囊废'不是一种自卫杀人的积极抗辩理由,也就是说,泰莎最好还是要叫里昂斯毒打她一顿,辩称自己被揍。"

好几位警官赞同地点头,至于巴比,当然了,他戳出这个论证的第一个漏洞。

"所以她爱她女儿爱到会被信用卡债给惹毛,却还是杀了她?"

华伦噘起嘴。"我懂你的意思。"她望着房间里,"还有谁要说话?"

"也许她不是故意杀死苏菲,"菲尔提出他的看法,"也许这是意外,她跟布莱安吵了一架,苏菲夹在中间,也许苏菲的死变成杀死布莱安的另一个理由。只是现在她的家人死了,她丈夫是被她的配枪射杀的——自动展开的命案调查就在眼前,"菲尔补充道,"所以泰莎慌了,她必须想出一套可信的情节——"

"自卫杀人这招以前对她生效过一次,"巴比评论道,"汤米·何奥枪击事件。"

"她冻结丈夫的尸体以便争取时间,开车载走苏菲的尸体,然后在第二天早晨捏造一个故事,同时操纵谢恩·里昂斯和我们,牵着我们的鼻子走。"华伦做了结论,"星期日早上成了表演时间。"

"要是她在星期六早上提了五万块,是因为她发现布莱安又在赌

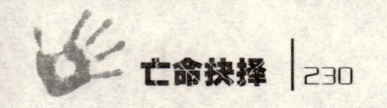

博了呢?"另一个警官开口了。

"布莱安发现了,或是她当面跟他对质,后来每况愈下。"

华伦点点头,在白板上写下一条新的笔记:支票到哪去了?

"会很难追踪。"菲尔提出警告,"支票没指定付款对象,表示这笔钱可能会在任何人名下存进任何银行,或拿给一个支票兑现代理商(译注:这种商家会在支票兑现日期到之前就收取支票,并且给持票者现金,但要抽比较高的手续费。急需现金的穷人或者企图洗钱的黑道人士常利用这种服务)变现。"

"对大多数代理商来说,这支票尺寸都很大。"巴比说道。

"但保证可以抽成,"菲尔反驳,"尤其如果她事先打电话,会有好几个支票兑现代理商愿意做这笔交易。银行支票跟黄金一样好,而且现在金融市场很紧绷。"

"如果是泰莎需要那笔钱呢?"华伦突然问道,"要是她有一笔钱得付?"

三十对眼睛盯着她看。

"这是另一种可能性。"她大声地表达她的想法,"布莱安·达比有赌瘾,他无法控制这个问题,就像沉船一样把泰莎和苏菲一起拖下水。现在呢,泰莎这个女人以前就曾经一度跌落谷底,她比较有见识。事实上,她加倍努力工作以便重建生活,特别是她女儿的生活。所以她能怎么做?离婚需要花时间,而且天知道布莱安在整个过程结束之前会毁掉她们多少财源。"

"也许,"华伦思索着,"也许是有个职业打手。也许是泰莎·李欧妮雇用了他——一个杀手,最后结束他丈夫悲惨的人生。只是这个黑衣人也拿出他自己的保单——苏菲·李欧妮——这样泰莎就不能一转头就逮捕他。"

巴比望着她,"我还以为你确信,她杀了自己的女儿。"

华伦的手无意识地摆在她的腹部。"我能跟你说什么呢?我年纪大了,心也变软了。此外,说一位妻子杀死她赌博成瘾的丈夫,陪审团会买账,可是一个妈妈杀死她的孩子,就比较难以置信了。"

她瞥了一眼菲尔。"我们必须追踪这笔钱,要确定就是泰莎领走的。查查看,你们在财务方面还能找到什么别的。至于明天,我们会打个电话给泰莎的律师,看看我们是不是可以再安排一次全新的谈话,待在监狱二十四小时会让大多数人变得多话。"

"电话热线又传来任何新消息了吗?"她问道。

一无所有,她的项目小组一致同意。

"白色 Denali 车的最后一趟行程呢?"她抱着希望试试看。

"根据燃料里程数来算,这辆车一直在波士顿方圆一百里范围内。"主导的探员这么回报。

"干得好。所以我们把范围缩小到多少?这个州的四分之一大吗?"

"差不多。"

华伦翻着白眼,放下白板笔。"还有其他我们必须知道的事吗?"

"枪。"从房间后面冒出来一个声音,是约翰·利托警探。

"枪怎么了?"华伦问道,"我最后知道的是,枪击调查小组已经把枪送去处理了。"

"我不是说泰莎的枪,"利托说,"是布莱安的枪。"

"布莱安有枪?"华伦惊讶地问道。

"他在两星期前提出执照申请,是克拉克手枪,我在他家或他车上搜到的证物清单里都找不到这把枪。"

那位警探很期待地注视着她,华伦回应了他的凝视。

"你是在告诉我,布莱安·达比有枪。"她说道。

"对,在两星期前申请执照。"

"也许健身再也不足以应付情况了。"巴比喃喃地说。

华伦对着他挥挥手,"哈啰,这里有个更大的整体问题。布莱安·达比有一把克拉克手枪,而且我们完全不知道这把枪在哪。警探，这可不是小事。"

"枪支执照才刚下来，"利托警探带着防御心态反驳，"我们最近的绩效有点退步。你没看报纸吗？世界末日大决战要来了，显然半个城市的人都打算拥枪自保。"

"我们需要那把枪，"华伦用很利落的声音说道，"首先，如果就是那把枪杀死苏菲·李欧妮会怎么样？"

整个房间都静了下来。

"就是这样，"她说，"别再空口说白话，别再提理论了。我们有个死掉的州巡警之夫，还有个失踪的六岁孩子。我要苏菲·李欧妮，我要布莱安·达比的枪。而且要是证据引导我们达到我们认为可能成立的结论，那么我希望，我们能让这个案件真他妈滴水不漏地成立，让泰莎·李欧妮悲惨的余生都与世隔绝。现在滚出去，把事情做好。"

在星期一晚上十一点，警探们匆匆采取行动。

第二十六章

每个女人的人生中都有这么一刻：这时她领悟到她是真心爱着某个男人，但他就是没这种价值。

我花了将近三年时间，才对布莱安下了这种定论。也许一直以来都有迹可循，也许起初我只是太高兴有个男人像布莱安一样，似乎很爱我跟苏菲，所以我忽略了那些迹象。对，他有时候情绪不稳定。在刚开始六个月的蜜月期过后，这间房子变成他发挥龟毛精神的地盘。苏菲跟我每天都会被训一顿——要是我们在梳理台上留下一个盘子，把牙刷留在牙刷架外面，把蜡笔留在桌子上的话。

布莱安喜欢精确，他需要精确。

他提醒我："我是个工程师，相信我，你不会希望一座水坝是由散漫的工程师盖成的。"

苏菲跟我尽了最大的努力。我告诉自己，妥协为上，这就是建立家庭的代价。你为了更大的好处，放弃你的某些个人偏好。而且布莱安会再度离开，苏菲跟我则会乐淘淘地花上八个星期，在每个地方乱丢我们的垃圾。外套会披在厨房的椅背上，美劳的作品会堆在橱柜角落，没错，布莱安出海的时候，我们就是玩疯了的普通女生。

然后有一天，我要付钱给水管工人，却发现我们一辈子的积蓄都没了。

非得正视自己到底有多自满是很痛苦的，我知道布莱安常常往快活林跑。更切中要点的说法是，我知道他在那几个声称自己去登山，回家时却满身烟酒臭味的晚上，去了哪里。好几次他对我撒谎，我却随他去。刺探他，就表示我会得到一个我不想听的答案。所以我没深究。

与此同时，我丈夫显然败给他内心深处的恶魔，把我们的存款账户赌掉了。

谢恩与我找他对质，他否认有这回事，振振有辞。可是在某种程度上，我能做或说的事情其实不太多。那些钱神奇地归还了，而我又再次不问许多问题，不想知道我不愿知道的事。

从此之后，我把我丈夫想成两个人。有个好布莱安，我爱上的那个男人，他会在苏菲放学后去接她，然后带她去玩雪橇，直到他们两个都笑得脸颊红扑扑为止。好布莱安会在我上完大夜班回家的时候，替我做好松饼加枫糖浆。他会摩挲我因为背负防弹衣重量而紧绷的背，他会在我睡觉的时候抱着我。

还有个坏布莱安。坏布莱安会在我洗完碗盘忘记擦流理台的时候对我大吼。坏布莱安回话简短又疏离，不但会转台看他能找到的任何强调男子气概的节目，要是苏菲或我抗议，他还会把音量调大。

坏布莱安闻起来像是烟、烈酒加上汗水的味道。他有强迫性的冲动非健身不可，这是心怀恐惧之人的心魔作祟。然后他会一次消失好几天——跟哥们儿相聚的时候到了，坏布莱安会这么说，但我们两个都知道，他是一个人出门，因为这时他的朋友们都已经放弃他了。

那就是你看到的坏布莱安，他可以看着他巡警妻子的眼睛说谎。

这总是让我纳闷：如果我是另一种妻子，他会不会是另一种丈夫？

坏布莱安让我心碎。然后好布莱安会重现，时间长到可以把那颗心拼凑回来。然后我们会继续兜圈子，继续往下冲进我们人生中的云霄飞车之旅。

只是所有旅程都必须结束。

好布莱安与坏布莱安的旅程分毫不差地在同时结束,就在我们家厨房一尘不染的地板上。

坏布莱安不能再伤害我或苏菲了。

我则要花上一些时间,才能放手让好布莱安走。

星期二早上七点钟。

女狱警开始点名,整个监禁区正式活了过来。我的室友艾瑞卡已经醒来一个小时了,她蜷缩成胎儿的姿势来回摇晃着,眼睛盯着某样只有她看得到的东西,同时低声喃喃自语。

我猜她是在午夜过后不久回到她床铺上的,我手腕上没有表,囚室里也没有钟,所以我必须在脑袋里估计时间。这让我整个晚上有事可做——我想现在是……凌晨两点,凌晨三点,凌晨四点二十一分。

我睡着过一次,我梦见苏菲。她跟我在波涛不定的宽阔海洋里,尽全力踩水对抗节节高涨的波浪。

"留在我身边,"我对她尖叫,"留在我身边,我会让你安全的!"

可是她的头消失在黑色的水面下,而我往下潜、往下潜、往下潜,却没办法再找到我女儿。

我醒来了,在我的嘴唇上尝到盐味。我没再睡着。

这座塔在晚上发出噪音,这个巨大设施试图安顿身子骨的"嗡嗡"鸣声。这种感觉就好像我在某只巨大野兽体内,整个人被吞下去。我一直触摸着墙壁,就好像空心砖的粗糙触感能让我保持脚踏实地。然后我会起身去尿尿,因为夜色的掩护是我能得到最接近隐私的东西。

女狱警走到我们的囚室了。她瞄了一眼前后摇晃的艾瑞卡,再瞥向我,我们四目相望;她在转身离开之前,闪过一抹似曾相识的眼神。

金·瓦特斯,她跟营区里的某个人约会,当然了,她也曾经跟着出席过几次团体聚餐。她是沙福克郡立监狱的狱警,我现在想起来了。

她走到下一间牢房。艾瑞卡前后摇得更厉害了。我朝着有栏杆的窗户外面张望，试着说服自己，跟我监狱里的狱卒有私人交情并不会让事情变得更糟。

七点半，早餐时间。

艾瑞卡起床了，她还在喃喃自语，没在看我。她情绪激动，冰毒已经"油炸"了她的脑袋，她需要警戒与心理卫生服务的程度更胜于入狱服刑。但话说回来，大多数的狱中人都是这样。

我们有软软的松饼、苹果酱和牛奶可吃。艾瑞卡把苹果酱倒到她的松饼上，全部卷在一起，三大口就吃下肚，再用另外四大口解决掉牛奶，然后她看着我的餐盘。

我没有胃口，松饼在舌头上尝起来像是湿卫生纸。我盯着她看，同时还是慢慢地把松饼吃掉了。

艾瑞卡坐在马桶上，我转过身去给她一点隐私。

她大笑。

接着我用我个人用品包里的物品刷牙和止汗。然后……然后我真的不知道该做什么了。欢迎来到我在监狱的第一个整天。

娱乐时间到，狱警打开我们的囚室。有些女人鱼贯而出，有些则待在房里。我再也受不了了。这十尺高天花板跟平开式上悬窗带来空旷的幻觉，但牢房就是牢房，我已经晒了太多日光灯，我渴望自然的阳光。

我慢慢走到公共空间一头的座椅区，那里有六位女士聚在一起看《早安美国》。这个节目对我来说太过开心了。接下来，我到桌子旁边碰运气，四张银色圆桌旁有两个女人正在玩伤心小栈，同时还有另一个坐在那里，针对只有她了解的事情"咯咯"发笑。

一个莲蓬头打开了，我没有看，我不想知道。

然后我听到一种奇怪的声音，像是让人发冷的一声喘息，有人同时想要吸气跟呼气。

我转过身去，那个狱警，金·瓦特斯，看起来好像在跳某种怪异的舞步。她的身体在半空中，她的双脚抽搐着像是要接触地板，只是找不到地板在哪。一个有着一头黑色长发的大块头黑人女子就在她正后方，有着大块肌肉的手臂挺起来围住金的气管，就算金的手指狂乱地挖着那条结实的前臂，她还是压得死紧。

我踏上前去，然后在下一秒，我的室友艾瑞卡就尖叫道："抓住那只该死的猪！"然后半打的被拘留人就朝我这里冲过来。

我的肚子挨了第一拳。我反射性地紧绷腹肌，往左边一晃，然后把我的拳头打进一个柔软又性感的腰肢上。紧接着，又来一记歪歪斜斜的拳头。我压低身体闪避，现在全凭直觉移动了，因为这就是为什么新进警察要受训。一次又一次去做不可能的事，然后这件事就变得有可能了。更好的是，这会变成例行公事，也就是说，在某一天，在你最意想不到的时候，好几个月，好几年的训练突然之间可以救你一命。

又有一记重击拳直捣我的肩膀，瞄准了我的脸、肿胀的眼睛，还有碎裂的颧骨。我举起双拳，摆成经典拳击手姿势，护住头的同时，朝着最靠近的攻击者冲过去。我抓住她的腰，然后把她甩回冲上来的乌合之众之间，还靠着肢体碰撞纠缠撞倒两个人。

哭喊、痛楚、愤怒，是她们的还是我的，其实都不重要。移动、移动、再移动，我必须保持双脚着地，正面对抗攻击，否则就会被全然的数量优势给压垮。

尖锐的刺痛，有某样东西割伤了我的前臂，同时另一个拳头也挨上我的肩膀。我再度横跨一步，把我的手肘撞进攻击者的腹部，然后我的手掌边缘猛然砍进她的喉咙，她倒地不起。

剩下的四个人终于后退了。我一直注视着她们，试着同时处理许多事情。其他被拘留者在哪？在她们自己的牢房里吗？这是自愿的监禁，好让她们不会跟着被打吗？

还有金呢？我背后有喘息的扭打声响。警官遇袭，警官遇袭，警官遇袭。

紧急按钮，某个地方一定有——

我手臂上有个新割的伤口，我往手臂上一拍，往外踢出一脚，击中那女人的膝盖。

然后我尖叫出声。我尖叫、尖叫、一直尖叫，连续好几天的愤怒、无助与挫折终于从我喉咙里喷发出来，因为金快没命了，我女儿可能已经没命了，我丈夫已经确定没命了，就死在我面前，好布莱安也随之而去，然后那个黑衣男人还带走我的女儿，只留下她最喜欢的玩偶的蓝色纽扣眼睛。我会抓到他们，我要他们全都付出代价。

然后我继续移动，我可能还在尖叫，叫得很厉害。我不认为这种叫声听起来很正常，因为攻击我的人退开了，到最后我才是攻击她们的那个人，嘴唇都破皮了，手握成像是硬式棒球的拳头。

我变换位置，我踢腾着、戳刺着，还挥出重拳。我又回到二十三岁，看啊，这就是巨人杀手，看看巨人杀手确确实实抓狂发怒的样子。

我脸上流着汗，手上滴着血，前两个女人被打倒，第三个现在跑掉了。说来有点讽刺意味，她朝着安全的牢房跑去，但第四个有个自制小刀可用，她以为那可以保她平安。她可能打退过攻击性太强的嫖客和大怒的皮条客，我只是个神经兮兮的白人女孩，跟真正的街头学校毕业生没得比。

从狱警的桌子旁边传来"喀喀"喘息的声音，有个女人快要死掉的声音。

"动手啊！"我对她咆哮，"来啊，贱货，让我看看你有啥本事。"

她冲上来了，白痴，我闪到左边，然后打直手臂劈她喉咙。她扔下小刀，抓住她被压断的气管。

我拾起小刀，然后跳到她身上以便取得主控权。

金的脚趾不再舞动了。她还是悬在半空中，那条黑色手臂仍然围在她喉咙上，而她的眼神变得黯淡无光。

我朝她身边绕过去。

我抬头看着那个大块头的黑人女子，结果她根本就不是个女人，而是个长发男人，不知怎的渗透到这个区域里。

看到我，这似乎让他很震惊。

所以我对他微笑，然后把那把小刀戳进他的肋骨之间。

金的身体跌落到地板上，那个受刑人摇摇晃晃地后退，抓住他的身体侧边。我朝他逼近，他仓促行动，转过身去想奔向这一区的大门。我踹向他右膝后方。他绊了一下。我再踹他左膝后方。他倒在地上，然后翻过身来，抬起双手摆出防卫姿势。

我站在他上方，握着血淋淋的小刀。我的手在滴血，脸被打烂，只有一只眼睛完好，看起来一定很可怕，因为那个大块头黑人男子尿湿了他橘色的囚服。

我扬起小刀。

"不要。"他声音粗哑地低语。

我把小刀往下戳进他大腿的肉里，他发出尖叫，我扭转刀尖。

然后我唱给整个监禁区听："我想要的圣诞礼物就只有我的两颗门牙，我的两颗门牙，我的两颗门牙……"

我弯下腰去，把那个受刑人长长卷卷的黑色头发往后拨，然后像亲密爱人似的在他耳边细语："告诉穿黑衣服的男人，我会去找他，跟他说他就是下一个。"这时候他哭了出来。

我又扭了一次小刀的刀尖。

接着我站起来，在我的裤腿上把小刀擦干净，然后按下紧急按钮。

在你的世界终结的时候，你会哀悼吗？在你已经抵达终点，此后再也没有回头路的时候，你会吗？

特殊紧急应变部队如乱军压境，整个监狱都进入封锁状态。我被铐在我站的地方，两腿摇摇晃晃，双臂都是撕裂伤，我身上沿着腰际

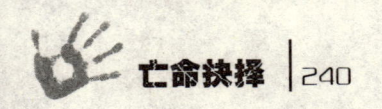

跟整个背部满是新的瘀伤。

他们把金移到担架上,她失去意识,却还在呼吸。

第四个攻击我的人,带了小刀的那个,被装在尸袋里离开。我看着他们拉起尸袋上的拉链,什么感觉都没有。

艾瑞卡啜泣着,她又尖叫又哭嚎,持续不断的程度让他们终于把她送去医务室。她在那里接受强力镇定,而且被留置观察以防自杀。其他人接受问话,但是按照这种状况的惯例,她们完全不晓得刚才发生了什么事。

"整个过程我都在自己的牢房里……"

"完全没往外看……"

"是听到一些噪声啦,不过……"

"听起来好像有很多人被揍屁股……"

"事情发生的全程我都在睡觉,长官,真的啦,我真的在睡。"

然而那个男性受刑人告诉任何愿意一听的人,我是死亡天使,拜托上帝,别让我靠近他。

助理副警监终于在我面前站定,他仔细审视我很长一段时间,他的表情判定我比实际上还要麻烦。

他用四个字说出我的惩罚。"隔离监禁。"

"我要见我的律师。"

"谁攻击狱警的,被拘留人?"

"那位窈窕奶爸。"

"你应该这样回答:那位窈窕奶爸,长官。现在告诉我,为什么那位受刑人要攻击瓦特斯狱警?"

"不知道,长官。"

"你入狱才不到二十四小时,怎么会有自制小刀?"

"从企图杀我的那个妓女手上拿到的。"我顿了一下才补上,"长官。"

"她们六个人全被你撂倒了?"

"州警招惹不得，长官。"

他几乎露出微笑，但他反而把他的拇指朝着天花板和几台架好的摄影机一比。"这是监狱的常态：老大哥总是看着你。所以我问最后一次，被拘留人，你有没有任何事想告诉我？"

"瓦特斯狱警欠我一张感谢卡。"

他没争辩，所以他知道的事情或许已经比别人透露的还多。"去医务室。"他现在这么说，指着我被割开的前臂。

"我要见律师。"我重复。

"这个要求会通过适当管道送出。"

"没时间了。"我看着助理副警监的眼睛，"我已经决定跟波士顿警方完全合作，"我大声讲给所有人听，"打电话给华伦警长，告诉她我会带她去找我女儿的尸体。"

第二十七章

"去她的!"两小时后华伦爆炸了。她在波士顿警察局总部的一间会议室里,跟巴比、刑事副总警监,还有泰莎·李欧妮的律师肯恩·卡吉尔在一起。卡吉尔在二十分钟前召开这个会议,他告诉他们,有个限时提议。必须有华伦的老板在场,因为如果要做决定,就必须动作快。也就是说,他计划要交涉某件超越华伦权限范围的事。也就是说,她应该让副总警监卡尔·霍根响应他荒谬的要求。

华伦从来不擅长保持沉默。

"我们才不做什么导览之旅!"她现在继续激动地说道,"泰莎终于想做正确的事啦?恭喜她了。巴比跟我可以在二十分钟内赶到牢房外,她可以替我们画张地图。"

霍根什么都没说,所以他或许同意她的话。

"她不能替你们画地图,"卡吉尔平稳地回答,"她不记得确切的地点,她在停车之前开车绕了一阵。事实上,她可能没办法带你到确切的地点,不过她想,靠着寻找熟悉的路标,她可以到达相当接近的位置。"

"她甚至不能带我们到确切的地点?"巴比开口了,语气听起来跟华伦一样怀疑。

"要是我会安排搜救犬队提供协助。"卡吉尔回答。

"你指的是寻尸犬吧。"华伦口气尖刻地说道。她倒回椅子里,双臂在腹部前面交叉。她在刚开始的二十四小时内就知道了,有着深棕色卷发、蓝色大眼和心形脸蛋的小苏菲·李欧妮很有可能死了。然而当真正听到泰莎·李欧妮的律师,大声地在众人面前说出现在该找回尸体了……有些时候这个工作实在太辛苦了。

"再说一次,她说苏菲怎么死的?"巴比问。

卡吉尔斜瞄他一眼,"她没说。"

"那就对了,"巴比继续说下去,"她其实没告诉我们任何事,对吧?她只是要求我们把她从监狱里放出来,然后带她去兜风,你们想想看吧。"

"她今天早上几乎死掉,"卡吉尔辩称,"事先策划好的攻击行动,六个女性被拘留人袭击她,同时还有一个男性受刑人打倒了狱警,如果不是李欧妮巡警迅速应变,瓦特斯狱警就会死掉,泰莎也可能会死。"

"自我防卫。"巴比说道。

"又一个想象力丰富的故事。"华伦严厉地说。

卡吉尔注视着她,"这不是想象力丰富,录像带拍到了,我自己就看过那段影片。男性受刑人先攻击狱警,然后六个女人冲向泰莎。她还活着算她走运,而且你们也很走运,前述事件造成的震撼让她想要合作了。"

"合作这个字又出现了。"华伦说道,"'合作',对我来说表示协助他人。举例来说,她可以画张地图给我们,或许根据她想得起来的地标来画,那就是合作。她可以告诉我们苏菲怎么死的,那样也叫合作。她也可以一劳永逸地告诉我们,她丈夫跟小孩出了什么事,这样又算是另一种合作。但不知怎么的,她似乎就是不懂。"

卡吉尔耸耸肩。他不再紧盯着巴比跟华伦,反而把注意力转向副总警监。"不管你们喜不喜欢,我不知道我的客户继续合作的意愿会维持多久。今天早上她经历一次带来重大创伤的经验,到了今天下午，我就无法保证这股冲动还会在，明天早上肯定更不用谈了。与此同时，虽然我的客户可能不想回答你们所有的问题，但我认为苏菲·李欧妮的尸体一旦被寻获，尸体本身可以回答你们很多问题。你们知道的——尸体提供了证据。或者我该问，你们的人还在收集证据吗？"

"事后她要回监狱。"霍根说道。

"喔，拜托，"华伦呼出一口气，"永远别跟恐怖分子谈判。"

卡吉尔不理她，仍然把注意力放在霍根身上。"我了解。"

"随时戴着镣铐。"

"我从来没假定过会是别种状况。"接着是一段短暂的沉默，"不过你们可能得跟沙福克郡警局合作。从法律观点来看，她归他们管辖，也就是说，他们可能想要护送她。"

霍根翻了个白眼。好几个执法单位齐上，还真合乎他们的需要啊。

"到那个地点要开多久的车？"霍根问。

"不超过一小时。"

华伦瞥了一眼墙上的时钟，现在是早上十点半，五点三十分日落，也就是说时间已经比什么都重要了。她瞪着她的老板，已经不太确定自己想怎么样。她痛恨向嫌犯的要求让步，可是……她想带苏菲回家。她渴望得到那个带来结尾的小碎片，好像这样做可能会抚平她心里一部分痛楚似的。

"中午去接她，"霍根突然这么说，他转身注视着华伦，"叫搜救犬队来，现在就去。"

"是，长官。"

霍根转回去面对卡吉尔。"别再推三阻四。你的客户必须合作，要不然她现在所有的狱中特权都会消失。她不但会回到监狱里，这次还会过得很辛苦。了解吗？"

卡吉尔露出淡淡的微笑，"我的客户是执法单位的杰出成员，她了解的。而且请容我恭喜你们,能够趁她还活着可以帮忙的时候,就把她带出监狱。"

现在华伦有很多事情想做——乱踢乱蹋、破口大骂、勃然大怒。然而鉴于今天的时间表很紧凑,她克制自己,联络了北麻州搜救寻回犬大队。

就像大多数的搜救犬队一样,麻州的这个团体全都是由自愿参与者组成的。他们有十一个成员,其中包括尼尔森·布莱德利和他的德国牧羊犬吉索,它是受过训练的寻尸犬,全世界只有几百只。

华伦需要尼尔森跟吉索,而且现在就要。好消息是,搜救寻回犬大队的队长卡桑卓拉·莫瑞,同意在九十分钟内动员所有人员。莫瑞,可能还有尼尔森,会在波士顿跟警方会合,然后像旅行商队那样跟着走。只要他们掌握了地点,大队的其他成员就会抵达,因为他们的住处太远,无法及时来到市区。

对华伦来说这样行得通。

"你们需要什么?"华伦通过电话问道。她好几年没跟搜救寻回犬队合作了,而且那时是搜救活人,而不是找回尸体,"我可以替你找来那孩子的衣服什么的。"

"这不必要。"

"因为要找的是尸体。"华伦补上这句话。

"不是这样。这不重要。如果是搜救任务,狗是被训练要分辨出人类的味道,如果是寻回任务,就要分辨出腐尸的味道。大多数时候,我们需要的是你跟你的队员别挡着我们的路。"

"好——的,"华伦拖长尾音,有一点恼火。

"一只搜寻犬就等于一百五十个人类义工。"莫瑞坚定地背出这段话。

"雪会造成问题吗?"

"不会。热气会让味道上升,寒冷则会让味道降低到地面。身为训练师，我们会随外在条件调整我们的搜寻策略。然而如果从那些狗的角度来看，味道就是味道。"

"那时间范围呢？"

"如果地形不太困难，狗应该能够工作两小时，然后它们需要休息二十分钟。当然，这要看状况。"

"你会带几条狗过来？"

"三条。吉索是最优秀的，不过它们全都是搜救寻回犬。"

"等一下——我以为吉索是唯一的寻尸犬。"

"不再是了。两年前，我们所有的狗都接受了寻找活体、尸体跟水上搜寻的训练。我们先从活体搜救任务开始，因为教小狗这个最容易。不过，等到狗一旦精通搜救活人之后，我们就会训练它们寻回尸体，最后是水上搜索。"

"我可以知道你们怎么训练它们寻回尸体吗？"华伦问道。

莫瑞笑了，"实际上，我们很幸运，一位叫做班的法医——"

"我认识班。"

"他是个很重要的支持者。我们给他网球，让他放在尸袋里。等到腐臭味转移到网球上，他就会把这些球装进密封容器里交给我们，我们就用那个做训练。这是个很好的折中办法，因为纤细敏感的麻州政府不太赞成让私人拥有尸体，我又不相信化学合成的'尸体味道'。世界上最好的科学家都承认，腐败味是地球上最复杂的味道。上帝才知道，狗儿锁定的是什么味道，这就表示人类不该干涉。"

"了解。"华伦说道。

"你有考虑做水上搜寻吗？"莫瑞问道，"因为在这个时节，水上搜寻会碰到一些挑战。当然，我们会用船载着狗出去，不过就这个温度来说，我还是希望它们穿着特殊隔温装备，免得它们跌到水里去。"

"你们的狗会在船上工作？"

"是啊。捕捉水流带来的味道，就像捕捉风吹送的味道。吉索曾经找到水面下好几百尺深的尸体。这看起来确实像是妖法，不过我再强调一次，这就是为什么我不喜欢人工合成的味道。狗真的太聪明了，不能用实验室的实验成果来训练。你考虑过做水上搜寻吗？"

"无法排除任何可能性。"华伦很诚实地说。

"那我们会带来全副装备。你说搜寻区域可能是在波士顿开车一小时可及的范围内？"

"最佳猜测是这样。"

"那我会带着我的麻州地形地图集。在追踪味道的时候，地形就是一切。"

"了解。"华伦又说了一次。

"法医或法医人类学家会在场吗？"

"为什么要他们在场？"

"有时候狗会找到其他遗体。如果现场有人可以立刻确定那是人类，会比较好。"

"这具遗体……死亡还不到四十八小时，"华伦说，"又是在低于结冰温度的状态下。"

一阵静默。"唔，我猜这样就不用找人类学家了。"莫瑞说，"九十分钟后见。"

莫瑞挂了电话，华伦则去想办法召集队伍中的其他成员。

第二十八章

星期二，中午十二点。我戴着镣铐站在沙福克郡立监狱的手续办理区。这次没有郡警局的客货车停在车库里，反而有一辆波士顿警探开的福特皇冠驶入有保全设施的卸货区。我忍不住觉得佩服，我曾经假定沙福克郡警局会负责运送过程。不知道有多少人头落地、欠下多少人情，才让我归于华伦的管辖之下。

她先下了车，蔑视的眼神朝我这里一瞥，然后就走进指挥中心，把文件交给等在那里的狱警。巴比·道奇警探打开了副驾驶座的门。他绕过车子朝我走来，脸上的表情无法解读。他深藏不露。

我这趟公路之旅不会有普通衣服可穿。先前分发给我的裤子跟上衣反而被换成传统的橘色囚犯连身服，把我的状态标示给全世界看。我曾经要求过外套、帽子跟手套，却没得到任何一样。显然郡警局不怎么怕我冻伤，反而比较担心我逃亡。我在外界逗留的所有时间都会有镣铐加身，而且随时都有一位执法警官直接监督我。

我没有反抗这些条件。现在我已经够紧绷了。我对于下午即将发生的事件忧心忡忡，同时又受到早上那场灾难的打击。我保持眼神直视前方，低垂着脑袋。

任何策略的关键都在于，不要过度自信。

巴比走到我的身边，保持警戒的女狱警放开我的手臂，换他抓住，然后带着我回到福特皇冠里面。

华伦结束了文书作业。她走到巡逻车旁，巴比打开后门，我挣扎着要在手脚受缚的状态下优雅地滑进后座时，他恶毒地瞪着我。我因为往后倾斜得太厉害而被卡住，就像是一只甲虫在半空中挥舞着腿。巴比弯下腰来，把一只手放在我的臀部上，然后把我推进去。

华伦摇摇头，然后在方向盘后面属于她的位置就座。

又过了一分钟，厚重的车库门发出"吱吱嘎嘎"的响声缓缓打开。我们倒车出去，上了波士顿的街道。

我把我的脸转向灰色的三月天空，然后对着光线眨眨我的眼睛。

看起来要下雪了，我想着，却什么都没说。

华伦把车开到附近的医院停车场，那里有十来辆其他车子，从白色休旅车到黑白相间的警察巡逻车都在等待。她停进去，他们则在后面排成一线，华伦从后视镜里看着我。

"开口吧。"她说道。

"我想喝杯咖啡。"

"去你的。"

我那时候微笑了，不过对我没帮助。我变成我丈夫了，有一个好泰莎，一个坏泰莎。好泰莎救了金·瓦特斯一命。好泰莎打退了展开攻击的邪恶服刑人，而且就在那一瞬间，自觉像个骄傲的执法人员。

坏泰莎穿着监狱的橘色服装，坐在一辆警察巡逻车后座。坏泰莎……唔，对于坏泰莎来说，今天时间还早。

"搜救犬？"我问道。

"寻尸犬。"华伦强调。

我再度微笑，但这次是悲伤的那种，在这一瞬间，我觉得我的冷静态度崩裂了。一股空虚感在我体内打开一道裂缝。我想起已然失去的一切，而且我还有更多可以失去的东西。

我想要的圣诞礼物就只有我的两颗门牙……

"你们早该找到她的,"我喃喃地说,"我本来指望你们找到她。"

"在哪里?"华伦厉声问道。

"二号公路。西行方向,朝列辛顿去。"

华伦开动车子。

"我们知道里昂斯巡警的事情。"华伦口气简慢地从前座开口说道。我们走二号公路经过了阿灵顿,把都市丛林换成了郊区梦。下一个出现的是列辛顿与协和镇的富裕老世家,然后是麻州哈佛镇典雅的乡村魅力。

"你知道些什么?"我问,我是真心觉得好奇。

"他毒打你一顿,以便证实你被配偶虐待的说词。"

"你打过女人吗?"我问道奇警探。

巴比·道奇在他的座位上扭动身体。"泰莎,跟我说说这个杀手,然后看看我愿意相信多少。"

"我不能说。"

"不能说?"

我往前倾,在双手被缚的状态下尽我所能。"我会杀了他,"我阴沉严峻地说道,"讲死人坏话是不好的。"

"喔,拜托,"华伦恼怒地插嘴,"你看起来像卡通人物。"

"喔,毕竟我头上挨了几拳。"

又是一个白眼。"你发疯的程度跟我好心的程度差不多。"华伦怒骂道,"泰莎,我们知道你的一切。赌博成瘾的丈夫清光了你的存款账户,你挚友那个精明的青少年哥哥自以为那天晚上可能会走运,你似乎有吸引到坏男人再射杀他们的历史记录。"

我什么话都没说,这位好警长确实很善于直取重点。

"可是为什么要杀你女儿?"她无情地追问,"相信我,我不怪你在布莱安胸口种了三颗子弹。可是你见了什么鬼,要对自己的孩子下手?"

"谢恩是怎么说的?"我问道。

华伦对着我皱眉。"你是说,在你那个窝囊废朋友企图撂倒我之前还是之后?"

我低声吹了个口哨,"看吧,事情就是这样。有了第一次出手打女人的经验,之后就会越来越容易。"

"你跟布莱安在吵架吗?"巴比现在开口了,"也许吵架变成肢体冲突,苏菲却卡在中间。"

"星期五晚上我去报到值勤了,"我说着,望向窗外。房子变少了,树林变多了。我们正在接近,"此后我再也没看到我活着的女儿。"

"所以是布莱安干的?为什么不干脆怪到他头上?为什么要掩饰这件事,捏造这么复杂的故事?"

"谢恩不相信我。如果他不信,那谁会信?"

漆成红色的苹果摊,在左边外侧。现在这里空荡荡的,不过这个摊位在秋天会卖最棒的玻璃杯装发酵苹果汁。不过才七个月前,我们来过这里,喝发酵苹果汁,坐干草马车,然后去参观南瓜园。

星期六下午,我的心脏狂跳着,日光却渐渐消逝,我曾经觉得自己就像是卡通人物,因为悲伤、恐慌和纯粹的绝望而疯狂,就是那时的回忆把我带回这里吗?我必须移动,动作要快、快、快。少一点思考,多一点行动。

就是这个回忆把我带来这里,带到那年秋天布莱安出海之前,我们最后一次合家出游的地点,我最后的快乐回忆之一。

那时苏菲很爱这个苹果摊。她喝了三杯发酵苹果汁,因为发酵的糖而兴奋地蹦蹦跳跳。她在南瓜园里来回跑了好几趟,然后挑了不止一个南瓜,而是三个。一个爹地南瓜,一个妈咪南瓜,还有一个女儿南瓜,她这么宣称。一整个南瓜家族。

"妈咪,可不可以?可不可以可不可以可不可以?拜托拜托拜托。"

"当然啦,甜心,你完全正确。把它们拆散很可惜,让我们拥有这一家子吧。"

"耶！爹地爹地爹地，我们要买下整个南瓜家族了！耶！"

"在前面右转。"我低声说道。

"右转？"华伦重重踩了刹车，然后右转。

"再往前四百公尺，接下来往左转，开到产业道路上……"

"三个南瓜？"布莱安摇摇头望着我，"你太容易让步了。"

"你买给她三个甜甜圈配发酵苹果汁一起吃。"

"所以三个甜甜圈等于三个南瓜啊？"

"显然如此。"

"好吧，不过雕刻爹地南瓜的优先权……"

"那棵树！这边转弯。左转，左转。现在再向前三十码，右边那条路。"

"你确定不能画张地图吗？"华伦满面怒容地看着我。

"我确定。"

华伦又转到那条比较小的乡间道路上，轮胎在冻得硬实的雪地上转动着。在我们后面，一、二、三、四辆车子吃力地跟上，然后是两台白色休旅车，再来是一长条警察巡逻车。

绝对会下雪，我这么认定。

可是我不再介意了，文明迹象早就消失了。这里是枯树、冻结池塘与白色荒原的所在地。在大多数人注意到之前，这种地方可能会发生很多事。一个走投无路的女人，可能会把这种地方当成她最后的立足之地。

坏泰莎，奋起吧。

"我们到了。"我说。

然后华伦警长停下车，愿上帝帮助她。

"滚出去。"她不悦地说道。

我微笑，我忍不住要笑。我看着那个好警长的眼睛，说道："我等这句话已经等了一整天。"

第二十九章

车旁跟巴比吵架。"她的工作是把我们带到这里,现在她的工作完成了,我们的工作开始了。"

"搜救寻回犬大队希望她帮忙。"巴比反驳道,"现在没有风,这就表示狗很难捕捉到展开的气味锥。"

华伦一脸茫然地瞪着他。

"气味,"他又说了一次,用他的双手比出一个三角形,"是从标的物开始,以逐渐扩大的圆锥状往外散发。狗如果要捕捉到气味,就必须在下风处,在气味锥的开口上,要不然这条狗可能距离目标不到两尺,却还是错过了。"

"你是什么时候学会跟狗有关的事情?"华伦质问。

"三十秒前,那时候尼尔森跟卡桑卓拉正在担心地形状况,我问他们要我们做什么。地面平整,我想这是好事,不过这里很开阔,这就比较复杂——"

"为什么?"

"气味在碰到障蔽的时候会积聚。所以如果这里是被围起来的田野,或者围绕着丛林的峡谷,他们就会从边缘开始。可是这里既没有围篱也没有丛林,只有一大片空旷地区……这样就……"

巴比挥挥手,在他们周遭比画着,华伦重重地叹了口气。

泰莎・李欧妮把他们带到一个半森林半田野,前不着村后不着店的空旷地带,这种地方在麻州所剩无几。因为星期日晚上才刚下过雪,这片田野是一片纯然的白色平坦大地——没有脚印、没有车辙印记、没有拖行痕迹,却点缀着一块块黑色的枯槁树木和蓬乱的灌木丛。

他们很幸运能够开车进来,但华伦不确定他们能不能撤出。穿上雪鞋会是个好主意,顺便度个假就更好了。

"要在刚降下的雪地里跋涉,"巴比正在说话,"狗会更快感到疲惫。所以大队想尽量从最小的范围开始搜寻,这就表示要让泰莎带我们尽可能接近目标。"

"最好她可以指引我们正确的方向。"华伦低声嘟囔。

巴比翻了个白眼,"泰莎上了镣铐,还尝试要走过四寸深的粉状雪,女人家没办法很快逃走的。"

"她没穿夹克。"

"一定有人多带。"

"她在玩弄我们。"华伦突然说道。

"我知道。"

"你有没有注意到,她没回答我们任何问题。"

"我注意到了。"

"而且她还尽全力套问我们的情报。"

"是啊。"

"你听到她对攻击那个狱警的男性受刑人做了什么吗?她不只是放倒他,她用一把自制小刀戳进他大腿里,还转动刀锋,连转两圈。那有点超过专业训练的范围,而且是在寻求个人满足了。"

"她似乎……很毛躁,"巴比同意,"我在想,过去几天她过得不太好。"

"然而我们人在这里,"华伦说道,"照着她与众不同的节奏起舞。我不喜欢这样。"

巴比思索了一下，"也许你应该待在车里，"他最后这么说，"纯粹是为了你的安全……"

华伦握紧双拳免得自己出手打他。然后她叹了口气，揉揉自己的额头。她昨天晚上没睡，今天早上没吃。也就是说，在听说泰莎·李欧妮愿意带他们去找她女儿的尸体之前，她就已经疲倦又暴躁了。

华伦不想待在这里。她不想在雪地里跋涉。她不想来到一个微微隆起的土丘，然后扫开泥土，找到一个六岁女孩冻结的脸庞。看起来会像是苏菲在睡觉吗？包裹在她粉红色的冬季外套里，抓着她最喜欢的玩偶？

还是会有弹孔，红色的小血滴为充满暴力的最后一刻作证？

华伦再也不觉得自己是个专业的专家。她想爬进后座，用两手掐着泰莎·李欧妮的喉咙。她想掐她、摇晃她，对她尖叫：你怎么可以做这种事？！这样对待一个爱你的小女孩！

华伦可能应该留在后方。当然，这就表示她不会这么做。

"搜救寻回犬大队需要进一步支持，"巴比平静地开口，"我们还剩下四小时日照，状况不怎么理想。狗就只能走这么快，训练师也一样。你有什么建议？"

"狗屎。"华伦低声嘟囔。

"我也这么想。"

"要是有任何不对劲，我非宰了她不可。"又过了一会儿，华伦说道。

华伦耸耸肩，"别以为有很多人会反对。"

"巴比……如果我们找到尸体……如果我控制不住的话……"

"我会掩护你。"他平静地说道。

她点点头，她试着要感谢他，不过她的喉咙变得太紧绷了。她再次点头，他用手拍拍她的肩膀。

然后他们转向泰莎·李欧妮。

泰莎已经下了福特皇冠。她没穿外套，腰部跟脚踝有镣铐，却还是设法走到其中一台搜救寻回犬大队的卡车旁,在那里看着尼尔森放下他的狗。

前两个宠物搬运篮里装着比较小的狗,它们亢奋地绕着小圈圈,同时狂吠不已。

"这些是搜救犬?"在巴比跟华伦靠近的时候,泰莎正充满怀疑地问道。

"不是,"尼尔森说着打开第三个笼子,这个大得多的篮子里出现了一只德国牧羊犬。"那些是奖赏。"

"什么?"

尼尔森放出那只德国牧羊犬,它在他身边连跑带跳,绕着紧密的小圈圈;然后他弯腰打开另外两个篮子。那两只比较小毛也比较多的狗像是双生闪电,跳向那只德国牧羊犬、尼尔森、泰莎、巴比、华伦和方圆二十尺以内的其他所有人。

"见见凯莉跟史凯勒,"尼尔森拉长声音说道,"爱尔兰软毛梗犬。这种狗绝对是聪明得不得了,但对于搜寻工作来说太紧张了一点。另一方面来说,吉索认为它们是全世界最棒的玩伴,要是他不选择这两条狗作为他的奖赏,我就惨了。"

"它不会吃掉他们吧,会吗?"泰莎很怀疑地问道。她看起来像是明亮白雪上的一点橘色污痕,在寒气中战抖。

尼尔森对着她咧嘴一笑,显然被她的话逗乐了。华伦想着,就算跟一位谋杀案嫌犯谈话会让他困扰,他也没表现出来。"训练一只狗最重要的部分,"他现在一边从他盖起来的卡车底座后面卸下更多补给装备,一边说道,"就是弄清楚那只狗的行为动机。每只狗都不一样。有些想要吃的,有些想被疼爱,大多数的狗会执着于某个特定的玩具,让那个玩具变成'它的'玩具。身为一名训练师,你必须注意到这些信号。当你终于想出来该用什么当奖赏,知道什么是唯一会让你的狗真正有动力做事的东西,真正的训练才开始。"

"现在呢，这边的吉索——"他迅速地拍了一下那只牧羊犬的头，"很难破解它的心房，这是我见识过的最聪明的狗，可是只有它心血来潮的时候才有表现。这样当然行不通。我需要一只会接受命令搜寻的狗，而不是有心情才出动的狗。然后有一天，这两位——"他的手朝着那两只跳上跳下、吠个不停的梗犬一挥，"出现了，我有个朋友没办法再养它们，我说我会帮忙养一会儿，直到他可以做出更好的安排为止。嗯，如果这不是一见钟情就怪了。凯莉小姐跟史凯勒先生就像卡通《淘气小兵兵》里的双胞胎，在吉索旁边跑来跑去，而且它马上就追着他们跑了。这让我开始思考，也许跟他最要好的朋友一起玩可以当成奖赏。我试了几次，结果，原来吉索有点爱表现，要它工作没问题，只是它希望有正确的观众。"

"现在我会把三只狗都带到现场。我会在这里给吉索一点时间跟它的好伙伴互动一下，知道它们也在。然后凯莉跟史凯勒就必须先带到一边去——我告诉你们，如果不这么做，它们就会一直在脚边绕来绕去——然后我会给吉索工作指令——它会立刻动作，因为它明白，它越快完成任务，就越快回到朋友身边。"

尼尔森抬起头，直直望着泰莎的眼睛。"史凯勒跟凯莉也会帮忙逗它开心，"这位训练师口气平稳地说道，"就算是搜寻犬也不喜欢找到尸体。尸体会让它们沮丧，所以史凯勒跟凯莉今天的在场就加倍重要。"

这是华伦的幻想，还是泰莎真的缩了一下？也许到头来，表面之下还是有颗心在跳动。

华伦走上前去，巴比在她旁边。她先对尼尔森说话："你还需要多少时间？"

他看看他的狗，再看看搜寻犬大队的其他成员，他们正在从后方绵延的车队上卸下装备和犬只。

"再给十五分钟。"

"你还需要我们提供什么吗？"华伦问。

尼尔森露出一个淡淡的微笑。"在目标地点上标个叉行吗？"

"你怎么知道狗儿已经找到，达成了目标？"华伦好奇地问道，"吉索会叫得……比较大声吗？"

"会连吠三分钟。"尼尔森提供答案，"所有搜救寻回犬受到的训练都有一点差别——有些狗会坐下来表示找到了，其他的则会用特别的声调低吠。不过既然我们这个大队的专长在于搜救，我们训练三分钟的持续吠叫，这是因为狗可能会在看不到的地方，像是在一棵树或一颗大石头后面，而我们可能需要三分钟才能赶上。这招对我们很有用。"

"唔，我没办法替你标出一个叉，"华伦说道，"不过我们确实有个起头的办法。

华伦转向泰莎。"所以咱们走一趟记忆长廊吧。你开车开这么远？"

泰莎变得面无表情。她点点头。

"停在这里？"

"不知道。那时候路况比较好，土地比较硬实。我一直开到底。"

华伦比画着周遭。"树木、田野，有任何看来眼熟的东西吗？"

泰莎犹豫了，再度开始战抖。"也许是那边的杂木林，"她终于说话了，用腕部绑在一起的两手含糊地比个方向。"不太确定，刚下的雪……就好像有人把黑板抹干净了。每样东西看起来都一样，也都不一样。"

"你有四小时，"华伦干脆地说，"然后无论如何你都要回监狱。所以我建议你开始研究地形，因为如果你真的想带你女儿回家，你只会有这一次机会。"

泰莎的脸上终于有了某种动静，这一阵情绪发作很难解读，不过其中可能也包括懊悔。这让华伦很困扰。她别过头去，现在她的两只手臂都围着她的腹部。

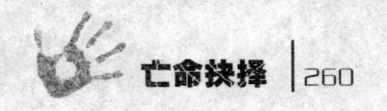

"替她弄件外套。"她对巴比低声说道。

他手里已经拎着一件多出来的夹克了。他递出夹克，华伦几乎笑了出来。这是一件鹅绒衬里的黑色外套，上面有着波士顿警局的纹饰，毫无疑问，是从某位巡警的后车箱里拿出来的。因为泰莎无法把戴着手铐的手臂滑进衣袖里，巴比把外套披在她肩膀上，然后拉上前方拉链固定外套的位置。

"这样比较不搭调吧？"华伦大声喃喃自语，"是一个州巡警穿着波士顿警局的户外夹克，还是一个沙福克郡立监狱的囚犯穿着波士顿警局的户外夹克？不管是哪一种，"她的声音降了下来，听起来阴森森的，甚至充满恶意，"都不搭调。"

华伦昂首阔步走回她的车旁。她独自站着，缩着身体抵抗寒气，还有她自己那种大难临头的感觉。阴沉的灰云聚集在地平线。

要下雪了，她想着，然后再一次希望他们都不在这里。

他们在十二分钟后出发，上了镣铐的泰莎带头，巴比跟华伦站在两侧，搜寻犬大队跟一群来自不同单位的警官殿后。狗群身上都还系着皮带，这些狗还没得到工作指令，却拉紧了它们的皮带，显然很急切。

他们才前进了二十尺，就必须做第一次停顿。不管华伦的报复心有多重，泰莎就是不可能戴着脚镣走在四尺深的新雪上。他们解开她脚踝上的束缚，才终于有了一点进展。

泰莎带队走近第一处杂木丛。她在这团树丛旁边走动，皱着眉头像是在仔细研究。然后她走进枝干光溜溜的树丛中，走了十尺，然后摇摇头，再度撤退。他们以同样的方式探索了另外三团树丛，然后第四个地点出现了，似乎正是目标。

泰莎走进去，然后继续走着，她的步伐变快了，现在比较有把握。她来到在这片风景中突出来的灰色大圆石旁边，似乎在暗自点头。他们沿着石头旁边转向左方，吉索的喉咙里发出低低的哀鸣，好似它已经闻到味道。

没有人说话，就只有脚步踏在雪上嘎吱作响的声音，狗的喘气声，还有训练师与警官们发出的呼吸声。

他们走出杂木林，华伦停顿了一下，想着这一定是个错误，但是泰莎继续往前走，跨过一片开阔的雪地，涉水走过一条夹在松软白色堤岸中间，只能勉强看到的涓涓细流，然后消失在一排更浓密的树林后面。

"扛着一具尸体走路，这段距离还真是远得可以。"华伦低声嘟囔。

巴比瞥了她一眼，似乎也想着同一件事。

可是泰莎一语不发。她现在走得比较快，目标明确。她脸上有种表情，看起来几乎让人觉得诡异。那是严厉的决心，配上精疲力竭的绝望。

泰莎到底有没有注意到，搜救寻回犬大队还有跟着她的那些执法人员？或许她回到心里的某个地方，回到一个寒冷的星期六午后。先前邻居看到 Denali 车在下午四点左右离开，这就表示等她一路开到这里的时候，日照已经所剩无几。

泰莎·李欧妮在那最后三十分钟的夕阳余晖下想的是什么？那时她歪歪倒倒地穿过树林，跨过平坦雪白的田野，朝着浓密的灌木丛越走越深，同时挣扎着背起她女儿遗体的重量。

你埋葬亲生女儿的时候，就像是把你最珍贵的宝藏分享到自然界的圣域中吗？或者就像是要隐藏你最大的罪过，所以本能地找出森林中最阴暗的深处，以便遮掩你的罪行？

他们来到另外一堆覆盖着青苔的岩石旁，这回有一个模糊的人形。石墙、古老的地基、烟囱的遗迹。在麻州这样历史悠久的州里，就算是树林也一定会有文明遗迹。

树木让出一块小小的空地，泰莎停了下来。

她的喉咙在抽动。她花了一些时间，然后字句如耳语般冒了出

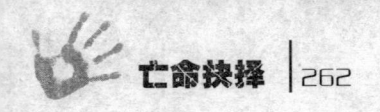

来:"在这里。"泰莎说道。

"哪里?"华伦问道。

"有一棵倒下来的树。雪积聚在那棵树前面,构成一个雪坝。看起来……像是个容易挖掘的地方。"

华伦一时之间什么话都没说。她凝视着这片空地,新鲜的白色雪花沉重地盖在上面。在她左边似乎有个轻微的隆起,看起来像是一棵倒木形成的。当然,在前方几尺还有另一个同样的隆起处,同时她又看到空地的另一边出现第三个,就在一堆星散的树木旁边。但她仍然注视着大约三百平方码的空间。既然有三只经验丰富的搜寻犬组成小队,这个搜查区域应该很容易处理。

巴比也在研究这个地形,用他身为狙击手的利眼察一遍。他望着华伦,指出前两个突起处,然后是树林远处尽头的旁边,有另外一个更宽阔的小坡。华伦点点头。

现在是放出猎犬的时候了。

"你现在回车上去。"华伦说话时没有看泰莎。

"可是——"

"回车上去!"

泰莎闭嘴了,华伦转回去面对集合的队伍。她瞥见一个站在后面的警官,就是在原来的犯罪现场做记录的那个人。她挥手要他过来,"费斯克警官?"

"是,长官。"

"你护送犯人李欧妮回到你的巡逻车,然后跟她一起在那里等候。"

这孩子的脸垮了下来。从积极的调查行动变成消极的保姆工作。"是,长官。"他说道。

"独自护卫囚犯,这是很重大的责任。"

他的表情愉快了一点,同时在泰莎身边就位,一手放在他的枪套上。

泰莎什么话都没说，只是站在那里，她的脸再度变得毫无表情。一张警察的脸，华伦突然这么想，然后出于某种原因，这个念头让她打了个冷颤。

"谢谢你。"华伦忽然这么说。

"谢我什么？"泰莎问。

"你女儿应该要被找到的，小孩子不该在树林里迷失，现在我们可以带她回家。"

泰莎的表情垮了下来，她瞪大了眼睛，眼中的空虚无穷无尽，而且她的腿摇摇晃晃，甚至可能软倒在地。但是她换了个姿势，撑住了自己。

"我爱我女儿。"

"我们会很诚心诚意地对待她，"华伦这么回答，同时她已经在向搜寻犬大队示意，他们开始重整队形，从最贴近树林的边缘开始排成一条搜查线。

"我爱我女儿。"泰莎再度重复，她的声调变得更加急切，"你以为你现在已经了解了，可是对你来说这才是开始。从现在算起的九个月中，你会觉得惊讶，在此之前你的爱根本不够看；随后再过一年，又过一年，每年你都会这样想。想象一下六年后，那样越来越多的爱，维持了整整六年……"

华伦望着那女人，"这样的爱到头来并没有拯救她，我说得对吧？"

华伦刻意别过头不看泰莎·李欧妮，然后加入寻尸犬的队伍。

第三十章

你爱的是谁?

当然,这正是问题所在,从一开始就是——不过当然了,华伦警长不知道这一点。她以为她在处理的是典型的虐儿与谋杀事件。我不能怪她,上帝明察,我被叫去看过足够多这样的案子:病恹恹的五岁小孩看顾着他们昏过去的妈妈。我曾经看过一位母亲掌掴她的儿子,脸上的表情跟打苍蝇没两样。

我也看过小孩子用绷带包扎自己擦伤的伤口,因为他们已经知道,他们的妈妈没那么在意这件事,不会帮他们包扎。

可是我试过要警告华伦。我是为了苏菲重建我的生活。她不只是我的女儿,她是终于拯救我的真爱。她充满欢笑、喜悦与纯真,还有经过蒸馏净化的饱满热情。她就是我在这个世界里的所有好事,也是让家值得回去的每个理由。

你爱的是谁?

苏菲,一直都是苏菲。

华伦以为她看见的是一位人母能犯下的最大罪过。她还没搞懂,她实际上见证的是一位人母为了爱会做到的真正极限。

我能告诉你什么呢?在这个行业里,错误的代价很昂贵。

我已经回到费斯克警官的警车里。我的双手被铐在腰际,但腿还是自由的。他似乎忘记那个细节了,而且我不觉得有义务提醒他。我坐在后座，努力让我的肢体语言保持完全静止不具威胁。

他那边跟我这边，两扇车门都打开了。我告诉他我需要空气，我觉得恶心，有点想吐。费斯克警官瞄了我一眼，却还是同意了，甚至帮忙拉开厚重的波士顿警局外套拉链，这件外套把我的手臂固定在我的躯干上。

现在他坐在前座，显然觉得很挫折又无聊。人会变成警察是因为他们想出去打球，而不是坐冷板凳。可是他人在这里，被打入冷宫，在远处听球赛；聆听搜寻犬低鸣的回音，树林中微弱模糊的人语。

"抽到坏签。"我这么评论。

费斯克警官的眼睛保持直视前方。

"参加过寻尸工作吗？"

他拒绝说话：不能跟敌人交朋友。

"我参加过几次，"我继续，"这是讲究细节的工作，要保持一条直线。一寸接一寸、一尺接一尺地找，清查画成格子的每一块空间，然后才移动到下一步、再下一步。搜救工作比较好。我曾经被叫去帮忙找一个在华顿池旁边走失的三岁小孩，一对志愿者终于找到他了，让人难以置信的一刻。每个人都哭了，只有那个男孩没哭，他只想要另外一条巧克力棒。"

费斯克警官还是什么话都没说。

我在硬邦邦的塑料长椅上扭动着，竖起我的耳朵。我听到"那个"没有？还没。

"有孩子吗？"我问道。

"闭嘴。"费斯克警官咆哮。

"这个策略不对。"我告诉他，"只要你跟我困在一起，你就该参与对话。也许你就是最后赢得我信任的幸运儿。你所知的下一件事，就是我对你透露我丈夫跟小孩实际上发生什么事，让你一夜之间变成英雄。这种事值得考虑一下。"

费斯克警官终于看着我了。

"我希望他们为了你重新恢复死刑。"他说道。

我对他微笑。"那么你就是白痴,因为在这种时候,死亡会是最轻松的出路。"

他转过身去,到最后他从停着不动的警车前方往外凝视,再度陷入沉默。

我开始哼歌,我忍不住,坏泰莎抬头了。

"我想要的圣诞礼物就只有我的两颗门牙,我的两颗门牙,我的两颗门牙。"

"闭嘴。"费斯克警官再度怒叱。

然后我们两个都听见了:一条狗闻到味道时突然发出的兴奋吠叫。训练师的叫喊,搜寻队伍与之呼应的匆忙行动,他们朝着目标逼近。费斯克警官坐直了一点,往前靠在方向盘上。

我可以感觉到他的紧张,他勉强压抑住抛下警车、加入这一阵忙乱的冲动。

"你应该感谢我。"我从后座说道。

"闭嘴。"

狗现在镇定了目标,吠得更大声了。我可以在脑中勾勒出吉索的路线:跨越那块小空地,绕着微微突起的雪打转。倒木制造出一个天然的坑洞,洞不太大也不太小,里面塞满比较轻、比较松软的雪花。等到我找到那个地方时,我背负的重量已经让我摇摇欲坠,双腿精疲力竭到真的在晃了。

我放下尸体,拿出绑在腰际的组合式雪铲。把分成好几块的把手拼在一起时,我戴着手套的手在发抖。我弯下腰去,用力戳穿外层的薄冰,触及底下比较柔软的雪地时,我的背在痛。挖,挖,挖。我的呼吸是短促、结霜的喘息,热乎乎的眼泪几乎立刻冻结在我脸颊上。

我挖出那个洞,然后轻柔地把尸体放进去。我把一铲又一铲的雪放回去的时候，动作变得比较慢，然后又小心地把地面拍回原状。

埋住一个成年男人要用二十三铲雪，然而这份贵重的货物根本用不到这么多。

"你应该感谢我。"我又说了一次，缓缓地坐直了，放松我的身体。

坏泰莎奋起了。

狗儿找到目标了。吉索做完了它的工作，它用持续不断的吠叫声让它的主人知道。

我想着，让它去跟朋友玩吧，这时我忍不住紧张起来。请奖赏那只狗，把它带开，带到凯莉跟史凯勒身边，拜托。

费斯克警官终于瞪着我看。

"你有什么毛病？"他恼火地问道。

"你又有什么毛病？毕竟我是刚刚才救你一命的人。"

"救我一命？你在放什么屁——"

然后，他瞪着我纹丝不动的脸，终于把事情全部串起来。

费斯克警官从车里跳出去，费斯克警官仓皇地抓住他勤务腰带上的无线电，费斯克警官转身背对着我。

我能跟你说什么呢？在这个行业里，错误的代价很昂贵。

我从巡逻车后座跳出来，把我被铐住的双手握成拳，然后猛敲他的头骨。费斯克警官跟跄着扑向前方。我用双臂套过他的头，围住他的脖子，然后用力一拉。

费斯克警官喘着气，发出怪异的"喀喀"哼声，现在想想，这很像是金·瓦特斯狱警的声音。可能也像是布莱安，在一尘不染的地板上等死。

我不正常，这是我的最后一个念头，我不可能再恢复正常了。

费斯克警官的膝盖软掉了，我们两个人都倒在地上，同时在前方四百公尺处，雪地炸裂了，尖叫划破天空，开始出现第一声狗的嚎叫。

在费斯克警官的腿终于停止抽动的时候，我喘了三口大气，吸进

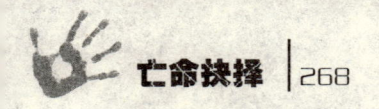

让人心头一惊的冷空气,逼我回到此时此刻。有这么多事要做,可以做事的时间却少得可怜。

别思考,别思考,别思考。

我松开我的双手,摸索着费斯克警官腰际的钥匙,然后记起要抢走他的手机。接下来三十秒我有一通非常重要的电话要打。

我可以听见远方的叫喊。更多狗的哭嚎。再过去四辆车,凯莉跟史凯勒接收到发生不幸的讯息,它们高频率的吠叫也加入了喧嚣之中。

别思考,别思考,别思考。

我瞥了一眼钥匙,算计着还剩下多少日照时间。

看起来像要下雪了,我再度想道。

然后,我抓住钥匙跟手机,开始拼命狂奔。

第三十一章

第一声爆炸震动天际的时候，华伦正在穿越空地，她大步走向一个雪丘，吉索正在那里兴奋又专注地吠叫着。接下来，世界变成一片雪白。

随着一阵带来巨大震荡的爆炸声，积雪朝着外侧和上方喷溅。华伦及时举起她的手臂，却还是觉得像被一千根针刺中。吉索低沉的吠叫立刻变成哀号。有人在尖叫。

然后是另一波天摇地动的爆炸，夹杂着几声哭喊，同时华伦被撞得坐倒在地，她把头埋在两只手臂后面，以便保护自己。

"吉索，吉索。"有人在叫喊，可能是尼尔森。

"华伦、华伦、华伦。"还有别人在大喊，可能是巴比。

她不时睁开眼睛，看到巴比冲过空地，两腿直接踩进雪地里，惊慌得脸色灰白。"你没问题吧？跟我说话，华伦，跟我说话，可恶！"

"怎么了，怎么了，怎么了？"她眨眨眼，从头发上抖落冰雪，然后再度眨眨眼。她的耳朵嗡嗡作响，感觉充满压力。她打开下巴，试着释出那股压力。

巴比到她身边，抓住她的肩膀。

"你还好吗，你还好吗，你还好吗？"他的嘴唇在动。又过了一秒钟，他的话语才穿透她脑袋里的"嗡嗡"声。

她微弱地点点头，把他往后推，这样她才能检查她的手臂、双腿，还有最重要的,她的躯干。大体上,她似乎很完整。她距离够远,雪地也缓冲了她跌倒的力道。她并不痛,只是晕眩又迷惑。

她让巴比帮助她起身,然后清点其他的损伤。

被吉索敏锐的鼻子视为目标的雪丘已经四分五裂了。那个位置有个棕色的土坑,覆盖着被撕裂成碎片的树木、树叶,还有——愿上天帮助他们——粉红色的布料。

吉索倒在一旁,口鼻都埋在雪地里,它在呜咽喘气。尼尔森站在他的狗旁边,双手温柔地握着它的耳朵,同时他对着他痛苦的宠儿耳语,发出低沉的安抚声。

其他的搜救犬停在它们站的位置,对着天空嚎叫。

警官遇袭,华伦想着。这些狗正在告诉全世界。她想跟它们一起哀嚎,直到她胸口那股可怕的愤怒与无助缓和下来为止。

领队卡桑卓拉·莫瑞已经把她的手机拿出来,用迅速简洁的语气召来一名兽医。其他波士顿警官都聚集在现场,手摆在枪套上,搜寻实时威胁的蛛丝马迹。

"停下来!"巴比突然大喊。

警官们停了下来,训练师也僵住了。

他在雪地上环顾周遭,还张着嘴对抗耳鸣的华伦跟着这么做。

她看到桃红色的布料碎片,来自蓝色牛仔裤的破布条,还有一只可能属于孩子的网球鞋。她看到红色、棕色和绿色。她看到……碎片——只有这个字眼可以形容。曾经埋过尸体残骸的地方,现在只有碎片,散落在四面八方。

就在这一秒钟,整片空地变成尸体寻获的现场。这就表示每个人都必须撤出,以防交叉污染。他们必须约束,必须控制。然后他们必须立刻联络法医部门,更不用说是大批的犯罪现场鉴识员了。他们有人类遗体碎块,他们有头发跟纤维,他们有……有一大堆工作要做。

亲爱的上帝啊，华伦模糊地想着，她还在耳鸣，手臂仍然刺痛。那些狗一直哀嚎、哀嚎、哀嚎。

她不可能……这不可能……

她低头一看，发现一片粉红色现在粘在她的鞋子上。可能是外套的一部分，或是这女孩最喜欢的毯子。

蓝色大眼和心形脸孔的苏菲·李欧妮，有着深棕色头发和缺牙微笑，喜欢爬树，讨厌在黑暗中睡觉的苏菲·李欧妮。

苏菲·李欧妮。

我爱我女儿，泰莎曾经站在这里说道，我爱我女儿。

什么样的母亲能够做出这种事？

突然之间，华伦的大脑骤然活过来，她看懂这个拼图的下一块了：

"费斯克警官。"她急切地大叫着，同时抓住巴比的手臂。"我们必须警告费斯克警官。用无线电联络他，马上！"

巴比已经拿出他的无线电了，他按下发话钮。"费斯克警官请回报，费斯克警官，费斯克警官。"

但是没有回应，当然没有回应。要不是为了这个，泰莎·李欧妮为什么要求亲自陪同他们来找尸体？要不是这样，她何必用炸药扯碎她自己的孩子？

华伦转向她的调查员同事。

"警官遇袭！"她大喊，然后他们一整群人往回冲出树林。

事后看来一切都这么明显，华伦真不敢相信她居然没料到。泰莎·李欧妮冷冻她丈夫的尸体至少二十四小时，为什么这么久？为什么要用这么缜密的计划来处置她女儿的遗体？

因为泰莎·李欧妮不只要丢弃一具尸体，她还要预备她的监狱脱逃计划。

而华伦正中她的陷阱。

她亲自把泰莎·李欧妮从沙福克郡立监狱带出来，她亲自把一个双重谋杀案嫌犯载到麻州中部的空旷地区。然后，她还亲自把一支搜寻犬队护送到绑着爆裂物的尸体旁边，容许泰莎·李欧妮遁入一望无际的狂野蓝天中。

"我真他妈的白痴！"两小时之后华伦大叫。他们还在这个荒郊野外，波士顿警方与当地郡警的车辆挤成一堆，排了足足三百码长。

救护车第一个抵达，紧急救护人员想要治疗费斯克警官，但他把他们挥开。他又窘又羞，还没准备好跟任何人好好合作，所以他们转而照顾吉索。这条可怜的狗儿最靠近爆炸地点，因而鼓膜撕裂、口鼻灼伤。急救人员向尼尔森保证，鼓膜会自然痊愈，就像人类一样。

同时他们也很乐意把这条狗载去看它的兽医，尼尔森接受他们的建议，他显然惊魂未定。搜救犬队的其他成员打理好他的卡车，包括意志消沉的凯莉和史凯勒。领队卡桑卓拉向华伦保证，他们会在早上向她做简报。但就现在来说，他们需要重新编组，排除一些压力。他们习惯以实质发现为搜寻行动收场，而不是土制炸弹。

随着搜寻犬大队离开，华伦打电话给班，这个州的法医。有尸块，绝对需要支持。

所以事情就是这样，警官撤出，搜证技术人员进场。

然后对前任州巡警，现在正式成为司法单位逃犯的泰莎·李欧妮，展开如火如荼的搜捕行动。

根据费斯克的说法，他忘记重新铐上她脚踝的脚镣（又一个满面羞惭的坦白供词，无疑会害他在今晚稍后喝掉一品脱威士忌）。泰莎也拿走他的钥匙，这表示她很有机会解放她的手腕。

她拿了他的手机，可是没拿走他的配枪，对于逃犯追缉小组来说是个好消息，对费斯克来说可能是千钧一发逃过死劫（第二品脱的威士忌，可能留待明晚）。泰莎最后被看见时，穿着拉链没拉的波士顿警局黑色外套，还有薄薄的橘色连身衣。她徒步前进，没有补给，没有帽子或手套，而且人在荒野中，没有人预期这女人能远走高飞。

肾上腺素会带着她跨越刚开始的一两里路，但是柔软的降雪有种效果，会让人跑步时精疲力竭，还会留下瞎子也能追踪的足迹。

逃犯追缉小组铆足劲勇往直前，还剩下一小时日照。他们预期这样就够了，不过还是带了探照灯以防万一。二十位警官，对抗一个狗急跳墙的亡命之徒。

他们会把工作做好，带队警官这样答应华伦，没有一个儿童杀手能从他眼皮底下逃走。

现在轮到华伦满面羞愧了，但是今晚稍后不会有一品脱威士忌等着她，只有另一个等待处理的犯罪现场，一个等待简报的项目小组，还有一个等着消息更新的老板。他可能会对她非常不满，这不要紧，因为就现在来说，她也对自己非常不满。

所以她做了她总是会做的事：重回犯罪现场，巴比跟在她身边。

法医把他的人马带到现场，全副武装、小心翼翼地把身体部位放进有红色标示的消毒袋里。搜证技术人员跟在他们后面进场，收集其他的碎屑，希望其中包括引爆装置的碎片。这年头要临时凑出一颗土制炸弹没么难。只要在网络上花个十分钟，然后迅速跑一趟地方上的五金行就成。泰莎是个聪明的女人。组装两个对压力变化敏感的装置，然后再把这些装置跟尸体一起放在堆着雪的洞穴里，盖起来，然后等着瞧。

狗跟警察到场，泰莎撤退，炸弹爆炸。看守她的人会问，这是怎么回事？泰莎就抓住机会撂倒一位警界同事，然后上路。

哈啰，受伤的搜索队。拜拜，波士顿警方。

华伦现在的想法是，我回的每一块证物都在泰莎·李欧妮的棺材上钉下又一根钉子，而她要全部的证物，她要全部的证物。

班抬头看着走近的巴比跟华伦，他把他的袋子交给一位助理，然后走向他们。

"怎么样？"华伦立刻问道。

这位四十五岁左右,身材结实,留着铁灰色平头的法医迟疑了。他把他的手臂交叉在强壮的胸膛前面,"我们找回一具符合尸体的有机物质和骨头。"他承认这点。

"是苏菲·李欧妮吗?"

这位法医伸出他戴着手套的手,露出一条纤细的白骨碎片,作为回答,骨头碎片差不多两寸长,粘着泥土跟树叶碎片。"肋骨的一部分,"他说,"全长跟一个六岁小孩一致。"

华伦吞下口水,逼自己利落地点头。骨头比她想象中来得小,细致得不可思议。

"找到一块衣服上的标签,尺寸是6T,"班继续说道,"残留纤维大多数是粉红色的。这也跟女童的特征一致。"

华伦再度点头,眼睛仍然看着肋骨。

班把那根骨头移到他手掌的一侧,露出一个更小的颗粒,跟玉米差不多大。"牙齿,也跟青春期前的女孩一致。只是……没有牙根。"法医听起来很困惑,"通常你从遗体上找回一颗牙齿的时候,牙根还会在上面。除非这颗牙已经松掉了。"法医似乎比较像是在自言自语,而不是在对华伦跟巴比报告,"我想对一年级的小学生来说没有错。松动的牙齿,再加上爆炸的力道……对,我看得出来。"

"所以牙齿很可能来自苏菲·李欧妮?"华伦逼问。

"牙齿很可能来自一个青春期前的女孩,"班纠正,"我现在顶多只能这样说。我必须把遗体带回我的实验室。牙科X光片最有助于判断,虽然我们还要找回颅骨或下颌骨,还有一些工作要完成。"

华伦想着,换句话说,泰莎·李欧妮先前组装了一个爆裂物,威力大到足以炸掉她女儿头骨上的一颗牙。

一片雪花飘落下来,另一片接踵而至,然后又是一片。

他们全都抬头望着天空,步步逼近的灰色雪云终于到达了。

"防水布,"班立刻说道,同时迅速奔向他的助理,"保护遗体,就是现在，立刻、马上！"

班匆匆离开。华伦从空地上撤退，躲在某个特别浓密的灌木丛后，她在那里弯下腰，突然干呕起来。

泰莎说过什么？华伦现在对她未出生的孩子感觉到的爱，根本比不上她一年后感觉到的，或是再一年、又一年后感觉到的。六年那样程度的爱，六年……一个女人怎么可能……一个母亲怎么可能……

你怎么能在这一刻替你的孩子盖好棉被，下一刻就出门找埋葬她的完美地点？你怎么能够拥抱你的六岁女儿祝她晚安，然后又在她身体上装炸弹？

我爱我女儿，泰莎说，我爱我女儿！

真他妈的贱货！

华伦再度干呕，巴比在她身边，她感觉到他把她的头发从脸颊旁边往后拉。他交给她一瓶水，她用水漱口，然后把她泛红的脸颊转向天空，试着感觉落到脸颊上的雪。

"来吧，"他平静地说，"扶你回车上去，现在该休息一会儿了。华伦，状况会好转的，真的会。"

他握着她的手，拉着她穿过树林。她踩着气馁的脚步跟在他后面，想着他是个骗子。一旦你看过一个小女孩的尸体在你面前炸开，这个世界就没办法再变好了。

他们应该前往总部，在这条乡间道路还没变得无法通行之前离开，她必须为无可避免的媒体记者会做准备。好消息，我们可能找到苏菲·李欧妮的尸体了。坏消息，我们弄丢了她妈妈，一位很有可能谋杀了全家的杰出州巡警。

他们走到车子旁，巴比打开副驾驶座的车门。她滑进去，觉得混乱、不平静，几乎拼命想从自己的皮囊里跳出去。她不想再干警探了，华伦警长没逮到她的人，华伦警长没救出小孩。华伦警长自己就快要当妈妈了。看看泰莎·李欧妮，这位了不起的巡警，杀害、掩埋，然后炸碎了自己的小孩，这个案例对于女警变身人母的状况有什么样的说明？华伦是被什么鬼迷心窍了？

她不该怀孕的，她不够坚强，她强悍的外表正在破裂，底下只有一口悲伤化成的大井。这些年来她仔细研究过的所有尸体，其他永远回不了家的孩子，父母、叔伯、祖父母，甚至是干出这种事的隔壁邻居，他们懊悔的面孔。

这世界是个可怕的地方，她解决每一件谋杀案，就只是为了继续办下一件。把一个虐童犯关起来，第二天又看着一个殴妻犯离开，事情不断继续下去。华伦被判刑了，她注定要耗尽她剩下的职业生涯在荒地漫游，寻找毫无生气的小小尸体，他们一开始就没有被爱过、被渴望过。

她本来只想带苏菲回家，拯救这一个孩子。在这个宇宙间制造那么一点不同，但现在……现在……"不哭不哭"。巴比现在在轻抚她的头发。

她在哭吗？也许，不过这样还不够。她把满是泪痕的脸颊贴到他肩膀的弧线上，感觉到他让人战抖的热度。她的嘴唇找到他的颈项，尝到咸味。接下来往后一仰，用她的唇找到他的唇，似乎成了全世界最自然的事情。他没往后退，她反而感觉到他的双手抓住了她的肩膀。所以她又吻了他一下，这个男人一度是她的情人，也是她视为心灵支柱的少数人之一。

时间暂停了，在这一两秒的心跳之间，她不必思考，只要感觉。

然后巴比的双手再度绷紧了。他扶起她，然后轻柔地把她推回去，直到她端坐在副驾驶座上，他则坐在驾驶座，他们之间至少隔了两尺远。

"不行。"他说道。

华伦说不出话，她现在才开始明白，她刚才做的事情有多严重。她环顾着这辆小车，拼命想逃跑。

"那只是一瞬间,"巴比继续说下去,他的声音听起来很粗哑。他顿了一下,清清喉咙,又说了一遍,"一瞬间,可是我有安娜贝尔,你有艾利克斯。你跟我都很清楚,别去破坏成功的关系。"

华伦点头。

"华伦——"

她立刻摇头,她不想再听任何话了,她已经弄得够糟了。一瞬间,就像他说的一样,只是一瞬间,生命中充满了一瞬间。

只是她面对巴比·道奇总是没辙。她已经放他走了,却从来没忘怀他。要是她现在开口,她会开始哭,那样就蠢透了。巴比需要比较好的对待,艾利克斯也需要比较好的对待,他们全都需要。

然后,她发现自己想起了泰莎·李欧妮,而她忍不住再度感觉到那股联结。她们这两个女人,在专业生涯中都这么能干,在私生活中却彻底搞砸。

仪表板上的无线电"喀喀"响着活了过来,华伦抢着接起来,希望是好消息。

蓝德利警官回报来自搜查队伍的消息,他们追踪李欧妮的足迹追了两里半,她奔过积雪的乡间道路,到了比较大的十字路口。然后她的足迹到此为止,取而代之的是新鲜的车胎痕。

最佳猜测:泰莎·李欧妮不再是一个人,也不再步行。

她有个同谋跟一辆车。

她消失了。

第三十二章

茱莉安娜跟我十二岁大的时候，我们发展出一套口号："朋友是做什么用的？"我们把这当成暗号——这个暗号表示，如果我们之中有哪一个需要帮忙（最有可能的状况就是碰上尴尬或紧急事件），另一个人就必须说好，因为朋友就是做这种事的。

茱莉安娜忘记她的数学作业。朋友是做什么用的，她会在我们的置物柜前面宣布，然后我会赶快分享我的答案。我爸爸硬是不让我放学后留校练田径。朋友是做什么用的，我会这么说，茱莉安娜就会要她妈妈通知我爸爸她会接我回家，因为我爸爸永远不会跟茱莉安娜的妈妈争辩。茱莉安娜迷恋我们生物课上的一个可爱男生，朋友是做什么用的？我会在午餐时间悄悄接近他，弄清楚我朋友到底有没有机会。

因为谋杀亲夫被捕，朋友是做什么用的？

我在星期六下午查出茱莉安娜的电话，因为这时我的内部世界爆炸坍塌，我想到我需要帮助。十年过去，我还是只有一个人可以信任。所以在黑衣男人终于离开，把我丈夫埋在雪中的尸体留在车库之后，我查出了我那位前任挚友婚后的姓名、地址和电话号码。我把这个讯息记在脑中，避免纸张留下痕迹。

在那之后的短时间内，我制造出两个小型爆炸装置，并装进Denali车里面，然后开车出门。

这是我身为一个自由女人的最后行动，甚至在那时我就知道了。

布莱安做了某件坏事，而被惩罚的却是苏菲跟我。所以我付给谋杀我丈夫的人五万块，以便争取二十四小时的领先时间。然后，我用那段时间拼命地抢先两步。

星期日早上，谢恩到场，比赛开始。一小时后，我差点被打死，脑震荡、脸颊骨折，从杰出的谋略专家变成确实遍体鳞伤的女人，晕眩、意识混乱，而且在我乱成一团的脑海深处，仍然微弱地希望我把一切都想错了。也许布莱安没有死在我面前，也许苏菲没有被人从床上掳走。也许下次我醒来的时候，我的世界会奇迹般地再度恢复完整，我丈夫跟女儿会在我身边握着我的手。

我从来没有这种福气。

我反而被困在医院病床上，一直到星期一早晨，警方逮捕了我，B 计划启动。

所有的狱中电话开头都有一段给受话者的预录讯息，说明接通的电话来自一个矫正机构。另一方愿意付费吗？

我在星期一晚上想着，这真是个价值百万的问题，这时我站在被拘留人收容单位的公共区，用战抖的手指打电话给茱莉安娜。在茱莉安娜说好的时候，我像任何人一样惊讶，我猜她自己也很惊讶。

而且我敢打赌，她三十秒内就会后悔，希望自己刚才拒绝接听。

所有打出的电话都会被录音，因此我保持对话内容的单纯。

"朋友是做什么用的？"我这么说，心脏像锤子似的猛敲，我听到茱莉安娜倒吸一口气。

"泰莎？"

"我需要一位朋友。"我继续说下去，现在速度比较快，要趁着茱莉安娜还没做出某种明智举动之前——好比说挂断电话——就先把话说完，"明天下午我会再打电话。朋友是做什么用的？"

然后我挂断了，因为茱莉安娜的声音会让我流泪，而你付不起在监狱流泪的代价。

刚刚撂倒费斯克警官的我，现在抢走了他的手机。然后我沿着有硬实积雪的乡间道路冲刺了一百码，直到我来到一棵巨大的冷杉树下。我躲在这棵树绿色枝丫构成的树冠之下，迅速地拨打茱莉安娜的电话号码，同时抽出一个我预先塞进枝丫之间的小防水袋。

"喂？"

我讲得很快。方向，GPS 坐标，还有一份补给品清单。我在监狱里有二十四小时可以计划如何逃狱，我也好好利用了这段时间。

在手机的另一头，茱莉安娜没有争辩。朋友是做什么用的？

也许她会在挂断电话的那一刻打电话给警察。但我不这么认为，因为上次这句话出现在我们之间的时候，说话的是茱莉安娜，同时她把刚杀死她哥哥的那把枪交给了我。

我放下费斯克警官的手机，然后打开防水袋。里面是布莱安的克拉克手枪，我事先从我们的枪支保险柜里拿出来的。

他不再需要这把枪了，我却需要。

等到那辆银色休旅车在干道上慢到几乎停下来的时候，我的信心已经插翅而飞，整个人紧张兮兮。枪塞进我的黑色外套口袋了，我的双臂紧紧地环抱着自己，位置一直保持在路边树林的边缘，自觉很显眼。现在这个时候，警车随时都可能呼啸而过。如果我没及时找掩蔽，有警觉心的警官就会瞥见我，来个一百八十度紧急大转弯，事情就成定局了。

我必须专注，必须逃跑，必须躲藏。

然后有另一辆车从远处渐渐逼近，车头灯在越来越深的昏暗暮色中显得很明亮。现在这辆车移动得更慢，更不确定，就好像驾驶员正在找什么东西。没有放着警笛的车顶架，表示这是跟警车不同的过路汽车，现在要一次定胜负了。

我深吸一口气走向柏油路，车头灯扫过我的脸，然后那辆休旅车重重踩下刹车。

茱莉安娜到了。

我迅速地攀爬到后座,我关上车门的那一秒,她就炮弹似的冲了出去。我撞上地板,然后就留在那里。

儿童汽车安全座椅是空的,不过有一半盖在一张婴儿毯下面,所以最近还有人坐过。不知道为什么这让我很惊讶。我有个孩子了,茱莉安娜也有,不奇怪吧?

我们还是小女孩的时候,计划要嫁给双胞胎兄弟。我们会比邻而居,一起养大我们的孩子。茱莉安娜想要三个孩子,两男一女。我打算男女各一个,她会在家照顾她的孩子,就像她妈妈一样。我则会拥有一家玩具店,当然了,她的孩子会有友情价。

儿童安全座椅旁边有个暗绿色的行李袋。我爬起来跪着,保持在窗口视线以下,然后拉开那个袋子。我在里面找到我要求的每一样东西——换洗衣物,全都是黑色的。新的内衣,两件备用的上衣,剪刀、化妆品、黑色棒球帽跟手套。

一百五十块现金,都是小钞,可能是她在短时间内能够凑到的极限。

我纳闷地想,对于现在的茱莉安娜来说,这是不是一笔大钱。我只认识过去还是少女的她,却不认识变成妻子跟母亲的她。

我开始把所有黑色物品拿出来,然后在后座摊开这些东西。我稍微扭动挣扎了一阵,最后总算设法脱掉橘色的连身衣,重新穿上黑色牛仔裤和一件黑色高领毛衣。我把头发扭成一束压到头顶,然后用黑色棒球帽盖住。

然后我转过身去,审视照后镜里的自己。

茱莉安娜正盯着我看。她的嘴唇抿成一条细线,她握在方向盘上的双手关节都泛白了。

她有个新生儿,我立刻这么想。她脸上有那种表情——一位疲惫的新手妈妈,晚上没得睡,生活质量每况愈下。虽然知道第一年会很难熬，却很惊讶地发现比想象中还艰辛。她移开目光，看着马路。

我坐在后座椅子上。

"谢谢你。"最后我说道。

她一直没有回答。

我们在沉默中又开了四十分钟的车。雪终于开始下了，起初只下了一点点，后来就大到让茱莉安娜必须放慢车速。

在我的要求下，她打开收音机转到新闻频道。没有只言片语提到警官陷入险境，所以显然华伦跟她的队伍平安度过我的小惊喜，而且选择不张扬此事。

这很合理。没有一个警察愿意承认她弄丢一个囚犯，尤其是在她相信很快就会再逮到这名囚犯的时候。华伦警长所知的最后消息是我独自一人徒步前进，这表示华伦可能相信她会在一小时内围捕到我。

让她失望我并无歉意，不过知道人人平安无事却让我松了口气。我尽我所能，把成对的压力感应爆炸装置组装成往后爆炸，远离遗体搜寻队伍，飞进相对来说比较有遮蔽性的倒木里。但毕竟这是新手的成品，我无法确知我做得有多成功。

那时我坐在费斯克警官背后，对接下来会发生的事既期待又害怕。

休旅车再度慢下来。茱莉安娜打了方向灯，正准备离开高速公路，上九号公路。她一路都保持在速限以下，眼睛直视前方，两手握着方向盘。一位有良心的逃亡驾驶人。

现在我们的冒险几乎到终点了，我可以看见她的下唇在战抖，她很害怕。

我纳闷地想，她是不是认为我杀了我丈夫。我疑惑着，她是不是认为我谋害了自己的女儿。我应该为我的清白抗议，但我没有。

我想，在所有人之中，她应该最明白事实的真相。

再过十二分钟。就只要花这些时间，就可以回溯过去，回到旧日的小区。经过她的旧居，经过我父母破落的家。

茱莉安娜没有注视任何一栋建筑物。没有叹息,没有兴起怀旧情绪,没说任何一个字。

转了最后两个弯,我们就到了那里,到我父亲的修车厂。

她停下车,关掉车灯。

雪现在下得很大,替这个阴暗世界铺上一片洁白。

我收起我的最后一点东西,塞进我会带走的行李袋里,不留任何证据。

这时我说话了,声音在一片寂静中大得惊人:"等你回到家之后,把氨水跟温水混合,然后用它来擦车子,这样可以消除任何指纹。"

茱莉安娜再度注视着后视镜里的我,依旧保持沉默。

"警方会找上你,"我继续说道,"他们会把注意力集中在我昨晚从监狱打给你的电话上。这是他们仅有的线索之一,所以他们会追踪这一条。就告诉他们实话,我说了什么,你说了什么。整个对话都被录音了,所以你跟他们说的事情他们全都已经知道了,而且我们并没有说什么能陷你入罪的事情。"

茱莉安娜望着我,继续沉默。

"他们应该无法追踪到今天的电话,"我告诉她,"我们唯一的接触点是别人的手机,而我会用乙炔烧焊枪对付这部手机。我一烧熔它的回路,它就没有什么可以泄露了。所以你今天下午去兜风了。我刻意选择一个不会经过任何收费道路的地点,表示他们没有办法追踪你去了哪里。你有可能去了任何地方,做了任何事。让他们自己想办法弄清楚。"

当然,她会撑过警方的询问,她以前就撑过去了。

"我们扯平了,"她突然间说道,声调很平板,"别再打电话了。我们扯平了。"

我微笑了,很悲伤,也真心感到懊悔。十年来我们一直保持距离。本来也会一直如此,要不是因为那个星期六早上,我的笨蛋丈夫死在

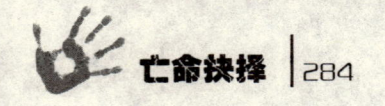

我们厨房的笨蛋地板上。

血浓于水,友谊也是如此,所以过去我实现了我知道茱莉安娜会需要的承诺,就算这样做会伤害到我。

"我愿意再做一次,"我喃喃低语,我的眼睛锁定了她反映在照后镜里的眼睛。"你是我最好的朋友,我爱你,所以就算重新来过,我也愿意再做一次。"

"你真的替她取名叫苏菲?"

"是啊。"

本姓何奥的茱莉安娜·苏菲亚·麦道格掩住她的嘴,她开始哭泣。

我把行李袋甩到肩膀上,然后踏进雪夜里。又过了一会儿,引擎发动了。接着车头灯亮起,茱莉安娜驱车离去。

我走向我父亲的修车厂。我可以从里面点亮的灯火看出来,他已经在等候了。

第三十三章

巴比跟华伦在沉默中回到总局，巴比开车，华伦坐在副驾驶座。她把握成拳头的双手搁在腿上，试着别去思考，但无论她怎么努力，她的脑袋还是不停狂飙。

她整天都没吃东西，昨天晚上她的睡眠顶多只能算是勉强，再加上今天是她整个职业生涯中最衰的一天，她有权发点疯，亲吻一个已婚男人，同时却怀着其他男人的小孩，这完全合理嘛。

她把额头靠在冰凉的窗户上，瞪着白雪。冻结的雪花现在下得很大，湮灭了泰莎·李欧妮的足迹，交通状况则乱成一团，让一个本来就已经够复杂的调查行动变得更复杂。

她在离开犯罪现场的时候联络了她的上司，让霍根从她这里得知消息，胜过让他从最新媒体报导里得知，而且这则新闻注定随时会爆开。华伦弄丢了一个双重谋杀案的嫌疑犯：她把这名嫌犯带到麻州的空旷无人地带，然后她的整支队伍都在这里落入一个新手装的诡雷陷阱。

波士顿警方看起来就像一帮白痴，而且由于整个搜查行动的规模正在稳定成长，暴力逃犯追缉小组——一个州层级的行动小组，很有可能会把整个案子从他们手上抢去。波士顿警方会因此显得更无能，被剥夺任何重振声威的机会，这可是前往废物大道的单程车票。更别提将来所有的媒体报导，都会用上这句铿锵有力的话——在波士顿警方监护下逃走的双重谋杀案嫌犯泰莎·李欧妮……她最好期望她怀孕了,华伦这么想。这样她就不会被炒鱿鱼,反而可以请产假。

她整个人痛起来。

她真的在痛。她头痛,她的胸口也在痛。她在哀悼苏菲·李欧妮,一个脸庞甜美、应该过得更好的孩子。她每天早上都在期待着她妈妈下班回家吗?抱抱跟亲亲,同时紧靠着妈妈听故事,或者炫耀她最新的功课?华伦会这么想象。小孩子就是这样。他们付出爱,付出爱,再付出爱,用他们的整颗心去爱,用尽他们身上的每一份力量去爱。

然而他们生命中的那些大人却让他们失望。

警察也让他们失望。

所以事情就是这样。

我爱我女儿。

"我要在前面停车,"巴比开口了,轻轻一弹打开右转方向灯,"我需要食物。想吃什么吗?"

华伦摇头。

"来点干谷片怎么样?华伦,你得吃点东西。忍耐低血糖状态从来就不是你的强项。"

"你为什么那样做?"

"做啥?"

"照顾我。"

巴比把他的目光从路面上移开,时间长到可以稳稳地注视着她。"我猜艾利克斯也会这么做,如果你让他有这个机会的话。"

她脸色一沉,巴比不把她愤怒的眼神当成一回事,回头注意路况多变的高速公路。他们花了点时间才让福特皇冠脱身,找到公路出口,然后设法进入一个小型购物广场的停车场。华伦注意到一家干洗店,一家宠物用品店,还有一间中等规模的杂货店。

看来杂货店就是巴比的目标，他们在前面停车，大多数顾客被寒冬似的恶劣天气给吓跑了。华伦下车的时候很惊讶地发现已经积了不少雪，巴比绕过汽车，无言地伸出他的手臂。

她接受了他的帮助，小心谨慎地沿着覆雪的人行道走进灯光明亮的店里。巴比走向熟食区，她撑了五秒钟，然后事实证明烤鸡的味道太浓厚了。她离开他，自己漫游到别处去，从农产品区取了一个苹果，然后从营养谷片区拿了一盒奇丽欧谷片。也许从那些新潮的有机水果饮料里挑一瓶吧，她想着，还是拿杯随开即饮的蛋白质奶昔。她可以靠着亚培安素产品活下去，这是生命循环中合乎逻辑的下一步。

她发现自己置身于小小的药品区，然后很快就知道她要做什么。

动作要快，要在她能够改变心意、在巴比有可能出现之前：家庭计划区、保险套，然后当然了，保险套破掉之后，就是居家验孕试剂。她抓了她看到的第一个盒子，尿在一根棒子上，等着看那根棒子跟你说什么。这能有多难？

没时间付钱了，巴比肯定会看到她，所以她把苹果、谷片跟居家验孕试剂紧抱在胸前，匆匆往厕所去。

一个绿色标示声明：商品不能带进厕所。

真死硬的规定，华伦想着，然后推开了门。

她霸占了残障厕所。这里有个换尿布用的板子拴在墙壁上，她打开那张塑料桌面，然后把这个当成工作台，把苹果、谷片跟验孕试剂放在上面。

她的手指在发抖，抖得很厉害，抖到她握不住盒子也看不清上面的字。所以她在换尿布的桌子上翻动那个盒子，在她解开长裤纽扣时阅读那些指示，最后终于把她的牛仔裤脱到膝盖处。

这可能就是女人会在家里做的事情。那些女人的身边环绕着种种舒适的设备，包括她们最爱的毛巾，漆成蜜桃色的墙壁，可能还有干燥花香袋，她则蹲在一个工业风格的灰砖公厕里做这种事。

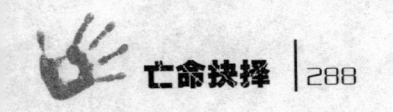

她花了三次才成功。她把那根棒子放在换尿布桌上，不肯去看。她尿完了，她穿上裤子，她在洗手台洗了手。

然后她回到那个隔间，她可以听到外面的厕所门打开的声音，接着是另一个女人进来走向隔壁隔间的脚步声。华伦闭上眼睛，屏住呼吸。

她觉得自己很淘气，就像在厕所抽烟被抓到的坏女学生。

她不能被看见，不能被发现。对她来说，要看那根棒子，她必须有绝对的隐私。

马桶冲水的声音，隔间的门打开了，水声在洗手台流淌，然后是自动烘手机轰轰作响。

外面的门打开，外面的门关上。

华伦再度独自一人。

她慢慢地睁开一只眼睛，然后是另一只，她瞪着那根棒子。

粉红色的加号。

华伦警长正式怀孕了。

她往后坐在马桶上，把头搁在两手间，啜泣起来。

稍后，她还坐在马桶边缘的时候，就把那个苹果吃掉了。含糖水果的力道冲进她的血流中，她突然觉得饿得不得了。她吃掉半盒奇丽欧，然后抛下那间厕所，去寻找蛋白质营养棒、综合核果、洋芋片、酸奶和香蕉。

在巴比终于赶上她的时候，她正站在结账队伍中，拿着她的苹果核、打开的谷片盒、打开的验孕试剂盒，还有另外半打杂货。收银台的那个女孩，脸上穿了三种洞又刺了整个星座的星星刺青，用一种明显不赞同的眼神盯着她看。

"你去哪了？"巴比皱着眉头问道，"我还以为我把你弄丢了。"

然后他的目光落在那个验孕试剂上，他的眼睛瞪大，没再说另一句话。

华伦交出她的信用卡，接过她的购物袋，她也没说一句话。

她的手机响起时，他们才刚往外走到车子旁边，她查看来电号码——菲尔从总部打来的。

工作，这正是她需要的。

她按下通话键聆听菲尔要说的话，然后无论原因在于他的消息还是她的进食狂热，她终于觉得今天好一点了。

她把手机收好，转回去面对巴比，这时他站在雪地里的车子旁边。

"你猜怎么着？泰莎·李欧妮在沙福克郡狱警的细心管辖之下打了一通电话。她昨天晚上九点联络了她小时候的超级好朋友，茱莉安娜·苏菲亚·何奥。"

"被她射杀那个家伙的妹妹？"

"正是她。现在呢，如果你因为谋杀配偶被捕，你觉得你会打电话给你上一个受害人遗族的可能性有多高？"

巴比皱起眉头，"我不喜欢这种状况。"

"我也不爱，"华伦脸上表情一亮，"咱们去抓她吧！"

"没问题。"巴比打开他的车门，然后顿了一下，"华伦……"他的目光闪向她的购物袋，"开心吗？"

"对啊，"她边说边缓缓点头，"我想我开心了。"

巴比跟华伦终于开完前往茱莉安娜家那一段危机重重的车程，这时他们发现这个小小的家灯火通明如白昼，衬托着外面缓缓飘落的大片雪花。车道上停着一辆银色的休旅车，还有一辆颜色暗沉的轿车。

巴比跟华伦靠近的时候，前门打开来，有个男人出现了。他穿着一件西装，仍然是上班时间的打扮，不过现在他吃力地抱着一个婴儿跟一个装尿布的袋子。在巴比跟华伦踏上前门走廊时，他迎向他们两人的凝视。

"我已经要她打电话给律师了。"他说道。

充满关爱的丈夫，华伦这么推论，"她需要律师吗？"

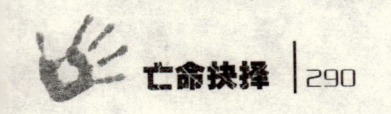

"她是个好人，也是很棒的妈妈。你们想找个人起诉，回去再射杀她哥哥一次吧。应得这种下场的是他，不是她。"

茱莉安娜的丈夫表明立场之后，就从他们中间挤过去，大步穿过雪地走向深蓝色的轿车。他又花了一分钟把婴儿束在后座，然后茱莉安娜的家人就闪到一边去了。

"绝对是料到我们要来了。"巴比喃喃地说。

"咱们去抓她吧！"华伦又说了一次。

细心的丈夫没有完全关上他背后的门，所以巴比完成了推开门的动作。茱莉安娜坐在大门正对面的沙发上。她没起身，却冷静地望着他们。

华伦先进门，她闪了一下她的证件，然后介绍了巴比。茱莉安娜没起身，巴比跟华伦也没坐下。

这个房间已经充满了紧张气氛，这让华伦很容易做出一个合乎逻辑的结论：

"你帮她脱困，不是吗？你今天下午去接泰莎·李欧妮，而且开车载她离开她女儿埋葬的地方。你支援、帮助一个逃犯，为什么？我是真的想知道为什么。"华伦指着旁边这个可爱的家，指着这里刚上好的油漆，还有充满欢乐气氛的婴儿玩具堆，"你是被什么鬼迷心窍，要拿这一切去冒险？"

"她没有做这种事。"茱莉安娜说道。

华伦扬起一边眉毛。"你到底是什么时候吞了愚蠢药，药效什么时候会退？"

茱莉安娜的下巴一扬，"我不是白痴。你才是！"

"为什么？"

"因为这就是你的职业，"茱莉安娜急促地爆出一串尖刻的话语。"警察，条子，看到没有，问了问题却不听答案。十年前他们搞砸了一切，现在凭什么会有不同？"

华伦瞪着这位年轻妈妈，对这一阵爆发的激烈程度感到震惊。这时候华伦想到了，那个丈夫在外面说的话。茱莉安娜让人难以理解地出手帮助十年前毁掉她家庭的女人。她对警方的愤怒延续至今。

华伦往前踏出第一步，然后再一步。她停下来，直到她的视线跟茱莉安娜平行，看到那女人脸颊上的泪痕。

"茱莉安娜，告诉我们。那天晚上是谁射杀你哥哥？现在是卸下重担的时候了。所以请你开口，我保证我们会听。"

"泰莎没拿那把枪，"茱莉安娜·何奥悄声说道，"是她把枪从我这里带走的，因为我要求她这样做。她本来没拿那把枪，她从来没用过那把枪。"

"茱莉安娜，是谁射杀汤米？"

"是我，我射杀了我哥哥。虽然这样说我很抱歉，但如果重新来过，我还会再做一次！"

现在水坝终于破裂了，茱莉安娜在一阵猛烈的啜泣中坦白了剩下的故事。她哥哥回家强暴她的第一个晚上。他在第二天早上哭着求她原谅；他喝醉了，他不知道他在干什么，当然他永远不会再这样做了……拜托别告诉爸爸妈妈。

她同意保住他的秘密，但是在那之后，他还是一再强奸她。

她在学校没办法专心，老是有黑眼圈，因为如果那天是星期五，汤米就可能回家，她就必须保持警戒，她在她的房门上加了锁。两星期后，她回家时发现她的整个卧室房门被劈成碎片。

"我真的非常抱歉，"汤米在晚餐时间说道，"我不该像那样冲进走廊。"而她父母对他满脸堆笑，因为他是他们的长子，他们把他捧在手心。

某个星期一早上，茱莉安娜崩溃了。她去学校之后开始痛哭，停不下来。泰莎拉着她进到女厕最后面的隔间，然后站在那里，直到茱莉安娜停止啜泣，开始说话。

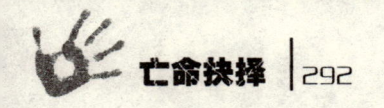

这两个女生一起设计了一个计划，泰莎的父亲有一把枪，她会把枪拿来。

"他从来没注意那把枪，"泰莎耸耸肩，"这有什么难的？"

所以泰莎会拿到那把枪，然后在星期五晚上带过去。她们会一起过夜，泰莎会当守卫。汤米出现的时候，茱莉安娜就会拿出武器，她会拿枪指着他，告诉他如果再碰她一次，她就会杀了他。

两个女生练了几次那句台词，她们喜欢这句话。

挤在一间厕所隔间里的时候，这个计划很合理。汤米就像任何一个恶霸一样，要有人挺身对抗。

然后他就会退缩，茱莉安娜就会再度安全无虞。

这一切都合理得不得了。

到了星期四，泰莎拿到那把枪。星期五晚上，她到茱莉安娜家去，把枪交给她。

然后她们一起坐在沙发上，开始有点紧张地看电影。

泰莎在地板上睡着了，茱莉安娜则是在沙发上睡着，可是两个人在汤米回家的时候都醒了。

为了换换口味，他没看着他妹妹，两眼反而黏在泰莎胸前。

"像是成熟的苹果。"他这么说。在茱莉安娜耀武扬威地拿出那把手枪时，他已经踉跄着走向泰莎。她把枪指向她哥哥，尖叫着要他走开，放过她跟泰莎，否则等着瞧。

但是汤米却直盯着她看，然后开始大笑。"等着瞧什么？你到底知不知道怎么用那玩意儿啊？如果我是你，我会检查一下保险装置。"

茱莉安娜立刻举起枪检查保险装置。这时汤米扑向她，想抢下武器。

泰莎在尖叫，茱莉安娜在尖叫，汤米在咆哮，拉扯茱莉安娜的头发，拼命乱抓。

枪被压在他们中间，枪走火了。

汤米摇摇晃晃地往后退，目瞪口呆地望着他的腿。

"你这贱货。"她哥哥说。这是他对她说的最后一句话，"你这贱货。"他又说了一次，然后他就倒了下去，缓慢而确实地断气了。

茱莉安娜惊慌失措，她没有打算要……她父母，老天爷啊她的父母……她把枪推给泰莎。泰莎必须把枪拿走。泰莎必须……逃走……走开就对了。走开，走开，走开。

所以泰莎照做了，那就是茱莉安娜对她最要好的朋友说的最后一句话。

走开，走开，走开。

等到泰莎回到她家的时候，警察已经抵达茱莉安娜家。茱莉安娜本来可以承认她做了什么，她本来能够承认她哥哥其实是什么样的人。可是她妈妈歇斯底里地尖叫，她爸爸震惊得陷入呆滞。她做不到，她就是做不到。

茱莉安娜悄声对警察说了泰莎的名字，然后，虚构很快就成了事实，泰莎射杀了她哥哥。

而泰莎从来没有别的说法。

"我本来会坦白的，"茱莉安娜现在说道，"如果这件事上了法庭，如果泰莎看起来真的会惹上麻烦……我就会招供。可是有其他女人开始出来指证，事情变得很明显，泰莎永远不会被起诉，检察官自己说他觉得这是正当使用武力。"

"我猜想她会没事，而我父亲……那时他整个垮掉了。如果他不能接受汤米曾经袭击过其他女人，他怎么可能相信汤米曾经对我做过什么。就这样闭上我的嘴似乎比较好。只是……你越久没说出口，要吐露实情就变得越难。我想见泰莎，却不知道要说什么。我希望我父母知道发生了什么事，却不知道要怎么告诉他们。"

"我不讲话了，这是真真切切发生的事。我沉默了整整一年，而我父母甚至从来没注意到。他们自己忙着精神崩溃，顾不到我。然后泰莎失踪了——我听说她爸爸把她踢出家门。她从来没告诉我，从来没路过这里停下来说再见。或许她也不想讲话，我一直都不知道。直到昨天早上你们出现之前，我都不知道她已经变成一个警察，不知道她结了婚，也不知道她有个叫做苏菲的小女儿。你们知道，那是我的中间名。她用我的名字替她女儿命名，在我对她做了那一切之后，她还是用我的名字替她女儿命名……"

"那个女儿现在死了。"华伦过分直率地说。

"你错了！"茱莉安娜摇头。

"是你错了，茱莉安娜，我们看到尸体了。至少看到她炸碎尸体之后的尸块。"

茱莉安娜的脸色变得苍白，然后再度摇头。"你错了。"这名年轻女子顽固地坚持。

"再说，说出这句话的女人生于一个擅长否认事实的家族……"

"你不了解泰莎。"

"在过去十年里，你也不了解她。"

"她很聪明，不用靠别人。可是她不会伤害一个孩子，在她弟弟出过那种事之后更是不会。"

巴比跟华伦交换了一个眼神。"弟弟？"华伦说道。

"一个死产儿。这件事，早在我认识她的好几年前，就把她家扯得分崩离析。她妈妈陷入重度忧郁，可能应该要入院治疗，只是当时谁知道要这样做？她妈妈在卧室里过日子。从来不出房门，肯定也绝不照顾泰莎。她爸爸尽了全力，不过他真的不太会照顾孩子。可是泰莎爱他们。她试着用她的方式来照顾他们，而且她也爱她的婴儿弟弟。有一天，我们替他举行了一场葬礼，就只有她跟我。而她哭了，她真的哭了，因为那是她家里绝对不准做的事情。"

华伦盯着茱莉安娜："你知道吗，你本来可以早点告诉我这件事。"

"喔，你本来可以早点想出来的。条子啊，一定要让受害者替你们做好所有的工作吗？"

华伦火大了，巴比立刻把一只安抚的手放在她手臂上。

"你把她载到哪去了？"他平静地问她。

"我不知道你在说什么。"茱莉安娜谨守分寸地说道。

"你接应泰莎，你已经承认这件事了。"

"不，我没有。你的搭档声称我去接应她，我从来没说过这种话。"

华伦咬着牙，"你想这样玩？"她的手臂朝着点缀着各种玩具的地板一挥。"我们可以把你带到总部去。扣押你的车，我们会把它整个拆散，同时你会在牢房里腐烂。你再说一次，你的小孩几岁了？因为我不知道婴儿准不准探监。"

"泰莎在星期一晚上九点之后打过电话给我，"茱莉安娜桀骜不驯地说，"她说，朋友是做什么用的？我说，泰莎？因为在相隔这么多年后再度听到她的声音让我很惊讶。她说她想再打电话给我，然后她就挂断了。我们就只说了这些，而我在过去十年里跟泰莎·李欧妮的互动就只有这样。如果你想知道为什么她会打电话来，她是什么意思，或者她是不是打算进一步接触，你就必须问她了。"

华伦目瞪口呆，真的目瞪口呆，谁知道泰莎住在郊区的童年玩伴有这等能耐？

"要是你车里有一根头发，你就死定了。"华伦说。

茱莉安娜装模作样地拍着她的脸颊。"喔，我的天啊，真抱歉，我有没有说我用过吸尘器了？喔，就在前一天，我读到了洗车的最佳技巧，要用氨水……"

华伦瞪着这位家庭主妇，"光为了这个我就要逮捕你。"她最后这么说。

"那就动手啊。"

"泰莎射杀她丈夫，她把他的尸体拖到车库去，还把尸体埋在雪堆里。"华伦愤怒地厉声说道，"泰莎杀了她女儿，把她的尸体载

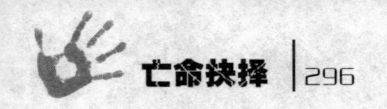

到树林里,然后在上面装了足够歼灭整支搜寻队伍的炸药。这就是你企图保护的女人。"

"这是你以为杀死我哥哥的女人,"茱莉安娜纠正她,"你弄错那件事了,不难相信你也弄错了其他事情。"

"我们没有弄错——"华伦开口,但接着她停下来。她皱起眉头,她想起某件事,某个她稍早在树林里就想到的琐碎疑点。喔,可恶。

"我得去打通电话。"她突然说道,"你坐好,只要离开沙发一步,我就逮捕你这混蛋。"

然后她对着巴比点点头,带着他走到前门门廊,她在那里抽出她的手机。

"怎么——"他开口,可是她举起手示意安静。

"法医办公室?"她对着话筒说,"请班来接电话,我知道他在工作。不然你以为我见鬼了打来干吗?告诉他是华伦警长打来的,因为我跟你赌一百块,他现在正站在一个显微镜前面,心里想着喔,惨了!"

第三十四章

我父亲的修车厂向来说不上体面，十年光阴并没有让这里产生任何进步。这是一栋低矮的空心砖建筑，外面的油漆是尼古丁的颜色，还呈现大块雪片状剥落。暖气总是不太可靠；在冬天，我父亲会穿着全套雪地服装在车底下工作。水管状况也不太好，因此偶尔会出现一间活动厕所。大多数时候，我父亲跟他的男性朋友会对着篱笆尿尿——男人嘛，爱划地盘。

然而我父亲的店有两项优点：首先，有一间让二手车等待修理与转卖的棚子；其次，有乙炔烧焊枪，这是切割金属的完美工具，同时刚好能熔掉手机。

沉重的前门锁住了，车库工作区也是一样，不过后门却是敞开的。我随着无罩灯泡的光线走进修车厂后方，我父亲坐在那里的一张凳子上，一边抽烟，一边看着我走近。

一瓶半空的杰克·丹尼尔坐在他背后的工作台上。我花了好多年，才了解到我爸爸喝酒喝得多凶。我们在晚上九点上床睡觉，并不只是因为我爸爸必须早起，而是因为他醉得太厉害，那时已经撑不下去。

我生下苏菲的时候，曾经期望这样会帮助我了解我父母，还有他们无止境的悲痛。但结果，却丝毫没有帮助。就算是在哀悼失去的婴孩，他们怎么能够不去感觉自己对剩下的孩子还有爱？他们怎么能够就这样不再看我？

我的父亲又抽了最后一口,然后捻熄他的香烟。他不用烟灰缸,他那张满是坑洞的工作台就足以充数。

"我知道你会来,"他带着终身老烟枪的粗哑嗓门说道,"新闻刚宣布你逃亡了。我猜你会往这里来。"

所以华伦警长承认了她的错误,对她来说很好。

我忽视我父亲,直接走向烧焊枪。

我父亲仍然穿着他那件油渍斑斑的连身工作服。就算是从这个距离,我也可以看得出他的肩膀还是很宽,他的胸膛还有厚实的肌肉。整天都把双臂高举过头来工作,对男人就有这种影响。

如果他想制止我,他那一方有一身蛮力的优势。

在我走到乙炔烧焊枪的两个气罐旁边时,这个领悟让我双手战抖。我从附近的挂钩上拿下护目镜,然后开始做工作准备。我戴着茱莉安娜提供给我的黑色手套,我必须拿下手套好一段时间,以便把手机解体——拔掉外壳,移除电池。

然后我把黑色手套戴回去,外面再加一层做粗活用的工作手套。我把行李袋摆在墙壁旁边,然后再把手机摆在水泥地板中央;在使用能够削铁如泥的烧焊枪时,这就是最好的工作用平面。

我十四岁的时候,花了整个夏天在我爸爸店里工作。帮忙换机油、换火花塞、换轮胎。我误入歧途的想法之一,就是如果我爸爸对我的世界没兴趣,也许我应该对他的世界表示兴趣。

整个夏天我们一起并肩工作,他用隆隆作响的低沉嗓音吼出命令。然后是休息时间,他会退隐到他满是灰尘的办公室里,留我一个人在车库里吃饭,并没有父女之间偶然出现的自在沉默时刻,也没有零星的称赞话语。他告诉我要做什么,我则照他的话做。就这样。

那个夏天结束的时候,我已经明白我父亲不爱说话,而且可能永远不会爱我。

好在我有茱莉安娜。

我父亲继续坐在凳子上。烟抽完了，他接着喝杰克·丹尼尔威士忌，从看起来历史悠久的塑料杯里小口啜饮。

我戴上护目镜，点燃烧焊枪，然后把费斯克警官的手机熔成一团小小的黑黑的塑料废物。

我很不喜欢看到这样糟蹋东西——你永远不会知道，有办法打电话在什么时候会带来方便。可是我不能信任这部手机，某些手机有GPS，这就表示可以用来追踪我。如果我打了一通电话，他们就可以用三角定位追踪信号。此外，我也不能冒险就这样随手一丢——如果警方捡回去了，他们会用我打的电话追踪到茉莉安娜。

所以就是乙炔烧焊枪了，我必须说，这个东西使命必达。

我把烧焊枪关起来，关上气罐，重新卷起软管，然后把工作用的手套跟护目镜挂回去。

我把现在已经冷却的熔化手机扔进我的行李袋中，减少我留下的证据遗迹。警方很快就会赶到这里。追捕逃犯的时候，他总是会造访她过去出没的所有地点跟已知的旧识，包括我父亲。

我挺直身体，在我完成第一顺位的要务后，终于面对我爸。

这些年让他添了老态，现在我看出来了。他的脸颊变得下垂，深刻的纹路让他的前额起皱。他看起来很挫败，一度年轻力壮的男人，被人生和所有没实现的梦弄得气馁。

我想要恨他，却办不到，这就是我的人生模式：我爱着配不上我的男人，虽然心知肚明，却无论如何还是渴望着他们的爱。

我父亲说话了，"他们说你杀了你丈夫。"他开始咳嗽，而且咳嗽声立刻变得带痰。

"我是这么听说。"

"还有我的外孙女。"他用指控的语气说道。

这让我露出微笑。"你有外孙女？这就怪了，因为我不记得我女儿曾经接待过她来访的外公。也没有给她的生日礼物，或塞满礼物的圣诞节长袜。所以别跟我讲什么外孙不外孙的，老头，你播什么种，就得什么收获。"

"真是死硬脾气。"他说。

"从你身上遗传到的。"

他"砰"的一声放下杯子，琥珀色的液体泼了出来。我闻到一丝威士忌的味道，嘴巴冒出口水。忘记我们那个没完没了，却得不到任何结论的争论吧。我反而可以拉来一张椅子，跟我父亲一起喝一杯。也许在我十四岁的夏天，他在等待的就是这个。他不需要一个为他工作的孩子，他需要一个跟他共饮的女儿。

两个酒鬼，在一间破烂修车厂的微弱灯光下并肩而坐。

而我们两个都让我们的孩子失望。

"我要开走一辆车。"现在我说。

"我会去举报你。"

"你要去就去吧。"

我转向工作台左边的钉板，上面一个个都是挂着钥匙的小挂钩。我父亲爬下他的凳子，在我面前整个人站直了。

这位硬汉体内充满他那位液态好友杰克·丹尼尔带来的虚浮愚勇。我父亲从来没打过我，现在我等他出手，我并不害怕，只觉得疲倦。我认识这个男人，他不只是我爸，也是我一星期花五个晚上对抗并制伏的半打混账。

"爸，"我听见自己用柔和的声音说道，"我不再是个小女孩了。我是个受过训练的警员，要是你想制止我，你必须采取更有效的行动。"

"我才没有养出杀小孩的凶手。"他低声吼道。

"不，你是没有。"

他的眉心皱了起来，以他头脑昏沉的状态，要想清楚这一点有困难。

"你要我为自己的清白抗辩吗？"我继续说道，"我以前试过一次了,抗辩无效。"

"你杀死何奥家的那个男孩。"

"我没有。"

"警察说有。"

"警察会犯错,虽然要我这么说很难受,但事实就是这样。"

"既然他们没什么用,你为什么要变成警察?"

"因为所以。"我耸耸肩,"我想服务人群,而且我很擅长做我的工作。"

"直到你杀死你丈夫跟小女儿为止。"

"我没有。"

"警察说有。"

"我们又开始兜圈子了。"

他的眉心再度皱起来。

"我会开走一辆车,"我重复一次,"我会用这辆车来追捕劫持我女儿的男人。你可以跟我争辩,你也可以告诉我这些破铜烂铁中哪一台最有可能跑个几里路。喔,对了,来点燃料会很有帮助,现在去加油站停留一下对我行不通。"

"我有个外孙女。"他粗声说道。

"对。她六岁大,她的名字叫苏菲,而且她就靠我去救她了。所以爸,帮助我吧,帮我拯救她。"

"她像她妈一样强悍吗?"

"神啊,我希望如此。"

"谁带走她了?"

"这是我必须想出来的第一件事。"

"你要怎么做到?"

我微笑,这次很冷酷,"这么说吧,麻州政府投资大量资源训练我,而且他们就要值回票价了。车子,爸。我没有多少时间,苏菲

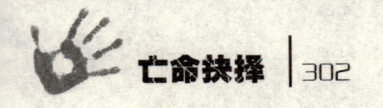

也没有。"

他没有动弹，只是交叉双臂然后低头凝视着我。"你在对我撒谎吗？"

我不想再争辩下去了。我反而往前走，用我的双臂环抱着他的腰，然后把我的头靠在他大大的胸膛上。他闻起来有香烟、机油跟威士忌的味道。他闻起来有我仍然想念的童年、家，还有妈妈的味道。

"我爱你，爸。过去一直如此，将来也会一直如此。"

他的身体动摇了，一阵轻轻的震颤。我选择相信他用这个方式来说明他也爱我，这大半是因为其他的选项太伤人了。

我往后退，他松开他的双臂，走到钉板那边，然后交给我一把钥匙。

"蓝色的福特卡车，跑了一大堆里程数，不过元件还很好，四轮传动，你会需要的。"

用来驰骋在雪地道路上，太完美了。

"油罐靠在外面的墙边，自己动手。"

"谢谢你。"

"带她来，"他突然间说道，"等你找到她，等你……把她带回来。我想……我想见见我外孙女。"

"再说吧。"我说。

我的犹豫让他一惊，对我怒目而视。

我拿了钥匙，冷静地回应他的目光。"这是一个酒鬼对另一个酒鬼的忠告——爸，你必须戒酒，然后我们会再衡量状况。"

"真是死硬脾气。"他喃喃地说。

我最后一次露出微笑，然后在他皮革似的脸颊上亲了一下。"从你身上遗传到的。"我悄悄耳语道。

我把钥匙握在掌心，拿起我的行李袋，然后我就消失了。

第三十五章

十五分钟后,华伦问:"为什么树林中的景象会这么可怕?"她回答了自己的问题:"因为什么样的妈妈会杀掉自己的孩子,然后还把尸体炸毁?哪种女人做得出这种事情?"

在茉莉安娜·何奥家的前门廊上,巴比站在她旁边点着头。"声东击西,她必须争取逃亡的时间。"

华伦耸耸肩,"不只如此。她已经跟费斯克警官独处了,他们距离搜索队有四百米远,用不着声东击西。她本来就可以轻轻松松跳到费斯克身上,还可以得到扎实的三十分钟领先优势。所以炸碎那孩子的遗体才会这么骇人听闻——这没有理由。为什么要做这么恐怖的事情?"

"好吧,我接受这个论点了:那她为什么要做这种事?"

"因为她要那些骨头支离破碎,她不能让我们在原地找到遗体,这样事情就会变得太明显——那具尸体不属于一个小孩。"

巴比瞪着她看,"请再说一次?粉红色的衣服碎片,蓝色牛仔裤,肋骨,牙齿……"

"衣服跟尸体被放在一起,肋骨接近一个六岁小孩的正确尺寸——或一种大型狗的尺寸。班刚才花了一段宝贵时光在研究室里研究骨头碎片,那些骨头不是人类的,而是犬科生物的。大小正确,物种错误。"

巴比一惊，恍然大悟。"他妈的居然敢玩我。"他这么说，这个男人可是难得骂粗话。"德国牧羊犬，布莱安·达比那只过世的老狗。泰莎埋的是那具尸体？"

"显然是，所以在白色 Denali 车里有强烈的腐败味道。再次引用班的说法：一条大狗身上有许多骨头，大小长度都跟一个六岁人类的骨头相符。当然了，头盖骨完全不对，尾巴和脚掌之类的小细节也不对。所以，一具完整无损的犬科动物骨架永远不会跟人类的骨头搞混。不过散乱的小块碎骨可就……班为他的错误致歉。要说出真相让他有点尴尬，他已经好一阵子没被犯罪现场误导到这种地步了。"

"等一下，"巴比谨慎地举起一只手，"寻尸犬，记得吗？它们不会找上不是人类的尸体，它们的鼻子和训练都超过那种程度。"

华伦突然露出微笑。"真他妈的聪明，"她吐出这句话，"那不就是茱莉安娜说的吗？泰莎·李欧妮非常聪明，我们得承认这点。"

"两颗门牙，"她告诉巴比，"还有三根吸饱了血的卫生棉条，我们离开之后从现场找到的。班向搜救寻回犬大队供应了某些训练素材。根据他的说法，训练师在寻找'尸体'来源的时候相当有创意，因为拥有真正的死人是非法的。但事实证明，牙齿就像骨头，所以搜寻训练师会从当地牙医诊所取得牙齿，并且用这个来训练狗，用过的卫生棉条也一样。泰莎藏的是一具狗尸，但现场到处都散布着'人类遗体'——她女儿的乳牙，再加上一些女性卫生用品。"

"真是恶心。"巴比说。

"真有创意。"华伦反驳。

"可是为什么要这样？"

华伦必须思考一下。"因为她知道我们会怪到她头上。那是她的经验谈，对吧？她没射杀汤米·何奥，可是警方认定是她干的。也就是说我们先前是对的——十年前的初次经验为她现在的经验提供了信息。泰莎·李欧妮的世界里又发生一件恐怖的事。她的第一直觉是她会被责怪，只是这回她可能会被逮捕。所以她安排了缜密的逃狱计划。"

"但是为什么？"巴比重复道，"如果她什么都没做，为什么不告诉我们真相？为什么……要搞出这么复杂的花招？她现在是警察了，不是应该对这个体系更有信心的吗？"

华伦扬起一边眉毛。

他叹息了。"你是对的。我们生来愤世嫉俗。"

"为什么不跟我们讲？"华伦继续说，"咱们想想这点吧。我们假定十年前她射杀了汤米·何奥，我们错了。我们假定星期六早上她射杀了丈夫布莱安，唔，也许我们也看错那一点了。也就是说，有别人做了这件事。那个人射杀布莱安，带走苏菲。"

"为什么杀掉丈夫却绑架小孩？"巴比问道。

"施压的手段，"华伦立刻补充，"这件事得回溯到赌博上。布莱安欠了太多钱，然而他们没有榨干他，反倒是——这里有个微弱的联结——追着泰莎不放。他们以射杀布莱安来表现他们有多认真，然后抓走苏菲。泰莎如果付钱就可以要回她女儿。所以泰莎去了银行，领出五万块——"

"显然还不够。"巴比评论。

"确实不够，她需要更多钱，可是也必须应付她丈夫已死的事实，而且弹道测试显示是被她的枪所杀。"

巴比瞪大了眼睛。"她在家里，"他突然说道，"只有这样，他们才能用她的枪射杀布莱安。泰莎在家里。也许甚至是一脚踩进险境。有人已经挟持了她的孩子。她能怎么办？男人命令她交出她的 Sig Sauer 手枪，然后……"

"就射杀了布莱安。"华伦轻声说。

"她惨了，"巴比平静地继续，"她知道她完了。她丈夫被她的勤务用枪杀死，她的孩子被绑架，而且她已经有过射杀别人的记录。别人相信她的概率会有多高？就算她说，嘿，有个帮派分子用我的州警配枪做了我那个赌鬼丈夫，现在我要你们帮忙救回我的孩子……"

"我不会信的。"华伦平铺直叙地说道。

"警察生来愤世嫉俗。"巴比重复了一遍。

"所以她开始思考，"华伦继续说下去，"救回苏菲的唯一办法就是拿到钱，拿到钱的唯一办法就是远离监狱。"

"也就是说，她必须开始演练计划。"巴比补上这句话。

华伦皱眉了。"所以，从汤米枪击案的经验来看，她的选项 A 是以自卫做抗辩。然而这样可能会很棘手，因为配偶家暴是积极抗辩事由，所以她认定她也需要一个安全网。选项 A 是自卫杀人，选项 B 则是在树林里藏狗骨头，然后声称那是她女儿的遗体。如果自卫杀人辩护无效，到头来她还是被捕，那么她就会利用 B 计划逃狱。"

"真聪明，"巴比这么评论，"就像茱莉安娜说的，她不用靠别人。"

"真复杂，"华伦满面怒容，"尤其她目前正在跑路，又更难弄到钱营救苏菲。你女儿命悬一线的时候，你会冒这么大的风险吗？她干脆认输，央求我们帮忙不是更简单明了吗？就算我们先逮捕她，让我们去追踪帮派分子，让我们去救苏菲不是很好吗？"

巴比耸耸肩。"也许就像茱莉安娜说的，她对其他警察印象不好。"

可是华伦突然有了另一个想法。"也许，"她慢慢说道，"这是因为另一个警察正是问题的一部分。"

巴比瞪着她，然后她可以看出来，他把事情串起来了。

"谁打了她一顿？"华伦现在问，"谁对她下手这么重，甚至让她在前二十小时内站都站不稳？

星期日早上我们在她家的时候，谁全程在场，手还放在她肩膀上？我以为他在场是表示他的支持。不过，他或许是要提醒她闭嘴。"

"里昂斯巡警。"

"这位热心助人的'朋友'打断她的颧骨,而且率先把她丈夫跟赌博问题连起来。也许这是因为里昂斯已经在快活林花了很多宝贵时间。"

"里昂斯巡警并不是解答的一部分,"巴比低声嘟囔,"里昂斯巡警就是问题的核心。"

"咱们去逮捕他!"华伦说道。

在巴比抓住她手臂、突然拖住她的时候,她已经从前门廊往下走第一步了。

"华伦,你知道这是什么意思吗?"

"我终于可以去粉碎里昂斯巡警的心防了吗?"

"不,华伦。苏菲·李欧妮,她可能还活着,而里昂斯巡警知道她在哪里。"

华伦僵在那里。她感觉到一股盛怒的情绪爆发了。"那听我的,巴比。我们必须做好这件事,而且我有个计划。"

第三十六章

这台老福特不喜欢换挡或刹车。值得感谢的是，因为有冬季暴风雨警报，而且天色已晚，所以马路大半是空的。我经过几辆除雪机、两台急救车辆，还有各式各样值勤中的警车。我保持视线朝前，时速表精确维持在限速之内。我穿着一身黑衣，棒球帽拉低到眉毛上方，但往回朝着波士顿、朝着我家前进，还是让我觉得自己很显眼。

我慢慢地开过我家旁边，看着我的车头灯扫过黄色的犯罪现场封锁线，这条带子衬托着干净的白雪，显得过度刺眼突兀。

这房子看起来感觉都空荡荡的，恰似"此为凶宅"的活招牌。

我继续往前开，最后我在一个空荡荡的便利商店停车场里找到车位。

我把包包扛到肩上，开始徒步走完剩下的路。

现在要迅速行动，我想在一个到处点缀着街灯和明亮招牌的繁忙城市里寻找黑暗的掩护，能找到的却少之又少。往右一个街区，往左一个街区，然后我就越来越接近目标了。

谢恩的警车停在他家外面，值班时间是五点到十一点，这表示他随时会出现去值班。

我就位了，在后车厢后面蹲低；在这里，我可以融入那辆福特皇冠在一圈街灯照耀下形成的阴影。

就算戴着手套，我的双手也一样冰冷。我在手指头上呼气保持温暖：我不能让这些指头变得动作迟钝。要做这件事，我只有一次机会，不是赢就是输。

我的心脏狂跳着，我觉得有点晕，而且我突然想到，我至少十二小时没进食了。现在太迟了，前门打开来，院子的灯亮起，谢恩出现了。

他太太提娜穿着一件毛茸茸的粉红色浴袍站在他背后。她在他脸颊上迅速一吻，然后送她的男人出门上班。我感觉到一阵剧痛，我硬是把那股感觉压扁。

谢恩下了第一个台阶，然后是第二个。他背后的门关上了，提娜并没有等他完全离开才关门。

我本来没发现我屏住了呼吸，这时我呼出一口气，并且开始在脑袋里倒数计时。

谢恩下了所有的阶梯，穿过车道，钥匙在他手里"叮当"作响。他走到他的巡逻车旁，把钥匙插进门锁，手一转，驾驶座那边的车门"砰"的一声打开。

我从警车后面跳出来，把我的克拉克猛然撞向他的脖子侧面。

"敢发出一点声音你就死定了。"

谢恩保持沉默。

我拿走他的勤务用枪，然后我们两个都爬进他的警车里。

我要他坐在后座，远离无线电跟仪表板。我坐在驾驶座上，我们之间的滑动式安全隔板打开了。

我让克拉克保持在防弹隔板这一边，远离谢恩扑过来可以摸得到的地方，同时直指目标。正常情况下，警官会瞄准目标人物胸口的地方。但既然谢恩已经穿着防弹衣了，我瞄准的是他方方正正的头。

在我的命令之下，他把他的手机、勤务腰带，还有他的呼叫器递给我。我把这些东西全堆在副驾驶座，同时自己拿到金属手铐，然后传回去要他铐在自己的手腕上。

拘禁目标之后，我把凝视的目光从他身上抽离好一段时间以便发动汽车引擎。我可以感觉到他的身体绷紧，准备采取某种行动。

"别傻了，"我爽快地说道，"我还欠你一顿，记得吗？"我指指惨遭毒打的脸。他又瘫了下去，被铐起来的手"扑通"一声栽回腿上。

车引擎咆哮着发动起来。如果谢恩的老婆刚好望向窗外，她会看到她丈夫在替巡逻车暖车，同时跟派遣中心报到，也许还顺便照应几则讯息。

五到十分钟左右的延迟还算寻常，如果超过那个限度，她可能会开始担心，甚至可能会出来弄清楚状况。也就是说，我没有多少时间进行这场对话。

不过我还是必须查明几件事。

"你应该更用力揍我的，"我转身说道，对我的前同事付出我全部的注意力，"你真的认为一记脑震荡足以摆平我吗？"

谢恩什么话都没说。他的眼睛看着克拉克，而不是我瘀青的脸。

我觉得自己变得越来越愤怒。就像是我想爬过狭窄的安全隔板开口，用枪柄猛敲这男人五六下，然后再赤手空拳把他打到不省人事。

我曾经信任过谢恩，当他是一位警官同事。布莱安曾经信任过他，当他是最要好的朋友。而他却背叛我们两个。

星期六下午打发走那个杀手之后，我打电话给他。我本来以为，在这个迅速分崩离析的世界里，他是我最后的希望。当然有人叫我不要联络警方。当然有人叫我保持沉默，否则等着瞧。可是谢恩不只是一位警官同事，他还是我的朋友，他还是布莱安最亲近的朋友，他会帮助我救出苏菲。

但他反而在电话另一头用抽离所有情绪的冰冷声调说道："泰莎，你不太会听命行事，对吧？在那些男人叫你闭嘴的时候，你就闭嘴。现在别再打算害死我们全部人了，照他们跟你说的话做。"

原来谢恩已经知道布莱安死了。关于这件事，他已经接到某些指示，现在他全都摊开来说给我听：布莱安是个打老婆的男人。在气头上他做得太过火了，我为了自卫所以击发我的武器。没有受到肢体攻击的证据？别担心，谢恩会帮这个忙。我结结巴巴地说，我得到承诺，有二十四小时可以为苏菲的归来做准备。好吧，他回答得很简短很缓慢。他明天早上的第一件事就是来这里。稍微打个几拳，然后我们就一起联络警方，进行每个步骤时，谢恩都会在我身边，会持续监视并回报消息。

当然了，那时候我才搞懂。谢恩不只是布莱安的好朋友，他还是他的同党共犯。现在他会付出任何代价来保护自己。就算这样做要牺牲布莱安、我和苏菲。

我被整惨了，而我女儿危在旦夕。说来惊人，在你的孩子需要你的时候，你能够在突然之间变得见识不凡。用雪掩盖住你丈夫的尸体，变成全世界最天经地义的事，把公爵的尸体从后院底下挖出来也变得同样合理，布莱安把狗尸藏在那里是为了等春天雪融。还有在网络上查询炸弹的事……我并不否认事实。我拥抱混乱，然后我知道我是个铁石心肠的人，坚定程度比我过去相信的还高。

"我知道钱的事情。"现在我告诉谢恩。虽然我尽全力保持冷静，却还是可以感觉到自己的怒火再度沸腾起泡。我想起谢恩的拳头第一次贴到我脸上时，那股让人震慑的冲击。在我倒在厨房血淋淋的地板上时，他耸立在我面前的样子。在那没完没了的一分钟里，我领悟到他有可能杀死我，然后就没有人能去救苏菲了。我大哭，我哀求，这就是我的"朋友"对我做的事情。

现在谢恩凝视的目光向我这里飘来，他的双眼惊愕地瞪圆了。

"你以为我永远搞不清来龙去脉吗？"我说，"为什么你要求演出这场闹剧，要我声称杀死自己的丈夫？因为你跟你的合伙人要我别挡路，你要摧毁我的信用，然后把盗窃罪栽到我身上。你的黑帮朋友没有兴趣向我勒索钱财。你是在利用我掩饰你的形迹，让我替你偷的州警工会基金顶罪。你要把每件事都怪到我头上,每件事!"

他什么话都没说。

"你这天杀的杂种!"我破口大骂,"如果我进了牢房,苏菲要怎么办?你签下她的死刑执行令,你这个白痴,你根本是要害死我女儿!"

谢恩脸色发白,"我没有……我不会这样,事情永远不会变得那么离谱!"

"那么离谱?你偷了州警工会的钱。你害惨了你的朋友,你的工作,还有你的家庭。这样叫做没让事情变得太离谱?"

"这是布莱安的主意,"谢恩不由自主地说道,"他需要钱。他输得稍微多了一点……他说,他们会宰了他,我只是想帮忙。泰莎,我说真的,你知道布莱安的能耐,我只是想帮忙。"

我给他的回应是:用我的左手抓起他的勤务腰带,解下电击枪,然后拿起来。

"再说一句谎话,你就要跳支舞了。你听懂我的意思没有,谢恩?不要说谎!"

他咽下一口口水,伸出舌头紧张地舔舐嘴角。

"我没有……喔,天啊!"他突然脱口而出,"我很抱歉,泰莎,我不知道事情怎么会变成这样。起初我跟布莱安一起去快活林,是为了让他不要失控。也就是说,我有时候也会下赌场,当然。然后有几次我赢了。我是说,我赢了,就这样多了五千块。我替提娜买了个新戒指,她哭了。而这种感觉……很棒,美妙极了!我觉得自己好像超人!所以当然了,我必须再赌一次,只是我们并不总是赢钱。接下来你就会赌得更凶,因为现在扯平了,该轮到你赢了。一次好手气,你就需要这个,一次好手气。"

"过去三个星期,我们就是这样告诉自己。在赌桌旁度过一个充实的下午,一切全都会翻盘。我们会没事的,甚至只要两小时,只要时机正好的两小时，我们就没事了。"

"你侵占了州警工会的钱，你把自己的灵魂出卖给帮派分子。"

谢恩望着我，"必须先有钱才能赚钱。"他讲得很简单，好像这是全世界最合逻辑的解释。

对于一个赌徒来说，也许是吧。

"你跟谁借钱？谁射杀布莱安？谁带走我女儿？"

耸肩。

"去你的，谢恩！他们抓走我的小女儿。你会讲的，要不然我就轰掉你的头！"

"反正他们迟早会宰了我！"他吼回来，眼神终于有了生气，闪闪发光，"你不会想去招惹这些人的。他们已经寄照片给我了——提娜在杂货店，提娜去练瑜伽，提娜去接男孩子们。我对布莱安很抱歉，对苏菲很抱歉，可是我必须保护我自己的家庭。我可能是个废物，却还不是完全失败。"

"谢恩，"我干脆地说道，"你还没搞懂。我会杀你，然后我会把'告密者'这个字眼钉在你胸前。我会多给提娜跟那些小男生大约四十八小时的活命时间，也许会再少一点。"

他眨眨眼，"你不会……"

"你想想看，你会为自己的儿子做到什么地步，你就知道我也会这样做。"

谢恩猛然吐出一口气。他瞪着我，而我可以从他的凝视中看出，他终于搞懂这一切会怎么发展。也许就像我一样，他过去几天也弄清楚了，地狱真的有很多层，而且不管你以为你已经坠落得多深，总是有个更深更暗的地方可去。

"如果我给你一个名字，"他突然间说道，"你就得杀了他，今晚就杀。泰莎，向我发誓，在他抓到我的家人之前，你会逮到他。"

"成交。"

"我爱他们，"谢恩低语，"我是个废物，可是我爱我的家人，我只希望他们平安无事。"

现在轮到我保持沉默。

"泰莎，我对布莱安的事情感到抱歉。真的，我本来以为他们不会那样做。我没想到他们会伤害他，或抓走苏菲。我根本不该赌博，根本不该拿起任何一张他妈的扑克牌。"

"讲名字，谢恩。谁杀了布莱安？谁带走我女儿？"

他仔细看着我被打烂的脸，最后似乎皱起眉头。然后他点点头，稍微坐直了一点，挺起他的肩膀。谢恩曾经是个好警察，也曾经是个好朋友。也许，他正尝试要把那个人重新找回来。

"约翰·史蒂芬·普塞尔，"他告诉我，"一个职业打手，一个替流氓工作的流氓。找到普塞尔，苏菲会在他手上，或至少会知道苏菲在哪里。"

"他的地址？"

轻微的犹豫，"拿掉手铐，我就拿给你。"

他的停顿已经给我够多警告了，我摇摇头。"你千不该万不该伤害我女儿。"我轻声说着，举起克拉克。

"泰莎，拜托，我把你需要知道的告诉你了。"他被铐起来的手腕撞得铿锵作响。"老天爷啊，这真是太疯狂了！放开我，我会帮助你抢回你女儿，我们会一起找到普塞尔。拜托……"

我微笑了，但这个微笑是悲伤的。谢恩让这一切听起来都这么容易。当然，他星期六就可以这样建议了。但他反而叫我坐下、闭嘴。喔，对了，还有他会在早上过来毒打我一顿。

好布莱安，坏布莱安。

好谢恩，坏谢恩。

好泰莎，坏泰莎。

也许对我们所有人来说，好坏之间的界线比应有的还细。也许对我们所有人来说，一旦跨过那条线，就没有回头路了。以前的你归以前的你，现在的你是现在的你。

"谢恩，"我低声说道，"想想你儿子。"

他显得很困惑，然后我看出他想通了。因公殉职的警察，他们的家人会得到死亡抚恤，但侵占公家基金、参与犯罪活动的警察可不会，他们会被送进监狱。

就像谢恩说的，他弄得一团糟，却还不至于完全失败。

好谢恩想到了他的三个儿子，我看得出来他在何时达成那个合乎逻辑的结论，因为他的肩膀垮下来了，他脸上的表情放松了。

谢恩·里昂斯最后一次看着我。

"我很抱歉。"他悄声说道。

"我也是。"我说。

然后我扣下扳机。

接下来，我把巡逻车开出车道，上了大街，最后停在一间阴暗的仓库后面——警察要是看到可疑活动会去察看的那一种。我爬进后座，忽略血的腥臭，也忽略谢恩的身体仍然温暖柔软。

我探进他的口袋，然后是他的勤务腰带。我发现一张塞在他手机旁边的烂纸头，上面有些像是 GPS 坐标的数字。我用前座的计算机查询这个坐标，然后写下相应的地址跟方向。

我回到后座，解开谢恩双手的手铐，然后把他的勤务腰带戴回他身上。我帮了他一个忙，用布莱安的克拉克射杀他。我本来可以用他自己的 Sig Sauer 手枪提高他死于自杀的可能性，在那种状况下，提娜跟那些小男生什么都拿不到。

我心肠还没那么硬，我想着，没那么铁石心肠。

我的脸颊不太对劲，我的脸麻木得奇怪。

我让自己专注于眼前的任务，这一晚才刚开始，我还有一大堆工作要做。

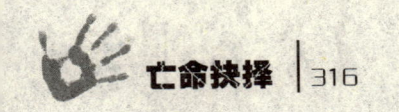

我在巡逻车旁边移动，然后打开了后车箱。州巡警相信要事先做好准备，谢恩也没让人失望。一箱水，半打蛋白质营养棒，甚至还有一些实时口粮在旁边排成一列。我把食物扔进我的行李包里，半根蛋白质营养棒已经进了我的嘴巴，然后我用谢恩的钥匙打开长形的金属枪柜。

谢恩存放了一支雷明顿霰弹枪、M4步枪、半打盒装弹药，还有一把卡巴刀。

我全部带走了。

第三十七章

巴比跟华伦在前往里昂斯巡警家的路上听到了这个呼叫——警官遇袭，警官遇袭，所有警官请响应……

派遣中心在杂音中背出一个地址，华伦把地址输入她的计算机里，地图在她面前的屏幕上出现时，她脸色发白。

"就在泰莎家旁边。"她喃喃地说。

"也在里昂斯巡警家旁边。"巴比说道。

他们瞪大眼睛对看。

"该死。"

巴比打开警示灯，把油门踩到底，他们在彻底静默中加速赶到那个地址。

等到他们抵达的时候，救护车跟警方巡逻车已经挤满了现场。大批警官在那里转来转去，没有人真的在做事，这只表示一件事。

巴比跟华伦爬出车外。他们遇到的第一个警官是州警的人，所以由巴比作主发问。

"什么状况？"他问道。

"谢恩·里昂斯巡警出事了，长官，头部单一枪伤。"这位年轻的州巡警艰难地吞下一口口水。

"他过世了，长官。当场宣告死亡，急救人员没办法做什么了。"

巴比点点头，往华伦的方向瞄了一眼。

"他在出勤吗？"她问道。

"不是。他还没有向勤务中心报到。帕克警探主持这个调查。"这孩子指指穿着一件厚重灰色羊毛外套，站在犯罪现场封锁线里面的男人，"两位长官，你们可能会想跟他谈谈。"

他们点点头，谢过这孩子，然后往前走。

巴比认识艾尔·帕克。他跟华伦闪了一下他们的证件，给负责记录谋杀现场日志的制服警察看，然后他们就从黄色带子下面钻过去，走近主持调查的警探。

帕克是个瘦长苗条的男人，他在他们到场的时候直起身子，用还戴着皮手套的手跟巴比握手，然后巴比向他介绍华伦。

下雪的速度终于慢下来。人行道上还有几寸积雪，显示出先前警官与急救人员冲过来支持时留下的杂乱脚印。不过，只有一组轮胎痕迹，这是华伦的第一个念头。另一辆车应该会留下某种痕迹才对，可是她什么都没看到。

她对帕克警探说起这件事，他点点头。

"看起来像是里昂斯巡警把车开到这栋建筑物后方，"他说，"他还没正式开始值勤。他也没告诉派遣中心，自己正要对可疑的活动迹象做出反应……"

帕克警探就让这句话自己做了解释。

值勤警官总是会汇报，这种做法已经铭刻在他们的DNA里。如果你去弄杯咖啡，去撒尿，或者瞥见有人正在行窃，你就会汇报。意思就是说，不管是什么事把里昂斯巡警带到这个偏僻地点，都不是公事，而是私事。

"单一枪伤，出现在左太阳穴。"帕克警探继续说道，"是从前座射进去的，里昂斯巡警在后座。"

华伦很震惊，巴比也是。

看见他们的表情之后，帕克警探挥手要他们走到巡逻车旁，这辆车的四扇门都敞开着。他先从后座的血渍讲起,然后回头讲解射击的弹道。

"他当时戴着他的勤务腰带?"巴比皱着眉头问道。

帕克点点头。"对,可是他手腕上的痕迹符合受到束缚的状态。第一位警官抵达的时候,手铐已经不在了。可是在今天晚上的某一刻,里昂斯巡警的双手曾被铐起来过。"

华伦不喜欢这幕景象——被绑起来的警官,坐在他的巡逻车后面,对着一根枪管大眼瞪小眼。她往她的冬季外套里缩得更深,感觉到冰冷的雪花耳语着飘过她的睫毛。

"他的武器呢?"她问。

"Sig Sauer 手枪在他的枪套里,可是你们看看这个。"

帕克带着他们绕过巡逻车后方,他从这里"砰"的一声打开后车箱。里面是空的。华伦立刻了解这一点的重要性。不管是制服警察还是便衣警察,没有一个会让后车箱空无一物。这里应该有些基本补给品,更不要说至少该有一把步枪或霰弹枪,或者两者兼备。

她瞥向巴比做确认。"雷明顿霰弹枪跟 M4 步枪应该是标准配备,"他一边点头一边嘟囔,"当时某人正在找武器。"

帕克同时仔细观察他们两个,但她或巴比都没再吭声。这个"某人"是谁,他们两个人心照不宣:这个人认识里昂斯巡警,可以把他诱出他的巡逻车,而且对火力需求急迫。

"里昂斯巡警的家人呢?"巴比现在问道。

"总警督通知他们了。"

"要命。"巴比喃喃地说。

"三个儿子,确实要命。"帕克同意。

华伦的手机响了。她认不出号码,不过是来自本地,所以她告退到一旁去接电话。

一分钟后,她回到巴比跟帕克身边。

"该走啰。"她一边说一边轻拍着巴比的手臂。

他没问,他不在其他警探面前问问题。他只是握握帕克的手,谢谢他花时间协助,然后他们就离开了。

一走出旁人听得到的范围,巴比就问道:"是谁?"

"信不信由你,谢恩的遗孀打的,她有些东西要给我们。"

巴比扬起一边眉毛。

"信封。"华伦澄清,"显然谢恩在星期日晚上把这个信封交给她,还说如果他出了什么事,她就应该打电话给我,而且只能打给我,然后把信封交出去。总警督刚走,这位寡妇现在正要遵从丈夫的最后遗愿。"

谢恩·里昂斯的家处处灯火通明,半打车子塞满街道,其中两辆违法停在前院。华伦猜想是家人,或是其他巡警的妻子,支持体系启动了。她纳闷着谢恩的儿子们是不是还醒着,她纳闷着他们的妈妈是不是已经宣布噩耗,他们的父亲永远不会回家了。

她跟巴比肩并肩站在前门,小心翼翼地控制表情,因为这些事情就是这样运作的。他们哀悼任何执法警员的过世,对警员家属的痛苦感同身受,然后还是照样值勤。谢恩·里昂斯巡警是受害人,也是嫌疑犯。在这种案件或调查之中,凡事都不容易。

一位年纪较长的女人先来应门,从年纪和脸部特征来判断,华伦认定她是提娜·里昂斯的妈妈。

华伦亮出她的证件,巴比也是。

这个年长女人显得很困惑,"你们当然不会现在就问提娜问题吧,"她柔声说道,"至少给我女儿一两天去——"

"女士,是她打电话给我们的。"华伦说道。

"什么?"

"我们在这里,是因为她要求我们来。"华伦重申,"如果您可以现在就让她知道华伦警长在这里,我们不介意在外面等。"

事实上，她跟巴比还比较喜欢待在外面。不管提娜要给他们什么，那种东西最好别在众目睽睽下出现。

几分钟过去了，就在华伦开始认为提娜改变主意的时候，这名女子现身了。她形容枯槁，眼睛因为哭泣而泛红。她穿着一件毛茸茸的粉红色睡袍，领口被一只手抓住。在另一只手上，她拿着一封商品目录大小的普通白色信封。

"你知道是谁杀了我丈夫吗？"她问。

"不知道，女士。"

提娜·里昂斯把信封塞给华伦。"我想知道的就只有这件事，我是认真的。我想知道的就只有这件事，查出这一点，然后我们再谈。"

她退回到她的家人与朋友带来的无力安慰中，把华伦和巴比留在前门廊。

"她知道些什么。"巴比说道。

"她有所怀疑，"华伦平静地纠正他，"而她不想知道。我相信她那篇声明的全部重点就在这里。"

华伦用戴着手套的手抓住信封，她环顾着覆雪的车道。过了午夜的安静住宅区里，人行道点缀着街灯，然而一片又一片的黑暗从四面八方逼近。

她突然觉得自己既显眼又过度暴露在外。

"咱们走。"她对巴比低声说道。

他们小心地沿着街道走向他们停着的车，华伦用她戴手套的手拿着信封，巴比则拿着他的枪。

十分钟后，他们在阿尔斯顿—布莱顿的街道迷宫周遭执行基本的闪躲策略。巴比很满意，没有人在跟踪他们，华伦超级想知道信封的内容是什么。

他们找到一家便利商店，里面挤满坏天气与深夜都挡不住的大学生。成群的车辆让他们的福特皇冠变得比较不显眼，同时这些学生也可充当大批目击者，吓阻偷袭者。

华伦满意地把她的冬季手套换成一双乳胶手套，然后动手拆信封的封口，小心翼翼地打开，以便保存证据。

她在里面找到一打五乘七的彩色照片。前十一张似乎是谢恩·里昂斯的家人。这张是提娜逛杂货店，那张是提娜抱着瑜伽垫走进一栋大楼；下一张是提娜接小男生们放学，又一张是男生们在学校操场玩耍。

用不着尖端科学家来帮忙，也看得懂个中讯息。有人跟踪谢恩的家人，而且那个人要他知道这一点。

然后华伦看到最后一张照片，她猛吸气，同时她旁边的巴比骂起了脏话。

苏菲·李欧妮。

他们盯着苏菲看，或者该说是她直盯着照相机，抓着一个被弄掉一只蓝色纽扣眼睛的娃娃。苏菲的嘴唇抿在一起，一副小朋友拼命忍着不哭时可能会有的表情。可是她抬起了她的下巴，虽然在她脸颊上有一条条泥土和着泪水的痕迹，而且她漂亮的棕发现在看起来像老鼠窝，但她那双蓝眼的注视似乎企图表达反抗之意。

这张照片取景时切得很近，在背景里只看得见一点点木头镶板。也许那是个衣柜或其他的小房间。华伦想着，一个没有窗户的黑暗房间，那就是某人会囚禁一个小孩的地方。

她的双手开始战抖。

华伦把照片翻过来，寻找其他线索。

她发现有一则用黑色马克笔草草留下的讯息：别让你的孩子也变成这样。

华伦把照片翻回正面，再看一次苏菲心形的脸蛋，现在她的双手战抖得太厉害，以至于她必须把照片放在腿上。

"真的有人绑架了她，是真的……"然后她下一个杂念冒出来，

"而且现在已经超过他妈的三天了!我们在他妈的三天后还有多大概率找得到她!"

她朝仪表板猛力一击,这一击弄痛了她的手,却完全没抑制住她的怒火。

她猛然转向她的搭档。"巴比,他妈的现在到底是什么状况?哪个杂碎绑走一个警官的孩子,还威胁另一个警官的家人?我是说,哪个见鬼的杂碎会干这种事?"

巴比没有马上回答,他的手紧抓着方向盘,他全部的指关节都变白了。

"提娜打电话来的时候说了什么?"他突然间质问道,"谢恩给她的指示是什么?"

"如果他出了什么事,她就要把这个信封给我。"

"为什么是给你,华伦?我并无不敬之意,但你是个波士顿警察。如果谢恩需要帮助,他为什么不找他那些穿制服的朋友,不找理论上会挺他的蓝衣弟兄?"

华伦瞪着他。她记起案发第一天,州警当局紧密团结,甚至把她这个市警排除在外,然后她的眼睛瞪大了。

"你该不会认为……"她开口了。

"没那么多罪犯有那种狗胆威胁一位巡警,更不要说是两个了,但另一个警察就会。"

"为什么?"

"州警工会不见的钱有多少?"

"二十五万。"

巴比点点头。

"换句话说,有二十五万这个理由让他背叛这身制服。有二十五万这个理由让他杀死布莱安·达比,绑架苏菲·李欧妮,威胁谢恩·里昂斯。"

华伦思考着这个可能，"泰莎·李欧妮射杀里昂斯巡警。他背叛警方，但更糟的是他还出卖了她的家人。现在的问题是，她有没有从里昂斯那里得到她要的讯息？"

"劫持她女儿那个人的姓名跟地址。"巴比把答案补上。

"里昂斯是个跑腿喽啰，或许布莱安·达比也是。他们偷了州警工会的钱来资助自己的赌博，可是有别人在帮助他们——某个发号施令的人。"

巴比看了一眼苏菲的照片，似乎正在构思。"如果是泰莎·李欧妮射杀了里昂斯巡警，而且她还跑了这么远，就表示她一定有车。"

"更不用说是一小批军火。"

"所以她可能真的拿到名字跟地址了。"巴比补充。

"她正要追上她女儿。"

巴比最后总算笑了。"那么，为了这位犯罪首脑着想，这杂种最好期望是我们先找到他。"

第三十八章

　　某些事情最好不要去想，所以我没去想。我只管开车。麻州收费公路转一二八号公路，一二八号公路往南接到德罕。再开八英里，再转五六个弯，我就在树林茂密的住宅区了。更老旧的住宅，更大的私人土地。在这种地方，居民的前院会有弹簧垫，后院会有晒衣线。
　　真是一个关孩子的好地方，我想着，然后再度停止思考。
　　我第一次错过了那个地址，在落雪中我没看到门牌号码。等我发现自己开过头的时候，我踩下刹车，然后这辆老卡车就甩起车尾来了。我用一种后天学会的反射动作让车子转了一圈，以此镇定我的神经，让我恢复冷静。
　　训练，这一切都回归到训练。
　　打手没受过训练。
　　但我有。
　　我把我的卡车停在路旁。看起来很明显，但为了迅速撤退，我必须让这辆车停在容易抵达的位置。我有布莱安的克拉克，塞在我的裤子后腰带上，卡巴刀则在小腿上的刀鞘里，是我绑上去的。
　　然后我替霰弹枪装上子弹。如果你是年轻女性，体形并不是大得可怕，霰弹枪总是个好选择。你根本不用瞄准，就可以放倒一头水牛。
　　检查我的黑手套，拉低我的黑色棒球帽。我感觉到一股寒气，却觉得那是某种抽象而遥远的事物。大多数时候，我可以听见我耳朵里有潮水上涌的声音，我想那是我自己的血液，在一阵泛滥的肾上腺素驱策下流过我的血管。

没有手电筒，我让双眼适应这种只存在于乡间道路上的黑暗，然后冲过树林。

移动的感觉很好。在起初受限于医院病床的二十四小时之后，随之而来的是困在监狱里的另外二十四小时，最后总算到了外面。我在移动，在完成任务，感觉很对！

我的女儿在前方某处，我会去救她，我会杀掉带走她的男人，然后我们都会回到家里。

当然了，除非……

我再度停止思考。

树木变得稀疏了。我冲到一个积雪的前院里，然后紧急刹车，注视着出现在我眼前的农场：地势平坦，不规则地往四面八方延伸。所有的窗户都是暗的，没有一盏灯亮着迎接来人。现在早已过了午夜，这种时候老实人都在睡觉。

话说回来，我的目标人物并不是老实人，对吧？

又过一秒后我猜测，这是感应动作启动的户外灯光。在我靠近的那一秒钟，泛光灯很有可能全部亮起来。门窗上也许有某种保全系统，至少会有基本的防御措施。

这就像那句老话——骗子预料其他人会撒谎。开过杀戒的职业打手预料有人会暗算他，所以会有周详的计划。

神不知鬼不觉地潜进屋内可能不是选项之一。

很好，那我就把他引出来。

我从停在车道上被我发现的那辆车开始，一辆充满花哨装备的黑色凯迪拉克 Esplanade 休旅车。

不过当然了，把霰弹枪柄撞进驾驶座窗户带给我很大的满足感。

汽车警报器刺耳地响了起来。我从休旅车旁猛冲向屋子侧面。泛光灯亮了起来，把前面和旁边的庭院照成一个雪白、刺眼的浮雕。我把背部塞在屋子侧面，面对凯迪拉克，尽可能朝着屋子后面逼近，我猜普塞尔最后会从那里冒出来。

我屏住呼吸。

像普塞尔这种职业打手太过聪明，不会穿着内衣就冲进雪地里。但他也太过自负，不会让任何人偷了他的车就跑。他会来的，他会带着武器，而且可能自以为有所准备。

这耗掉整整一分钟，然后我听到后面的纱门发出小小的摩擦声响，松了开来。

我微微举起霰弹枪，摆在我的左手臂弯曲处。我用我的右手慢慢抽出卡巴刀。

我从来没做过暗杀工作，也从来没这么逼近过。

我再度停止思考。

我的听力已经适应刺耳的汽车警报，这让我更容易发现其他噪声：目标人物踏出第一步，然后是第二步时，雪地轻微的"嘎吱"声。我花了一秒钟察看我的后方，以免屋里其实有两人，一个从前方蹑足前进，另一个从后方偷偷潜行，正好前后包抄。

我只听到一组脚步声，然后就以此作为我的目标。

我逼自己透过鼻子吸气，把空气深深吸进我的肺部。放慢自己的心跳。该发生的事情就会发生，该是放手做的时候了。

我蹲低，随时可以动刀。

一条腿出现了。我看见黑色的雪靴，厚牛仔裤，法兰绒衬衫的红色尾巴。

我看到一把枪放低贴在那男人腿边。

"约翰·史蒂芬·普塞尔？"我低声说道。

一张震惊的脸转向我，黑色的眼睛大睁，嘴巴也张开了。

我瞪着那个杀死我丈夫、绑架我小孩的男人。

我挥出刀子。

就在这时他开火了。

永远别带着一把刀踏进枪战里。

因为没必要。普塞尔打中我的右肩。但我同时也切断了他左腿的腿筋。他倒地，同时射出第二枪，射进雪中。我把枪从他手上踢开，举起霰弹枪，而且虽然他痛得疯狂抽动，却没有要抵抗我的动作。

在这么逼近的时候，可以看得出普塞尔大概在四十五岁到五十出头之间。所以说，他是一个经验丰富的职业打手。这种人应该有几次骄傲的战绩。他显然对他的地位有几分自豪，因为就算他的牛仔裤被血流给染黑，他还是把嘴唇抿成刚硬的一条线，不说一句话。

"记得我吗？"我说。

过了一会儿，他点头。

"花掉酬劳没有？"

他摇摇头。

"真可惜，因为那是你剩下的最后一趟采购之旅了。我要我女儿。"

他没讲话。

所以我把霰弹枪末端对准了他的右膝盖——就在我还没替他废掉的那一条腿上。"跟你的腿说拜拜吧。"我告诉他。

他的眼睛睁大，他的鼻孔撑开。就像大多数硬汉一样，普塞尔比较擅长给别人苦头吃，而不是自己吃苦头。

"她不在我手上，"他突然间粗声喊道，"不在这里。"

"咱们看看再说。"

我命令他翻过去趴在地上，手摆在背后。我有一口袋从谢恩的补给品里拿的塑料束线带，我先绑住普塞尔的手腕，然后是他的脚踝，虽然移动他受伤的左脚让他痛得呻吟出声。

我应该要有某种感觉的，我起了这个没意义的念头。我应该要有胜利感、懊悔感，或者什么别的，但我彻底没感觉。

最好别去想。

普塞尔受了伤，又被绑住。虽然如此，永远不要低估敌人。我从上到下拍了拍他身上的口袋，发现一只口袋小刀，一个呼叫器，还有一打散装弹匣，他塞在裤袋里以免需要紧急装弹。我拿出所有东西，然后塞进自己的口袋里。

然后我忽视他痛苦的表情，用我的左手臂在雪地里拖着他走了好几尺，到了他家后门廊；我在那里拿出另一条新的束线带，把他的双臂绑在外侧的水龙头上。要是有足够的时间跟力气，他或许能够替自己松绑，甚至弄断那个金属水龙头，可是我不打算放他一个人那么久。此外，他的双臂跟双腿都被绑住，腿筋也被砍断，他没办法那么快就有那么多进展。

我的肩膀一阵灼热。我感觉得到，我的内衣内侧有血液顺着手臂流下。这种感觉让人不舒服，就像有水从你的袖子往下倒。我有个模糊的印象：我没有正视我的伤势的严重性。可能是吧，我痛得很厉害。可能是吧，这么多的血顺着衣袖流下，比只是一点水糟得多。

我的感觉平淡得出奇，超脱了情绪，还有身体疼痛带来的不便。

最好别去想。

我小心谨慎地进屋，刀子放回刀鞘，用霰弹枪带头前进。我必须把枪管靠在我的左前臂上，就我的状况来说，我要瞄准目标会有问题。但话说回来，这可是霰弹枪。

普塞尔没开任何灯，其实这很合理。在准备冲进黑暗中的时候，打开室内灯光只会毁掉你的夜视能力。

我走进笼罩在重重的黑暗中，闻得出大蒜、兰香与橄榄油味的厨房，显然普塞尔喜欢烹饪。我从厨房进入有两个笨重活动躺椅和巨无霸电视的客厅。从客厅，我又进入一个比较小的私人空间，那里有张桌子跟一堆架子。一间小小的浴室，然后是一条长长的走廊，通往三

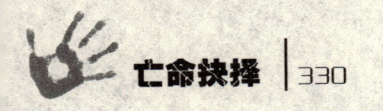

个敞开的房门。

我逼自己呼吸,尽可能偷偷摸摸地走向第一个门口。我才刚把房门多推开了一些,裤子里的东西就开始"哔哔"响了。我立刻闪进去,拿着霰弹枪扫视房间,准备对着任何冲出来的身影开火,然后让背部平贴着墙壁,准备好面对反击。

没有攻过来的阴影,我狂乱地把右手伸进口袋里,抽出普塞尔的呼叫器,摸索着关上的按钮。

在最后一秒,我瞥见屏幕,上面写着:里昂斯在院前死亡,随时提防李欧妮。

谢恩·里昂斯死了,随时提防李欧妮。

"这番努力来得太少,也太晚了。"我喃喃说道。我把呼叫器塞回口袋里,然后结束对这间屋子的扫荡行动。

一无所获,一无所获,一无所获,一无所获。

表面上看来,普塞尔过着有大屏幕电视、额外卧房跟个人书斋的单身汉生活。然后,我看到通往地下室的门。

心跳再度直线飙升。我朝着关上的门踏出第一步时,我觉得世界歪在了一边,让人晕眩。

失血,体能变弱了,我应该停下来照料伤口。

我的手放在门把上,转开。

苏菲,所有这些日子,所有这些路途。

我拉开门,往下瞪着这一片幽暗。

第三十九章

等到华伦跟巴比抵达泰莎·李欧妮父亲的修车厂时,他们发现后门开着,那位男士本人瘫在一张伤痕累累的工作台上。华伦跟巴比冲进这个空间里,华伦直接奔向李欧妮先生,巴比则提供掩护。

华伦捧起李欧妮的脸,狂乱地检查他有没有受伤的迹象,却被威士忌的臭味给吓退。

"见鬼了!"她让他的头低回胸前。他的整个身体往左滑下凳子,要是巴比没有及时出现扶他一把,他就会撞上地板了。巴比把这个大块头男人轻轻放下,然后让李欧妮翻向一边侧躺,降低这个酒鬼被自己呕吐物溺毙的概率。

"去拿他的车钥匙。"华伦厌恶地挤出这句话,"我们得叫一位巡警过来,确保他平安回家。"

巴比已经搜过李欧妮的口袋了。他发现一个皮夹,可是没有钥匙。然后华伦瞥见上面挂满钥匙的钉板。

"都是顾客的车钥匙吗?"她大声说出她的想法。

巴比走过去研究一番。"我看到一堆破铜烂铁停在后头,"他低声嘟囔,"我敢打赌,他修复这些车再转手卖掉。"

"也就是说,如果泰莎想要迅速地弄到一辆车……"

"她真是足智多谋啊。"巴比这样评价。

华伦俯视着泰莎醉昏过去的爸爸,再度摇头。"看在老天分上,他至少经得起一战吧。"

"也许这瓶杰克·丹尼尔就是她带来的。"巴比说着耸耸肩,同时指向那个空瓶。他以前嗜酒,她了解这种事情。

"所以她肯定有辆车,如果可以有车子的外观叙述就太好了。可是不知怎么的,我觉得李欧妮老爹没办法很快就恢复说话能力。"

"假定这里不卖赃车,李欧妮就应该有店里每辆车的证明文件。咱们来查查看。"

巴比指向后面一个小办公室敞开的门。他们在里面发现一张小小的桌子,还有一个历尽风霜的灰色档案柜。在最上面那个档案抽屉的后方有个活页夹,上面标着"产权文件"。

华伦抽出这个活页夹,然后他们一起走到修车厂外,把那个打鼾的醉鬼留在背后。他们比对出三辆被隔离在一根铁链栅栏后面的车子,档案里却有四辆车的产权文件。借助排除法,他们确定一辆一九九三年款深蓝色福特货卡两用车不见了。产权文件指出,这辆车已经跑超过二十万零八里路了。

"老而弥坚的车子。"当华伦打开无线电通报此事时,巴比这么说。

"车牌是什么?"华伦问道。

巴比摇摇头。"没一辆有车牌的。"

华伦盯着他,"去前面街上查查看。"她说。

他懂得她的意思,小跑步迅速绕了这个街区一圈。果然在半个街区外的街道对面,有一辆车的前后车牌都不见了。泰莎显然偷走那辆车的车牌,用来装点她自己那台车的外观。

她真是足智多谋,他再度这么想,但她也很轻率。她正在跟时间赛跑,也就是说,她随手抓了最近的车牌,而不是妥善地采取较安全的选择:从好几个街区外的车上偷车牌。

这也表示她开始留下线索,他们可以循线索找到她。

巴比应该为此感到高兴,可是他感觉到的大半是疲惫。他止不住地想着事发当时的状况：下班回家，才刚踏进前门口，就发现有个男人挟持她女儿做人质。你的枪给我们，就没有人会受伤。

然后同样的男人对布莱安·达比开了三枪，带着泰莎的小女儿消失无踪。

如果巴比走进门口，发现有人拿着一支枪顶住安娜贝尔的头，而且正在威胁他的老婆跟小孩……在绝望与恐惧之下，泰莎一定觉得自己快疯狂了。她会同意他们的任何要求，同时保持一个警察固有的疑心。她知道她的合作绝对不够，一旦有机可乘，他们铁定会背叛她。

所以她急切地需要抢先一步，掩饰她丈夫的死，以便争取时间。而埋下一具有乳牙和土制炸弹的尸体，真是一个让人毛骨悚然的预备计划。

谢恩本来说泰莎在星期日早上打电话给他，而且要求他痛打她。但是现在他们知道，谢恩很可能就是问题的一部分。这很合理——一位朋友"帮助"另一位朋友的时候，只会稍微推打她几下，不会赏她一回必须住院观察一晚的脑震荡。

也就是说，殴打泰莎是谢恩的主意。那要怎么推演呢？咱们把你丈夫的尸体从车库里拖上来解冻。然后，我会把你打得七荤八素，只是好玩嘛。然后你会打电话叫警察，声称你射杀你那废物丈夫，是因为他要杀你对吧？

他们知道她会被捕。至少，谢恩应该猜得出她的故事听起来可信度有多低，特别是加上苏菲失踪、布莱安的尸体又刻意被冰冻过。

他们希望她被捕，他们希望她身陷囹圄。

到头来一切都是为了钱，巴比再度想着。州警工会不见了二十五万元。谁偷的？是谢恩·里昂斯，还是食物链上更高层的某人？

某人聪明到足以领悟，在内部调查组太逼近真相之前，他们迟早都得推出一个嫌犯。

某人知道另一个失去信用的警官，一位女性，就像银行保全摄影机上看到的一样——就说是泰莎·李欧妮吧——会是个完美的代罪羔羊。再加上她丈夫有已知的赌博问题，让她成为更加理想的候选人。

布莱安死掉了，因为他失控的习惯让他威胁到所有人。而泰莎则被栽赃并交给主管单位，这就是他们的"免坐牢"幸运卡。我们会说是她偷了钱，她丈夫把钱赌光了，一切都会有解释。调查会终结，大家就可以策马奔入夕阳下，比过去多了二十五万财富，却没有人知道。

布莱安死去，泰莎身陷囹圄，而苏菲……

巴比还没准备思考这一点。苏菲是个拖油瓶，也许在短时间内会留她活口，免得泰莎不肯配合计划。可是长期来说……

泰莎这样全面开战是对的，她为了拟定计划已经损失一天，住院又损失一天，坐牢再损失一天。

这表示事情就是这样，她快没时间了。在接下来的几小时里，她会找到她女儿，或为此而死。

单枪匹马的州巡警对抗一群匪徒，而这些人认为闯入警官家里、射杀他们的配偶不算什么。

谁有种干出这种事？渠道是什么？

俄罗斯黑手党把巨大的触角伸进波士顿区域。众所周知，他们比他们的意大利同类更残酷无情好几倍，在所有跟贪污腐败、毒品和洗钱有关的事务上，很快就变成了主要玩家。可是从州警工会诈骗到二十五万元，在巴比听来太像普通小贼的勾当了。

俄罗斯人比较喜欢高风险、高收益的生意。二十五万美元在他们大部分的工作上比较像是四舍五入的误差值。而且，偷州警的钱，在有力执法单位的头上动土……对巴比来说，这听起来比较像个人恩怨。帮派分子不会找机会侵占州警工会的钱。然而，他们可能会对一个局内人施压，然后这个人又认定这样做最能够拿到必要资金。一个有渠道拿到钱，却也有知识和先见之明可以隐藏自身形迹的局内人……突然之间,巴比懂了。这个想法吓坏了他,让他觉得冷彻骨髓,却也完全合理。

他抬起他的手肘,把停在这里的车副驾驶座的窗户撞穿。玻璃碎裂,汽车警报器大响,巴比对两种声音都置之不理。他伸手到车里,打开杂物箱,然后自己动手找出这辆车的车籍登记数据,里面包括现在正在装饰泰莎·李欧妮那辆卡车的车牌记录。

然后他小跑步回到华伦和车库旁边,身上带有新的信息,还有他们最后的目标。

第四十章

人是被带来这里等死的。

我光闻味道就知道了。血液浓厚如铁锈的味道深深渗进水泥地里，无论多少漂白剂或石灰都无法除去这股味道。有些人会在自家地下室里盖工作室；显然约翰·史蒂芬·普塞尔在地下室盖的是拷问室。

我需要来自上方的灯光。这会毁掉我的夜视能力，却也会让任何等着扑上来的歹徒迷失方向感。

站在最上面的台阶，我的手摆在左边墙壁的开关上，这时我犹豫了。我不知道我想不想要地下室有灯光。我不知道我想不想看见。

在好几小时值得庆幸的麻木之后，我的冷静开始出现裂痕。那股味道，我的女儿，味道，苏菲。

他们不会折磨一个小女孩，他们能从中得到什么？苏菲怎么可能告诉他们什么？

我闭上我的双眼，"啪"的一声扳起开关。然后，我站在午夜之后降临的深沉寂静之中，等着听见我有待拯救的女儿发出第一声哀鸣，或攻击者打算突袭时的冲刺。

我什么都没听见。

我硬是撑开右眼，数到五，然后打开左边眼睛。无罩灯泡的炫目光芒不像我害怕的那样刺眼。我继续用手臂抱着霰弹枪，血液继续从我受伤的右肩上滴落，我开始下楼。

普塞尔让这个地下室保持得井井有条，没有户外家具、杂七杂八的盒装废物，或做他这行的男人适合的圣诞节装饰品。

在这个开阔的空间里，有洗衣机、烘衣机、水槽和一张厚重的不锈钢桌。这张桌子的周围有沟槽，就像在停尸间里会看到的那种。沟槽会通往桌子底下的一个托盘，那里可以接上一根软管，把盘中的内容物抽到附近的水槽去。

显然在打断膝盖、削掉手指的同时，普塞尔喜欢保持整洁。然而从地板上的大块粉红色污痕来看，这些东西不可能完全不撒出来。

在不锈钢桌旁边是一张破破烂烂的折叠桌，各式各样的工具在上面一字排开，就像是一位医生的手术工具台。每一样不锈钢工具都刚清洁过，来自上方的灯光从刚磨利的刀锋上反射出来。

我敢打赌，普塞尔花了很多时间把他的工具布置成这个样子。我敢打赌，他很享受让他的工作对象看清楚整排工具，他们饱尝恐惧的心灵会抢先一步，替他做完一半的工作，然后他就会把他们绑到桌上去。

在我的想象中，大部分的人在他拿起第一把钳子前就开始口齿不清地招供。而我猜想，开口也救不了他们。

我经过桌子、水槽、洗衣机和烘衣机，在楼梯后面，我找到一扇通往洗衣间的门。我站在一旁，把手伸过去砰然打开门，背部仍然贴着墙壁。

没有人冲出来，没有一个孩子用哭声打招呼。

我仍然神经紧张，全身疲惫，还有一股恐惧感沉沉地搏动着。我蹲下来，把霰弹枪举到齐肩高度，然后冲进黑暗中。

我碰上油槽、热水器和变电箱，以及被各种清洁用品压弯的塑料置物架。眼前一堆束线带和卷起来的绳子，还有一条卷起来的粗水管，还有冲洗掉脏物后剩下的脏乱残迹。

我慢慢站起来，然后被自己吓了一跳：我摇摇晃晃，差点昏倒。

地板是湿的。我低头看着，略感惊讶地看见自己的一摊血，血液现在从我的手臂上滚滚而下。

我需要帮助，我应该去急诊室，应该要……

要怎样，请求支持吗？

我思绪中的苦涩让我重新打起精神。我离开地下室，回到阴暗的楼上，只是这回我打开屋里的每一盏灯。

如同我料想的，我在普塞尔的浴室里找到一小批急救补给品。毫无疑问，做他这行的人知道自己会有不可告人的伤口，也会因情势准备好他的医药柜。

我没办法把我的黑色高领毛衣拉过头，只好用手术剪刀剪开衣服，然后弯腰靠在水槽上，把双氧水直接倒进那个血淋淋的洞里。

我在惊人的疼痛中猛吸气，然后用力咬着下唇。

如果我是个真正的硬汉——就说像蓝波吧——我会用筷子把子弹挖出来，然后用牙线把伤口缝起来。这些事情我都不知道要怎么做，所以我把白色纱布盖在伤口上，然后用一条条白色的医用胶带把那个血淋淋的布包贴起来。

我用水把三颗止痛药冲下去，然后从普塞尔的衣柜里替自己找出一件深蓝色法兰绒衬衫。这件衬衫大了两号，而且闻起来有柔软精跟男性香水的味道。衬衫下摆垂到大腿中间，我必须笨拙地卷起衣袖才能空出双手。

我从来没把自己要杀的男人的衬衫穿到身上过。这样让我觉得亲密得奇怪。

我做得太过火了，我想着，失去了一部分的自我。我在寻找我女儿，却发现我体内存在着一个前所未知的深渊。找到苏菲会减轻这种痛苦吗？她的爱带来的光亮会再度赶走黑暗吗？

这还重要吗？从她出生的那一刻起，我就已经愿意为我的孩子献出生命了——牺牲一点神志算得了什么？

我拾起霰弹枪，撤到外面，普塞尔仍然靠着屋子瘫坐，闭着眼睛。我以为他昏过去了，不过当我踩着嘎吱作响的脚步穿过雪地的时候，他的眼睛睁开了。

他的脸色苍白。虽然现在天寒地冻，但他的上唇上方冒出一点一点的汗水。他大量失血。他可能快死了，而且他自己似乎也知道，然而他看来并不惊讶。

普塞尔是个老派的人，生于刀剑，死于刀剑。

这会让我的下一个工作更困难。

我蹲在他的旁边。

"我可以带你到下面的地下室。"我说道。

他耸耸肩。

"让你浅尝一下自己的医学技巧。"

他再度耸肩。

"你是对的：我会把设备带上来这里。替我省下拖着你这蠢货到处跑的麻烦。"

另一次耸肩，我真希望普塞尔突然之间冒出了老婆小孩。如果他有的话，我会怎么做？我不知道，但我想伤害他，就像他伤害到我一样。

我把霰弹枪摆在我后面，在普塞尔摸不到的范围。然后我抽出我的卡巴刀，用左手掌轻轻举起来，掂掂斤两。

普塞尔凝视的目光跳到刀锋上，他还是什么话都没说。

"你会死在一个女人手上。"我告诉他，然后终于满意地看见他的鼻翼怒张着。自尊心，当然了，对男人来说，最伤人的莫过于让女人占了上风。

"你记得你那天早上在厨房里告诉我的话吗？"我悄声说道，"你告诉我，只要我合作，没有人会受伤。你告诉我，只要我交出我的值勤武器，你就会让我的家人离开。然后你转身就害死了我丈夫。"

我用刀划过他的衬衫前襟，刀锋弹掉了第一个，第二个，然后是第三个纽扣。普塞尔在衬衫下面穿着一件黑色T恤，上面有一条必不可少的金链子。

我把刀尖搁在薄薄的棉布上方，然后开始划破它。

普塞尔在全神贯注的着迷状态下瞪着刀尖，我可以看出他的想象力发动了，他开始明白这样一把磨利的大刀可以对他做出什么事。这时他坐在这里，双手绑在他自己的所有物上，他既无助又脆弱。

"我不会杀你。"我说着，划开黑色T恤。

普塞尔的眼睛圆睁，他没把握地看着我。

"那就是你要的，不是吗？马革裹尸。对于一个光荣的帮派分子来说，这是最合适的结局。"

最后一颗衬衫纽扣，"啪"的一声弹开。最后一寸T恤，破成一条条。我用刀锋拨开他的衣衫，他的肚子意外地苍白，腰部粗了一点，可是还算有线条，他做过训练。

不是彪形大汉，也许是拳击手。他明白身体健康对他的工作很重要，必须有点肌肉，才能拖着不省人事的人体到地下室去，然后绑在桌子上。

必须有点块头，才能抓住一个挣扎的六岁小女孩。

刀子除去了他的上衣，暴露出他的左侧。我着迷地瞪着他裸露出来的肩膀，看着他暴露在冷空气中的肌肤上的鸡皮疙瘩。他的乳头在他心脏的正上方，形成一个圆形花苞的样子。

"你射了我丈夫的这个地方。"我喃喃说道，然后我用刀锋标出那一点。血冒了出来，在普塞尔的皮肤上形成一个红色的X记号。锋利的刀锋制造出利落漂亮的切口，谢恩总是认真看待他的装备。

"下一枪就在这里。"我再度移动刀锋。也许这次我割得深了一点，因为普塞尔在我下方战抖着发出低沉的吸气声。

"第三枪，在这里。"这次我确实是下刀颇深。在我举起卡巴刀的时候，血从刀锋边缘涌出，点点滴滴流到普塞尔的腹部上方。

在洁净白雪上的鲜血。

布莱安在干净明亮的厨房里死去。

这个匪徒现在在战抖了，我凝视着他的脸。我让他看见我眼中的死亡气息，我让他看看他帮忙塑造出来的杀手。

"这样吧，"我告诉他，"你跟我说我女儿在哪里，作为回报，我会替你松绑。我不会给你刀子或任何类似的疯狂玩意儿，但你可以对我开一枪。也许你可以胜过我，这样算我自己不对。也许你赢不了我，这样你至少可以骄傲地赴死，而不是在自家前院被五花大绑，死得像条猪。在我数到五之前，你可以做决定。一……"

"我不打小报告。"普塞尔咆哮。

我耸耸肩，伸出手，然后削掉他一大块丰厚的棕发，大半是因为我就是想这样做。"二。"

他缩了一下，却没放弃。"反正你他妈的都会宰了我。"

另外一撮头发，也许还有一点耳朵。"三。"

"你这小贱人。"

"棍棒跟石头也许会打断骨头，话语却永远伤不了人……"我拉起一大把他前额上方的深色头发。现在我情绪亢奋起来了，把头发用力往上拉，我可以看见他的头皮跟着被提起。"四。"

"你女儿不在我手上！"普塞尔爆出一声大叫，"我不对付小孩。我一开始就跟他们说，我不处理小孩。"

"那她在哪里？"

"你是他妈的警察，你不觉得你应该知道吗？"

我挥出刀锋，我收割了大把头发，而且肯定还有一些头皮。冒出来红红的血，滴进结冰的土地，在雪上变成粉红色。

当下一次冬天来临，新雪降下时，我怀疑我会不会看到新雪就想

吐，我能不能撑过去。

普塞尔哀嚎着，在他的束缚之下打战。"你完全信错人了。现在你却来伤害我？我是在帮你！你丈夫不是好东西，你的警官朋友还更糟。你这笨女人，我是怎么闯进你家的？你以为你老公会就这样让我进去吗？"

我停下来，我瞪着他。然后就在那一刻，我悟出拼图里一直失落的那一小块。星期六早上的惨剧让我整个人晕头转向，以至于我从来没有好好思索过出入接应的问题，我从来没有像警察一样分析过这个情境。

举例来说，布莱安已经知道他有麻烦了。他的重量训练，最近采购的克拉克四十，他自己紧张不安的心境跟易怒的脾气。他知道他陷得太深。而且没错，他绝对不会替约翰·史蒂芬·普塞尔这种男人开门，尤其是苏菲在家的时候。

可是我回到家的时候，苏菲已经不在屋里了。

她已经不见了，普塞尔独自站在厨房里，用枪指着布莱安。苏菲已经被带走，被陪着普塞尔来的第二个人带走。某个让布莱安觉得可以安心去应门的人。某个有办法领到州警津贴的人。这个人认识谢恩，自认为有足够力量控制涉入此事的所有人马。

我的脸一定变得很苍白，因为普塞尔开始大笑，这声音在他胸腔里喀喀作响。

"懂了吧？我说的是实话。"他吼道，"我才不是问题所在，你生命中的那些男人才是。"

普塞尔再度大笑，血流下他的脸，让他看起来就像我感觉上那么疯狂。我突然间明白了，我们是同一个豆荚里的两颗豆子。我们是战争中的士兵，被参与战事的将军利用、虐待、背叛。

决定是别人做的，我们只是付出代价。

我把刀子放在我后面，摆在霰弹枪旁边。我的右臂在抽痛。这样频繁使用右手臂害得枪伤又冒血了。我可以感觉到新的溽湿感从我手臂上慢慢流下，雪地上有更多粉红色的污点。

我知道我再撑不了多久了，而且就像普塞尔，我并不害怕。我把自己交给命运。

"里昂斯巡警死了。"我说。

普塞尔停止大笑。

"原来是你在两个钟头前杀了他。"

普塞尔抿起嘴唇。他不是傻瓜。

我从裤子腰带后方抽出一把点二二口径半自动手枪，我在普塞尔的浴室里发现这把枪被粘在马桶水箱后面。对于他这种人来说，这很难算是备用武器，不过还是可以完成任务。

"我猜这是黑市买来的武器，"我说道，"序号被锉掉了，无法追踪。"

"你答应要来个公平决斗。"普塞尔突然这么说。

"而你答应过要放走我丈夫，我猜我们两个都是骗子。"

我靠近了一些。"你爱的是谁？"我在血淋淋的雪地里悄悄说道。

"没有人，"他疲倦地回答，"从来就没有。"

我点点头，并不意外，然后我射杀了他。左太阳穴两枪，典型的帮派处决方式。接下来我捡起卡巴刀，很讲求实际地把"告密者"这个字眼刻在死人皮肤上。我必须把先前划在他胸前的三个 X 遮掉，这种记号会让华伦这样机灵的警探直接找上我。

我的脸感觉很怪，很严厉，很狰狞，连我自己都这么觉得。我要自己回想那个整洁的地下室里，挥之不去的漂白水与血腥味，还有我要是让普塞尔有机可乘，他会乐意在我身上施加痛楚。这样做没帮助，我应该要当个警察，不是杀手。然而每个暴行都从我身上夺去某一部分，我再也讨不回来。

可是我继续动作，因为跟任何女人一样，我很擅长自寻痛苦。

最后的细节：我回到屋里的时间长到足以自行动用普塞尔的清洁

用品。我用纸巾跟漂白水擦去我在屋内留下的任何血迹，然后我把我的靴子换成他的，在泥巴跟雪地里到处踩踏，直到我的足迹消失，只剩下普塞尔的足迹。

最后，我从我的行李袋里拿出布莱安的克拉克手枪，然后用普塞尔的右手环绕着枪把，以便把他的指纹转印过去。普塞尔的点二二进了我的行李袋，这把枪会被丢进我经过的第一条河流里。克拉克手枪进了普塞尔的房子，粘在马桶后面，比照他藏匿第一把武器的办法。

在太阳升起之后的某一刻，警方会发现普塞尔的尸体被绑在房子旁边，显然受过折磨，已经死亡。他们会搜索他家，还会发现他的地下室，他们的半数问题就有了答案——做普塞尔这一行的人注定惨死。

在搜索普塞尔家的时候，他们也会发现布莱安的克拉克手枪。弹道测试会发现杀死谢恩·里昂斯警官的子弹跟这把枪相符，提供了一套理论，说明普塞尔一度进入我家，偷了我丈夫的枪，后来他就用这把枪杀死一位极受敬重的巡警。

普塞尔的谋杀案会变得不重要——不过是另一个惨死的杂碎。谢恩会哀荣备至地下葬，他的家人会得到抚恤。

当然，警方会搜索射杀普塞尔的武器，也会好奇谋杀他的人是谁。可是，并不是所有问题都该有答案。

就像不是所有人都该被信任。

凌晨一点十七分，我摇摇晃晃地站起来，走回货车上。我喝了两瓶水，吃了两条精力棒。右肩热得发烫，手指刺痛。我觉得体内空荡荡的，我的双唇有一种奇异的麻木感。

然后我又上路了，霰弹枪搁在我腿上，血淋淋的手握着方向盘。

苏菲，我来了。

第四十一章

"是汉米尔顿。"巴比说。他把华伦拉出李欧妮的修车厂，同时已经跑回他们车子上了。

"汉米尔顿？"华伦眯起她的眼睛，"这个州的副总警督？"

"没错。他有管道，有机会，而且认识所有涉案的人。也许布莱安的赌博问题引发了一切，但这个行动的首脑是汉米尔顿——你们大家需要钱？嘿，我刚好知道哪里有大桶现金喔，就坐在那里……"

"在他跟谢恩之间……"华伦喃喃说道。她点点头，第一次感觉到一丝兴奋。一个名字，一位嫌犯，一个目标。她一爬进车里，巴比就从人行道旁开走，接下来他们就已经朝着高速公路狂飙了。

"对，"他现在说道，"有了汉米尔顿穿针引线，从内部掩盖他们的形迹，要规划成立空壳公司的幕后工作很简单。不过当然啦，所有好事都必定有个终点。"

"一旦内部调查启动了……"

"他们的好日子就屈指可数了。"巴比替她讲完这句话，"有州内的调查人员到处刺探他们，此外，因为谢恩跟布莱安继续毫无节制地赌博，还有各路匪徒想要向他们分一杯羹。汉米尔顿当然变得很担心，而布莱安与谢恩则从共犯变成死不足惜的障碍物。"

"汉米尔顿杀死布莱安，然后绑架苏菲，这样泰莎就会自称杀害了自己的丈夫，再被栽赃成侵占州警工会公款的人？"华伦皱着眉头，然后补充，"或许是一个职业打手干的，布莱安已经惹毛的那种帮派分子。那种人愿意做最后的肮脏活以便拿回他的钱。"

"会把谢恩家人的照片寄过去当成警告的那种人。"巴比同意。

"那就是警界高层的问题，"华伦说着摇摇头，"他们有一堆伟大的想法，要实践的时候却不喜欢弄脏自己的手。"她犹豫了一下，"要是跟着这套逻辑走，苏菲会在哪里？汉米尔顿会亲自冒险扣住一个六岁小女孩吗？"

"不知道，"巴比说，"可是我想，如果我们像一吨重的砖块一样直接砸到他头上，我们就可以查出来。他应该在城里，在里昂斯枪击案的现场，跟总警督还有其他高层在一起。"

华伦点点头，然后突然抓住巴比的手臂："他不在城里，我敢用任何东西跟你赌。"

"为什么？"

"因为泰莎在逃亡中，我们知道，他也知道。更进一步来说，他现在应该听说里昂斯巡警的霰弹枪跟 M4 步枪都不见了。这表示他知道泰莎有武器，十分危险，又拼了命要找到她女儿的下落。"

"他在跑路，"巴比补完这个想法，"要避开他自己麾下的警官。"但接下来轮到他摇头了。

"不对，像汉米尔顿这样有经验又老奸巨猾的人不会的。最好的防御就是攻击，对吧？他去找苏菲了。如果她还活着，他就会去抓她。她是他仅存的筹码。"

"那苏菲到底在哪里？"华伦又问了一次，"我们发布全州的安珀警戒已经三天了。她的照片在电视上铺天盖地出现，收音机都在播报关于她的描述。如果这女孩在附近，我们现在早该有线索了。"

"这表示她在某个关得密不透风的地方，"巴比思索着，"乡村地区，没有近邻。有人被指派去关着她。所以是一个难以接近却补给良好的地方。一个让汉米尔顿相信不可能被渗透的地方。"

"他永远不会把苏菲藏在自己家里，"华伦说，"离他太近了。也许她是在朋友的朋友家？或是在第二个家里？我们看过他猎鹿的照片。他有个狩猎小屋，一间森林里的小木屋吗？"

巴比忽然露出微笑。"汉米尔顿是有一间狩猎小屋，在麻州西部靠近葛雷洛克山的地方。

从州警总部过去要两个半小时车程，坐落在柏克夏尔高地区的山脚下。地点孤立、有空间可以容纳，又远到让他能够做出可信的否认——就算他是那栋房子的所有人，他还是可以说他好几天或好几星期没去那里，尤其是波士顿有这么多事情都需要他关注。"

"你可以把我们弄到那里去吗？"华伦立刻问道。

巴比犹豫了。"我去过那里几次，不过是好几年前的事了。有时候他会邀请州警到那里过个狩猎周末之类的。我是可以回想一下那些道路的长相……"

"找菲尔，"华伦说着抽出她的手机。"你上麻州收费公路。我会替我们找到地址。"

巴比打开车灯，奔向麻州收费公路，横越这个州最快的路线。华伦拨了波士顿警察局总部的电话。现在已经过了午夜，但今晚州警或波士顿警方没有人在睡觉；菲尔在第一声铃响时就接了电话。

"你听说里昂斯巡警的事了吗？"菲尔用这句话打招呼。

"我已经去过那里了，我要请你做一件敏感的事情。我想要杰拉德·汉米尔顿的全部背景资料，还要搜寻他家人的资料。我想要所有已知的房地产地址，查完那些之后，我还要他们完整的经济状况资料。"

出现一阵停顿，"你指的是州警的副总警督吗？"菲尔小心翼翼地问道。

"跟你说了这很敏感嘛。"

华伦听到一阵嗒嗒声响。菲尔的手指已经在计算机键盘上飞驰了。

"嗯——，不知道你想不想听一个非官方消息，这消息甚至连茶水间闲话都算不上，还比较像是小便斗前交换的八卦……"菲尔在打字的时候开口了。

"当然想听。"华伦向他保证。

"听说汉米尔顿替自己养了个情妇，一个性格刚烈的火辣意大利女郎。"

"名字是什么？"

"不知道。那人只提到她……的屁股。"

"男人都是猪。"

"我个人是一只热爱老婆的猪，而且我要有她才能熬过四个小孩的折腾，所以讲这种话的时候别看我。"

"这倒是。"华伦同意，"开始挖吧，菲尔。你需要把知道的一切都告诉我，因为我们认为他手上可能有苏菲·李欧妮。"

华伦挂了电话。巴比来到通往麻州收费公路的出口。他在时速七十里下歪向一边，他们过弯时发出又尖又长的摩擦声。马路上终于没有雪了，而且这么晚不会有多少车子。他们朝着麻州西部飞驰时，巴比在宽大平坦的高速公路上开到时速一百英里。华伦想着，他们大概有一百三十英里路要赶，而且不是所有路段都可以用最高速度开。两小时，她这样决定。在最后救出苏菲·李欧妮之前，还有两小时。

"你想她是个好警察吗？"巴比突然这么问。

华伦不必问他讲的是谁。"我不知道。"

巴比把凝视的目光从迅速飞逝的黑暗中挪开，时间长到刚好可以瞄她一眼。"你会做到什么地步？"他轻声问道，他的目光落到她的腹部，"如果这是你的孩子，你会做到什么地步？"

"我希望我永远不必发现这一点。"

"如果有人威胁安娜贝尔，绑架卡琳娜，我会杀掉他们全部。"巴比平淡地说道,他的双手在方向盘上握紧又放松,"我想对那些人做的事,用掉这个州所有的弹药都不够。"

华伦一分钟都没怀疑过他,不过她还是摇摇她的头。

"这样不对,巴比。"她平静地说,"就算你是被挑拨的,就算其他人先动手……罪犯才诉诸暴力。我们是警察。我们应该要更清楚。如果我们不能遵守那种标准……那谁可以?"

在那之后,他们在沉默中开车,聆听一个火力全开的引擎发出嘶哑的怒吼,并且望着城市的灯光闪过,就像是一道道闪电。

苏菲,华伦想着,我们来了。

第四十二章

副总警督杰拉德·汉米尔顿是我的指挥官,可是我绝对不会说我很了解他。首先,他在食物链上比我高了好几层。再者,他是个"男人中的男人"。他真的跟其他州巡警一起休闲的时候,都是跟谢恩在一起,而他通常也会接纳谢恩的同伙,也就是我丈夫布莱安。

他们会去看红袜队比赛,也许共度狩猎周末,或到快活林做实地考察。

就后见之明来看,这全都很合理。谢恩的小小远足,我丈夫总跟着去,汉米尔顿也是。

也就是说,在布莱安开始赌得太过火、陷得太深的时候……谁会知道他对金钱的需求有多急切?谁会知道另一种快速致富的选择?谁会处于一个完美的位置,可以靠我丈夫的弱点从中得利?

谢恩的脑袋从来就不是很发达,然而副总警督汉米尔顿……他会知道怎么把谢恩跟布莱安一起拖下水。这里瞒一点,那里藏一点,起初只是做些小恶的人,后来能够怎么样合理化自己做的坏事,说来让人惊讶。

举例来说,我离开监狱的时候并没有打算杀掉谢恩,或谋杀一个名叫约翰·史蒂芬·普塞尔的匪徒,或在天寒地冻的晚上连夜开车去我上司的狩猎小屋,腿上还摆了一把霰弹枪。

也许布莱安与谢恩告诉自己,他们只是"借了"那笔钱。作为工会代表，谢恩会知道关于退休金账户跟可用余额的所有事情。汉米尔顿可能知道要怎么取用，哪种空头公司最适合用来诈骗退休的州警。在老同事的人际关系网络中，可能只要打通电话就搞定了。

他们成立了假公司，然后开始运作，开账单给退休基金，收取基金，然后拍拍屁股走人。

他们本来打算花多长时间进行这个骗局？一个月？半年？一年？也许他们事先没想那么远。也许在当时对他们来说并不重要。直到最后，当然，内部调查组已经猜出这是诈骗，发起调查行动。对布莱安和谢恩来说很不幸，这种调查一旦启动，项目小组没得到答案就不会停手。

汉米尔顿就是在这时候决定把我变成替罪羊的吗？还是那是多米诺骨牌效应的一部分——就算这时他们已经偷走州警退休金，布莱安跟谢恩照样缺钱用，所以他们从来路不正的人手上借钱，到最后内部调查人员跟职业打手两方都盯上他们了？

在某一刻，汉米尔顿领悟到谢恩跟布莱安可能会在压力下崩溃，可能会坦白认罪以便自救，把汉米尔顿当成盘中肉端出去。

在两人之中，布莱安绝对是比较大的弱点。也许汉米尔顿协调出一个给黑道的最后协议。他会付清布莱安跟谢恩的最后一笔烂账。作为回报，他们会歼灭布莱安，并且帮忙把所有罪名推到我头上。

谢恩还会留得性命，却怕到不敢开口，同时汉米尔顿跟他的同谋就可以保住他们的非法所得。

布莱安会死，我会坐牢，苏菲……唔，一旦我做了他们要求的一切，他们就不再需要她了，是吧？

所以为了谢恩的生存与汉米尔顿的贪婪，我的家庭会被毁灭。

在我开三小时车往西行，朝着麻州亚当斯镇而去的时候，这股愤怒帮助我保持清醒，我知道汉米尔顿在那里有第二个家。我只去过那里一次，参加好几年前的一次秋季烤肉派对。

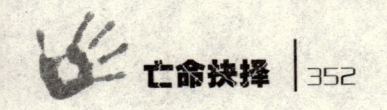

我记得那个木屋又小又孤立,对于健行、打猎或扣留一名幼童来说,都很理想。

我右手的手指不再管用了,流血的速度终于慢下来,可是我怀疑子弹已经毁掉我的肌腱,甚至可能伤及神经。现在发炎进一步加重伤势,我没办法握拳,或者扣扳机。

我会用左手做事,要是运气好,汉米尔顿不会在场。他麾下的一位警官今天晚上因公殉职,这就表示汉米尔顿应该在阿尔斯顿—布莱顿处理公务。

我会把车停在通往小屋的那条漫长泥土车道尽头。我会带着霰弹枪健行穿过树林,我会把枪撑在髋部,用左手开枪。准头会很差,不过那就是霰弹枪的好处——影响范围大到你犯不着擅长瞄准。

我在心里用沙盘推演:我会仔细观察那栋小屋,我会发现这里渺无人烟。我用霰弹枪枪柄敲破一扇窗户,爬进去,然后找到我在黑暗卧室里沉睡的女儿。

我会拯救她,我们会一起逃跑。也许逃到墨西哥去,虽然明智的做法会是直接回到波士顿警察局总部,苏菲可以作证说明汉米尔顿绑架了她。进一步调查副总警督的状况就会发现,有个银行账号存款余额多到不应该的地步。汉米尔顿会被逮捕,苏菲跟我会很安全。

我们会继续过我们的生活,永远不再担惊受怕。有一天,她不会再问起布莱安。有一天,我会停止哀悼他。

我必须相信事情就有这么容易。

我伤得太重,无法另作他想。

凌晨四点三十二分,我找到通往汉米尔顿那间木屋的泥巴路。四点四十一分,我驶离道路,把车停在一个盖满了雪的灌木丛后面。

我爬出车外。

我认为我闻到了烟味。

我举起霰弹枪。

然后听到我女儿的尖叫。

第四十三章

巴比跟华伦才刚转出麻州收费公路,进入犹如黑色丝带、位于乡间的二十号国道,华伦的手机就响了,嘹亮的铃声把她震出那种浑身无力的状态。她按下通话键,把手机抓到耳边——是菲尔。

"华伦,你还在往西走?"

"已经到西边了。"

"好,汉米尔顿有两处房地产。第一个是在麻州佛莱明汉,靠近州警总部。我假定这是主要住处,因为这里被列为由杰拉德与茱蒂·汉米尔顿共同持有。但是有个次要住处,在麻州亚当斯镇,只在他名下。"

"地址?"华伦单刀直入地问道。

菲尔匆匆念出来。"可是听听这个:警用无线电刚接收到一则通报,说在亚当斯镇接近葛雷洛克山州立自然保护区的地方,有民宅失火。这也许是巧合,但也有可能是汉米尔顿的小木屋失火了。"

"可恶!"华伦突然聚精会神,整个人清醒过来,"菲尔,联络当地警方,我需要后援。我要郡警跟镇警,可是别叫州警过来。"巴比瞪了她一眼,却没争辩。"现在就去!"她十万火急地说道,挂断电话,然后立刻把汉米尔顿的地址输入汽车导航系统。

"菲尔替我们弄到地址了,那里显然靠近一处火灾现场。"

"该死！"巴比用手猛拍方向盘，"汉米尔顿已经在那里掩盖形迹了！"

"要是我们对此有话可说，他就不会了。"

第四十四章

苏菲又尖叫了,我猛然采取行动。我同时抓住霰弹枪跟步枪,把霰弹枪子弹跟好几发点二二三步枪子弹倒进我裤袋里。我右手手指的动作迟钝,丢进雪地里的子弹比倒进我口袋里的还多。我没有时间捡子弹了。我行动了,就靠着肾上腺素与奋不顾身来达成任务。

在小型军火弹药库的重压之下,我歪歪倒倒地走进覆雪的树林,朝着烟味跟我女儿的声音前进。

另一声尖叫,一个大人在咒骂,湿木头着火的"嘶嘶"声响。

小屋就在前面,我在树木之间跳跃,挣扎着在刚下的雪上找立足点,轻轻呼吸。我不知道会有多少人在场。如果苏菲跟我要逃过这一劫,就需要出其不意的优势,不要暴露我的位置,找到制高点。

我的专业训练建议采取策略性的做法,同时我的亲情本能则尖叫着——要我现在,立刻,马上就冲进去抓住我女儿。空气中的烟越来越浓,我终于站到房子左侧的一个小丘顶端时,我咳嗽,还觉得眼睛灼痛。我发现汉米尔顿的小屋着火了,而我女儿在跟一个穿着厚重黑色大衣的女人搏斗,那女人正试着要把苏菲拖进一台停着的休旅车。我女儿身上只穿着一件薄薄的粉红色睡衣,那是四天前我送她上床时的穿着,她手上仍然紧抓着她最喜欢的娃娃葛楚德,正在拼命又踢又打。

苏菲咬住那女人暴露出来的手腕。那女人猛然缩回她的手臂,挥了她一巴掌。我女儿的头甩到一边，她的脚步踉跄，四仰八叉地倒进雪中，被黑烟呛得发出刺耳的咳嗽声。

"不要，不要，不要！"我女儿在哭喊，"让我走，我要我妈咪，我要我妈咪！"

我把霰弹枪摆在地上——我的孩子距离目标这么近，我不能冒险。我找出步枪，用力拉出弹仓，在我的左边口袋里摸索着。装 M4 弹匣的时候总是要少填两发子弹，以便保持子弹均匀，我受的警察训练如此要求。

我的母性本能则怒吼着，把他们全部杀光。

我举起步枪，熬过第一回合。

新鲜血液从我的肩膀涌出。迟钝的手指费力地弯起来勾住扳机。

那女人高高在上地望着苏菲："进车里去，你这个愚蠢的捣蛋鬼。"她厉声尖叫。

"放我走！"

另一声尖叫，另外一巴掌。

我把用来攻击的步枪的枪托靠在淌血的肩膀上，看着那个黑发女人正在打我的小孩。

苏菲在哭喊，手臂弯起来抱着头，试着挡住挥打。

我踏出树林，瞄准我的目标。

"苏菲！"我大声呐喊，穿透这个火焰噼啪作响，有着刺激烟味的夜晚。"苏菲，快跑！"

如同我所期望的，我突如其来的声音抓住了她们的注意力。苏菲转过身来，那女人猛然直起身子，试着锁定闯入者的位置。

她直盯着我。"你他妈的是——"

我扣了扳机。

苏菲完全没看她背后，就在那具身体突然倒地，脑袋在点二二三口径子弹的突袭下爆裂，变成一摊鲜红色的雪的时候，她看都没有看。

我女儿绝对不会回头,她听到我的声音了,她奔向我。

就在这时,一把枪对上我的耳朵,杰拉德·汉米尔顿说:"你他妈的贱货。"

华伦和巴比跟着 GPS 系统穿过乡间道路的蜿蜒迷宫,最后来到一条泥巴路,旁边都是消防车和表情阴森的消防员。巴比关掉车灯,他跟华伦冲出车外,亮出他们的证件。

消息很短也很糟。

消防人员赶到的时候,正好及时听见尖叫与随后的枪声。住宅在上方两百公尺处,旁边围绕着浓密的树林。从浓烟和热度来判断,建筑物可能完全被火焰吞噬了。消防人员正在等警方确保现场安全,这样他们就可以进入那里做他们的工作。他们之中的任何一位都不擅长等待,特别是有位弟兄发誓那声尖叫来自一个孩子。

巴比叫华伦待在车里。

华伦的响应是大步走到她的车子后面,在那里披上她的防弹背心,然后抽出霰弹枪。她把步枪交给巴比,毕竟他以前是狙击手。

他对她怒目相向,"我先走,懂吧。"他厉声说道。

"我给你六分钟。"她同样尖锐地回击。

巴比穿上他的背心,替 M4 填弹,然后走在这片陡峭山地的边缘。三十秒后,他消失在积雪的树林里。三分钟之后,华伦就跟在他背后上路。

远处有更多警笛声。

当地警方终于赶到现场。

华伦专心地追着巴比的脚步。

烟、热、雪,冬季的炼狱。

该找到苏菲了,该完成任务了。

汉米尔顿把步枪从我受伤的手臂上用力抽走。M4 步枪软绵绵地从我的掌中落下,被他一把捞起。霰弹枪在我脚边,他命令我捡起来,交出去。

从小丘顶端，我可以看见苏菲朝着我这里跑来，全速穿越下面那片土地，被撒着白灰的树木和明亮的红色火焰包围起来的土地。

同时汉米尔顿的枪管，顶进我耳后敏感的凹陷处。

我开始弯腰。汉米尔顿大发慈悲地退了一寸，给了我空间，而我整个人猛然往后撞向他，疯狂地大吼："苏菲，不要过来！到树林里去，别过来、别过来、别过来！"

"妈咪！"她尖叫着，还在一百码外。

汉米尔顿用他的 Sig Sauer 枪柄打我。我重重倒地，我的右臂在身体底下虚脱，顿时涌上一阵更尖锐的剧痛。也许有某样东西撕裂的声音，我没有时间可以恢复，汉米尔顿又打我了，他逼近我身体上方，划开我的脸颊，我的前额。我在雪地里蜷曲成胎儿的姿势，这时血从我脸上奔流而下，让我的眼睛什么都看不见。

"你应该听命行事！"他高声喊道。他穿着他的警察礼服，外面还罩着一件长度及膝的黑色羊毛大衣，宽边帽拉低到眼睛上方。他可能是在接到有位警官殉职的消息时，换上这一身行头。然后，等到他发现那个人是谢恩，我逃离监狱，又还没被抓到的时候……他就来抓我女儿了。他穿着麻州州警副总警督的正式礼服来这里伤害一个小孩。

"你是受过训练的警官，"他现在厉声说道，整个人逼近我，挡住了树木、火焰和夜空，"如果你就照着命令做事，没有人会受伤！"

"除了布莱安以外，"我努力喘着气说，"你安排了他的死亡。"

"他的赌博问题失控了。我是在帮你的忙。"

"你绑架我女儿，你把我送进监狱，就只为了多赚点外快。"

我的指挥官所做的回应，是全力猛踢我的左肾，会让我尿出血来的那种踢法——这是假定我还能活那么久。

"妈咪、妈咪！"苏菲又哭了。我惊恐地发现她的声音接近了。

她还在朝我出声的方向跑，奋力爬过雪堆。

不，我想大喊，救救你自己，逃走吧。

可是我的声音不再管用了。汉米尔顿把我肺里的空气都打出来了。在我喘息着要在雪地上挺起身体时，我的眼睛被烟雾弄得灼痛，眼泪从我脸上奔流而下，肩膀痛得像火烧，胃拧作一团。

黑点在我眼前舞动。

我必须移动，必须起身，必须战斗——为了苏菲。

汉米尔顿的脚又往后收，他猛踢过来，想直接命中我的胸口。这次我放下左手臂，在他的脚踢到一半时抓住，然后滚向一边。汉米尔顿猝不及防，往前一颠，一边膝盖跪进雪地里。

所以他不再用 Sig Sauer 枪柄打我了，他扣下扳机。

这声音让我听不见了，我立刻感觉到焦灼的热度，下一秒随之而来的是强烈的疼痛。

我的手落下来，抓住我的腰。这时我往上凝视，看着我的指挥官，我被训练要信任的男人。

汉米尔顿看起来吓呆了，也许还有一点恐惧不安，可是他恢复得够快，手指又回到扳机上。

就在这时苏菲爬到小丘顶端，看见了我们。

我看见了幻象，我女儿苍白、甜美的脸。她的头发乱糟糟的，到处打结。她的眼睛，在她凝视的眼光锁定在我身上时，是一种明亮、灿烂的蓝色。接下来她在奔跑，只有一个六岁小孩才能有那样的跑法，汉米尔顿在她眼中并不存在，树林对她也并不存在，可怕的火焰、暗夜的威胁，还有必定已经折磨她好几天的未知恐惧，也都不存在。

她是个终于找到妈妈的小女孩，而她笔直朝着我狂奔。她扑到我身上的时候，一只手紧抓着葛楚德，另一只手臂则摊开来，我呻吟着，因为疼痛与喜悦两者一起在我的胸中爆开。

"我爱你，我爱你，我爱你！"我轻轻说道。

"妈咪、妈咪、妈咪、妈咪、妈咪。"

"苏菲、苏菲、苏菲……"

我可以感觉到她的眼泪，热乎乎地贴着我的脸颊。这样很痛，可是我还是抬起我的手，护着她的脑袋后方。我看着汉米尔顿，然后我把女儿的脸塞进我的颈窝。

"苏菲，"我悄悄耳语，目不转睛地盯着他，"闭上你的眼睛。"

我女儿紧抱着我，一个整体的两半，终于重新合而为一了。

她闭上她的眼睛。

然后，我尽我所能发出最清楚的声音："动手吧。"

汉米尔顿背后的黑暗具体化，变成了一个男人。在我的命令下，他扬起他的步枪。

就在汉米尔顿用他那把Sig Sauer的枪管顶住我左太阳穴的时候，我专注于感觉我女儿，她身体的重量，她纯粹的爱。

这是我可以带进深渊中的东西。

"你应该照着我的话做。"汉米尔顿在我头上嘶哑地说道。

在下个瞬间，巴比·道奇扣了扳机……

第四十五章

等到华伦设法爬到那片山地的顶端时，汉米尔顿已经倒下，巴比就站在副总警督的尸体上方。他抬头看着她接近，摇了摇头。

然后她听见哭声。

苏菲·李欧妮，华伦过了一秒才看见闪耀在粉红色中的小小身影。她在地上，盖在另一个全身黑衣的身体上，这个女孩一边把瘦骨伶仃的手臂缠在她妈妈的脖子旁边，一边无法控制地不断啜泣。

华伦走近时，巴比在这对母女旁边单膝跪下，他把手放在苏菲的肩膀上。

"苏菲，"他平静地说道，"苏菲，我要你看着我。我是一个州警，跟你妈妈一样。我是来这里帮助她的，请看着我。"

苏菲终于抬起她满面泪痕的脸，她瞥见华伦，然后张开她的嘴巴像要尖叫。

华伦摇摇头。

"没关系，没关系。我的名字是华伦，我也是你妈妈的朋友。你妈妈把我们引到这里，来帮助你。"

"妈咪的老板把我带走，"苏菲很清楚地说道，"妈咪的老板把我交给那个坏女人，我说不要。我说我想要回家！我说我要妈咪！"

她的脸又沉了下来，她又开始哭。这次没有声音，但还是贴紧她妈妈不动的身体。

"我们知道，"华伦说着蹲在她们旁边，试探性地把一只手放在女孩背上，"可是你妈妈的老板跟那个坏女人无法再伤害你了，好吗，苏菲？我们在这里，你安全了。"

从苏菲脸上的表情来看，她并不相信他们。

华伦不怪她。

"你会痛吗？"巴比问道。

女孩摇摇头。

"你妈咪呢？"华伦问，"我们可以检查她，确定她没有事吗？"

苏菲稍微挪到旁边，腾出来的空间足够让华伦看见，泰莎那件深蓝色法兰绒衬衫左侧的暗色污渍，还有雪地上的红色血液。苏菲也看到了，这女孩的下唇开始战抖。她没有再说话，她只是在雪地里躺下，躺在她失去意识的妈妈身边，握着她的手。

"醒来吧，妈咪。"女孩悲痛地说道，"我爱你，醒来吧。"

巴比匆匆爬下山坡去找急救人员。

同时华伦剥下自己的外套，盖住母女两人。

泰莎在急救人员过来把她抬走时恢复意识。她的眼睛猛然睁开，她急促地吸气，然后狂乱地伸出手，急救人员试着制住她。华伦因而采取合理的做法，抱起苏菲，然后把这小朋友举起来放在担架边缘。

泰莎抓住她女儿的手臂，捏得很用力。华伦认为泰莎可能在哭，也有可能是她自己眼里的泪水。

她没办法确定。

"我爱你。"泰莎对她女儿悄声说道。

"我更爱你，妈咪，更爱你！"

急救人员不让苏菲继续待在担架上。泰莎需要实时的医疗照护，这孩子只会造成妨碍。交涉三十秒之后，事情决定了：苏菲可以坐在救护车前座，同时她妈妈会在后面接受照料。急救人员动作很快，开始推着小女孩到前面去。

她从他们身边挣开，时间长到足以跑回她妈妈身边，把某样东西塞给她，然后再跑向副驾驶座。

华伦再次回头的时候，发现苏菲那个只有一个眼睛的娃娃塞在泰莎不动的身躯旁边。

急救人员把她抬上车。

救护车迅速把她们送走。

华伦站在雪中的晨曦里，手摆在她自己的肚子上。她闻到烟味，尝到泪水。

她抬头看着树林，现在那里有一把火正转为灰烬。汉米尔顿掩盖形迹的最后一点尝试，让他跟他的女伴都以付出自己的生命作为代价。

华伦希望自己有得意洋洋的感觉。他们救了女孩，消灭了邪恶的敌人。现在，除了几天折磨死人的文书作业以外，他们应该在夕阳下策马而去了。

这还不够。

十余年来的第一次，华伦成功结案之后却还觉得不够。她不想向她的上司汇报好消息，不想向媒体提供自满的答案，甚至不想抓几瓶啤酒，去跟她的项目小组一起轻松一下。

她想回家。

她想在艾利克斯身旁缩成一团，吸进他身上的须后水香味，然后感觉他用双臂环抱她的那种熟悉舒适感。而且她希望——但愿老天帮忙——宝宝第一次胎动的时候，她能在他身边，子宫第一次收缩的时候，她能望进他眼底，而在他们的宝宝滑进世界时，她能够握着他的手。

她想要一个会爱她的小女孩或小男孩，就像苏菲·李欧妮一样明显地爱着她母亲。她还想要十倍回报那样的爱，感觉到这股爱每一年都变得越来越深、越来越深，就像泰莎说过的一样。

华伦想要有一个家庭。

她必须等十小时。巴比不能工作——他动用过致命武力，所以被迫坐在一旁，等待枪击调查小组到场，他们会正式调查这起事件。这就表示华伦要靠自己通知老板最新发展，然后保持现场完整，着手处理外围边界，同时等着火灾的最后一点余烬冷却下来。更多警官跟搜证人员抵达，更多问题需要回答，更多尸体需要处理。

她工作到错过早餐，巴比带了酸奶跟一个花生酱三明治给她当午餐。她继续工作，她闻起来有烟与汗、血与灰的味道。

晚餐时间来了又去，太阳再度下山，这就是刑警的生活。

她做了她必须做的，她照应了她必须照应的。

然后，她终于完工了。

现场保持完整，泰莎被空运到波士顿的一家医院，苏菲安全地待在她妈妈旁边。

华伦坐进她的车里，然后回到麻州收费公路上。

她一到春田市就打电话给艾利克斯，他正在煮帕玛森起司烤鸡，很高兴听到她终于要回家了。

她问他，可不可以把帕玛森烤鸡换成帕玛森烤茄子。

他想知道原因。

这让她大笑，然后又让她大哭，而她就是说不出话来。所以她告诉他，她很想他，而他答应要给她全世界所有的帕玛森烤茄子。

华伦想着，那就是爱。他的爱，她的爱，他们的爱！

"艾利克斯，"她终于设法喘了口气，"嘿，艾利克斯。别管晚餐了。我有件事必须告诉你……"

我在医院住了将近两星期。我运气好，汉米尔顿的那一枪完完全全错过所有重要器官。不过杀手普塞尔直到最后都是个专业人士，他粉碎了我的肩旋转袖肌腱，会导致无数次外科手术，还有没完没了的物理治疗。我得知我的右肩永远不会重获全方位的运动能力，可是只要肿胀消退，我的手指应该会重新恢复功能。

我想我们以后就会知道。

苏菲跟我一起待在医院里，她不应该如此。医院政策说，小孩子应该只能在探病时间待在这里。

在我抵达的几小时内，爱尼斯太太接到消息现身帮忙，可是她没办法把苏菲从我身上拉开。又过了十分钟之后，护士长挥挥手送爱尼斯太太离开。

苏菲需要她妈妈，我也需要苏菲。

所以他们放任我们，两个女生待在我们的私人房间里，这是令人难以置信的奢华待遇。我们一起睡，一起吃，一起看《海绵宝宝》——我们自己的小型治疗。

第九天左右，我们稍微走了几步路，到我先前待过的病房。看啊，我们找到葛楚德失踪的纽扣眼珠，就塞在最下面那个抽屉的后方。

那天下午，我用手术线把眼珠缝回去，而苏菲替葛楚德做了个她自己的医院病床，让她复原。

葛楚德会没事的，她严肃地告诉我，葛楚德是个非常勇敢的女孩。

然后我们看了更多《海绵宝宝》，而且我一直用手臂环抱着我的小女儿，她的头则一直靠在我肩膀上，虽然这样会痛。

医院安排一位儿童心理专家来看苏菲。但她不谈她被拘禁的事，也完全不提布莱安的名字。医生建议我保持"沟通渠道畅通"，让苏菲来到我这边。医生说，等她准备好了，她就会说。而且在她说明时，我必须保持表情自然中立，我的意见不能带有批判性。

对于一个为了救女儿而犯下三重谋杀罪的女人来说，我想，这真是怪异的建议，不过我没有主动说明。

我抱着苏菲。在双方的共识下，我们睡觉时开着灯，而且在她画下充满黑夜、红色火焰和爆炸枪支的图画时，我称赞她对细节观察入微，并且答应我的手臂一好，就教她怎么射击。

苏菲非常喜欢这个主意。

华伦警长跟巴比·道奇来过，他们带着爱尼斯太太一道来，她带着苏菲去医院餐厅，这样我就可以回答他们的最后一点问题。

不，布莱安从来没打过我。我瘀伤的肋骨是因为我从结冰的楼梯上跌下来，而且因为巡逻已经迟到了，所以我就自己处理伤势。不过谢恩在星期日早上打过我，他企图让布莱安的死看起来像是我自卫杀人。

不，我不知道里昂斯巡警被射杀了，对他的家人来说是多么可怕的悲剧啊！

这次他们有任何线索吗？

他们给我看一张照片，一个脸孔瘦削的男人，有着炽热的黑色眼睛跟浓密的棕发。对，我认得这个男人，他就是星期六早上我在自家厨房里发现的人，他用枪指着我丈夫。他跟我说，要是我合作，就没有人会受伤，所以我脱下我的勤务腰带。就在那时，他抽出我的 Sig Sauer 手枪，朝我丈夫的胸膛连开三枪。

普塞尔那时候告诉我，如果我想再度见到活着的女儿，我就必须照他的话做。

不，我在那天早上前从没见过普塞尔，我也不知道他身为专业杀手的名声，我更不知道为什么他用枪指着我丈夫，或苏菲发生了什么事。对，我知道我丈夫对赌博上瘾，可是我从来不知道问题变得这么严重，以至于有人雇用职业打手来处理这个问题。

普塞尔射杀布莱安之后，我提议要给他五万块，以此交换更多拖延通报死亡的时间。我跟他解释，我可以冷冻布莱安的尸体，然后在星期日早上再解冻尸体，并打电话给警察。我还是会做到普塞尔要求的任何事，我只需要二十四小时为苏菲的回归做准备，因为届时我会因为射杀丈夫入狱。

普塞尔接受这笔交易，而我耗掉星期六下午把布莱安的尸身用雪盖住，然后从后院的露台底下挖出狗尸，接着做了两个引爆装置。我试着把这些装置安排成朝向后方的爆炸，这样就不会有人受伤。

对，我计划好要逃狱。不，我觉得告诉别人实际上发生什么事并不安全，就算对象是波士顿警探也一样。首先，我不知道是谁带走苏菲，我真心害怕她会没命。其次，我知道至少有一位警官同事——里昂斯巡警——涉及此事。我怎么知道这种腐败没有牵连到波士顿警方？或者说，我怎么知道没有牵连到一位高阶警官，正如同本案的结果？

在这时，我照着直觉行动，小心翼翼试着照着我受到的指示行事，同时我也领悟到，如果我不逃出去，亲自找到我女儿，她可能就死定了。

华伦想知道谁把我从搜寻尸体的地方载走。我直盯着她的眼睛，然后告诉她我搭了便车。她想要关于那辆车的叙述，可惜我不记得了。

可是最后我到了我父亲的修车厂，我自己从那里开走一辆车。他那时候醉昏了，没办法同意或抗议。

我一拿到那辆福特卡车就直接开到麻州西部，去跟汉米尔顿对质，拯救苏菲。

不，我不知道那天晚上谢恩出了什么事，也不知道他怎么会被布莱安的克拉克射杀。不过要是他们从那个打手家里找回那把克拉克手枪，不就表示普塞尔做了这件事吗？也许有人把谢恩视为另一个必须解决的未了问题。可怜的谢恩，我希望他的老婆小孩都能好好活下去。

华伦满面怒容地看着我，巴比什么话都没说。我们有某种共通点，他跟我，他完全知道我做了什么。而我想让他接受这一点：就算他的搭档用愤怒的声音说话，一个已经杀死三个人的女人，可能不会变魔术似的突然崩溃自白。

我确实射杀了汉米尔顿的情妇，邦妮塔·马科索。那女人当时在攻击我的小孩，我必须使用致命的武力。

至于副总警督……我告诉华伦，巴比·道奇杀了他，因此救了我一命。而我想留下这件事情的记录。如果不是因为州警巴比·道奇的行动，苏菲跟我两人都可能会死。

"这件事调查过也澄清嫌疑了。"巴比告诉我。

"正因为如此，谢谢你。"

他脸红了一下，不太喜欢被这样关注，也有可能他只是不想因为取人性命而被感谢。

我自己不会多想这件事，我看不出有何必要。

所以你知道全部的故事了，我替华伦做了总结。我丈夫不是打老婆或虐待儿童的人。只是一个赌博成瘾者，卷进了他应付不来的麻烦。或许我早该更快做出更多努力，跟他一刀两断，把他踢出家门。

我本来不知道他用苏菲的名字申请信用卡，我本来不知道他侵占工会基金。有很多事情我本来不知道，可是那并没让我变得有罪，只是让我成了典型的妻子，徒劳无功地期望我丈夫会从牌桌旁走开，回到有我和孩子的家里。

"抱歉，"他在我们家厨房垂死的时候告诉我，"泰莎……我更爱你。"

你懂吧，我梦见了他。这并不是我能够告诉华伦警长的事情。可是我梦见我丈夫了，而且这回他是好布莱安，他用他的手握住我的手，苏菲在我们前方骑着她的脚踏车。我们散步，我们聊天，我们很快乐。

我啜泣着醒来，其实这样也没关系，反正我再也睡得不多了。

想知道副总警督最后赚了多少吗？根据华伦的说法，内部调查小组发现他的账户里有十万美元。

很讽刺的是，比起他凭良心做事，然后去佛罗里达钓鱼会领到的合法退休金，十万块不过是零头而已。

副总警督下令杀死我丈夫，并且在这个过程中损失了一些钱。

他们没办法找回其他的基金。谢恩的账号没有记录,布莱安的账号也没有。根据华伦的说法,内部调查小组相信,两个男人都在赌场里把他们的不法所得赌掉了,汉米尔顿则把他在骗局里分到的钱存了起来。具有讽刺意味的是,谢恩和布莱安的坏习惯让他们永远不会被控告,然而汉米尔顿跟他的女友邦妮塔——已经确定关闭空头公司银行账号的那名女性就是她——死后却会完全担下罪名。

我想,对谢恩的遗孀来说是好消息,对我也是好消息。

我后来听说谢恩在隆重仪式中下葬,警方认定他一定是同意跟普塞尔在后巷里见面。普塞尔制住了他,然后杀死他,也许是为了灭口,就像他杀布莱安灭口一样。

我得知普塞尔的谋杀案仍是悬案,武器还没被找到。

就像我向华伦警长说的,我对任何事都毫不知情,而且别听信其他人告诉你的话。

苏菲跟我现在一起住在爱尼斯太太家那条街上的双卧室公寓里,我们再也没有回过旧家。我大概花了三小时就卖掉那栋房子,毕竟,就算那里曾是犯罪现场,还是个波士顿数一数二的大庭院。

苏菲没有要求见布莱安,也没再提到他。她也不提绑架的事,我相信她觉得这样是在保护我。我能怎么说呢——她跟她妈妈是一个模子印出来的。她每星期去见一位专家。专家建议我要有耐心,所以我就这样做。我现在把我的工作看成是在建立一个安全的地方,在我女儿免不了要放手的时候可以着陆。

她会掉下去,而我会接住她,欣然接住。

我独自完成布莱安的葬礼安排,他埋骨之处有个简单的花岗石碑,上面有他的名字跟生卒日期。

也许是我太软弱,可是他既然为苏菲而死,而且当他站在我们家厨房里的时候,他知道我会做出什么决定。所以我在墓碑上加了最后一个词,你能给一个男人的最高赞扬:我在他的名字下面刻着"爹地"。

也许有一天苏菲会来看他。而且，也许在看到那两个字的时候，她能够想起他的爱，也可以宽恕他的错误。父母并不是完美的，你知道。我们都只是尽力做到最好。

我必须辞职离开州警职务。虽然华伦跟巴比还没把我跟谢恩・里昂斯或约翰・史蒂芬・普塞尔的死亡连起来，还是有些小事要处理：我逃离监狱，又攻击一位警官同事。我的律师辩称，因为我的上级长官绑架我的孩子，我是在极端情绪压力下行事，所以应该不用为我的行为负责。卡吉尔还是很乐观，认为检察官为了想避免州警得到太多负面宣传，会同意请求判我缓刑，或者糟一点，判我居家监禁。

无论是哪一种状况，我都明白我当警官的日子结束了。老实说，一个女人要是做过我所做的这些事，就不应该当大众的持械保护者了。我不知道——也许我有什么不对劲的地方，失去某条根本的界线，所以在其他母亲会为自己的孩子哭喊时，我却自己全副武装，去猎杀那些带走她的人。

有时候，我会被镜中迎接自己的影子吓着。我的脸太过严厉，而且就连我自己都明白，我上次微笑是很久以前的事了。男人不会邀我出去，陌生人不会在地铁上跟我搭讪。

巴比・道奇是对的——杀死某人并不是该被感谢的事。这是一种必要之恶，代价是让你付出一小片自我，还有一道你永远无法取回的内在人性。

可是你不必为我感到遗憾。

我最近开始在一家全球保全公司上班，赚的钱更多，工作时间也更好。我的老板在报上读到我的故事，然后打电话给我这个工作机会。他相信我有他生平所见的最优秀的策略头脑和不寻常的能力，可以预知障碍，还能洞察机遇。那些类型的技巧很有市场，特别是在这种时代，我已经得到两次升迁。

现在我每天早上送苏菲上学。我去上班，爱尼斯太太会在三点

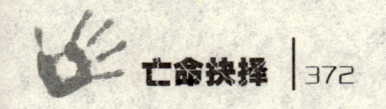

去接苏菲，我会在六点跟她们会合。我们一起吃晚餐，然后我带苏菲回家。

她跟我照料这间公寓，做功课。然后在九点钟，我们上床睡觉，我们共享一个房间。我们两个睡得都不多，即便已经过了三个月，我们还是没准备好面对黑暗。

大多数时候，我们依偎在一起，葛楚德靠在我们中间。

苏菲喜欢把她的头靠在我肩膀上，她的手指在我的手掌中展开。

"我爱你，妈咪！"她每天晚上都这样告诉我。

而我用脸颊贴着她一头深色棕发的头顶，说道："我更爱你，宝贝，我更爱你！"

致谢与献辞

我无意对华伦警长不敬,但在开始写一本新小说的时候,我最爱的部分不是跟旧有角色同在的时光,而是研究崭新有创意的方式来制造谋杀与混乱。喔,还有,嗯,跟专业执法人员共度的宝贵时间也很好,他们提醒我为何犯罪生涯真的不是好主意,所以我应该继续希望整个写作事业能够欣欣向荣。

为了写《亡命抉择》,让我满足我毕生的梦想,我在田纳西大学人类学研究场做研究,此地别名"人体农场"。我深深感谢 Lee Jantz 博士,她是我所知最聪明的人之一,做的是地球上最酷的一种工作。她可以看着一堆烧成灰的骨头,然后在三十秒内告诉你关于此人的差不多每一件事,包括性别、年龄、健康等问题,还有他或她用的是哪种牙线。我跟 Jantz 博士共度的许多时刻我都想放进这本小说里,可是我认为不会有人相信我。

对于腐败、辨识遗骨身份与尸体上的昆虫活动这类阴森玩意儿有兴趣的读者,绝对应该读一读《死亡翻译人》,由人体农场创办人比尔·巴斯博士与共同作者乔纳·杰佛逊合著。你也可以造访我的"脸谱"页面,看我从那一趟信息丰富的研究行程里拍回的照片。

喔,在这里我要补充,人类学家是训练有素的专业人士,而我只是以打字维生的人,也就是说小说里出现的所有错误都是我犯的,而且只有我该负责。接下来这只是给你的参考信息:Jantz 博士有一件

T恤，上面写着别惹毛我——我快用光藏尸体的地方了。我永远不会指控她犯了错。

我也非常感激南／西肯塔基搜救寻回犬工作小组的卡桑卓拉·莫瑞，感谢她提供关于训练寻尸犬的洞见，并说明身为志愿犬只训练师的生活。我本来不知道大多数搜救队伍都是志工组织。这些团体跟他们的狗做了惊人的工作，我们都受惠于他们的辛勤工作与奉献牺牲。

在此也一样，所有的错误都是我犯的，所以休想怪他们！

接下来是 Penny Frechette，还有其他几位希望保持匿名的女警官。我很感谢这几位女性与我分享的时间与坦率真诚，也很享受我第一次搭巡逻车兜风的经验。我很紧张！她可不。提醒你们之中着迷于警方办案程序的人，我的角色泰莎·李欧妮的经验是许多不同执法单位的综合体，并不必然代表麻州州警的生活。麻州州警是一个优秀、正直的机构，而且我很感谢他们耐心面对大肆利用虚构自由的悬疑小说作者。

在其他令人紧张又值得注意的经验里，我必须感谢杰拉德·霍根总警监，还有助理副总警监布莱安·达西，两位都隶属于沙福克郡警局，在沙福克郡立监狱中带给我充满乐趣的一天。我不是天天都一路开到波士顿只为了被关起来，不过，天啊，我还真是学到很多（基本上就是坚持只写虚构的犯罪，因为呢，让我告诉你，身陷囹圄我连一天都撑不过去）。他们让我看到一流的运作方式。当然，我把这个地方用在更多的谋杀与暴行之中，因为我最在行的就是这个。

我也要对 Wayne Rock 表示我最深刻的感激，因为他给我法律上的建议和许多对于波士顿警方的深刻见解。身为一位退休波士顿警探，Wayne 回答我问题的时候总是非常有耐心，而且就算我劈头就问，所以说，我想干掉一个家伙却不想扛罪名，那我的最佳选择是什么？他看起来也不再惊讶了。谢谢你，Wayne！

我也受惠于史考特，第三代的商船水手，谢谢他对这种人生的深刻见解。他同意帮助我，甚至在知道我要宰掉那个商船水手角色之后亦然。多谢了，史考特！

在此把研究部门的事情做个总结：很有天赋的医生与悬疑小说家同行里恩斯提供她的行医经验，我要对此表达无穷无尽的谢意。咱们面对现实吧，不是任何人都会响应一封标题是"给我怎么把人打成残废的建议"的电子邮件。里恩斯，多谢！

写小说并不全然是周游各监狱以及跟警察厮混，因此我也必须感谢 David J. Hallett 跟 Scott C. Ferrari，他们慷慨地捐款给我们本地的动物收容中心，打败了其他竞标者，得到把他们的爱尔兰软毛梗犬史凯勒和凯莉放进本书的权利。我希望你们很享受史凯勒跟凯莉很有明星风采的演出，并且感谢你们支持本地的收容中心。

我不能让动物独占所有乐趣。恭喜 Heather Blood，第六届年度全美"杀死或重伤好朋友大奖"的唯一得主，她提名让艾瑞卡·李德去死。也要恭喜加拿大的 Donna Watters，她是国际"杀死或重伤好朋友大奖"得主。她为了高贵的目的，牺牲了她的姐妹金·瓦特斯。

我希望你们很享受你们在文学上的不朽。如果你们希望能够参加此活动，请上网 WWW.LisaGardner.com。

当然，要是没有我的家人，我不可能成就这件事。感谢我自己亲爱的孩子，他每天问我是不是已经救出那个小女生了，还有我极有耐性的丈夫，他已经太习惯有个会出发去监狱的老婆，甚至再也不问我几时回来了。我告诉你们，那就是爱。

最后，感谢嘉德纳小组。很支持我的经纪人 Meg Ruley，我杰出的编辑 Kate Miciak，还有我在兰登书屋的所有出版团队。你们不知道需要多少才华洋溢又辛勤工作的人，才能产生一本小说。我深深感激每一个人。多谢他们在我身边，帮忙变出魔术。

这本书是献给关于 Holloway 家 Darrell 叔叔和 Donna 婶婶的深

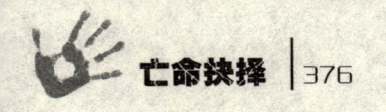

情回忆，他们教给我们欢笑与爱。当然，还有玩克里比奇纸牌游戏的策略。

也要献给 Richard Myles，别名 Dick 叔叔，他对好书、美丽的花园和一杯好喝曼哈顿鸡尾酒的爱，不会被遗忘。

我们爱你，而且我们记得！